九州

NovoLand ·

戏中人

唐缺 著

北京联合出版公司
Beijing United Publishing Co.,Ltd.

图书在版编目（CIP）数据

九州·戏中人 / 唐缺著 . -- 北京：北京联合出版
公司，2022.2

ISBN 978-7-5596-5711-4

Ⅰ.①九… Ⅱ.①唐… Ⅲ.①长篇小说－中国－当代
Ⅳ.① I247.5

中国版本图书馆 CIP 数据核字 (2021) 第 225182 号

九州·戏中人

作　者：唐　缺
出 品 人：赵红仕
责任编辑：牛炜征
封面设计：吴黛君

北京联合出版公司出版
（北京市西城区德外大街83号楼9层 100088）
北京新华先锋出版科技有限公司发行
大厂回族自治县德诚印务有限公司印刷　新华书店经销
字数266千字　787毫米×1092毫米　1/16　19印张
2022年2月第1版　2022年2月第1次印刷
ISBN 978-7-5596-5711-4

定价：49.00元

目录

第一章
雪　域

一、精神失常

冷风如刀，残阳似血。英俊的少年背对夕阳而立，颀长的身影沉默地映刻在大地上。在他的身后，须发箕张的魔头正一步步缓缓走来。

"我来了，"魔头用沙哑的嗓音说，"我实在没有想到，上一次把你伤成那样，你居然还能不死。"

"有些人的命就是特别顽强，想死都死不了，"少年冷冷地回应道，"不幸的是，既然我没有死，那你就必须得死。"

"你的实力我了如指掌，"魔头自信地说，"要想跻身于与我相同的级数，你至少还得再花一个甲子的时间去苦练。单凭你墟藏六合功的本事，十招之后，你就会毁在我的手中。而这一次，你不会再有活命的机会了。"

少年慢慢转过身来，眼中精芒四射，魔头不觉微微一怔。少年伸出右手，一团紫色的光晕在他的手心里缓缓流动，魔头忽然向后退了一步。

"这不可能！"魔头惊呼，"难道你已经练成了……练成了……"

少年微微一笑："不错，你的万魔归宗诀并不是天下无敌的。三百年前，狂笑书生就曾经打败过你的师祖，他所用的武功，就是你现在所看到的：紫云心法。拜你所赐，我成了他的再传弟子。"

少年向前踏出一步，手心的紫光忽然暴涨，令他的全身笼罩在一团紫色的云雾中。与此同时，山崖上突然卷起风暴，呼啸声拔山倒地，仿佛整座山都在震颤。

"这不可能！"魔头浑身颤抖着，突然咬了咬牙，暴喝一声，随即双掌猛推，腥臭的黑气从掌心发出，席卷着向少年而去。但少年只是云淡风轻地挥了挥手，黑气凝聚在距离他身前仅一尺距离的地方，无法再前进。

"你完了！"少年怒吼一声，周身紫光大盛，形成一团数丈方圆的巨大光团，瞬间驱散了黑气。在一片撕心裂肺的惨叫声中，魔头的身体迅速被紫光吞没，撕扯成了碎片。

紫光退去后，山崖上出现了一个大坑，魔头已经消失得无影无踪了。少年收了功，走到悬崖边，仰望着暗淡的斜阳，默然许久，终于开了口。

"退出。结束程序。"他疲惫地说。

"破游戏！"黄小路摘下虚拟－现实转换头盔，往床上一扔，忍不住骂了一句。头盔所连接着的显示屏上，一行立体文字正浮在屏幕上：

"您的任务尚未结束，如果现在退出，进度将无法保存。是否继续退出？"

黄小路有气无力地伸手点了一下确认，然后弹出光驱，把那张花花绿绿的光盘顺手扔进了垃圾桶。垃圾桶里已经扔了很多张相同规格、不同印刷的光盘。他往床上一靠，拿起身边早已没气的可乐喝了一口，嘴里仍然在骂骂咧咧。

"都是猪脑子，"他叹息着，"到底会不会做游戏啊?！"

这个房间并不算小，但留给人落脚的地方已经不多了，几台游戏机占据了主要的位置，遍地散落着各种各样的纸箱、包装纸、游戏光盘。床上相对干净一点，但也扔着好几台不同品牌的掌上游戏机和一些乱七八糟的杂志。床的主人——也就是黄小路，正满脸沮丧地在游戏机和杂志的缝隙中伸展肢体。

寻找真经，打怪升级，被敌人打败；寻找更强的真经，打更强的怪升级，被更强的敌人打败；寻找比更强还强的真经……他在心里嘟嘟囔囔地念叨着，这年头的游戏，根本就是一帮猪头做出垃圾去欺骗另一帮猪头，能不能有点新意啊？

毫不犹豫地把自己归入猪头范畴的黄小路，是一个刚上大学一年级的学生，但他的游戏生涯已经有十五年了。从三岁开始，他就能在游戏机上熟练地操控着格斗家或者足球队，战胜年纪比他大十多岁的对手。在此后的十多年里，游戏机技术突飞猛进，到了黄小路迈入大学校门时，模拟体感游戏终于步入到真正意义上的虚拟现实游戏。黄小路激动不已，刚刚大一就偷偷在校外租房，以便不受打扰地享受游戏的乐趣，可渐渐地他发现，这种乐趣在不断下降——那些大型虚拟现实角色扮演游戏主导了市场，赶跑了同业竞争者，自身的开发却越来越差，所有的游戏都千篇一律。黄小路无非是从这个侠客扮演到那个侠客，从这块大陆征服到那块大陆，所有的游戏都极力渲染暴力和情色的元素，让人越体验越觉得空虚。几乎每一个游戏到了最后关头，黄小路都只能愤懑地扯下头盔，大骂两声，然后把游戏光盘扔掉泄愤。

他的身上有着众多游戏宅男的通病：沉默寡言，社交恐惧症，用手打字比用嘴说话更熟练，只有沉迷在游戏世界的时候才能放松自己。

黄小路昏昏沉沉睡了半天，醒来时才想起今天是周日，他看了看表，急忙穿好衣服冲出门去。虽然于他而言逃课已经是家常便饭了，但每周日的晚上八点是系里的晚点名时间，倘若不去，会被名为"辅导员"的大 BOSS[1] 毫不留情地批判教育。倘若因此被辅导员得知自己在外租房的事，那更会惹来大麻烦。

骑着车一路狂奔冲进校园，路上隐隐听到有人在骂"你爸是李刚啊？"，最终黄小路还是惊险地赶上了晚点名。他气喘吁吁地冲进教室，

---

[1] 游戏中比较难打败的怪物角色，这里指辅导员武力值高。

发现后排的座位早已被人占满，只能郁闷地在第一排就座。辅导员有个外号叫"散花天女"，此番坐在第一排，必定会被辅导员好好散一回花，黄小路只恨自己没有穿着雨衣来晚点名。

等到黄小路气喘匀实了，头上的汗也擦干了，他才注意到，今天教室里的气氛有些凝重。往常总带着一副蒙娜丽莎式微笑的辅导员也一反常态地板着脸，时不时耷拉一下眼皮作沉痛状。

看来是出什么事了，黄小路想。他有点惴惴不安地等待着辅导员的开场白，结果第一句话就把他吓得半死："通报一件事情，我们大班一直有同学背着辅导员在校外租房，成天玩游戏……"

完了！原来是要收拾我！黄小路吓得脸都绿了，但接下来的一句话就让他有些莫名其妙了："……结果两天前，出事了。"

我没有出事啊？黄小路悄悄摸了一下自己的脑袋，脑袋还在，不过他总算很快反应过来，辅导员说的不是他。果然，辅导员继续说："一班的李彬同学，周五在出租房里被人发现，已经精神失常了。"

黄小路的脑子里嗡的一声，接下来辅导员说了些什么他都没听清了。李彬和他算是同道中人，他们都是狂热的游戏爱好者，租房子玩游戏的招数就是他教黄小路的。两人还时常交流一下手里的收藏以及游戏心得，关系颇为亲密。

然而现在，李彬精神失常了。

黄小路一下子想起三天前，也就是星期四的时候，李彬和自己在聊天工具上的对话。那一天，李彬告诉自己，他弄到了一张"绝对无敌"的游戏光盘，还问黄小路要不要也刻一张。

"回头再说，"黄小路随口回答，"我手里还有好几个游戏没玩过呢。"

"这游戏你不玩玩肯定后悔，"李彬的腔调听起来很是激动，"我从来没玩过这么强大的游戏！"

"那好吧，你刻一份，过两天我过来拿。"黄小路懒洋洋地说。李彬很擅长把一切平凡的事物通过夸张的文字渲染到更高的层级，他早已司空见惯，所以对此并没有太大的热情。但现在回想起来，当时李彬的语气里那种兴奋前所未有，可惜自己并没有想得更深。

精神失常……黄小路并不懂医学，但毕竟这年头的小说和影视剧经常把精神失常作为重要情节，对失常的缘由和之后的生活大书特书，他也能想到，一般人精神失常都是因为受到了某些强烈的外部刺激。而这种刺激，搞不好就来自那张光盘。

晚点名结束后，黄小路急匆匆地离开学校，向着李彬的出租屋赶去。他很明白，眼下李彬只是一个病人，人虽然离开了出租屋，但东西应该还在，不过要是晚去几天，那可就说不准了。

大门胡乱锁着，昭告着离去之人的匆忙，黄小路用尽方法，扒拉开一条门缝，钻了进去。李彬的房间比他的更加脏乱，桌子上还放着半碗泡得发白的方便面——已经散发出令人作呕的气味。一只蟑螂听见脚步声，摇晃着触须匆匆逃开。

黄小路捏着鼻子，把桌上的脏东西清理到垃圾桶里，然后注意到李彬的虚拟现实游戏机已经成了碎片，好像是从桌子上掉下去摔坏的，而用来与身体相连的头盔更是好像被铁棒砸过一样。可以想象，它的主人是带着怎样的恐惧和愤恨来对待这台昂贵的机器的。

黄小路叹了口气，在碎片里找到了一张光盘。运气不错，光盘上仅有几道浅浅的划痕，应该还可以使用，可惜光盘盘面什么都没有印刷，不知道到底是什么内容。李彬的精神失常和这张光盘到底有没有关系，带回去试试就知道了。

二、濒死体验

四周是一望无垠的蓝色，肉体的感觉一点一点消失，精神却慢慢飘浮了起来，就像是某种东西从身体里被抽离出来。这种感觉黄小路非常熟悉，每一次进入虚拟现实游戏，都会经历这样一个过程。刚开始的时候，那种虚无感和消失感让他感到很是恐慌，但经历的次数多了，也就麻木了，有时候甚至还感到享受。

周围的蓝色一点一点褪去，露出湛蓝的天空。黄小路直起身来，发现自己正站在一片广阔的草原上，深绿的生命之色远远地随风荡漾，而在他身边不远的地方，有几座连在一起的蒙古包式帐篷矗立在那里。

再看看自己，双手握了一把刀，身前是一根被劈得七零八落的木桩，看样子，自己所扮演的这个虚拟角色正在练刀。紧接着，他开始感知到自己身体的状况：全身上下无比燥热，衣服完全被汗水湿透了，一阵阵剧烈的酸疼从手臂和大腿、膝盖一直扩散到整个身体，手掌心更是火辣辣地疼痛。他改为右手拿刀，举起左掌一看，不由得倒吸了一口凉气。整个手掌上全是磨破的血泡，像针刺一样地疼痛。

奇怪呀，黄小路想着，我选择的角色是一个贵族世子呀，怎么会在这里苦练劈桩呢？他努力回想着游戏开始前所提示的背景资料：这个世界的名字叫作"九州"，一共划分为九块大陆，拥有一套自己的星辰系统和地理系统，种族划分也很复杂，比一般的游戏要设计得详细得多。但黄小路想，万变不离其宗，估计怎么设计也脱离不了打怪升级泡美女杀魔头的套路，也就没有细看，在人物选择里匆匆挑了一个长相俊美的贵族世子，就进入游戏了。他相信，以自己在游戏世界里浸润十五年的丰富经验，这世上就没有他拿捏不了的游戏。

可是现在，他隐隐感觉到了不对劲，并不仅仅因为这位贵族世子没有打猎兜风或者抱着几个漂亮女奴寻欢作乐的恶俗行为，有点不大符合常规套路，还因为来自身体的种种酸楚感和疼痛感。通常游戏都会尽量避免把痛感或其他不适感觉制作得过于真实，一般的疼痛都只是用一点点压迫感来替代。但现在，他感觉自己就像是刚跑完一万米又去做了一百个引体向上似的，简直全身都要散架了。

他扔下刀，一屁股坐在草地上，大口大口地喘着气。过了一会儿，他听到一阵脚步声从身后传来，回过头时，发现一个身穿肮脏铠甲的老年武士正在向他走来。这个武士头发已经花白了，精神却异常矍铄，腰间挎着一把巨大的狼头刀，浑身上下散发着一种让人生畏的气势。

"世子累了吗？"武士沉声发问。

"是啊……累了。"黄小路自然地点点头。

"不想练了吗？"他又问。

黄小路愣了，意识到对方问的是他还想不想练刀。要说想吧，他实在不明白自己为什么要练刀，因为在所有的虚拟现实游戏中，得到一本技能秘籍就能掌握一门高深的武艺；但要说不想吧，这个武士面相不善，没准儿会惹恼了他。他决定回答得狡猾一点。

"有点累了，休息一会儿再练。"他说。

"是的，休息一会儿再练，"武士面无表情，完全看不出他究竟是喜是怒，"那世子就好好休息一下吧，反正时间还长着呢。"

武士转过身，走回了帐篷，黄小路听到他嘴里嘟嘟囔囔："绵羊毕竟是绵羊，不会在一夜间变成狮子。"

什么绵羊、狮子的，这是在说我呢？黄小路有些纳闷儿。他又回忆起游戏的初始界面，有一个非常庞大的人物表，他在惊诧之后完全没有打算去看。他想，不外乎就是这个游戏的支线情节丰富，有足够多的魔头要杀，足够多的师父要拜，足够多的美女要勾搭而已吧。但现在，他发现事情并不是那么简单，仅仅是眼前这个穿着肮脏铠甲的老年武士，似乎也有着很丰富的内心世界。

"奇怪的游戏……难道是有 bug（漏洞）？"黄小路自言自语着，勉强站了起来，浑身上下还是疼得厉害。这种疼痛激发了他性格中的某种倔强。从小到大，黄小路从来不肯在任何游戏的难关面前屈服。曾经有一次，他在玩一个知名 RPG 游戏（角色扮演游戏）的某个无关紧要的支线情节时，因为缺少一样道具，无法完成任务。他几乎两天两夜不眠不休，走遍了所有地图，和每一个 NPC（非玩家角色）对话，探查了每一个房间和洞窟的每一处角落，最后一直闹到疲累过度昏过去。后来他得知，那个支线情节在设计时就存在 bug，那个任务原本就是不可能完成的。

眼下他本来已经打算退出程序重新看看游戏简介再做打算，但那个武士带着轻蔑的语气，反而让他不愿意退出了。他直起身来，重新握住刀，头脑里自然而然地浮现出挥刀的方法，应该是游戏的这段进程自带的记忆。

长刀高高地举起，歪歪扭扭地劈下，落在木桩上。他实在是太累了，手也太疼了，完全使不上力。但他还是咬着牙，努力以标准姿势握住刀，一刀一刀地狠狠向下劈砍。几乎每劈出一刀，都带来浑身的疼痛，如果是在现实中，黄小路早就放弃了。但现在，他不断地用"这只是游戏""这身体是不属于我的，疼就随他疼吧"来安慰自己，咬紧牙关重复着这单调的动作。

不能让那个古怪的武士看不起我！黄小路奋力练着刀，耳朵里除了刀劈到木桩上那单调的声响之外，再也听不到其他声音。一刀、两刀……十刀、二十刀……一百刀……他累极了，汗如雨下，每一口呼吸都仿佛带着烧灼感，刺激着疼痛的胸腔和肺叶，两条胳膊和两条腿好像已经完全不属于自己了。

"世子，休息一会儿吧，不要太拼命了，"一个温柔的女声在耳畔响起，"太阳快落山了，先去吃饭吧。"

黄小路悚然扭头，才发现自己过于专注，没有留意到这个相貌和善的贵妇人已经来到了自己身边。他喘了口气，抬头看看正在缓缓下坠的夕阳，忽然之间，他感到那片血红色在无限地扩大，遮挡住了他的眼睛，遮挡住了这世界上的一切。他眼前一黑，昏死过去。

难受。好难受。全身就像是被放在炭火上炙烤一样，血液似乎在沸腾，每一根血管都在熊熊燃烧。黄小路一辈子都没有这么难受过，他实在没有想到，自己不过是在玩一个游戏，竟然能累成这样。

他想要张开口呼喊"退出"或者"结束程序"，但身体已经完全不听使唤了，就连嘴唇也丝毫无法动弹。耳朵里充塞着各种乱哄哄的声音，就好像有一只野兽在凶猛地咆哮，咆哮声中，他隐约能够听到只言片语："该怎么办？""好像是血厥，世子看来是没救了……""还不快去请大君！"

世子看来是没救了？黄小路敏锐地捕捉到了这句话，也就是，自己所扮演的这个叫"吕归尘"的人物即将死去。他玩过太多游戏，自然也体验过许多回在虚拟游戏中死去的经历，那些都没什么了不起，不过是眼前一黑，随即被强行退出程序。一个悬浮的窗口嘲笑着他："小样儿，又被我打败了吧？回去好好练练再来吧！"

但如果在这个九州世界里死亡呢？体会着从来未曾体会到的痛苦煎熬，黄小路的头脑反而更加清醒和活跃。如果痛苦、疲劳等等感觉都能如此真实地被大脑所捕捉，那么死亡会是什么概念呢？还会是轻轻松松地黑屏弹出吗？

他的心脏猛的一下抽紧了：我明白了！李彬的发疯不是没有原因的，他一定是在游戏里被杀死了！也就是说，在这个游戏里死亡的后果就是——现实世界中的玩家会精神失常！

那一瞬间黄小路只觉得浑身空荡荡的，什么感觉都不存在了。我要是在游戏里死去了，现实里的我就会变成一个疯子，从此再也不能享受到人生的快乐。辅导员会用沉痛的表情宣布系里第二个玩游戏玩到精神失常的学生的出现，同学们会发出一阵事不关己的嗟叹，然后任由自己在精神病院里孤独一生。

决不能就这样！黄小路无声地呐喊着，努力调动全身的细胞，希望能张口喊出那一句"退出"，但是身体仿佛不再属于他自己。虽然嘈杂的声响还在灌入耳膜，但他就是连一根手指头都无法挪动。

一切都将这样结束吗？他绝望地想着。我才十八岁，我刚刚上大学，我还有很多游戏没有玩过，我他妈的甚至还没有交过女朋友，难道就要这样因为一个游戏而变成疯子？我的人生还没有开始就要终结？

那一刻，深深的悔意充斥了黄小路的整个胸膛。他甚至开始想，如果我能侥幸不变成李彬那样，我就不再逃课，认真学习，每周日低着头像孙子一样让辅导员训……

黄小路胡思乱想着，在想象中让自己呼天抢地泪流满面。就在这时，他忽然感到眉心一痛，有什么极其尖锐的东西刺破了他的额头，紧接着，遍布全身的巨大压力仿佛得到了发泄的口子，一下子倾泻而出，浑身上下顿时轻松了许多。紧接着，他的身体暴躁不安地从躺着的病床上跳了起来，眼睛也睁开了。

透过一片迷蒙的血雾，他看见病床边挤满了人，一个相貌堂堂、身形魁梧的中年人正在试图阻拦他。他的气势无比威严，但目光中却有着抹不去的慌张和关怀，他的嘴里喊着："阿苏勒！别动！"

这一刹那，黄小路的脑海中浮现出"父亲"这两个字。他隐隐回忆起自己有一次昏迷，醒来时已经在医院里，坐在床边的父亲眼里也有着相同的目光，那是一种无法割舍的血浓于水的目光。虽然父亲平日里在自己面前总是不苟言笑，虽然他除了成绩单外几乎很少过问自己其他的事情，虽然自己经常总是只能在索要生活费和学费的时候才能见到他，但在那一刻，黄小路深深地体会到：这就是我的父亲。

但是现在没有时间沉浸在对过去的感叹中了，这个身体虽然能动了，却仍然在不停地流血，肯定支撑不了太久。黄小路努力张开嘴，在横飞的鲜血中拼命大叫一声："退出程序！"

血雾消失了，乱哄哄的人群消失了，有着父亲般目光的中年人也消失了。黄小路甩掉头盔，失魂落魄地坐起来，伸手在自己的身上检查了许久，确定没什么伤口。然后他开始背诵物理公式，背诵英语课文，以证明自己的头脑还是清醒的，没有变成李彬那样的疯子。最后他突然趴在床上，深深埋着头，呜呜咽咽地哭起来。

不只是为了刚才那千钧一发的惊险，还是为了濒死之际那些不断回旋在头脑里的念想。就在十分钟之前，他还在对这个游戏恨之入骨，然而现在，他却有那么一点点感激这个游戏。他发现，人真的只有在濒临绝境的时候才能体会到活着是多么美好，只有在面临失去的时候才能发现自己原本拥有的有多么宝贵。

他怔怔地回味着那些无法再重复的奇特体验，一个巨大的疑问慢慢出现：到底是谁制作了这款游戏？和其他游戏不同，进入这个游戏时没有任何厂商标志，没有任何工作室 logo（标识），也没有任何制作人员名录，只有空荡荡的"九州"两个大字。这张光碟背面没有任何印刷痕迹，黄小路也没有在李彬的房间里找到任何相关包装。现在李彬已经精神失常了，也没办法再去找他盘问。

黄小路回味着自己在这个诡异的游戏中所经历的那几幕场景，逼真的伤痛感乃至于对死亡的恐惧、充满真实感的人物、被逼着练刀以及差点死掉的情形……那个世界处处透出和一般的游戏所不同的地方。虽然刚刚经历了由生到死的惊险历程，他却忽然发现，这个游戏对自己有着别样的诱惑。他开始有点理解李彬之前所说的话了——这的确是一个"绝对无敌"的游戏。

三、魔鬼

接下来的一个星期，黄小路的行为相当反常。当他出现在高数课的课堂上时，他的同学都瞪大了眼睛看着他："哟，你长得还真像我们班的黄小路。"

黄小路报以宽容的微笑，他本来就嘴笨，也没办法想到什么词去回应。随后他意识到，除了周日的晚点名，自己的确已经很长时间没有出现在公众视线中了。也不知道为什么，经历了在九州游戏中的那由死到生的惊险一幕之后，他忽然觉得，自己的生活有必要做一点改变。也许不应该每天都让自己窝在出租房里，憋到脸色比僵尸还白，也不该把所有的时间都扔给游戏，荒废最重要的学业和正常社交。

当然还有一个更重要的原因：他对其他的游戏失去兴趣了。那个一出场就濒临死亡的贵族少年强烈地吸引住了黄小路，让他很想在这个庞大的游戏里挖掘出一些不一样的东西。他想要知道那个少年的命运，也想要知道其他人的命运，想要知道那块大陆上还有些什么事件发生。

他去医院看过一次李彬。李彬被关在病房里，身上裹着束缚衣，嘴角的唾液胡乱地流淌着，失神的双目注视着遥远的虚空。黄小路没能得到进屋准许，因为担心李彬会受到刺激，他无法直接与之交谈，只好向医生询问李彬的状况。

"病人还具备一些基本的生存机能，比如进食、排便等，但除此之外，他对外界没什么反应，"医生告诉黄小路，"倒是有些时候，他会无缘无故地突然狂躁起来，或者惊厥。"

黄小路想了想："他在害怕的时候，有没有说过些什么？"

医生回忆了一下："都是些很凌乱的词句，说得最多的就是'杀了我吧'，除此之外，有一次他还喊了一句什么什么依然在。"

"什么依然在？"黄小路追问。

"说得太快，值班的护士没能听清楚，"医生摇了摇头，"但是护士说，当时他的表情很难得地显得很平静，甚至还有点肃穆。"

黄小路扭过头，看着玻璃窗里的李彬。李彬依然满脸茫然，身体不安地颤动着，像是被某种巨大的恐惧所深深压迫。他心里一阵酸楚，谢过医生之后打算离开，没想到就在这时，李彬突然又发作了。他从床上滚到了地上，开始高声呼喊起来：

"指环！把我的指环还给我！"李彬声音凄厉，尖锐刺耳，"我的指环！把我的指环还给我！我错了！"

医生护士都匆匆赶进房里，黄小路被要求立即离开。他没有办法，只能郁郁地离去，耳朵里始终回响着李彬的尖叫："我的指环！我错了！"

这一天剩下的时间里黄小路始终心不在焉，李彬的呼喊在他的脑海里不断回响。指环，依然在，那究竟是什么呢？还有李彬说"我错了"，他什么地方错了呢……

晚上，他终于抵制不住那种诱惑，再次回到出租屋里，打开了游戏机。冗长的读盘结束后，他把头盔戴到了头上，那两个仿佛还在滴着血的大字"九州"再次浮现。

进入人物选择界面，几百个人物的 3D 模型密密麻麻排列着，等待着黄小路的挑选。他回想起自己第一次挑选到那个叫"吕归尘"的人物时的心理活动，之所以挑中这个角色，是因为这个人很年轻，而他玩游戏时享受的就是那种不断升级，不断获得新技能、新力量的过程，所以才挑中了这个角色。可是他没有想到，这个君王的儿子竟然一出场就要受那么多苦，甚至于要在死亡线上挣扎，真是足够讽刺。

　　所以这一次他想要换一种思路，直接挑选一个武艺已经成型的角色——至少他不用再去劈砍树桩了。人物选项中给出了不少看上去成熟稳重的中年武士，一个个都气度不凡，这其中包括人类，也包括九州世界里的一种特异种族——可以飞的羽人。他犹豫了一下，想到自己每次乘坐飞机时的紧张心情，并没有去点选羽人，最终还是选择了一个身材魁梧的人类壮年武士，旁边的提示说明此人属于"蛮族"的青阳部落，和吕归尘一样，都是游牧民族。毕竟在一望无际的草原上纵马驰骋是每一个热血少年的梦想，他希望能够满足自己的这个愿望。

　　黄小路发出了游戏开始的指令。

　　蓝光散尽后，黄小路发现自己正坐在一间宽大的营帐里面，周围站着一些侍从，都耷拉着眼皮，不敢向他多看一眼。他松了口气：至少不会有人来逼我练武功了吧？

　　他站起身来，走到营帐中央，观察着放在那里的沙盘。沙盘上摆放着一些棋子，显示出敌我双方的力量对比。看上去，两边的兵力相差不大，己方的兵力大约多出两成，但是两军相距已经很近了，大战恐怕一触即发。

　　黄小路连忙检查自己的身体，这是一具非常强壮的躯体，绝不似吕归尘那样病病歪歪。布满手掌心，尤其是指节上的老茧说明此人经常使用刀剑。果然，他的腰间就挎着一柄长刀。他小心翼翼地抽出刀来，刀长约四尺，身上刻着古老的花纹，刀锋上映出冽冽寒光，伸指一弹，刀身微颤，发出沉稳的颤音。这是一把好刀。

黄小路尝试着挥舞这把刀，随即发现自己的肌肉记忆里已经包含了一套相当刚猛的刀法。他只是信手挥动，就能把这套刀法使用得圆转如意，劈砍、刺削、横斩、防御……每一个动作都做得行云流水，和那个只会砍木桩的吕归尘完全不是一个概念。

他看见桌上放着一壶酒，刀锋一伸一缩，酒壶稳稳地落在了刀身上。刀身微侧，一股辛辣的烈酒直接倒入咽喉，好不痛快。借着酒劲，他的刀法更是锐不可当，劈出的每一刀都带着呼呼的劲风，令他的心里充满了强烈的快意。

等到兴尽收刀，他才发现营帐门口已经站了好几个人，从衣着打扮来看，应该是自己的下属。他们都恭恭敬敬地守在营帐门口，在自己舞刀的时候一言不发，结束之后才走了进来屈膝向自己行礼。

"大君！紧急军情！"为首的一名将领跪在地上汇报，"敌方澜马、阳河二部的援军共计两万人已经抵达铁线河，与九熿部大部队会合，其总兵力已经达到七万人，比我军多出一万多人。"

"九熿部还勾结了夸父族，我们在西北部的斥候刚刚回报，目前大约有五千名夸父战士已经压到了殇州和瀚州的边境，在火雷原中部聚集，随时有可能突破两州的边境直取瀚州腹地，而我们在边境已经没有多余兵力可以调动了。"另一名将领汇报说。

听上去，自己所在的青阳部落形势不太妙，光是正面敌人的兵力就已经超越自己了，更别提边境还有五千夸父。按照这个世界的基本设定，夸父族是一个巨人种族，无论是体形还是力量都远远超过人类，五千名夸父，恐怕可以抵得过人类军队好几万人。但不知怎么的，也许是这个角色的性格中被赋予的强硬个性，黄小路一点都没有感觉到紧张害怕，正相反，有一种兴奋从他心底深处涌起。这绝不是虚张声势，而是一种真正的兴奋，就好像敌人越强大，他就越开心一样。

"听起来，人数不少，"黄小路淡淡地说，"你们害怕了吗，青阳的儿郎们？"

将领们全都肃然站定，高声回答："追随大君，万死不辞！"

他满意地点点头："很好，这才是我青阳的子孙！我们青阳的男人，都是开弓射出的箭，从来不知道什么是害怕，什么是退缩！澜马、阳河、九熴三部，人数虽多，但在我眼里，他们也不过是一堆只会搬沙子的蚂蚁罢了。明天，我们的刀会让他们知道，青阳才是这草原上的霸主！"

将领们齐齐拜服于地，一齐重复着最后一句话："青阳才是这草原上的霸主！"

黄小路对自己能说出这样一番话相当惊讶，他平时和同学交谈都很难超过两句话，如果面前站的人多了，更是会紧张到不知所措。他开始有点明白了，这个游戏中设定的角色，都并不完全是一张白纸，当自己选择了角色之后，角色相应的性格也会有一部分移植到自己身上。所以自己扮演吕归尘时，会突然爆发出那么执着的坚韧力量，练习刀法直到昏迷血厥。而现在，自己扮演的这个角色有一种人莫予毒的强势力量，好像他天生就是站在最高处的那种人。虽然明知道这个游戏里的感觉是真实的，受伤会很疼，死亡甚至会带来非常严重的后果，但不知怎的，这个人物的性格影响着他的情绪，让他没有一丁点儿害怕和犹豫。

真爽，他想，在这样无比真实的幻境中扮演一个英雄领袖，太带劲了，比在那些干巴巴的打怪升级游戏里诛杀怪兽好玩多了。他已经很久没有体会到那种热血沸腾的感觉了，明天，一定要大开杀戒！

他几乎一夜未眠，在毡毯上翻来覆去，思虑着即将到来的大战，天明之后也丝毫没有感觉到困倦。他喝了一大碗热腾腾的羊奶，吃掉了一条烤羊腿，只觉得精力充沛，浑身上下都涌动着某种强烈的杀意。

按照九州世界的基本设定，蛮族是一个直性子的民族，即便是在战场之上，也没有华族人那么多的诡诈机巧。双方都将兵力投入到了正面战场，一上来就是血肉横飞地正面绞杀。

黄小路背后背着七八把长刀，一马当先地杀入敌阵。在各种虚拟现实游戏里摸爬滚打多年，他出手砍人时的心态异常平和，动作也很稳健，毫不慌乱，把刀法中的种种精妙之处都淋漓尽致地发挥了出来。这个人物力量奇大，反应迅速，眼疾手快，马术也异常娴熟，天生就是一个马背上的战士；片刻之后，已经有十多名敌人被他一个人杀死，而青阳部也因此而士气大振，三军用命，虽然人数相比敌人少了一万，仍然渐渐占据了上风。

这个战场设计的真实性让黄小路十分惊讶。每一刀劈出去划开敌人盔甲的触感，切开皮肉的轻响，鲜血喷涌时的浓烈血腥味，落马的战士被马蹄踏断骨头所发出的惨叫……一切的一切都那么真实，比其他游戏里一拳打出去敌人就灰飞烟灭的场景，其逼真感实在不知道提高了多少倍。

那种鲜血的味道不断扑入鼻端，也让他不知不觉中愈加兴奋。每一刀挥出去，他都渴望着能砍出更深的伤口，让敌人滚烫的热血直接喷溅到自己的盔甲上，让自己的全身被血液染成鲜红色。他渐渐感觉自己已经和刀融为一体，再也没有任何的阻碍，每一具倒下的尸体，都能令他的激动再增加一分。不知不觉中，死在他刀下的敌人已经超过了五十个。他一个人就杀死了五十多个敌人。

当他再次一记横斩把一名冲上前来的步兵的头颅生生切下时，那种遍布全身的快乐终于让他忍不住抬头仰天，发出得意的狂笑之声。但他忽略了一点，他仍然身处战场，身边仍然包围着数以万计，随时想要取他性命的敌人。

嗖的一声，一支冷箭从远处发射出来，从人群的夹缝中穿过，稳稳地命中了他的右胸。他只觉得胸口一凉，接着一阵剧痛传来，半边身子失去控制，从马背上栽了下来。

惊呼声中，青阳部的战士们蜂拥而上，年轻人们不惜用自己的血肉之躯筑成壁垒，抵挡住敌人的冲击，把他救了下来。而敌方三个部落的战士们士气大振，一起发出了呼喊声："依马德落马了！""依马德落马了，青阳崽子们完蛋了！"他们重新发起了潮水般的冲击，逐渐抢回了上风。

黄小路，或者说这个叫作"依马德"的角色，右胸中箭，鲜血汩汩地从伤口处流出，染红了他的右半身。他想要挣扎着站起来，却已经力不从心，部将们拼命按住他，不让他挪动。

"大君！请速速回去包扎伤口吧！"一名部将血红着眼睛大吼道，"这里有我们！青阳部不是只有大君一个男子汉，有我们在，这些绵羊一样的敌人不堪一击！"

这话显然只是安慰性的，精神领袖依马德被射下了马，已经重挫了青阳部的士气，而敌方则一鼓作气攻了上来，兵力上的优势逐渐展现。尤其是青阳部的左翼，在澜马、阳河二部两万精兵的轮番冲击之下，已经快要抵挡不住了。

黄小路心里悔恨交加。如果在那一个瞬间，自己没有得意忘形就好了。战场上果然是容不得半点疏忽啊，如今这一箭把自己变成了废物和累赘，不但不能上马作战，还得连累己方分出兵力来保护，而这局面对士气的打击更是无法估量。血的气味仍然飘入鼻端，但嗜血的战士已经无法站立起来了。

我要站起来，我要继续杀人，我需要那鲜血的气息……重伤之下的黄小路精神恍惚，脑子里却有一个声音在不断地呼喊着：站起来……站起来……站起来……

突然之间，他感到脑海里那呼喊的声音变得更响亮了，而且音量越来越大，直到彻底掩盖了战场上的喊杀之声。而他眼前则有一团血红色在扩大，无限地扩大，直到整个视野中只剩下了这种血的颜色。

黄小路心脏猛地紧缩了一下，接着是一阵狂野的跳动，就像是它要从胸腔里蹦跳而出一样。随着这一阵异样的脉动，他感觉胸口的疼痛开始减弱，越来越弱，直到完全感觉不到疼痛的存在。与此同时，沉重的身体开始变得轻盈，甚至感觉不到分量的存在，一种奇异的力量从体内生起，就像是一团蔓延的野火，迅速点燃了全身。

他跳了起来，这个叫作依马德的男人跳了起来，伸出手握住胸口的长箭，用力连着箭头一起拔了出来。带着血的箭矢被丢到地上的同时，他胸口血肉模糊的伤口竟然已经开始愈合了！

黄小路随手抢过一把刀，也不去牵马，就这么迈开双腿冲入了战阵。在他的身前，一名骑士正骑着一匹高头大马，以雷霆万钧之势向着他冲过来。他并不停步，手中长刀挥出，在空气中划出一个完美的圆弧，突然间血光冲天，这名骑士已经连人带马被这一刀砍成了两段！

黄小路发出一声狂怒的咆哮，挥舞着钢刀重新杀入人群中。这一次，他只觉得整个世界都是血红的一片，而身体燥热得十分难受，仿佛只有血液飞溅到身上的时候，才能感受到一丝清凉。手中的钢刀浑似没有重量，身前的敌人一个个都好像是纸做成的，只需要用刀轻轻一划，就能把他们撕成两片。而敌人的攻击也一下子变得如同蚊虫叮咬，他甚至不需要刻意去躲闪，敌人的刀枪在他身上造成的伤口能够瞬间自行痊愈。

澜马、阳河和九燸三部的士兵们都惊呆了。他们也都是身经百战的勇士，都是草原上成长起来的钢铁汉子，但却一辈子都没有见到过这样血腥的屠杀。依马德就像是一团滚入草原的熊熊烈火，所到之处，青草和泥土都被烧得焦黑。

好痛快啊，黄小路心里满足地想，一辈子都没有这么痛快过。那股凛冽的杀意已经充斥了全身的每一处毛孔，随着他的举手投足发散到空气中，与浓浓的血腥味融在一起。在他的带领下，青阳部的士气被重新激发出来，而敌人面对着这砍瓜切菜般的杀戮完全无力回击，阵线很快就在青阳的冲击下全面崩溃。

青阳完胜。黄小路并不太清楚这一战的意义是什么，他所知道的是，自己在这样的杀戮中获得了前所未有的快乐。虽然现在战役已经结束了，但他血管里的血液却依然在熊熊燃烧，没有半点冷却下来的意思。那种嗜血的欲望还在五脏六腑四肢百骸里来回流转，就像饿狼不断磨动的牙齿，啃食着岌岌可危的意志。

战场上到处是断肢残骸，空气中弥漫的血的气息令人作呕。黄小路手提钢刀，站在尸山血海中，心里愈发茫然和空虚，那种杀戮的欲望非但没有减弱，反而越来越强了，但敌人已经匆匆退去。

他正在烦躁，一名己方的青阳士兵走向他，不知道嘴里说了句什么。他根本听不清对方说的是什么，只知道这声音更令他烦心。突然之间，他不由自主地举起刀，挥出一个漂亮的圆弧——这名士兵的头颅飞上了天空。

我杀了自己人！黄小路在心里吃惊地叫道。但他只能在心里号叫，嘴上已经无法控制，只发出连续的咆哮之声。他的身体不由自主地继续运动，手里的大刀连续劈出，竟然朝着自己人展开了持续的砍杀。

青阳部的士兵们一来猝不及防，二来也无法向着带领自己取胜的大君还击，一片混乱之中，已经有十多人被他杀死。其余人不知所措，唯一能做的事情就是远远逃开，尽量避免和他接近。

我这是怎么了？黄小路想要喊，却根本不能控制喉咙，更加无法控制身体。在他的身前，刚才还在并肩作战的部下们只能仓皇逃窜，血红色的天幕仿佛在发出响亮的嘲笑声。

魔鬼！这两个字从他心里蹦了出来。这个叫依马德的人，是一个伟大的战士，却同时也是一个可怕的魔鬼。他拥有着一种可以被激发出来的超人的体质，却无法自如地控制这种能力，于是便成了只知道无休止地嗜血屠杀，却连敌我双方都无法分辨的魔鬼。

或者说，疯子。

黄小路也不知道依马德到底砍杀了多久，杀死了多少自己人，他只是一直在等待，无奈地等着这股疯狂的杀人之血冷却下来。当他终于觉得脑子稍微清醒了一点，总算能够自主地发出声音后，他无奈地大喊了一声："退出！"

四、风雪

又是一次失败的经历。摘下头盔之后，黄小路怔怔地想。这一次，依马德不像吕归尘那样孱弱，他是一个狂暴的战士，能够在敌阵中呼风

019 ·

唤雨予取予求。但和吕归尘一样，他仍然无法控制自己的身体。吕归尘险些死于血厥，侬马德却险些在狂血的驱使下杀光自己的部属。对于一个追求完美的高级游戏玩家来说，这样的结果显然是失败的。

"你想要告诉我什么？"黄小路盯着闪动的液晶屏，像是在发问，又像是在自言自语，"人生永远不由我们自己掌控吗？"

这之后，黄小路又抽时间尝试了其他的角色，非常奇怪的是，这些角色的经历都不能让人如意。比如他尝试了一下羽族，选择了一个武功高强、年轻有为的羽族游侠。结果这个游侠是个穷光蛋，拥有一间破破烂烂的事务所，三天两头被人打上门来催债，顿顿都只能啃冷馒头，搞得黄小路苦不堪言。

他又尝试着选择了一个皇帝角色，心想我总算可以享受一点点锦衣玉食的生活了吧？没想到一出场，他就发现自己坐在一辆马车里，带领着数量极少的御林军跑去诛杀一个反贼。而当他的这支小部队来到反贼居住的"离公府"时，对方涌出了上千名赤色衣甲的精兵，黄小路长长地叹息一声，在那汹涌的赤潮彻底淹没自己之前及时喊出了"退出"，避免了一场厄运。

皇帝当不成，在乱世里当一个土匪享点福行不行？于是他又扮演了一名悍匪，率领着多达五千人的部队横行一方，快意无边。可惜享福没几天，在攻打一座城池的时候，守军里杀出了一名神箭手，不顾对面有着几千土匪，硬生生朝自己冲过来。这名神箭手的前两箭都落空了，黄小路的第六感发作，知道第三箭势必非同小可，堪堪在那支箭的箭头射穿自己额头前的一刹那大吼一声退出。放下头盔时，他发觉自己浑身都是冷汗。

他甚至还尝试过平民生活，选择了一个先祖曾做过皇帝，但现在已经没落为平民的中年男子角色，心想着在平淡的日子里观察一下这个九州世界也好。结果刚刚进入场景，他就发现自己正双膝跪在一块搓衣板上，膝盖生疼，头上还顶着一根蜡烛。正莫名其妙，房门打开，一个长得还算不错，但满脸凶悍之色的妇人闯进来，手中拿着一根又粗又长的木棍，嘴里怒吼着"看你还敢不敢再去凝翠楼"。黄小路对那根木棍望而却步，在其触及自己皮肉前赶紧喊了退出，心里纳闷了许久：这个九州世界难道是个母系氏族社会吗？

其他选择也都大同小异。总而言之，这个九州世界里有名有姓的角色似乎都处在各种各样的苦难和磨难之中，总是没有办法让他体会到那种顺利游戏、升级到底的快感。但这一次次的经历反而使他更加沉迷于这个世界。作为一个游戏高手，他绝不愿意向任何一个游戏妥协，何况每进入一次这个游戏，九州世界就仿佛多露出了冰山一角，那种庞杂繁复的程度黄小路前所未见，让他很想一窥其全貌。

李彬的病情渐渐得到控制，基本上不再有狂躁和惊厥的症状了，而且也慢慢开始对外界信息有了反应，于是被医院允许回家调养。黄小路去看了他几次，李彬还能看着他咧嘴傻笑，但他并不敢追问李彬那张光盘或者"依然在""还我指环""我错了"的事情，生怕因此而让好不容易平静下来的病人又遭受刺激。

"你或许是因为游戏里被杀才变成这样的，可你念念不忘的到底是一些什么呢？"黄小路扶着李彬在他家的院子里走路，心里暗暗地问。阳光下，李彬的脸色红润，动作也并不显迟钝，但是目光里仍然有着几分旁人猜不透的迷茫和悔恨。黄小路想要弄明白这一切，唯一的办法仍然是去游戏当中寻找。

入夜之后，黄小路再次戴上了头盔，对着那满屏幕的人物发呆。过去若干次的惨痛经历已经让他产生了心理阴影，让他看到人物列表就开始发怵。皇帝、贵族、侠客、将军、平民百姓……好像无论怎么选择，后果都是悲剧。但他又实在忍不住想要跨进这个世界，想要了解这个世界。

他无聊地用手指划拉着那长长的人物列表，当拉到尽头之后，忽然眼前一亮。他看到了一个过去没有留意到的选项：自建人物。也就是说，自己可以从零开始设定某个人物，黄小路盘算着，由于这个人物是设定之外的新人，不会有什么固定的命运在等待他，也就应该不至于一亮相就跪搓衣板或者劈木桩什么的。

他进入了自建人物的选项，输入名字后，首先要设定人物外形。按照以前的爱好，他多半会设定一个身高一米八五以上，高大英俊的帅哥，但面对这个未知深浅的游戏，他却多了几分顾虑。

"还是别弄得那么醒目比较好，"他嘟囔着，"好像越醒目的角色越遭罪。"

黄小路把身高定在了一米八以下，相貌也装扮得稍微平凡一点，武功倒是没什么可说的，在可选范围内尽可能调到最高，尽管这个最高估计也很有限。然后他开始选择职业，系统给出了一些门派的名称，比如天驱武士、天罗山堂、辰月教、天然居旅者、长门修会修士等等，分别附有一段简略的介绍。黄小路大致阅读了一下，了解了这些组织的基本情况，神秘的辰月教和冷酷的天罗山堂吸引了他的注意。正在这二者之间犹豫不决的时候，他忽然浑身一震，"啊"的一声惊叫了出来。

他看到了天驱武士的外形示意图。从立体画面上可以很清晰地看到，天驱武士的大拇指上戴着一个铁青色的扳指，看来是拉弓用的，但这个扳指让他立即想到了点什么。

"指环！把我的指环还给我！"那是发了疯的李彬的呼叫声。而这一刻，黄小路终于明白过来，李彬口中的指环指的是什么——就是天驱武士套在拇指上的这个扳指！更加让他激动的是，天驱武士的简介里有这么一句："……天驱们通常以'铁甲依然在'作为彼此联系记认的切口。"

铁甲依然在！李彬想说的就是这句话！黄小路兴奋不已。他意识到，天驱武士是一把钥匙，也许可以凭此弄清楚李彬所念念不忘的究竟是什么东西。他毫不犹豫地选择了天驱武士作为自己的职业，至于"出生地点"，他并没有什么特别的喜好，根据之前的经验，好地方未必有好的遭遇，坏地方未必一定是坏的运气。所以他最终点选了随机。

接下来的一条警示吓了他一跳："警告！选取随机自建人物将不能随

时退出，只有在特定退出点才有效，请慎重考虑。"

是该慎重考虑，黄小路想，血厥而死，发狂而死，被逆贼杀死，被老婆的大棍子砸死……这些可怕的经历，假如没有随时退出，真是不知道该如何拯救自己。而如果选择了这个随机自建人物，就相当于把自己的命运完全交给游戏来掌握了。

他忽然想到，李彬也许就是接受了这项条款，才在游戏里遭遇灭顶之灾的吧？但想到李彬，却有另外一种勇气涌上了心头。黄小路知道，自己是一个不擅长交际的人，身边几乎没有几个朋友，李彬算是其中和自己特别要好的那一个。他还记得自己在校外租房的时候，李彬偷出了父亲的小车来帮自己运东西，结果半道上车子不小心蹭花了。自己很不好意思，想要掏钱，被李彬一把挡下来："咱俩计较这个干吗？"

现在就由我来替你计较吧，黄小路想，我来找到你想要的指环。

蓝光散尽后，黄小路揉揉眼睛，站了起来。一股寒意立即穿透衣服直达身体，让他不由自主地哆嗦起来。在连打了四五个惊天动地的大喷嚏之后，他揉揉鼻头，看看身边，四周白茫茫一片，硕大的雪花一片一片从空中落下来，又被呼啸的狂风吹得满天乱飞。黄小路跺一跺脚，能够感受到地面冻得相当硬实，全都是坚冰。天空中浓云密布，太阳也显得灰蒙蒙的，好像一点热量都没有。

糟糕了，黄小路叫苦不迭，肯定被系统随机发配到殇州这鬼地方来了！按照九州的地理简介，殇州就是一个长年冰封万里的高原，约等于青藏高原那样的高寒地带，是个要命的地方。早知道就该选择宛州、宁州之类的地方，至少不至于一进入游戏就被冻死……

黄小路拉紧了身上的棉衣，一步一步地在冰雪中艰难跋涉，他感觉身上厚厚的衣物就好像不存在一样，冷风刮过就彻底凉透了，哈出来的白气似乎都会迅速凝结成冰掉在地上。幸好当初设定武力值的时候一切都选了最高，这个身体还算是强健，能够迎着风勉强前行。

走出去二十多分钟之后，他终于找到了一个专门用来给商队、行人避风的山洞，于是一头扎了进去。殇州虽然是苦寒高原，但却蕴藏着很多价值不菲的珍稀药物和矿物，所以每年仍然有不少人冒着生命危险来到这里寻找发财的机会。而殇州气候复杂，暴风雪刮起来的时候，就算是砖石结构的房屋也都支撑不住，所以这种就地取材的避风山洞就成了旅者的首选。

黄小路实在庆幸自己在看设定的时候，对殇州的设定多看了几眼，才知道来寻找这种山洞，不然说不定只能在冰天雪地里变成一个僵硬的塑像。他在山洞里找到了前人放下的柴薪和一些简单的灶具，生起了一堆火，再顺手烧了一锅热水。过了好一会儿，他才觉得身体温暖起来了，然后一碗热水下肚，只觉得人生中最惬意的时刻莫过于此时。

这一类的山洞中通常会有人在某块平整的洞壁上刻下地图，方便来这里歇脚的人校正方位。黄小路搓着手，在山洞里搜寻着，很快就找到了简便的示意图。结合着之前硬记下来的大致的九州地理情况，他发现自己正处在殇州东北部的蛮古山脉附近，这基本是整个殇州气候最恶劣的地区，终年狂风怒号、冰雪封天。但黄小路知道，自己在这样的地点"出生"，必然是有其理由的。

他在身上掏摸了一阵，果然找出一张纸，打开一看，上面写了几行字："黄小路：与谢子华、哈骨塔因会合，一切行动由谢子华指挥，只可协助，不可自作主张。"除此之外，他怀里还有一个铁青色的指环，无疑是天驱武士的记认标志。

他把玩着这枚做工粗糙的指环，脑海里慢慢浮现出两个人的身影，一个是精干的华族中年人，另一个是一个魁伟的夸父，黄小路知道，这是系统赋予他的记忆，那就是谢子华和哈骨塔因的形象。但是除此之外，记忆里并没有其他关于这两个人到底在哪儿的提示。

他再去看了看地图，离此地向南大约五六里的地方，有一处比这里大得多的山洞，通常被作为其他族类和夸父族之间的一个临时交易点。那里一般会多聚集一些人，到那里去可能可以打听到关于谢子华和哈骨塔因的消息——假如他们确实在殇州的话。

只是他好不容易暖和了那么一会儿，又要重新回到怒号的风雪中，实在让人有些畏惧。五六里的路程在平原地带是一个很近的距离，但在高原的冰雪当中，这是相当漫长的一段路。但黄小路也没有办法。他找到之前在这里歇脚的人留下的一些干粮，就着热水嚼了一张饼，苦着脸打算上路。

就在这时候，山洞口忽然又钻进来一个人，黄小路抬眼一看，心里暗暗有点发紧。那是一个高大的夸父，按照黄小路熟悉的计量单位，他至少得有三米高，全身上下裹着粗糙的兽皮，光看面相就足够吓人，更别提他手里还提着一把巨大的石斧。黄小路下意识地往山洞的角落里挪了挪，虽然这个山洞再钻进五六个夸父也还算宽敞。

夸父靠着洞壁站立，目光扫视着，看见了黄小路。黄小路心中忐忑，勉强挤出一个笑脸，也不知道夸父语的"你好"该怎么说。倒是夸父二话不说，向前迈出两步，便轰的一声倒在地上——晕过去了。

黄小路战战兢兢地靠近，才发现夸父的腰间有一道非常深的伤口，自己几乎可以把手臂都放进去，伤口上的鲜血已经结成了冰碴。他愣在原地，想要离开山洞不去搭理，反正从脸型辨别，这个夸父也不是他要寻找的哈骨塔因，大可以任由他死在这里。

但专业游戏玩家的敏锐感告诉他：游戏里突然出现的这种 NPC 绝不是全然无用的，很可能有一些关键的线索或者道具需要他来提供，如果就此离开让他死在洞里，这条重要的线索很可能就断了，而自己现在正在玩的，是一个不允许读档的游戏，每一步都必须计算精细。想到这里，他七手八脚地把身上所有的东西都掏了出来：汗巾、钱币（在九州里分为金铢、银毫、铜镏）、火折……终于到最后摸出了一瓶药膏。闻了闻味道，他不太确定地认为，这应该是某种外伤药膏。

他又烧了些热水，先替夸父洗净伤口，然后涂药。夸父的伤口又长又深，这一瓶药膏足足用了三分之一才算覆盖伤口。然后他把一碗水灌进夸父的嘴里。过了一会儿，夸父慢慢地醒了过来。

"谢谢你，小人。"夸父用生硬的通用语（被称为东陆语）说，声音听上去还很虚弱。

"别客气，"黄小路说，"你是怎么伤的？要我帮你通知你的族人吗？"在游戏里对着虚拟人物说话，黄小路觉得自在得多，也不会像现实生活中那样惜字如金。

"不必了，我的族人……已经都没有了，"夸父说，"部落毁了，我是最后一个逃出来的……"

黄小路心里一惊："什么人那么厉害？其他夸父部落？"

夸父的回答让他更为吃惊："不是……是人类。他们假装成商队先和我们友好相处，但昨天夜里，他们在宴会的食物里下了毒，等到我们都没了力气，才下手的。我正好胃疼，没吃什么东西，所以才能幸免于难，逃了一夜逃到这里。"

什么人类敢跑到殇州来暗算夸父部落？黄小路越想越觉得此事不简单。人类和夸父的战争通常都发生在殇州和瀚州的交界地带，而蛮古山脉，通常都是夸父的领地，向来没有人类敢在这里造次。

"你能猜到是谁干的吗？"他问。

"他们一定是和铁牙部落有关系的那群人类，那群从东陆来的密使，"夸父说，"铁牙部落联合了几个部落，想要和东陆的华族人类皇帝结盟，共同进攻瀚州的蛮族，但遭到了其他一些部落的反对，我们银岩部落就是反对最激烈的。"

黄小路大致明白了，这不只是部落间的仇杀，还涉及复杂的政治因素。那个什么东陆华族的皇帝，想要联合夸父的力量从西面和南面夹攻瀚州的蛮族，而夸父内部显然分化得厉害，并不能形成统一的意见，于是产生了这样的政治刺杀。

一个念头在黄小路脑海中冒了出来：此事会不会和自己的任务有关？他大致了解，天驱的宗旨之一就是制止战争，而夸父如果和华族人类联手，将会形成一个很可怕的战争格局，天驱应该不会坐视不理。

想到这里，他站了起来："抱歉我得走了，我要去找我的同伴。"犹豫了一下，他又补充说，"也许我们能想办法阻止铁牙部落。"

"你是一个天驱？"夸父忽然眼前一亮。

"我是。"黄小路又犹豫了一下，但还是掏出了指环给他看。

夸父艰难地伸出巨大的手掌，轻轻握住了黄小路的手："请你想办法制止这场结盟。虽然这么说很自私，但我们夸父不爱说谎话，我不希望我的同族们卷进和自己无关的杀戮中去。"

"我会尽力的。"黄小路点点头。

夸父收回手掌，猛地一用力，把裹在自己上半身的那一整张兽皮撕了下来，递给黄小路："你穿的衣服太少了，你们人类的布料和棉花顶不住殇州的风雪。把这张狰皮围在身上，可以保暖。"

不管怎么样，这个NPC至少保证了我不会被冻死。当披上这件还带着夸父体温的兽皮时，黄小路带点自嘲，也带点感激地想到。

尽管多了一张防风的兽皮，在高原雪地上行走仍然困难重重，双腿不时陷进没过大腿的积雪中，而高原稀薄的空气也让他很快就开始气喘吁吁。幸好走了一阵之后，风渐渐停了，行路才稍微变得容易了一点。

也不知走了多久，他终于找到了那个被当作集市的大山洞，兴奋地赶紧跑了进去。山洞里非常温暖，早就有人点燃了足够的篝火。他走了进去，看见山洞里一共有三拨儿人，两拨儿人类的行商，一拨夸父，各自守着一个火堆。他走向了其中一队行商。

"小伙子，到这里来坐！"一个秃顶的老头热情地招呼他。他道了谢，在火堆边坐下，脱下已经浸透冰雪的靴子，一边暖脚一边烤干靴子。

"这张狰皮品相相当不错啊。"老头看来是个识货的商人，一眼就注意到了黄小路身上的狰皮。

"这是一位夸父朋友送给我的。"黄小路说。老头的这句话提醒了他，万一那群夸父中有人认识这张皮，只怕还会惹出麻烦。他不动声色地脱下狰皮，垫在身后。

山洞里虽然人多，气氛却有点沉寂，大家都围着各自的火堆默不作声，自己人之间也很少交谈。倒是那个秃顶老头不一会儿就开始跟黄小路搭话。

"你也是来这里跑生意的吗？"他问，"怎么也没带什么行李？"

"遇上雪暴，弄丢了，"黄小路说着早就想好的谎话，"同伴也失散了，就剩下我了。"

"你的同伴长什么样？"老头问。

黄小路向他形容了一下谢子华和哈骨塔因的相貌，老头想了想，忽然一拍手："大概就在今天上午的时候，我们已经来到这里避风了，看到这么一个人正和一大群夸父走出去，也许你要找的夸父也在里面，不过那我就没看清了。"

"您知道他们去哪儿了吗？"黄小路赶忙问。

"我隐隐听到他们的几句对话，好像那些夸父是一个什么银岩部落的，那个人就是要和他们去银岩部落。"

黄小路若无其事地道了谢，然后卧在火堆旁作假寐状，心里却已经叫了七八十声糟糕。银岩部落就是那个受重伤的夸父的部落，可它已经在昨天晚上被人类用毒屠灭，今天上午怎么可能又出现一群银岩部落的夸父？黄小路几乎可以肯定，他们都是铁牙部落的夸父伪装的，想要诱捕谢子华和哈骨塔因。所以，现在这两个人多半是凶多吉少，搞不好已经成了阶下囚甚至已经丧命了。

现在该怎么办？黄小路苦苦思索着。仔细想想，一人一夸父，想要杀死他们轻而易举，但夸父没有杀死他们俩，而是诱骗了他们，说明两人还有利用价值，暂时能保住性命。这么一想，他心里稍微安稳了一点，开始琢磨着，要不要找人带路去铁牙部落，想办法救人。

然而再一想，单凭他一个人和腰间悬着的长剑，面对一大群身高力大的夸父，哪有丝毫胜算？自己现在只是一个武艺中等的普通天驱，而不是狂血战士依马德，打上门去岂不是飞蛾扑火自取灭亡？

他在火堆旁烦闷地盘算着，大概是这一天在雪地里奔波太累太辛苦了，而现在的篝火又太温暖太舒适，他在不知不觉中睡着了。等到醒来的时候，黄小路发现洞外一片黑暗，时间竟然已经到了夜间，而山洞里的人也越来越多。

"本来下午雪都停了，结果黄昏前突然下大了，"秃顶老头有些担忧，"今天是铁定走不成了，大家都得在山洞里过夜。"

"过夜也没有关系吧？"黄小路说。这里点火的柴和牛粪很充足，食物也还有不少。

"不是这个问题，而是人类不该在这里过夜，"老头说，"蛮古山脉是殇州最艰险的地方，却也有着最值钱的货品，所以夸父们并不是很欢迎人类到这里来。在一批对人类很不友好的夸父中间，有一条不成文的规矩，人类要是想来到这里，除非得到某个夸父部落的庇护，否则他就必须白天到白天走，夸父不允许人类在附近的山洞过夜。他们认为，人类待在这里过夜就是亵渎了蛮古山脉的雪山之神。如果被他们撞见了，他们就会把货物都抢走，甚至于杀人。"

"可是，风雪那么大，他们应该不出来了吧？"黄小路怀着侥幸问。

"正相反，这样的天气他们才喜欢出来，"老头摇着头，"因为他们知道人类在这种天气下走不了，多半会躲在山洞里任他们宰割。"

五、我叫什么名字

果然，不久之后，休息够了的夸父们冒着雪离开了，人类的商队却不敢动弹。原本分成两拨儿坐着的人们不知不觉间挤到了一起，年轻人们沉默地磨着刀，但他们也清楚，如果真的遇上了一群凶悍的夸父，这样的抵抗几乎就是徒劳的。

"没关系，"老头安慰着黄小路，"这样的事情我过去也遇到过好几次，并没有夸父出现。不过到殇州来跑商，本来就是把脑袋提在手里的一场冒险，真遇上了，那就认命吧。"

"那他们为什么还要来呢？"黄小路忍不住问。

老头微微一笑："无非是找一碗饭吃。在九州这样的地方，无论是吃哪碗饭都不容易，想要安安稳稳的，可就难免吃不饱饭；想要多吃几口，就要做好从此再也吃不上饭的准备。"

老头说得很平静，但言语里饱含着无穷的沧桑。黄小路心里一动，觉得自己大可以和他攀谈一阵，加深自己对九州世界的了解。虽然他一向害怕和陌生人说话，但面对着一个虚拟角色并且把这种交谈当作游戏必需的进程，会使他的心理障碍减缓许多。

"您是怎么干上这一行的呢？"黄小路问。

老头在火堆旁磕了磕烟斗，目光仿佛无意识地看着眼前跳动的火苗，忽然问："你看我今年多大年纪？"

黄小路看着他布满皱纹的脸和花白的头发，以及罗锅一样佝偻的背，想起了自己的爷爷："……六十多？"

老头嘿嘿一乐："你看走眼啦。我今年整好四十七岁。"

黄小路觉得难以置信。四十七岁，那应该是和自己的父亲差不多，可他看起来已经和祖父一样苍老了。

"四十七岁，四十七岁啊，"老头说，"任谁见到我，都不相信我只有四十七岁，可一个人要是像我这样过了一辈子，又怎么可能不变老呢？"

他深深吸了口烟，缓缓地说："我生在澜州，家人本来是夏阳港附近的渔民，生活虽然苦一点，一家人在一起倒也其乐融融。可是就在我十岁那一年，澜州北部的羽人和南部的人类打起来了。有一天，我爹正在海上捕鱼，忽然遇到了羽人的木兰战船，一同打鱼的二十多艘渔船都被击沉了，我爹仗着水性好，拼死抓住一块船板，顶着风浪游了回来。他没有死于羽人的战船和利箭，却在十天后被官府抓去砍了脑袋，因为死了那么多渔民却唯独他活着回来了，官府便认为他是羽人的奸细。

"我娘经不起那样的刺激，投海自尽了，留下十四岁的姐姐和我。父亲成了奸细，我们在渔村也没法待了，于是卖掉了能卖掉的所有东西，离开了澜州。钱用完了就一路要饭，就那么一直来到了宛州。姐姐带着我在南淮城住了下来，她去给人做丫鬟，我在一家染料铺子里当学徒，没有薪水，姐姐赚的钱将将够度日，就这样我们好歹也熬过了两年。我的学徒期满，染料铺老板说我手脚麻利、脑子灵活，收了我做正式的帮工，每个月也能拿到工钱了。那时候我很高兴，以为从此可以在南淮城安安稳稳地活下去了。

"但我没有想到，那只是噩梦的开始。染料铺老板之所以留下我，是为了能有机会去纠缠我姐姐。那个老板已经五十多岁了，我姐姐才只有十六岁，但那个禽兽……他故意设局，害得我配错料毁了一大缸的染料，然后他去找我姐姐，威胁她说，如果要赔钱的话那笔钱我们根本给不起，他完全有能力把我送进监狱里去。为了我，我姐姐只能从了他。

"后来我姐姐就怀孕了。老板想让她把孩子生下来，因为他老婆不能生育，不料事情还是被老板娘发现了。她竟然带着几个打手，把我姐姐打成了重伤导致流产，最终……一尸两命，一个都没能保住。我知道这事后，犹如五雷轰顶，推着我姐姐的尸体去告官，官府却说证据不足，把我轰了出来。

"那天夜里我在姐姐的尸身前跪了一夜，之后点火把姐姐的尸体烧了。我把骨灰背在身上，等了一天，等到黑夜再次降临。然后我带着一把尖刀，趁夜潜入了老板的宅子，把老板夫妇俩的心都剖了出来。那一年，我只有十二岁。我过去从来没有想到过，十二岁的我就能够这么残忍，可我当时还觉得掏心远远不够，我真想把他们身上的肉一片一片地割下来，祭奠我的姐姐。

"我逃离了南淮城，后来就背着骨灰在九州各地流浪，只要能活命，什么都去干。二十六岁那一年，我在瀚州给一支人类的商队做向导，结果半道上遇到了马贼，在逃跑途中，姐姐的骨灰丢了。马贼离开后，我回身去找，但是茫茫草原上怎么也找不到了，反倒是我一不小心找到了一袋埋在泥土里的金铢，大概是哪个客商担心被马贼抢走，偷偷埋在那里的。于是我丢失了姐姐的骨灰，却得到了一笔本钱，我只能安慰自己，说姐姐陪着我跑了这么多年也累啦，她也想安睡了。于是我没有再去仔细寻找，从此开始在殇州这一带跑商，一晃，二十年就过去啦。"

老头讲述这段经历的时候，语气始终很平缓，即便是讲到姐姐惨死的时候，也几乎没有什么情感的波动。火光在他满脸的皱纹间跳动着，映照出无限的沧桑。黄小路看着他那张苍老的面容，几乎不知道该说些什么才好。他忽然意识到，苦难其实离人是那么的近，近到触手可及，而自己过去从来没有意识到这一点，竟然非要进入到一个虚拟的世界中，才能对此有所体会。

"所以我一直都觉得，种族之间的仇杀是那么的可笑，"老头说，"我被羽人害死了亲爹，可最终下手的其实是人类，而我姐姐也是被人类害死的。我被蛮子追赶过，被河络驱逐过，甚至好几次差点在夸父手下送命。所以我从来不觉得哪个种族更好，哪个种族更坏，这世上坏的只有人心，而不是外表的皮囊。"

这个黄小路就不太懂了，但他也记得这个世界的基本设定，六族之间好像从来没有真正的理解和友谊，即便出现和平局面也都只是由于军事上势均力敌而暂时达成的妥协。他本来没有把这些当一回事，可当他在山洞中见到那个突然出现的受重伤的夸父时，第一反应仍然是——害怕。这大概是这个九州世界中最流于表面却又最深入骨髓的烙印了，不同种族相见，首先想到的就是警戒，首先怀疑的就是伤害。而听完这个老头的经历之后，他更加意识到，彼此间的伤害甚至与种族无关。

他想起自己喜欢看的一部武侠电影，里面有一句经典的台词："有人的地方就有江湖，人就是江湖。"而现在，黄小路想，有人的地方就有伤害，人就是伤害，或者套用那位哲学家的话来说——他人即地狱。

他怔怔地想了很久，直到老头忽然又拍了一下他的肩膀："你真是个很有意思的人。"

"为什么？"黄小路一愣。

"因为别人都对我这样的经历习以为常，大概是因为每个人都有自己的苦难，"老头说，"而你居然能听我把那些陈芝麻烂谷子的玩意儿都讲完……真是个有耐性和善心的年轻人啊。"

我算吗？黄小路疑惑了。他觉得自己只是无知而已，之前的他只生活在自己那狭窄温暖的世界里，从来不去观察别人的世界，现在反倒是一个虚拟的游戏、一个虚拟的人物告诉了他这么多东西。

"你叫什么名字？"他突然问，"好像我们聊了那么久，我还没有请教你的名字。"

老头身子微微一震，忽然间眼里就有了点泪光："真是个好问题。我在殇州带着商队跑了二十年，人人都叫我老刀把子、彭老刀，从来没有人问过我叫什么名字。我……"

他刚刚说到这里，忽然神情一变："有人靠近了！"

黄小路竖起耳朵，却只能听见风雪的呼啸声和柴火燃烧时毕毕剥剥的声音，他不由得对彭老刀的警觉性大为佩服。彭老刀趴在地上，听了一会儿，松了一口气："脚步声很轻，人数也很少，是人类，不是夸父。"

火堆旁边已经抄起武器的年轻人们这才放松下来，放下武器。来人很快进入了山洞，果然是几个人类，但这几个人出现后，人们却立即感受到了一股扑面而来的寒意。这不仅仅是因为他们推开那扇用岩石做的厚重的大门、带进了夹杂着雪花的冷风。

一共有五个人，在这样严寒的天气里，他们穿的却是相当轻薄的衣物，甚至在温暖的宛州过冬的人大概都比他们穿得多。他们把全身都裹在黑色的长袍里，看不清面目，进来后就直直地站立在洞口，有如僵尸一般。而且人们分明能感到，这些人的目光正透过黑色的长袍，冷冰冰地扫视着洞里的人。

山洞里一下子安静了下来。人们从这五个怪人身上感受到了某种悄然来临的危机。虽然说不清这种危机到底是什么，但是光看他们的样貌，一个雷同的想法就出现在了所有人心里："来者绝非善类。"

五个人打量了一阵之后，慢慢挪步走向火堆，被他们靠近的人都不由自主地向旁边让开。五人一个一个地让过，似乎对那些人丝毫不感兴趣，但到了最后，他们站到了一个人的身前。

那是一个一直沉默地烤着火的人，五人进来之后，所有人都盯着他们看，只有这个人对他们仿佛熟视无睹，只是自己蜷缩在火堆旁，看起来像是要睡着了。但这五个人显然就是冲着此人而来的。

"你躲得可真远啊，"一个黑衣人冷冷地说，"竟然会一路躲到了殇州。你果然已经加入了天驱吗？"

黄小路心里突地一跳。洞里的商人们听到"天驱"两个字，也都忍不住开始交头接耳。对于普通百姓而言，只知道天驱是一个被各地政权不约而同地禁止的一个神秘组织，没有人愿意和天驱扯上关系，否则就有可能惹来杀身之祸。不管这五人和他们所寻找的人究竟都是什么关系，只要和天驱有关，就没有人愿意蹚这浑水。

"往后退，"彭老刀悄声对黄小路说，"别卷进任何和天驱有关的事件。"

黄小路应承着，跟着彭老刀悄然后退，直到后背碰到了山洞壁，心里却在飞速地思考着：听口气，这五个人应该对天驱不怀善意，而他们要找的这个人，难道是己方的盟友？

正想着，那人已经缓缓摘下帽子，站了起来。洞里又是一阵惊呼，因为这人竟然是一个容颜清丽的年轻女子。殇州的商队干的是玩命的买卖，通常很少有女性参与进来。

"我没有加入天驱，但我的确向他们提供了情报，"女子说，"所以现在，我就是一个叛徒。"

她说话的声调婉转好听，但刚刚说完"徒"字，却已经骤然出手。一道银光闪过，站在她正面盘问她的那名黑衣人猝不及防，被一把短刀刺穿了心脏。

而女子手上出刀，双腿也不闲着，她飞脚正踢火堆，扬起一大片灰尘、木炭、火星的混合物，眯住了另一名黑衣人的双眼。她紧跟一掌，把对方拍飞出去，重重摔在地上，嘴里喷出一口鲜血，显然已经受了重伤。

短短几下攻击迅捷简练，没有丝毫多余的动作，却起到了最大的杀伤效果，显得这名女子既聪慧又果敢。但她的偷袭毕竟也只能杀一人伤一人，剩下三名黑衣人反应很快，迅速亮出武器，和女子缠斗在了一起。

商人们统统后退，都尽量让身子贴住洞壁，以免遭到误伤。黄小路目不转睛地看着双方的格斗。那女子手里挥舞着双刀，身法轻灵飘逸，很是好看，但刀法中却透出诡异和狡诈，倒像是一条美丽的毒蛇。围住她的三个人所用的武器都很奇怪，似刀非刀，似剑非剑，刃体柔软灵活，出招也都招招取人要害，显得甚为邪恶。

这四个人的确是同门，黄小路得出了结论，他们的招式都很怪异，却有着共通之处。但接下来就有一件事情需要权衡了：如果这个女子真的向天驱提供了情报——虽然还不知道是什么情报——那她就是天驱的朋友了。而作为一名天驱武士，自己应不应该上去帮忙？

就现在的形势来看，虽然女子先发制人解决掉了两名敌人，但目前仍然是在以一敌三，四人功力相当，女子明显处于下风，只是仗着步伐更加灵活苦苦支撑，只怕再战一会儿，她气力不济，就要吃亏了。假如自己有着狂血战士依马德那样的神威，自然可以上前轻松解决了敌人，但现在，自己只是一个自建的虚拟角色，武功并不高，强行加入战局的话，能帮多少忙难说，搞不好还会把自己的性命丢掉。

黄小路满头是汗，在心里飞快地计算着，留给他的时间不多了，再不抓紧出手，这个女子只怕性命不保，到时候再出手也晚了。但如果不暴露身份的话，自己至少是可以活命的。

这时候他又想起了之前救治那名夸父的情景，那一幕提醒了他一点什么：在这个九州世界里，有时候似乎就是需要做一些多余的、看上去对自己没有好处的事情。如果只是一味计较自己的安危，反而有害。他并不确定这是否就是这个游戏的宗旨，但多年来浸淫在游戏中的敏锐让他意识到：顺应游戏的主题走向，不会有错，即便冒险也值得。

想到这里，他悄悄地拔出了腰间的长剑，正打算杀入战团，但就在这时，他看到之前被女子一掌击伤的那名黑衣人正挣扎着起身，从身上取出一个金属圆筒，一点一点对准了逐渐有些支撑不住的女子。他吃了一惊，悄无声息地绕到黑衣人背后，猛然一剑从后心刺入。黑衣人大叫一声，倒地身亡，金属圆筒滚落到了地上。

这一声大叫吸引了黑衣人们的注意，当他们看到黄小路刺死了自己的同伴时，彼此打了个呼哨，竟然舍掉了那名女子，一同向黄小路扑来。黄小路心里大呼不妙，想要拔剑御敌，却发现自己由于紧张，用力过猛，长剑卡在死者的肋骨上，拔不出来了。

完蛋了！黄小路急得快要尿裤子了。就在这千钧一发之际，他用余光瞥到了那个正滚落到他脚边的金属圆筒，不管三七二十一，捡了起来，并在尾端摸到了一个凸起的按钮。他也顾不得那么多了，举起圆筒对准已经冲到眼前来的三条黑影，狠狠摁下了按钮。圆筒的前端一下子喷出一股青烟，不仅笼罩了扑上前来的三名黑衣人，连他自己也吸进去不少。他立即觉得头晕眼花，眼前的一切都变成了重影，双腿发软，扑倒在地上昏迷过去。

醒来时他发现自己正被捆在一头殇州特有的六角牦牛身上，行走在冰天雪地里。天色已经微微发亮，雪仍然在下，不过他身上裹着一层厚厚的毯子，倒也不算太冷。他试着扭了扭脖子，发现自己被捆在牦牛的背后，而自己昨晚见到的那名女子，正坐在前头。

"你……你好！"对黄小路来说，和女性说话是一个加倍难题，但此时此刻又不能不发问，"我怎么会在这儿？我们去哪儿？你是谁？"

"你一口气问那么多问题，我应该先回答哪一个呢？"女子的语气不乏讥讽，不过听上去并无敌意。

"那……你是谁？"黄小路说。女子那种自若的神态更加让他紧张。

"我叫林霁月，是一个天罗，"女子回答，"昨天晚上被我们干掉的那五个人，是我的天罗同伴。"

"被我们干掉的？"黄小路有点没反应过来。他又想了想"天罗"这个词，那是当初创建角色时差点就选中的职业，指代的是九州大地上最厉害最专业的杀手组织。

"虽然你的武功不怎么样，但运气倒不错，正好捡到了迷魂烟，"林霁月说，"要不是我赶紧屏住呼吸，只怕要和你们一起昏迷过去了。"

这番话倒也解释了昨晚自己昏迷之后发生的事情。黄小路正想说话，林霁月又说："不过我本来就是因为帮助你们天驱才背叛同门的，你也正该帮助我。"

"你怎么知道我是天驱？"黄小路脱口而出。

林霁月很惊奇地看了他一眼："你都昏过去了，难道我还不趁机搜搜身吗？又是指环又是密函的，难道这都是你在半路上捡来的？"

显然和这个女人的对话很伤自尊，黄小路只好岔开话题："你要把我带到哪儿去？"

"你们的人，对了，就是你那封密函上要你找的那两个人，谢子华和哈骨塔因，现在已经落入了铁牙部落的手里，我们得去把他们救出来。"林霁月说。

黄小路心里一沉，果然不出所料，谢子华与哈骨塔因落入了敌人的手中，但他很快又反应过来："什么，我们，我们俩？"

"这里还有别人吗？"林霁月反问，"除了这头六角牦牛？"

"就凭我们俩，和一群夸父作战？"黄小路两眼发直，"你……有计划了吗？"

"哪儿来什么计划？"林霁月说得轻松随意，"等我们到了铁牙部落再想呗。"

黄小路有一种鸡同鸭讲的感觉。他想了想，又问："昨晚你说，你向天驱提供了情报，是指他们结盟那件事吗？"

"不是，东陆皇帝和夸父结盟，是你们早就知道了的消息，"林霁月说，"我告诉你们的是，已经有皇帝的斥候发现了你们天驱的行踪，并且担心单凭头脑简单的夸父对付不了，所以收买了天罗到殇州来阻止你们。可惜的是，我的行踪也败露了，所以只好和你们的命运捆绑在了一起。"

"也就是说，夸父、天罗，都是敌人……"黄小路悲鸣一声，想象着夸父如山的身躯和天罗影子一样的身法，禁不住打了个寒战，"可是，你们天罗纪律严明，你为什么会背叛组织？"

"因为我乐意。"林霁月给出了一个无懈可击的回答，噎得黄小路直翻白眼。他又问起彭老刀等人的行踪，林霁月回答说："我一直在等你身上的解药起效，这才敢带你走，他们比我们早将近一个对时出发，天还没亮，雪一停他们就走了。"

黄小路这才放了心。林霁月替他解开了束缚，两人开始在沉默中前行。黄小路发现，除了那些必须要问的问题之外，自己竟然完全不知道该怎么找闲话去和女孩子搭讪。好像在学校里也是这样的，除了如"数学作业是交给你吗？""听力教室在哪里？"等必要的对话之外，他几乎不和女生说话。

游戏里倒是例外，因为几乎所有的女性游戏角色都不出这两种类型：要么是主动大方热情如火型的，根本不需要你去思量什么，她就会自己和你叽叽喳喳说个不停；要么就是崇拜者型，见到黄小路这样年轻有为的少侠就情不自禁，随便说句什么都能让她着迷。但面对着眼前的林霁月……好像没有什么套路可循。这个可恶的游戏，处处不依常规，真是让人难受。

黄小路想不出什么内容去搭话，索性选择沉默，林霁月也是一副乐得清静的样子。两人坐在六角牦牛背上，沉默地前行，耳边只听到刺耳的风声。但忽然间，林霁月抽了抽鼻子："好像有血腥味！"

她熟练地驾驭着六角牦牛加速向前，很快便来到了一片雪地上。黄小路的心脏一下子抽紧了。他连滚带爬地跳下六角牦牛，跑向前去。

"怎么会这样……"他喃喃道。

在他眼前，昨晚待在一起的几十个人类行商都在，但却都成了尸体。他们的身躯惨不忍睹，像是被什么极其锋锐的东西切割开了，有的人甚至被砍成了无数段，鲜血浸透了这一片雪地，又结成了坚冰。仅仅比黄小路、林霁月二人早行一个对时，也就是两小时的路程，他们就遭遇了灭顶之灾。

那一刹那，黄小路完全忘记了自己是在游戏中，而身前的这些尸体都不过是一些数据而已。他想起前一天晚上，这些人都还活生生地坐在山洞里，烤着火、喝着酒、唱着小曲，彭老刀在火光下向自己讲述了他的过去，那么真实的过去。而仅仅是几个小时之后，这些人都死了，成了雪地里被切得七零八落然后冻得硬邦邦的僵尸。假如再晚一点发现，这些尸体就将被积雪所覆盖，永远在世上消失，不会有人知道他们的所在。

黄小路强忍着恶心，在尸体中一具一具地寻找着，终于找到了彭老刀。他的两条腿被生生截断了，右臂连带着小半边胳膊也被切掉，虽然人早就已经断气，但双眼仍然不屈地睁着。黄小路俯下身来，从彭老刀冰凉的脖颈上取下了一个看起来非常陈旧的挂坠，坠子是一个用粗布缝成，但是手工非常精细的小荷包。荷包上用娟秀的字体绣着两个字：彭路。黄小路能够猜到，这是许多年前，彭老刀的姐姐绣给他的，所以他一直带在身边。

"真巧，我们都有一个路字，"黄小路轻声说，"我答应过你，我会记住你的名字，彭路，彭路。"

"是天罗干的，这是天罗刀丝的痕迹，"林霁月在他身后说，"看来，家主派出来的天罗远不止那五个，他们一定是逼问出了这群人曾经见到过天罗出手，那就绝对不肯放过他们了，一定要灭口。而你们天驱……到目前为止我只知道来了三个，还有俩已经被抓走了。"

"那也还剩下一个天驱和一个天驱的朋友，"黄小路轻抚着腰间的长剑，"就是我和你。"

"果然是愤怒催人成长啊。"林霁月看着黄小路那张突然爆发出杀气的脸，耸了耸肩。

六、选择

黄小路和林霁月在这坟场一般可怕的雪地里搜寻了一阵，发现天罗只是杀了人，却丝毫没有带走任何值钱的物品，货物都七零八落地扔在一旁，只有用来运货的牦牛都被带走了。两人拣了一些可能有用的药物之类的东西带在身边，林霁月还毫不客气地把现场所有的金铢都装走了。黄小路对此只能偷偷叹气。他并没有拿其他东西，只是从货物里找出一个河络磨制的千里镜。所谓千里镜，自然是这个原始时代的夸张说法，其实也就能看出几里地，是一种精度不高的望远镜罢了。

"这样可以提前注意到敌人的动向，尤其在接近铁牙部落时。"他对林霁月解释说。

"这东西倒挺好玩的。"林霁月赞道。

铁牙部落是一个声名远扬的夸父部落。在殇州所有的夸父部落中，铁牙和人类的关系最为亲近，或者换个角度说，他们的思维方式最接近人类。

"这一点完全可以想象，"林霁月说，"在过去的时代，夸父几乎不可能说谎骗人，但是你也知道了，就在昨天，你的两个朋友被几个会说谎的夸父给骗走了。种族也并不是一成不变的，夸父学会了撒谎，羽人学会了他们不屑的商业，连河络也越来越多地离开自己的部落，到其他地方定居。一切都在改变。"

黄小路好奇地看了林霁月一眼："我在设定里……呃，我听说你们天罗一向只听从天罗山堂的命令，任务要求杀谁就杀谁，是非对错完全不去考虑。可你好像不一样。"

"所以我才成了叛徒，"林霁月耸耸肩，"这没什么好奇怪的，任何群体里都会出现异类，当然这也和人的特殊经历有关。"

"说来听听。"黄小路很感兴趣。

林霁月沉默了一阵子，脸上一直挂着的轻松笑容慢慢减退："我当年第一次出去执行任务的时候，只有十四岁，任务要我去刺杀越州南部的一个地方官。当我去到那里，发现当地的种族关系相当友善，经常有河络跑到人类的集市上去贩卖手工制品，然后换取人类的香料什么的。当时我并没有在意这些，很顺利地完成了任务，那个地方官压根儿就不会武功，亏我还费了大力气布置了好几重陷阱，最后只一击就杀死了他。

"这次任务完成得很漂亮，我也渐渐得到了重视。三年之后，很凑巧的，我又接下了刺杀另外一个人的任务，再次去到了那个地方。而到了那里之后，我立即发现当地的情形和三年之前截然不同，市集上再也见不到河络的身影了。正相反，镇上到处都贴着防范河络的种种通告，而民众们也都很紧张，在地方军队之外还组织了不少的民防团。我一打听才知道，原来三年前我杀死的那个地方官是一力促进人类和河络友好相处的，而在他被我杀死后，新来的地方官推行完全相反的政策，大量驱逐河络。他甚至宣布，那名地方官是被河络挖地道潜入家中杀死的，以此激发了民众更大的愤怒。

"而蒙受不白之冤的河络也不肯全无作为，从此在他们的地界内再也不保护人类行人了，反而经常和人类发生冲突。双方从此剑拔弩张，关系变得极其糟糕。在发生了好几起流血冲突，死了不少人之后，仇恨已经无法调和了。而这一切，都是因为我杀掉了一个人引起的。

"那一次任务结束回到天罗山堂，一路上我都在想，我们拿人钱财，替人杀人，却从来没有想过，我们杀死的人会怎样改变九州的历史进程。我们看起来只是在往一条大河里投下微不足道的小石子，但这枚石子却很可能变成巨石，改变河道。"

"你的思考……听上去很对！"黄小路称赞说。对于九州世界，他仍然在一个粗浅的摸索过程中，很多表象的东西尚且不了解，自然也不会像林霁月那样想得那么深。

"你呢？我还没问你呢，"林霁月说，"我见过的天驱，包括杀过的天驱，个个都是一副以拯救天下为己任的硬骨头的德行，说起'铁甲依然在'来就好像唱歌那样熟练。可是你，好像和他们不太一样，你有点……嗯，傻里傻气的。"

黄小路笑了笑，没有回应。他当然知道自己和别的天驱一定不一样，因为他只是一个异世界的闯入者，真正的天驱究竟应该是什么样，他心里完全没有数。至于傻里傻气，那是自己在旁人面前的常态，没什么值得生气的。

"你的过去是什么样的呢？"林霁月问。

这个问题可就难回答了。黄小路小心地斟酌着措辞："我……我大概……大概就是吃饭、睡觉、读书、玩游……练武，也不知道怎么的就到了现在了。"

他悲哀地发现，自己所说的几乎就是事实，除了把练武替换为玩游戏。也许凡人的生活都是那样吧，犹如大河里的一滴水，除了自己之外什么都不能改变。

由于发现了天罗的行迹，两人沿路格外小心，唯恐与天罗正面遭遇，黄小路几乎一直举着千里镜，胳膊都快麻木了。但一路行进下去，却并没有遇到那群天罗。除此之外，两人也并没有遇到夸父或者其他商队，这倒并不奇怪。殇州是一个地广人稀的地方，在雪原里行走一天见不到一个人影，都是十分正常的。

走在这样空旷而严寒的地方，黄小路的脑子反而异常活跃，五花八门的念头纷至沓来。被彭老刀的横死刺激，自己一时头脑发热，决定和林霁月一起前去寻找铁牙部落，现在冷风一吹，脑子里清醒一点了，又有些后悔。凭自己和林霁月两个人，去挑战一群夸父，那不是肉包子打狗吗？虽然从林霁月对付自己同伴时的狠辣表现可以看出她是一个很有手段的人，但这样的手段在皮糙肉厚的夸父面前能起到几分效果，也很难说。那种绝对的力量上的优势，用任何方法都不可能拉平。他想了半天，也没能想出一点妙计，不由得深悔自己玩那些不动脑子的弱智角色扮演游戏太多了，除了打怪升级简直就什么都不会——早知道玩一点推理解谜游戏也好啊！

又走了一阵之后，两人同时闻到了空气中飘来的血腥味，黄小路心里一紧：难道又有另外一支商队遭到了天罗的毒手？他和林霁月对望一眼，小心翼翼地接近血腥传来的方向，很快就看到了这一天的第二个屠杀现场，但死亡的对象却是那么地不可思议。

"夸父！"黄小路喊道。

"天罗！"林霁月喊道。

出现在两人面前的，一共有二十多具尸体，其中一半是身形巨大的夸父，另一半是身穿黑衣的人类，装束和黄小路之前见到过的天罗一模一样，而林霁月也确认了这一点。那些死亡的，正是天罗。而夸父们的死状和彭老刀等人的死状基本相同，都是身体被锋利的刀丝切割成了碎块。

"奇怪了，"黄小路说，"天罗难道是为了灭口？"

"不大像，"林霁月已经蹲下身来，仔细检查夸父和天罗的伤口，"照我看，更像是夸父的主动攻击，有两具尸体上插着夸父的重弩箭，应该是夸父先用重弩发起的攻击。"

"夸父主动袭击？"黄小路越发觉得摸不着头脑，"总不会是替商队报仇吧？"

他没有再说下去，林霁月眼里那种"你可不可以不要再胡说八道了"的目光让他知趣地闭上了嘴。他讪讪地站立在一旁，眼看林霁月从天罗的尸体上一件一件地搜罗着武器。

"这几样简单一点，你可以放在身上。"林霁月把几件样式古怪的暗器递给黄小路。黄小路仔细看了看，的确没什么难的，大多都是通过特定的按钮机簧发射，完全可以想象成比较原始的火枪。

"基本上是一个换一个，这群夸父很厉害，"林霁月说，"以我们天罗的实力，如果是对付一般的夸父武士，一换三或者一换四才是正常的。可见他们是早有充分准备的。但夸父为什么要对天罗下手呢？"

这一次黄小路不敢插嘴了。林霁月装好了从尸体身上搜到的可用武器，两人再次跨上六角牦牛，继续前行。下午的时候，两人来到了另一处供商队休息的山洞，黄小路透过镜筒远远地就看见洞外的雪地上拴着好几头六角牦牛，但为首的却是一头四角牦牛。相比起四角的同类，六角牦牛是更加温驯的高原牦牛，通常是人类行商的首选。但彭老刀很明白，性情暴躁的四角牦牛在领路方面有着更大优势，在突然遭遇暴风雪的时候，也比六角牦牛更加顽强，可以稳定整个种群的情绪，所以他想方设法找了一头半驯化的四角牦牛作为领队，使得他的商队比别的商队更具优势。

"那是……那是彭老刀他们的牦牛！"黄小路心里一动，"但是货物都没了！"

行走了半天，两人的肚子都饿了，原本打算进入这个山洞休息一阵，但现在，这头突然出现的四角牦牛让两人意识到了不对劲。

林霁月从六角牦牛背上跳下来，拨开薄薄的积雪，露出了还没有被完全掩盖的足印。她皱着眉头看了一会儿："这些牦牛都是被夸父们赶过来的。我估计，可能是彭老刀他们被杀后，天罗驱赶着他们留下的牦牛全速前行，以便半路上可以换乘，结果他们又遇上了夸父，被全部歼灭了。于是这些牦牛两次易主，被这些夸父赶回来了。"

"按照地图，这是距离铁牙部落最近的休息点，只差小半天的路程，"黄小路说，"所以这些夸父很可能就是铁牙部落的。"

林霁月难得地露出了赞许的神情："没错，杀死天罗的就是铁牙部落的人，从脚印来看他们人数相当多，得有二三十个。所以现在我们需要弄明白，他们分明是绑走了两个天驱，怎么又会掉过头来去截杀天罗？难道你的同伴有三寸不烂之舌，生生说动了这群笨蛋夸父？"

黄小路沉默着，无法给出答案。他又一次想到，自己实在该多玩一点解谜类的游戏，练习一下逻辑推理能力。

"也许只有到夸父那里才能得到答案，"林霁月说，"你的轻功怎么样？"

黄小路十分惭愧："不怎么样。也许……逃命时能稍微快点。"

"那你就做好逃命的准备吧，"林霁月说，"我们天罗擅长各种伪装潜入的方法，我可以进去打探一下那些夸父的虚实，听听他们说什么再做打算。你先找个地方躲起来吧。"

她走出两步，忽然又转过头来："记住，如果我被抓住了，你就赶紧跑，跑得越远越好。能多活一条命算一条命。"

黄小路红着脸答应了。眼看着林霁月的身形飞快地移动到山洞口，然后转瞬就消失不见，他就知道她所说的潜入术绝非虚言，于是放了心，找了一块岩石躲在后面，然后举着千里镜四处巡视。镜筒指向之处，基本都是单调的白茫茫的一片，即便是远方巍峨的雪山也把自己的身形藏在浓重的白色雾气中，难以窥其全貌。

忽然间，他的视线里一大一小两个身影一晃而过。他吃了一惊，连忙又把镜筒扭回来，花了好大工夫，总算又重新找到了那两个身影。他的呼吸登时粗重起来。

——没错，那正是他一直想要寻找却总是擦肩而过的两名天驱，谢子华和哈骨塔因。他调整着千里镜的距离，一会儿举起一会儿放下，总算找到了两人所处的位置。他们正站在那个供客商休息的山洞的正上方，位于此处的山峰顶端。这一座山峰和周围的大雪山相比而言要矮许多，对于身怀武功的人来说完全爬得上去。

黄小路顾不上因找到同伴而欢喜，他心里涌起了许多疑问：他们是怎么从铁牙部落逃出来的，铁牙部落的夸父们呢，他们俩站在这山顶到底是想干什么？他屏住呼吸，继续观察着。只见谢子华向着隔邻的一处山壁扔过去两个带着长绳的铁抓手，锋利的铁抓手稳稳地嵌入了冰壁当中，随后他和哈骨塔因各自将其中一根绳子拴到了自己的腰际。

接下来，哈骨塔因抱起了一个巨大的木桶，跟在谢子华身后在山峰上寻找着放置的位置。黄小路看得莫名其妙，不太明白这二位把这么大一个粗重的木桶搬到山顶有何用意。再一想，幸好是有夸父哈骨塔因在，要是光谢子华一个人，估计武功再高也没办法做到。

但紧接着看见的画面让他的头发差一点立了起来，因为他清清楚楚地看见了木桶盖上一个非常醒目的东西——一根引信。也许这个世界的其他人会对此感到陌生，但黄小路绝不会，他能够辨认出来，这就是一根火药的引信。

所以这个木桶，赫然是一个火药桶。他们把这个火药桶带到峰顶，图的是什么呢？

黄小路的冷汗冒了出来。联想到那两根长长的绳子，他终于明白了这两位想要做什么。他们是想点燃火药桶，利用爆炸的震荡引发雪崩，然后……把所有的夸父都埋葬在那个山洞里。

可是现在，林霁月也在那个山洞里。

形势很明显了。这个山洞里的夸父都是力主和人类结盟的铁牙部落的，可以说，他们是推动战争进程的中坚力量。而谢子华和哈骨塔因的目的也相当明确：制造一场雪崩，把这些中坚力量统统解决掉，至少也能大大折损铁牙部落的实力。在银岩部落全军覆没后，这样做也能够挽回一些失衡的局势。

这是一个非常难得的机会，这群夸父一定是因为在和天罗的战斗中损耗过度，才不得不选择在这个山洞里一起休息养伤，否则的话，他们很可能直接就回铁牙部落去了。而谢子华和哈骨塔因竟然就算准了这个机会。下一次，他们就不可能再有这样好的运气了。

除了一点没有算计到——林霁月也在那座山洞里。如果引发了雪崩，夸父们固然要完蛋，可林霁月也一起给他们做陪葬了。

这其实也是游戏里经常遇到的一种场面，在那些打怪升级的过程中，主角难免会遇到一些一起行动的同伴，而同伴数量不可能太多，不然太难控制了。于是经常就会有些情节，安排意外事件帮助你解决掉某些同伴。

根本不用算计，黄小路就能一眼看出来，任雪崩发生绝对是利大于弊。牺牲林霁月一个人，干掉二三十个铁牙部落的夸父，可以说是很赚的。

"更何况这只是一个游戏啊，"黄小路对自己说，"这只是一个游戏，什么林霁月不过只是虚拟的数据，就算死了也不代表着真正的生命消逝。"

只是一个游戏，只是一堆数据。只是一个游戏，只是一堆数据……黄小路不断用这两句话来宽慰自己，但不知怎的，越是重复着这两句分明是事实的话，他的心里就越感觉不安。另一个声音在心里的某个隐秘角落呐喊着："她不是一堆数据！"

虽然和这个姑娘认识只有短短半天，但黄小路已经感受到了她丰富的内心世界，她的狡黠、她的骄傲、她的无所畏惧，尤其当她回忆着自己是如何对天罗产生怀疑和动摇的神情。而就在十分钟之前，她还回过头来对自己说，假如有危险就让自己先逃开，"能多活一条命算一条命"。他感到，这就是一个活生生的人，一个有血有肉有灵魂的人。是的，她有灵魂，她不是一堆冰冷冷的无意义的数据。她是人！是自己的朋友！要把这么一个朋友轻易地牺牲，来换取一场让自己内疚的胜利吗？

没有更多的时间留给他权衡了，千里镜里的人和夸父似乎已经找好了一个地点，正在想办法固定火药桶。黄小路咬咬牙，决定把什么正义邪恶对错是非大局小节统统抛到脑后，这些事留到以后慢慢想吧，现在只需要做一件事：顺从自己的本能。

而黄小路的本能很快给他指明了道路。他收起千里镜，从岩石后面跳将出来，以最快的速度冲向了那个山洞。谢子华和哈骨塔因远在高山顶上无法阻止，他唯一能做的就是把所有人都叫出来，既包括林霁月，又包括那些夸父。

"出来！快出来！"黄小路一头冲了进去，"快要雪崩啦！"

山洞里有将近三十个夸父正围坐在火堆旁，看上去很像一块块披着兽皮的粗糙岩石，听完黄小路的喊叫，几名显然懂得东陆语的夸父霍地站起身来，并立即用夸父语又重复了一遍。这一下，夸父们全都站了起来，又像是一棵棵忽然站立起来的大树。

而林霁月也从一个黄小路绝对想不到的角落里忽然现身，来到了他的身边："你说什么？雪崩？"

黄小路一把抓起林霁月，把她往外拽，他是多么希望那些夸父把他这一声喊当成是恶作剧，可惜的是，夸父们鲜少恶作剧，也鲜少撒谎。他们听了这几嗓子喊，立即相信了，也都迅速地涌向洞口。

黄小路、林霁月两人和二十多个夸父前后跨出山洞口，正在这时，山顶上的谢子华也点燃了火药桶。此时的黄小路只顾着抱头狂奔，自然也就看不到，谢子华和哈骨塔因用了多么漂亮的动作，在点燃引信之后迅疾依靠着绳索滑荡到了另外一座山头上，躲开了爆炸。他只能听到那一声惊天动地的爆炸声，山上的积雪随之发出狂暴的轰鸣声，顺着山体倾泻而下。他实在忍不住回头望了一眼，这一眼吓得他险些两腿发软摔在地上。山间那些奔涌的雪块一路向下越滚越大，犹如一条凶恶的白色巨龙，张开血盆大口，带着吞噬一切的气势直向他扑来，连带着整个大地都在不安地震颤。

接着他的手一紧，林霁月已经由被他拉着转变为拉着他走，天罗山堂培训出来的高强轻功让她在雪地上纵跃自如，黄小路觉得自己的双脚简直都没法沾到地面了，有一点飘然如飞的错觉。而夸父们也尽力迈开粗长的双腿，拼命地奔逃着。

凶猛的雪龙从高处冲了下来，掩埋了眼前的一切，当它终于意犹未尽地停住自己的脚步时，整个雪原的地形都被完全更改了。几分钟前还有许多夸父坐着烤火的那个专用于歇脚的山洞，以及停在洞外的牦牛们，已经被巨大的雪块深深掩埋起来，也许永远都会隐藏于积雪之下了。

奔逃的人们直到这会儿才敢停下来。他们回头望着凭空高出了许多，并且变得有点近似于山峦起伏的雪原，个个都感到无限的后怕。不过林霁月很快就反应过来，她拉着黄小路想要继续逃跑，但身前已经被几个如山的身躯挡住了。想要换方向，四面却都已经被夸父团团围住。

"谢谢你们救了我们的性命，"为首的夸父咧开大嘴一笑，嘴里的牙齿就像两排未经打磨的粗糙贝壳，"不过恐怕你们还是得跟我们走一趟。"

"我要是说我不愿意，能管用吗……"林霁月咕哝着，"怎么这年头的夸父说起话来也和人类一样那么让人生气呢……"

七、抗争

大大出乎黄小路意料的是，铁牙部落的文明程度比他所想象的要高得多。虽然部落仍然以夸父传统的穴居方式为主，但这些夸父把山洞里布置得相当舒适，而两人更是被关押在专门为前来做生意的人类而特别设计的山洞里，里面摆放着供人类使用的大小合适的床和桌椅，床上铺着的不是稻草毛皮而是被褥毯子，墙上甚至还挂着一幅画。由于夸父缺乏对人类书画的鉴别能力，这幅线条粗硬、缺乏柔和感的宫装仕女图看上去更像是缩微的夸父美女图。

"待遇不错，"黄小路左右环顾了一番之后说，"虽然简陋了一点，但还是看得出来，这里是用来待客的。"

"那是因为你救了那群夸父的性命，"林霁月说，"夸父人数稀少，将近三十个强壮的一线战士，对于一个夸父部落而言是非常宝贵的财富。你挽救了他们的性命，所以我们也能得到优待了。"

说完这句话，她看着黄小路，欲言又止。黄小路被她看得毛骨悚然，想要把头扭开又觉得太露痕迹，索性问道："你看我干什么？"

林霁月叹了口气："我就是没有想到，你竟然会做出那么愚蠢的决定。"

"愚蠢的决定？什么决定？"黄小路有点摸不着头脑。

"谢子华和哈骨塔因好不容易才等到那个机会，可以一举重创铁牙部落，"她说，"而夸父部落之间是靠拳头说话的，只要铁牙部落说不上话了，反对与人类结盟的势力就有可能占据上风。你为什么要跑进来大喊那么一嗓子，破坏他们的计划？"

"因为……因为你在里面啊，"黄小路愣了愣，"真雪崩了，你不也得死吗？"

"这不是一个天驱应该有的思维方式，"林霁月摇了摇头，"某种程度上，天驱、天罗和辰月都有相似之处，为了组织的利益，可以毫不犹豫地牺牲个体的生命。何况我并不是你们的人。用我的一条命换取三十条夸父的命，连我自己都觉得赚大了。"

黄小路皱起眉头，思考了一阵子，缓缓地开口："其实你说的我懂，但我没办法说服自己。我是个新手，不知道天驱的思维方式应该是什么样的。我只知道一点，你是我的朋友，我不能眼睁睁看着你送死。"

"朋友……"林霁月先是一愣，然后忽然翻了翻白眼，"我不是你的朋友。我没有朋友。"

说完这句话，她往床上一躺，脊背冲外，陷入沉默。黄小路满脸无奈，也只能坐在椅子上无聊地发呆。屋外守候着好几个夸父卫兵，不知在用夸父语交谈着什么，不知道为什么，他总觉得他们所讨论的内容和自己有关。

此时已经是深夜了，吃过夸父送来的烤肉，黄小路也感到了阵阵困倦。他爬上床，盖着被子睡着了。

在梦里，他曾经扮演过的那些九州人物又一个个出现了，吕归尘、依马德、云湛……他们就像一个个鬼影，从血红色的九州历史长河上一漂而过，水面泛起一点微微的波澜。黄小路总觉得这些人的出现是有目的的，也许是想向他说明点什么，却又一时想不明白。

最后一个漂过来的赫然是李彬。李彬满面愁容，悬浮在河面上，低着头不停地念叨着："我的指环……我的指环……"

"喂，你到底把指环扔哪儿了？"黄小路连忙问他。

李彬茫然地抬起头来，想了想："被他们收回去了。可那是我的，那是我的指环……"

"为什么要收回去？"黄小路又问。

"他们说我选错了，说我不配做一个天驱……"李彬的眼睛里充满了泪水，"可我不知道我哪里选错了。我所做的一切都是为了天驱啊。"

"你到底做了什么？什么事情选错了？"黄小路很着急地问。但李彬还是反反复复念叨着那几句话："被他们收回去了……我的指环……我选错了……"

黄小路还想再问，却感觉世界猛地摇晃了起来，他睁开眼，梦醒了。一个夸父正艰难地弓着身子站在他床前，把他推醒："起来了，到时候了。"

黄小路揉揉眼睛爬起来，想着"到时候了"四个字，忽然浑身一激灵：什么意思？到时候送我们上路了吗？他一阵紧张，回头看看同样被摇醒的林霁月，她倒是满脸镇定，于是也不好意思把自己的害怕表现出来。

两人被带进了一个宽敞的大厅，其实只是在山洞中硬生生凿出来的一大片空间。已经有上百名夸父在那里站立等待着。一个族长模样的夸父高高坐在一处石台上，俯视着所有人。

没有任何机会逃走，黄小路看着那些面目狰狞的巨人，从心底深处发出了哀叹。他乖乖地和林霁月一起站到了大厅中央，面向族长。族长冷冷地看了他们一会儿，发话说："小人儿，你们到底是什么人？为什么要跟踪我的战士们，又为什么能发现雪崩？"

这个问题可不能轻易回答。黄小路正斟酌着措辞，林霁月却已经开口了："他是个天驱，我是个背叛自己组织的天罗。我们跟踪你们的人，目的是想办法救出被你们骗去的两个天驱。"

她竟然就这么干脆地实话实说了，黄小路很无奈，但他也很快想到，夸父必然已经调查清楚了他们俩的来历，实话实说恐怕才是明智之举。

但族长的眉头却皱了起来："那两个人到底是天驱还是天罗？"

黄小路听出族长的语气里有着愤怒。林霁月回答："他们都是天驱。"

"那他们为什么会用天罗的杀人手法？"族长提高了音量。

林霁月也愣住了："什么，天罗的杀人手法，他们用了什么手法？"

"那天，我们把那两人带回到寨子里，关押起来，"族长说，"但是他们却很快逃脱了，还布置陷阱杀死了我们好几名战士。"

说完，他挥了挥手，两名夸父抬进来一具尸体，黄小路和林霁月靠近查看，不禁心头一惊，相互交换了一下眼色。这名夸父巨大的身体被切成了四块，切面非常齐整，连骨头都被齐齐割开，一看就能得出结论——他死于传说中的天罗刀丝，和两人前一天所看到的两个尸堆非常相似。

"所以你们认为那两个人其实是天罗，于是出去搜寻，报复了天罗，对吗？"林霁月问。

"我们夸父从来便是以牙还牙的种族，"族长森然说道，"没有谁可以在伤害了夸父族之后全身而退。"

这不大对劲，黄小路想着，谢子华和哈骨塔因肯定是天驱，系统设定是不会骗人的。他们明明已经落入了夸父手里，又怎么能轻易脱逃呢？而且他们怎么会用天罗刀丝来杀人呢？在系统设定里，天罗刀丝可是天罗的绝密武器，倘若不是在这样近乎蛮荒的殇州，天罗们甚至未必舍得使用它来杀死那些商队成员。谢子华是怎么搞到天罗刀丝的呢？

他的目光无意识地扫过那具尸体，忽然之间，他的视线停了下来。他看见那个死去的夸父的胳膊，虽然已经被齐肘切断，但断裂的位置却有一点不一般的痕迹。

冻伤的痕迹。

不止这一处，每一处被切割开的地方，都有这样的冻伤。

就像闪电划过脑海，他立即回忆起了自己过去一次失败的角色扮演。当时他选择了一名叫作云湛的羽族游侠，在宛州繁华的南淮城开业，所谓"游侠"，干的就是私人侦探的活计。只是该游侠不知为什么穷得要命，不但浑身上下现金不超过半个金铢，还欠了好多外债——多数都是收了别人的预付款又不干活——成天被人逼债，过得苦不堪言。几天之后，他忍无可忍地选择了退出，以防自己不小心饿昏过去，然后被逼债人活活打死。

但在那几天，他翻箱倒柜寻找可以换钱的东西时，也随手翻了翻云湛的案件笔记。这当中，记载了一起发生在南淮城的碎尸案。死者身上留下了整齐平滑的切口，官方捕快因此认定这起案子是天罗用天罗刀丝干的，但是云湛经过仔细侦查，认定此案其实和天罗毫无关联。

而那些所谓的天罗刀丝切割出来的断口，其实是凶手故意伪装用来误导众人的。真相是，凶手使用了九州秘术中岁正系的凝冰之术，凝出极细的冰线，虽然不能像天罗刀丝那样自如地转弯，但单论切割效果而言，几乎可以完美地模仿天罗刀丝，除了一点——

被切开的伤口处会留下冻伤的痕迹。

想到了这一点，他再看夸父身上冻伤的痕迹，心头豁然开朗，前后发生的事情也一一得到了解释。不愧是天驱啊，他想，手段够厉害。

谢子华和哈骨塔因并没有上当，他们只是故意装作上当了而已。当铁牙部落的夸父假装成银岩部落的成员时，要么是他们已经听说了消息，要么就是夸父毕竟是不善伪装的种族，已经露出了破绽，总而言之，两人看穿了对方的伪装。但他们并没有想法子甩开对方，而是将计就计跟着夸父来到铁牙部落，装出被擒的样子，却很快挣脱束缚，用冰线布置陷阱诱杀了几名夸父后才脱身而逃。这样做的目的很明确：栽赃给天罗，让铁牙部落误以为自己人被天罗杀了，因而展开对天罗的报复，从而借助夸父的力量解决那群追杀至此的天罗。

两人的计谋还不止于此，他们脱身之后，挖掘出早就藏好的炸药，爬上峰顶，一直等待着这群要向天罗复仇的夸父。等到夸父们进入那个山洞休息后，两人立即着手准备制造雪崩。如果雪崩真的成功的话，这个部落最精锐的几十名战士就会因为和天罗的火拼以及雪崩而全军覆没，整个部落也将遭受重创。

黄小路长出了一口气。虽然直到现在他都还没能接近那两位同伴，只是在千里镜里远远地看过那么几眼，但他也明白，这是两个强大到极点的天驱，并不是因为谢子华深厚的岁正秘术，而是他们的计谋。他们的每一步行动，都已经计算到了之后的好几步，对于只会玩打怪升级游戏的自己而言这样的本领实在是望尘莫及。难怪自己身上的那张纸条会做出如下的指令："……一切行动由谢子华指挥，只可协助，不可自作主张。"

其实连自己的协助恐怕都用不上吧，他苦笑着，自己的"协助"，就是为了救出林霁月而破坏他们的努力，那起雪崩白制造了。回头在天驱的上级面前，自己肯定是交代不过去的，也许会被剥夺那枚天驱指环，被天驱除名。突然之间，他有点明白李彬的懊恼了，他是不是也在这个虚拟的世界里做出了和自己一样的愚蠢抉择呢？

他抬起头，目光再次和林霁月对碰，他看得出来，林霁月也猜到了事实的真相。虽然她未必了解那种秘术，但她的头脑和经验远胜自己，一定也能推断出来。那么，现在两人该怎么应对眼前的夸父们呢？

他们显然不能实话实说，假如这个部落的夸父们知道自己受到天驱的如此愚弄，肯定得把自己生吞活剥了。那应该怎么说？把一切都推到天罗头上？

"那一个人和一个夸父，和你们到底是什么关系？"族长缓缓地发问，"你们究竟是天驱，还是天罗？我们夸父喜欢听实话，不喜欢撒谎。"

"说得好听，"林霁月撇撇嘴，"你们当初假扮银岩部落去骗他们俩的时候呢？"

族长一下子说不出话来。这就是夸父族，即便尝试着向人类学习了一点诡计，但那种耿直的天性却始终难以改变。他甚至说不出半句掩饰的话，倒是粗糙的面庞居然显出一些惭愧。不过这一阵惭愧过后，剩下的就是怒火。

"不管是天驱还是天罗，都不重要，"族长咆哮着，"总之是你们先杀害了我的族人，尸体就摆在眼前，无可辩驳。既然那两个逃跑了，就得是你们俩来抵命，这也是我们部落间战争的原则！"

族长的逻辑很正确，无论天驱还是天罗，对于黄小路和林霁月来说都不重要。即便掩盖了那场雪崩的真相，只要把被杀死的夸父都算在他们头上，他们就非死不可。

林霁月耸耸肩："算你厉害。我们好歹也救了你们部落二十多个夸父的性命，你还是要以牙还牙，那就随便你吧。"

这话说得族长脸上立即呈现出一种猪肝色。黄小路知道，这句话同样砸进了族长的心里，但此刻，他却很奇怪地并没有挂念自己的生死，反而想起了另外的事情："我想问一个问题：发生了这一系列事情之后，对于和东陆的皇帝结盟，族长你到底是怎么想的？你的决定会影响其他很多部落，他们都在等着你。"

族长听完他的提问，微微一愣，久久没有言语，陷入了思考中。黄小路看着他，不知道怎的，似乎完全不在意自己会承担怎样的结局了，他只想知道那个最关键的，关系到自己此次"游戏任务"的答案：夸父族到底会不会和华族皇帝结盟？

"我仍然会全力推动这次结盟，"族长终于开口说，"东陆皇帝答应过，将会传授我们冶炼铠甲和打造兵器的技术。殇州的雪山深处蕴藏着很多矿石，我们夸父，如果能拥有坚固的铠甲和更加锋利的武器，就一定能够击败蛮族人的骑兵，踏平瀚州，把我们的生存空间大大地拓宽。和人类结盟，当然会有风险，但冒这些风险，我认为值得。"

"现在，你们这两个小人，准备迎接自己的死亡吧，"族长接着说，"你们都是勇士，我们夸父族尊重勇士，我会给你们留全尸，把你们埋葬在太阳能照耀到的地方。"

他做出手势，几名夸父走过来，准备把两人带出去。但就在这时，突然有一名夸父从人群中走出来，单腿跪在了地上，手放在胸口。这并不是人类通行的对上司表达尊敬的姿势，而是夸父族向他们所信仰的盘古大神表达虔诚的一种做法。当他们做出这个动作，就表示他说的话天神为证，十分郑重。

"这两个人救了我们的性命！"他高声说，"我们夸父从来不是不懂感恩的种族！"

黄小路斜眼一看，隐隐认出这正是从山洞里逃出来的那群夸父中的一员。而随着他的这一声喊，其余被黄小路所救的夸父也都站到前方，齐刷刷地单腿跪了下来。

"他们的同伴杀了我们的人，但也是他们救了我们的人，"一名夸父说，"我们不应该放过和我们有仇的，但也不应该冤杀对我们有恩的！"

"如果一定要杀，请用我的命去换他们的命，"另一名夸父说，"如果眼睁睁看着救我的人就这样被杀死，那我活着也是一种耻辱！"

"对，请用我们的命换回他们的命！"夸父们齐声说。

族长的脸色很难看，黄小路的心里却涌起了一阵感动。他忽然意识到，这世上毕竟还是有些东西，始终可以超越种族界限的。

族长显然没有料到眼前的这一幕。夸父族特有的血气让他猛然间站立了起来，手里提着一把巨大的石斧，似乎想要把敢于违抗命令的夸父都砍了。但夸父们全都没有半点退缩，反而让他骑虎难下。这位族长的身量比一般夸父还要高出一头，手里的石斧也更长更大，看来应该是这个部落的第一勇士，但站在族长的位置上，很多东西并不是单靠勇武就能解决的。他站立了一会儿，最终还是放下石斧，慢慢地坐了回去。

"你们说得对，"他的语气里还是有点不甘心，"这两个人的确从雪崩中救出了我们的战士，就算功过相抵吧，你们可以走了。"

林霁月大喜，一把拉起黄小路就往外走，生怕这位族长一回头又变卦了。但黄小路却显得异常，一直心不在焉地想着些什么，人已经被林霁月拖到门口了，却又一甩手，挣脱了。

"你干什么？发傻了？"林霁月低声说，"再不跑人家改变主意那可就糟糕了！"

"可我的任务还没完成。我来到这里，有我的使命，谢子华做不成，也许我可以做到。"黄小路像着了魔一样回答。然后他又大步走了回去，留下林霁月一脸绝望地在门口站着。

"算了，这条命也是你救的，"她一咬牙，"就陪你一起送死吧。"

族长看着走回来的两个人，眉头又皱了起来："你们又回来干什么？"

"我是回来求死的，"黄小路仰视着他，"我来告诉你你的子民们被杀的真相。"

他伸手指着那具尸体："谢子华和哈骨塔因不是天罗，而是天驱，他们杀死你们的人用的方式不是天罗刀丝，而是秘术。"

他指着伤口，解释了冰线的成因与效果，接着说："所以天罗的账也应该算到我们天驱的头上，因为这本来就是谢子华借刀杀人的计策，你们被利用了。"

"至于我救了你们的人，其实也不算什么，因为雪崩本就是谢子华安排的，"他又说，"这下你明白了吧？这两天来你们遭遇的一切，都是天驱策划的，目的就是削弱你们的势力，以便那些反战的部落在你们面前更有发言权。所以你们根本不必感谢我。"

他顿了顿，又加了一句："我是天驱。天驱的罪就是我的罪。"

"早知道那天就不给你解毒，直接让你毒发死在山洞里算了……"林霁月喃喃自语道，"明明已经能活命了，居然自己转身把绳子往脖子上套。"

整个山洞一片沉默。夸父们固然被激起了旺盛的怒火，但同时也都在困惑。族长站起身来，慢慢走到了黄小路身前，山一样庞大的身躯让浓重的阴影覆盖他的全身。族长伸出大手，把黄小路拦腰举了起来，托到能和自己视线平行的位置。

"我现在稍微一用力，就能把你的腰捏断，所以你最好是说实话，"族长的双目就像两块巨大的黑玉，黑沉沉的看不到光芒，"你明明已经可以逃生了，为什么又还要回来，告诉我这些注定会激怒我的话？你究竟有什么目的？"

"我只是想告诉你，你们的身体力量很强大，也许一根手指头就能捏死我，但在智谋方面，你们和人类还差得太远。"黄小路直直地和族长对视着。

林霁月捂住了眼睛，似乎不忍心看到黄小路的身子被捏成两半的样子，但出乎她的意料，族长却并没有狠下杀手。黄小路的这句话提醒了他一点什么，让他开始思考。

"你看看，天驱来到这里的根本目的还是制止战争、减少杀伤。他们仍然让你的部落付出了这么大的代价，"黄小路说，"那么以推动战争为目的的人呢？如果你和他们合作，你会付出什么样的代价？"

族长轻轻地把黄小路放在地上，神色看起来有些迷茫。黄小路继续说："仅仅是一个谢子华，带着一个夸父助手，就能轻轻松松用诡计骗过你，你真的对和人类皇帝结盟那么有信心吗？他的手下，会有无数个比谢子华更加狡猾的谋士，会设计出比谢子华所想复杂十倍的阴谋，你确定你可以识破吗？"

说完这番话，黄小路自己都觉得不可思议。他从来没想到，自己能一口气说出那么多话，而且每一句都还有理有据。是不是每个人把自己置身于类似被夸父钳着腰这样的绝境中时，都会激发起一些平日里难以想象的勇气呢？

林霁月听到这里，似乎也明白了，冷冷地插嘴说："谢子华利用你们解决了天罗，想来你应该生气得很；华族皇帝想要利用你们解决蛮族，为什么你就一点不生气，还以为自己能捡到便宜？"

族长喃喃自语："为什么我们就不能获得利益？为什么我们总是被利用？"他的目光中又有怒气出现，但这怒火一闪而逝，剩下的更多是一种悲怆。

"你们走吧。"他向黄小路挥了挥手，并没有给出明确的答复。黄小路知道再多说也没用了，于是顺从地跟着林霁月一起走了出去。夸父们看着两人离去，眼神都很复杂。

"我……已经做了我能做的一切，"黄小路轻叹一声，"这个世界真复杂啊，要是单纯地一路杀怪该多好。"

林霁月没听懂后半句，但听明白了前半句："真没想到你居然这么能说。我一直以为你的舌头被人割了半截呢。"

黄小路嘿嘿一笑，对这一类的调侃他一向不知道该如何回应，干脆就一笑了之。两人走出了用石头砌成的部落大门，正沿着布满积雪的山路小心翼翼地向山下走去，前方忽然闪过一个蛇一样的黑影。林霁月立即停住了脚步，警惕地留神着四周的动向。突然，她一把拽过黄小路，把他按倒在地，紧跟着几声短促的破空声响起，林霁月的脸上骤然现出痛苦的神情。

黄小路急忙低头去看，只见林霁月的小腿上赫然刺着一根细长的钢针，林霁月伸手拔出了针，针尖上的血液已经变黑。与此同时，刚才那几个黑影已经在山道上现身，那是四个身手矫健的人类武士，正各执兵刃向两人扑来。

"是天罗吗？"黄小路问。

林霁月摇摇头："不，一定是东陆皇帝的密使，你刚才说的话搅乱了族长的心神，他们必然要灭口，免得你再去胡言乱语毁他们的计划。"

"你怎么样？"他又问。

"糟糕，毒性很厉害，我怕是没法动手了，只能靠你，"林霁月低声说，"下手要狠，这几个人很厉害，杀不死他们，我们俩就都得死。"

黄小路点点头，拔出剑来，护在林霁月身前，只觉得自己的两条腿都在颤抖。他多么希望自己还在扮演依马德或是云湛之类的武学高手，但事实上，他只是一个武功平庸的名叫黄小路的自建人物，至今还没有和人正面动过手。现在他要保护身中剧毒而失去战斗力的林霁月，靠他自己，能行吗？

已经没时间多想了，第一个敌人已经冲到了他身前，手里的弯刀向着他当头劈下，黄小路脑海里闪现出一路最为熟悉的剑法，连忙横剑一挡。刀剑相交，一股强力震得他向后退出三四步，右臂一阵酸麻。

对方看出了自己的力量优势，即刻抢步上前，挥刀再劈。黄小路无可奈何，只能硬挡，但就在这时，中毒后一直委顿在地的林霁月猛然坐起身来，刀光闪过，敌人惨叫着倒在地上，两腿已经被林霁月的双刀生生砍断！

黄小路连忙补上一剑，刺穿了此人的心脏，再看林霁月，虽然脸色略有些发灰，却已经稳稳地站了起来，显然她中的毒并没有之前表现得那么厉害。这个一肚子诡诈的天罗女杀手，这一次又玩了个阴招，先故意示弱引对方放松警惕，然后上手就先杀掉对方一人。最可怕的是，为了不露丝毫破绽，她连自己都先骗过了。

"我是在毒药里泡大的，这点毒弄不死我。"林霁月淡淡地说。

黄小路心里略略一松，只见林霁月挥舞着双刀迎上前去，和两名分别使刀和使单鞭的敌人缠斗在一起，她知道黄小路武功不济，所以只留给他一个敌人。这个硬气的姑娘，即便自己身上已经中了毒，却还想着要照拂她的同伴。

忽然之间，好像一股热血涌上了心头，黄小路挺剑迎向最后一名敌人，心里已经拿定了主意，就算是死，他也决不能拖累了林霁月。

留给他的敌人同样用剑，但出剑速度比黄小路快许多。黄小路咬紧牙关，一剑一剑地和对方死缠烂打，死命地拖住他。他发现自己所用的这一套剑法虽然并不精奇繁复，却反而有着朴拙的好处，那就是招数简练，法度严谨，易于防守。对方想要早点摆平他以便去对付难缠得多的林霁月，但越是心急越是难以突破他的防御。

黄小路想起自己过去玩的那些游戏，基本上每一个游戏都会遇上一些暂时打不过的强敌，打不过也就算了，没什么了不起，系统总会给你留下逃跑的路径，让你去寻找新秘籍继续升级，回来报仇。但在这个游戏里，无处可躲，无路可逃，失败的结局可能是致命的。

其实他已经渐渐有喘不上气来的感觉了，在殇州这样的高寒地带，空气稀薄，寻常的动作都会耗费相当的体力，何况还是这样的性命相搏。但他同样也能听到对方的喘息声，知道对方也很疲累，所以他一直苦苦强撑着，剑与剑的碰撞声越来越刺耳，一下一下地往耳朵里锥，让他的心里异常烦恶，手臂也酸得厉害。虽然对方的力道也在不断减弱，但每一次剑锋相碰的力量，仍然让他觉得手上的血管似乎都要爆裂。

坚持住，黄小路努力挥着剑，在心里给自己打气。就像自己所扮演的第一个角色，那个让人看不明白的青阳世子吕归尘，即便他有着一副孱弱的躯体，却会那样执着地对着一根木桩苦苦地练习刀法。在吕归尘的心中，也一定有着想要守护什么的执念，驱使着他那样不顾惜性命。

就当我是吕归尘吧，就当我是在对着一根木桩拼命吧。事实上，到了此时此刻，黄小路已经没有再把眼前的一切当作游戏。他觉得自己就是九州世界的一部分，自己就是一个真正的天驱，虽然本领低微，却有着一颗不愿屈服的心。

他几乎只是在凭借本能挥剑了。坚持住，坚持住！黄小路不停地默念，只觉得白雪和阳光都变得越来越刺眼，胸膛像是要炸裂开来一样，肋骨下每呼吸一口空气都疼得厉害，眼前也已经隐约可以见到金星闪闪，有什么东西在不断地冲击着他的太阳穴。

更糟糕的是，林雾月的刀法也越来越散乱，针上的毒毕竟还是对她的身体产生了很大影响。看着她跟跟跄跄的步子，黄小路不知道怎的，生出了一股蛮劲，狠狠两剑逼退了身前的敌人，转身向林雾月跑去。他帮林雾月挡开了敌人砍向她腰间的一刀，和她并肩站在一起。

"也好，反正你就是这么个缺心眼的傻子，"林雾月的嘴唇已经有些泛出青紫色了，但还是挤出一个笑容，在黄小路看来颇为妩媚，"那咱们就死在一块儿吧！"

两人背靠着背，各举起手中的刀剑，迎向呈三面包围的三名东陆密使。这就要死了吧？黄小路喘着粗气想，但这一架打得真痛快，像一个天驱战斗时应该有的那种痛快。他觉得自己的血在燃烧，在九州世界死去也好，在现实世界发疯也罢，好像都无所谓了。

关键是那种酣畅淋漓的痛快劲，简直让他此生无憾。

包围圈已经缩得很小，封住了两人可能的逃路。几招过后，近乎脱力的黄小路被敌人沉重的单鞭一砸，再也拿不稳手中的剑，长剑被挑飞了。紧跟着咔嚓一声，林霁月左手的刀也被砍成两截。胜负毫无悬念了。

黄小路轻叹一声，挺起胸膛，决心就算是死也得睁着眼睛死，也得站得笔直地死。他眼看着敌人闪着寒光的剑锋刺向自己的胸口，脑海忽然间一片空白，什么念头都被瞬间驱得干干净净。看来过去读过的那些武侠小说都是骗人的，什么人在临死时会一下子看到过往一生中的各种画面，其实什么也看不到。有的只是全无念想的空白，和一种难以形容的平静。

就在他平静地等待着死亡降临的时候，耳畔忽然传来一声异响，像是电影里常听到的那种弓箭飞行的声音，却又更加响亮，更加尖锐，带有一种不可阻挡的气势。而对面的敌人听到声音后面色大变，硬生生收回了差一点就能刺入黄小路心脏的长剑，反身一剑撩出去。

当的一声脆响，这把剑瞬息化为了碎片，而这名敌人的身体也在一瞬间被生生贯穿。一支几乎有一柄长枪那么粗的巨大箭支从他的背后插入，又从前胸穿出。他脸上的表情刹那间凝聚成了无限的恐惧，鲜血不断从嘴里涌出，身体慢慢地倒在了地上。

那是夸父的巨弩！这一箭先撞碎了青钢铸成的长剑，又射穿了敌人的身体，气势之威猛足以令人窒息。剩下两名东陆密使看着同伴的惨状，都是惊骇无比，也顾不得再向黄小路和林霁月下杀手了，转身就想逃。

但在雪山之上，他们是无法和夸父比拼速度的。还没跑出两步，夸父庞大的身影已经把他们笼罩住了。两人一齐回身，垂死挣扎般地举起刀和单鞭，但他们所面对的武器只有一样——铁牙部落族长的石斧，比其他夸父所用更大、更沉、更加势不可当的石斧。这把石斧带着风雷般的声响直劈而下，东陆密使的刀和单鞭就像木柴一样不堪一击。只一斧劈下去，刀和鞭顷刻化为碎片，两名东陆密使的身体也一齐被劈成了两截，狂喷的鲜血把附近数尺的雪地都染成了触目惊心的红色。这就是夸父的力量，雷霆万钧、不可抗拒的力量。

得救了。但黄小路甚至顾不上兴奋，他觉得之前强撑着四肢百骸的那股气一下子泄了下去，脑袋里一阵迷糊，然后发现自己已经躺在了地上，好像所有的关节都要散架一样，林霁月的状况也和自己差不多。

两个精疲力竭的人类狼狈不堪地瘫软在雪地上，只听见族长在自己的身边发出愤怒的吼叫，声动四野："任何盟友都不能在夸父的眼皮底下杀害夸父的客人！从今天起，联盟解除！夸父永远不会听从人类皇帝的驱策！"

联盟解除。这真是令人欣慰的四个字。黄小路脑袋昏昏沉沉的，不知何时紧紧握住了林霁月的手，在黑暗彻底把他笼罩之前，他的脑海里闪过最后一丝念头：这下子，我的任务算是完成了吧？

尾 声

黄小路醒了过来。

鼻子里传来一股熟悉的方便面和榨菜混合的味道，这说明他已经回到了自己的出租房里。头盔仍然戴在头上，电脑屏幕闪烁着："任务 1 已完成，是否保存进度？"

看到这行字，黄小路猛地从床上弹起来，兴奋得不能自己。他屏住呼吸，小心翼翼地选择了确认，当系统提示"保存成功"之后，他才敢摘下头盔放到一边，然后捏紧了拳头，极力控制着自己不要怪叫出声，以免把 110 招来。

我成功了，终于还是成功了，他幸福地想，虽然这成功并不完美。为了破坏夸父与人类的结盟，他渲染了人类的阴险狡诈，在夸父的心中悄然埋下了更多仇恨的种子。也许夸父们以后再也不会考虑与人类结盟进行军事行动，也许他们从此再也不信任人类，即便真正的和平时机到来，他们也会犹豫不决。

这究竟算是做了好事，还是办了更大的坏事？黄小路有点糊涂，但他很快拍了拍脑袋，觉得自己不必太介意。人世间的事，永远难以完美，永远都是充满坎坷，有些时候，认真做好眼前的事也就可以了。至少系统已经判定了他成功完成任务，这就足够了。

而他也隐隐有些明白李彬为什么那么在意那枚指环了。李彬一定是在游戏中把任务搞砸了，和自己一样，他也面临着生死抉择，可他选错了，所以他才那么的不甘心。

他小心翼翼地找出一个光盘盒，把这张光盘放了进去，然后把记忆体里的进度做了两个备份以防万一。他明白，自己已经离不开这个游戏了。他还想再回去细细体味那个奇特的世界，他还想弄清楚那枚天驱指环究竟代表着正义还是邪恶，他还想想办法把李彬医治好；这多半需要让李彬再一次进入游戏，难度不小……更重要的在于，他想要找到这个游戏的制作者，弄明白他们设计出这样一个奇怪的游戏是为了什么。

除此之外，他还想再见一见那个漂亮的姑娘，那个和他一起经历生死危局的姑娘，那个在昏迷之前紧紧握住他的手的姑娘。一想到在现实世界里根本不可能与她相见，只有在虚拟的世界中才能找到她，他就觉得胸中一阵怅然。她对自己说："你不是我的朋友。我没有朋友。"这话是真的吗？或者只是一种对现实的逃避？他要找到她问个明白。

当然了，眼下最要紧的事情是——赶紧出门，推上车直扑学校。周日晚点名的时间又要到了，他得赶紧去抢占后排的座位，免得接受辅导员天女散花的洗礼。

第二章
巫　域

楔　子

　　一声轻响，花朵撕裂肌肉，从人的背后钻了出来，生长、挺立、绽放。分作六瓣的花瓣上沾满鲜红的血液，在阴暗的光线中显得妖异而狰狞。

　　"心之花已经开放，你只要有丝毫的松懈，它就会攫取你的心脏，"一个声音说，"你真的不打算屈服吗？"

　　"叛我者，必将付出百倍的代价，今日得势，也不过是蝼蚁之行。"另一个声音沉稳地回答，虽然心之花已经在他的身体里生根发芽，他却好像丝毫也感受不到痛苦。

　　一阵沉重的金属撞击声铮铮作响，几根粗大的链条缓缓地被拉动。这些链条黑沉沉的，每一根都有碗口粗，随着机关开启，正一点点收紧，盘绕在那具躯体上。

　　"缠龙锁已经启动，纵有夸父的神力，也绝不可能挣脱束缚，"提问者继续说道，"你真的不打算屈服吗？"

　　"叛我者，必将付出百倍的代价，天涯海角，无处逃遁。"回答者仍旧从容自若，虽然他的四肢和躯干都已经被铁链紧锁，无法动弹。

　　水流声汩汩地响起，深黑色的液体从管道里流出，注入这个四方的水池。黏稠的液体散发出令人难以忍受的腥臭气味，慢慢地灌满了水池，几乎把人的身体完全浸没，只留下头颅探出水面。

"五毒的毒液混合蟒血，会很快侵蚀你的身体，破坏你的五感，让你逐渐成为废人，"提问者说，"你真的不打算屈服吗？"

"叛我者，必将付出百倍的代价，纵然身死也不得安宁。"回答者的声音开始虚弱起来，毒素开始起作用了，但他话语里的气势却丝毫不减。

吱吱嘎嘎的绞盘声戛然而止，一道重达千斤的石门轰隆落下，封死了这间石室，提问者的声音从仅剩的一个传递食物的小窗口传进去，显得缥缈而遥远："石门已落，除非在外面发动机关，否则你绝不可能从内开启。即便这样，你也不屈服吗？"

"叛我者，必将付出百倍的代价，永堕黑暗之狱，万劫不复。"回答者的声音在小小的石室里回荡着，慢慢消散。

提问者叹息一声，走进身前的一个大竹筐，摇动了铃铛。不久之后，竹筐在绳索的拉动下开始上升，带着提问者离开黑暗闷热的地下，上升到了地表之上。他从竹筐里走出，回身望着那深不见底的黑黢黢的地洞，摇了摇头："也许你的余生都将在这地下血池里度过了……即便这样你都还不肯屈服啊。"

地下的人当然已经不可能听到他的这句话，但在他的想象中，那个被妖花寄生、被铁链紧锁、被毒血侵蚀、被石门封阻、被大地禁锢着的高大身影，仍然在不断地燃烧着生命之火，发出夺人心魄的诅咒："叛我者，必将付出百倍的代价！永堕黑暗之狱，万劫不复！"

这个想象让他禁不住浑身一颤。

一、合并

深夜的南淮城南，一个身影正向着城外疾奔。在他的身后，十多条黑影呼喝着穷追不舍，打破了夜晚的寂静。天上的云层很厚，月亮偶尔探出头来，把一丝光亮照到这个被追逐的人脸上，可以看出他是一个相貌平凡的年轻人，手里还握着一把佩剑。这样的青年武士，在南淮城这样的大城市十分常见。年轻人总是自负的，而且很难控制住自己的脾气，像这样在深夜招惹了仇家，被追杀得狼狈逃窜的戏码，实在是半点也不新鲜。

所幸这个年轻人跑得很起劲，看来脚力不错，只不过他对南淮城的地理好像不是太熟，跑着跑着终于被逼进了一条死胡同。他转过身来，面对着手举火把恶狠狠逼上来的人群，脸上倒并不显得慌乱。

"你这个王八蛋，活腻了是不是？居然敢调戏黎家五少爷的夫人？"这一群打手模样的人嘴里骂骂咧咧，纷纷举起了手中的刀枪棍棒，"告诉你，南淮城的半边天都是黎家撑起来的，招惹黎家就是自寻死路！"

黎五少爷分开众人，站到了最前面。这是一个相当英俊的青年人，衣饰考究，剑柄上镶着一颗耀眼的红色宝石，和身前这个毫不起眼的同龄人形成了鲜明的对比。他的眼神里充满了恨意，手里紧紧握住长剑，看来是打算直接把这个敢调戏他老婆的小流氓碎尸万段。

年轻人叹了口气，拔出剑来，黎五少爷也不多话，向前踏出一步，长剑直刺对方胸口，这一剑带出尖锐的破口之声，可见蕴含了极大的力道。年轻人连忙挥剑格挡，当的一声，他被震得手臂发麻，连忙向旁闪开。

黎五少爷得势不饶人，剑招有如暴风骤雨，在黑夜中划出锃亮的轨迹，惊雷闪电般圈住对面敢调戏他老婆的流氓。但该流氓沉着应战，只取守势，剑招绵绵密密毫无破绽，黎五少爷虽然一通猛攻，却怎么也无法突破对方的防御圈。而且时间一长，此人的剑招越显纯熟，破绽也越来越少。

黎五少爷咬咬牙，手上陡然变招，一招一式都与对方硬碰硬，双剑相交便火光迸射。看来他是想仗着自己的剑好，试图硬生生把对手的剑砍断，让其再无兵器可用。但就在这时，另一条黑影突然从死胡同的墙外跳了进来，以手中双刀格开两人的兵刃，挡在那个年轻人的身前。火光下可以清晰地看到，这是一个容颜俏丽的女子，黎五少爷看清了这张脸后，面色陡然一变："是你！"

"当然是我，"女子哼了一声，"你明明已经有老婆了，居然还一直骗我！今天要不是用这种办法，你一定还要躲着不肯见我吧？"

黎家的家丁们你看看我我看看你，都恍然大悟，只有黎五少爷满脸苦相，就像是被塞了一嘴的黄连。他挥挥手，家丁们知趣地退去了。

等到家丁们走远，黎五少爷长出了一口气："林霁月，林小姐，你这句话可是把我的形象毁得干干净净了，我老婆以后恐怕得抱着醋坛子过日子了。你何必要和我开这种玩笑呢？"

名叫林霁月的女子嘻嘻一笑："这不过是为了惩罚你诈伤不接受天驱的召唤。现在证据确凿，在场所有人都看清楚了，你的左腿并没有被废——至少追起人来相当利索，还能跑半个城呢，打起架来也丝毫不碍事。你还有什么话好说吗？"

黎五少爷颓然长叹，往身后的墙上一靠："你说得没错，我的确是诈伤，以逃避天驱的召唤。我知道这样做是错的，但我实在是不想奉召了。"

"为什么呢？"林霁月问，"根据我掌握的资料，当年你可是铁了心一定要加入天驱的，你把天驱当成了小孩子过家家的玩意儿，想进就进，想退就退吗？"

黎五少爷苦笑一声："正相反，我只是慢慢地发现，天驱比我想象中的更加可怕。我问你，上个月青石城的何氏马场主人何唐被杀，是天驱做的吧？"

林霁月犹豫了一下，还是慢慢地说："不错，是我下的手。何唐和皇帝有秘密协定，将会在未来一两年内为皇帝训练三万匹战马，用以攻打北陆。何唐被称为宛州马痴，驯马的技艺已经不逊色于北陆的蛮族人。如果不把他干掉，这个世界又会朝着战争滑出危险的一大步。"

黎五少爷摇了摇头："那不过是在商言商而已，何唐未必喜欢战争，他只是为了赚钱。你们完全可以用其他方法去化解这件事，而不是动手杀人。我们南淮黎氏也是宛州举足轻重的商人，万一以后我的父亲也和皇帝有了某种交易，难道我要为了天驱的宗旨而亲手杀掉我的父亲吗？"

"如果真有那样一天，也许你真的需要动手。"林霁月平静地说。

"这就是我为什么开始想要远离天驱，"黎五少爷说，"我当初加入天驱，是因为我认同它的理想，觉得那枚铁青色的指环能够让我的血液燃烧起来。但是现在，我眼里看到的不是保护，不是捍卫，而是杀戮，甚至有可能是杀害自己最亲近的人。这不是热血，而是冷血。"

林霁月耸耸肩："我只是个死跑腿的，没有资格也没有兴趣去评判你的说法是否正确。我只看到了事实：你假装腿伤拒绝指环的召唤。现在你是否想正式表明你退出天驱的意愿？"

黎五少爷踌躇了一阵子，眼神里流露出痛苦和不舍，但最终，他还是坚定地点了点头："是的。我不想再做一名天驱了。"说完，他从怀里摸出一枚铁青色的指环，递到林霁月手里。

"那就随便你了，"林霁月把指环收起来，"我没有权力对你进行审判，只能如实回报给上层，让他们去考虑。我们走。"

最后三个字是对那个假装调戏黎夫人，将黎五少爷吸引来此的青年武士说的。从头到尾，此人都一言不发，到现在林霁月招呼他离开，他也是一声不吭，拔腿就走。黎五少爷却叫住了他："这位兄台，你骗得我好苦，不知道怎么称呼？以前怎么从来没见过你？"

青年沉默了一会儿，低声回答说："我叫黄小路。我还是个新手。"

他似乎很不情愿多谈及自己之前伪装调戏黎夫人的事，几乎是逃也似的转身跑开，反倒是林霁月要追着他了。林霁月跟着他小跑了几步，忍不住扑哧一笑："你逃得还真快，是因为调戏了黎夫人心里有愧吗？"

黄小路哀叹一声："别提了。我这辈子，除了你之外，大概和别的女孩子说话都不超过一百句。你这个法子真是……真是……强我所难。"

这一次的任务结果并不完美，因为黎五少爷看来是注定要脱离天驱了。但无论如何，黄小路和林霁月一同查明了黎五少爷伤势的真相，逼得他表了态，总算是不辱使命了，如林霁月所言，该如何处置他，不是两人需要操心的事情了。所以系统适时地提示黄小路：任务完成。他可以安全地退出了。蓝光散尽后，古色古香的九州世界消失不见，身边依旧是充满了方便面味道的出租屋，刀枪剑戟让位给电视、冰箱、微波炉，虚拟现实游戏机正在一旁发出低沉的嗡嗡声。

黄小路本就是一个普通的大学生，刚刚念完大一，准备升大二。他身上具备了游戏宅男的一切特性，原本过着毫无亮色的平凡生活，一直沉迷于虚拟现实游戏，是一个游戏中的天才、生活中的废柴。然而和他同为游戏中人的好友李彬因为玩一款游戏而精神失常，使他注意上了这款神秘的叫作"九州"的游戏。

说这游戏神秘，是因为它根本就没有在市面上流通过，事实上除了从李彬那里得到的一张拷贝之外，黄小路并没有见到过第二张光碟。后来他也在网上搜索过，确认没有任何一家游戏公司——不管是著名的还是非著名的——和这款游戏有关。

但这实在是一个极其不寻常的游戏，游戏的宏大和复杂远远超过了当今流行的任何一款虚拟现实游戏，身处游戏当中的真实感更是让人惊叹不已。黄小路才小小地尝试了几次，便迅速地迷上了它，以至于开始慢慢地把自己在这个游戏中的经历当成了真实人生的一部分，虽然他每次退出游戏后都会不断地提醒自己：别太当真，这只是个游戏。

但他又不能不认真，因为这个游戏涉及李彬发疯的真相。根据李彬精神错乱时嘴里念叨的只言片语，黄小路判断出，李彬的发疯和九州世界里一个叫作"天驱"的组织有关。为了寻找帮助李彬康复的方法，他也选择了以天驱身份进入游戏，并且和游戏中的虚拟人物林霁月成了搭档。

黄小路很佩服林霁月，这个聪慧机敏的姑娘在脱离杀手组织天罗之后，果断加入了天驱，并且很快成为天驱的中坚力量。他同时也有点惧怕林雾月，因为这姑娘泼辣尖酸，说话时经常给他难堪，而他在女性面前一向口拙嘴笨，根本无力还击。但换个角度想想，难得有漂亮女孩愿意陪他说话，这可是他二十年的人生里从未有过的。

所以自从在第一个任务里认识了林雾月之后，他又连续进入了三次游戏，这回寻访黎五少爷，已经是他为天驱完成的第四个任务了。从第一次的茫然不知所措，到现在的干练果决，甚至可以为了完成任务而大违本性地搭讪陌生女人，黄小路觉得自己在九州世界里混得越来越熟门熟路了，连林雾月有时候也会忍不住夸他几句。

但黄小路心里知道，这不过是因为他充分发挥了自己玩游戏的天赋而已。尽管一再地被这个九州游戏的仿真度所深深迷惑，但在内心深处，他毕竟还是抱着游戏的态度。这是游戏，他才能放心大胆地砍砍杀杀或是耍弄阴谋；这是游戏，他才能在林雾月这样的漂亮姑娘面前说那么多话，虽然举止上依旧腼腆。

第四个任务完成之后，寒假也结束了。黄小路回到学校，照例隔几天就去探望一次李彬。经过半个学期的调养，李彬的状况大有改善，虽然仍存在着严重的交流障碍，但已经能够对一些简单的日常用语做出反应，而且不再对旁人的接近产生畏惧了。所以黄小路经常会过来陪着他，和他絮叨一些学校里和游戏中的事情，并且慢慢发现了什么样的话题最能引起李彬的兴趣。

"看起来，你还真是对这个游戏很不甘心啊，"黄小路扶着李彬在李彬家的楼下散步，"每次我说什么你都没什么反应，但是一提到这个游戏，你就两眼放光……唉！你这是何苦呢？"

李彬侧过头，目光中流露出一丝明显的兴奋，黄小路知道，这属于医生交代过的良性刺激，应该沿着这个方向继续走下去。所以他只能像讲故事一样，把自己几次完成任务的经历都向李彬讲述了一遍。李彬总是侧过头作认真倾听状，尤其当黄小路提到天驱的时候，眼神里更是隐隐有一丝激动。

但他还是无法回答黄小路向他提出的任何问题，只能当一个纯粹的听众。

"这样已经很好了，我不知道该怎么感谢你才好，"李彬的父亲对黄小路说，"现在除了你，没有人能和他在一起待那么久。每次你陪他说完话之后，他的精神都会好很多，真是麻烦你了。"

黄小路不好意思地挠挠头："您千万别这么说，这都是我应该做的。其实……我也犯了一个很大的错误。"

"什么错误？"李父微微一愣。

"李彬刚出事时，我就到他那里去了，"黄小路懊悔地说，"但我光顾着把那张游戏光盘带回来，却忘记从机器里把记忆棒拆出来。要知道光盘上的数据都是固定的，李彬所遭遇的一切，都储存在记忆棒里。如果能有李彬玩过的游戏进度，也许就能弄明白到底是什么东西刺激到了他。后来我再去的时候，房子已经被打扫过了，那根记忆棒也找不到了，没准是被当成垃圾扔掉了。"

李父看了黄小路一眼，犹豫了一下，缓缓地说："那根记忆棒……被我带回来了。我是一个软件工程师，和你一样，想要研究一下我儿子发疯的真正原因。可是我从来不擅长游戏，所以一直不敢进去，害怕遭到……和他一样的命运。"

"您家里现在还有游戏机吗？"黄小路兴奋起来，"我现在就可以试试！"

头盔戴到头上之后，黄小路才冷静下来。当然不能直接就这样读取李彬的进度——他在现实世界里发了疯，谁知道他设置的角色现在在九州到底处于什么样的状态。万一进入游戏之后发现李彬只剩下一具正在腐烂的尸身，或者已经变成了一个全身残废连话都不能说的废人，那可就惨了。

所以他只能先在初始界面琢磨一下李彬所设定的这个人物。和黄小路所设置的平凡形象不同，李彬显然在外貌上花了很大功夫，这个角色身材高大，英俊帅气，乍一看有点像金城武。但现实生活中的李彬当然不是这样的，他有着一张和黄小路很相似的苍白的宅男面孔。此外，他的角色名字也取得很有武侠风，不像黄小路直接使用了自己毫无亮点的真名。

"龙焚天……好霸气的名字，看来这个号在游戏里一定很受女生欢迎。"黄小路喃喃地说，接着继续查看着角色的参数。这款游戏的武功系统是进阶式的，每完成一次任务，武力值就能提升一级。黄小路在第一个任务里的武功相当平庸，但在完成第四个任务后，武艺提升了不少，已经勉强可以算是一名高手了。但李彬所扮演的这个龙焚天，竟然已经完成了九个任务，武功也达到了相当高的层次，甚至可能比林霁月更高。

"这么高的武功，也会被伤成这样吗？"黄小路有些不解，更加确定了李彬一定是在游戏里遇到了极度可怕的事件，他绝不能轻易读取这个进度。唯一值得欣慰的是，大概是游戏高手的某种共性，他们所进入的时代是一致的，最多有不到一年的时间差，他不必再去重新适应新的历史背景了。

他郁闷地摘下头盔，对李父说明了情况："要是这个游戏能设置一个'观察者'的角色，能够观察李彬的进度就好了。"

李父想了一会儿："其实，倒也有别的办法。我做了很多年的游戏编程，应该可以想办法在他的进度里插入一个新角色，甚至可以提取你的进度里的数据，合并到他的游戏数据里。也就是说，在我儿子所经历的世界里，我可以生生安插进去你这个新人，就类似于游戏修改器。"

"那太好了！"黄小路握紧了拳头，努力让自己的声音听起来自然，"麻烦您，把我和我的搭档的数据添加进去。我还没有完全掌握这个九州世界的特性，我的搭档能给我很多帮助。"

"这个能干的搭档……多半是女的吧。"李父不紧不慢地说。

黄小路的努力顷刻间付诸东流，一张脸腾地一下子红透了，好似猴屁股。

"两个人还算好办,"李父沉吟着,"你得知道,这就像是蝴蝶效应,因为多了你们两个人,就必须给予你们相关的人都赋予'你们存在'的记忆,那将会牵涉到一大批数据的修改,至少得三五天的时间才能完成。"

　　之后的几天时间里,黄小路索性就住在了李彬的家里,等待着李父合并数据。他这才知道,原来李彬的父亲李炜衡算得上是国内首屈一指的软件工程师,供职于一家著名的游戏公司,是开发团队的核心成员。不过有趣的是,他虽然编写游戏软件,自己却极少玩游戏,倒是儿子李彬从小就是个游戏迷,与黄小路臭味相投。

　　"这都得怪我,"李炜衡叹息着,"我妻子早亡,而我工作又太忙,为了不让孩子出去跟着别人学坏,就只能教他玩游戏,把他拴在家里。没想到,玩游戏却成了另外一种学坏。他年龄越大,对游戏的沉迷越深,几乎没有任何青年人该有的社交活动。"

　　黄小路深有感触地点点头,觉得李彬完全就是自己的镜子。当李炜衡把修改完毕的记忆棒插入机器之后,他一面戴上头盔,一面想着:等解决了李彬的事情,我是不是也应该戒一段时间游戏了?

　　"我来找你了,龙焚天先生,"眼前的蓝光弥漫开时,他低声念叨着,"不取那么霸道的名字会死人吗?"

二、赌博

　　前方是一片一望无垠的沼泽,太阳照射在沼泽表面,升腾起一阵阵令人不安的晶莹的水汽。除了水和泥,以及数量极少的水生植物,这一整片似乎没有边际的沼泽里完全见不到任何活物。即便是天空中的飞鸟,飞到沼泽上空时也会机警地转身,飞向其他区域。那些偶尔在水面露出而又迅速爆裂的气泡,就像是一个个警示符号,在提醒着外来者:生人勿近。

　　"我只能把你们送到这里了,"担当向导的本地青年说,"付钱吧!"

"真是的，你带着我们总共走了不到十里路，居然就要半个金铢……"林霁月很不高兴，但还是付了钱。

没想到向导更加不高兴："你以为半个金铢贵了？这里可是死地，带你们到这里来，也许一不小心就遇到那帮魔鬼，就会送命的！"

"他们到底是一群什么样的人？"黄小路问，"在我看来，你们的生活虽然环境很艰苦，但并不像是总处在危险中的样子。"

向导有些尴尬，支支吾吾地说："他们……他们其实也不算骚扰我们。但是我们所有人都害怕他们，毕竟那是一帮搞巫术的人，谁也不想和他们有接触。"

"明白了，那我们自己去吧。"黄小路点点头。

向导离开之后，黄小路和林霁月一人手里拿着一根长树枝，走进了这片凶险莫测的沼泽，一边走一边用树枝探路。虽然向导告诉他们，由于各族行商会冒险进入这片沼泽，沿路都有安全道路的记号，只要沿着记号走就没事，但黄小路还是不敢大意。他牢牢记得自己小时候的童年阴影，那是一部叫作"这里的黎明静悄悄"的苏联电影，里面有一名苏军女战士被沼泽吞没的一幕，给他幼小的心灵带来了巨大的恐惧。此后他连做了一个星期的噩梦，梦见自己陷身于那样的沼泽地里绝望挣扎，却只能眼睁睁看着身体一点一点下沉，直到眼前一片黑暗，然后满身冷汗地醒过来。

由于黄小路这次是通过类似作弊器的方法切入到李彬，也就是李彬所扮演的角色龙焚天的进度里，所以系统并没有赋予黄小路任何任务，他是完全自由的，可以自主安排自己的时间。因此他主动通过暗号联络了自己从来没有见过面的顶头上司谢子华，向他询问龙焚天的相关情况。黄小路有些忐忑，觉得自己是在打听一些可能是机密的东西，也许谢子华不会搭理他。

但出乎意料地，谢子华很快给他送来了回信，讲述了与龙焚天有关的种种情由。看了这封信，黄小路才知道，李彬在游戏里是如何混得风生水起。

黄小路所选择的这个时代，正好是九州历史进入和平期尾声的时代，各族、各国之间剑拔弩张，全面的战争一触即发，尤其是野心勃勃的皇帝，一直想要把分封出去的各公国的领地都收回到皇权的管辖之下。根据天驱武士守护和平的宗旨，这样的时代显然会有很多事情可做，比如黄小路接到的第一个任务就是协助谢子华阻止夸父部落和东陆皇帝之间的结盟，以防他们合力攻打北陆蛮族。虽然对这个世界的一切还不是很适应，但黄小路仍然和林霁月一道努力完成了任务，此后的三次任务虽然历经波折，最终也都不辱使命。

但李彬所做的却比黄小路出色得多。他想办法分化了两个一直忠于皇帝的公国，削弱了东陆联军的势力；他代表天驱和越州几个重要的河络部落结盟，斩断了皇帝重要的兵器来源；最为重要的是，他接连诛杀了三名地位很高的辰月教徒。

"辰月教……是不是那个一直在想办法挑起战争的邪恶宗教？"黄小路问林霁月。

"他们确实是在不遗余力地挑起战争，不过他们自己未必觉得自己是邪恶的，"林霁月回答，"他们的宗旨具体是什么样我也不太清楚，不过听说他们总是自称是奉神的旨意行事。当然了，任何邪教都是自称听命于神的，这倒是不新鲜，但是辰月的势力的确大得惊人，听说历史上每一次战争背后，都有辰月的影子。"

"你和辰月交过手吗？"黄小路又问。

"我没有，事实上，辰月教的人大多身份隐秘，即便你和一个辰月教徒交过手，也未必知道他的身份，"林霁月说，"但在传说中，辰月教的高级教徒都有着极为强大的秘术能力，至少我是不愿意碰到他们的。"

"这么说，龙焚天可真是个了不起的人物了。"黄小路轻声说，心里隐隐有点嫉妒，这是一个游戏高手对另一个游戏成就超越他的人的嫉妒，即便两人是好朋友。

但是这样一个有着丰功伟绩的龙焚天，却在执行最后一次任务时失踪了。谢子华在信里说明，当时龙焚天匆匆留下一张便笺，说是他寻找到了一个和辰月有关的关键人物的下落，来不及等待增援，便自己独身追踪去了。而从此以后，龙焚天再也没有出现过，也没有通过任何途径向天驱传递信息。天驱并不是不想寻找他，而是他要去的地方实在太过敏感，所以迟迟没有行动。现在居然有黄小路愿意主动去承担这个任务，那真是再好不过了。

最后谢子华说："龙焚天是几位宗主都相当器重的人才，而你的成长速度也让我惊叹不已，也许未来的天驱能够在你们的手里继续发扬光大。所以，我同意你去打探龙焚天的下落，如果能把他活着带回来，将会是你的大功一件。"

"我怎么觉得……自己像是主动钻进了一个套子呢？"黄小路愁眉苦脸地说。

"而且，这几乎就是一个死套啊。"林霁月接话道。在谢子华这封信的末尾，明白无误地写明了龙焚天所前往并失踪的那个地点：雷州与云州交界之处，沉风沼泽，巫寨。

事实上，所谓的"沉风沼泽"只是一个俗称，这片沼泽的正式名称叫雷云沼，因为其横亘于雷州和云州的交界处，在地理上割断了这两个州而得名。雷州本来就是东陆人眼中的蛮荒之地，云州更是被瘴气和海涛所封闭，以至于两地充满了神秘色彩，所以雷云沼自然也少不了各种传闻。刨去那些夸张失实的异闻传说，雷云沼仍旧是一片气候恶劣、环境险恶的不毛之地，深不见底的沼泽泥潭更是让人谈"沼"色变。有一位叫邢万里的旅行家曾在他的旅行记中说："这是一片连风刮过都会沉下去的可怕深潭。"于是后来人们就渐渐开始称其为沉风沼泽了。

但是沉风沼泽最令人畏惧的地方并不是连风都能沉下去的沼泽，而是一群居住在沼泽深处的人类。这是一群自称为"巫民"的人，据说他们个个都会一些匪夷所思的巫术，能够杀人于无形。巫术和秘术是有区别的。秘术是一种纯粹运用精神力的法术，而巫术却会借助各种各样千奇百怪的毒虫、花草、玩偶等等外界事物，达到某些令人瞠目结舌的可怕效果。比如外界流传最多的一种巫术就叫"情蛊"，据说那些风流的年轻行商勾引了美丽的巫民女子却又始乱终弃，最后都会身遭横祸，死得惨不忍睹，那就是巫民女子在他们身上施加了情蛊，一旦对方变心，蛊毒就会发作。

"所以你可千万不要去勾搭那些女巫民，"林霁月说，"万一中了情蛊，我可救不了你。"

黄小路早就习惯了林霁月对他的各种调侃，只是在心里想着：就凭我，还敢去勾搭别人？就算是找女生借一下课堂笔记简直都会让我大脑短暂性缺血。

两人有惊无险地穿越了这一小片沼泽后，来到了一块干地上。这里其实只是沼泽中的一座浮岛，却是巫民和外界交易的唯一的地方。由于沼泽里生活艰苦，弥漫的瘴气更是让其他的生物难以生存，巫民们不得不通过和外界的贸易来维持自己的正常生活。巫民们手里有许许多多能在东陆卖出高价的好东西，而所要交换的不过是些盐、油料、布匹之类的生活必需品，和他们做生意利润相当高，所以即便沉风沼泽环境恶劣艰险，还是能吸引行商们来此交易。

当然，巫民是绝不让外人踏入巫寨的，这一座距离巫寨最近的浮岛就成了唯一的集市。集市上有一些简陋的货仓，有唯一一座兼具饭馆和客栈功用的小酒店。不怕死的行商们带着廉价的货品跋山涉水来到此处，用当地特有的沼泽爬犁把货运到集市上，换走那些市场上无数人重金以求的药材、毒物、值钱的皮毛兽骨等等，每跑一趟就能让成本翻数倍。

黄小路和林霁月却并没有假扮成商人。这一点两人进行过激烈的争论。林霁月认为，装扮成商人，带上一批实用的货品，将会是找到混入巫寨机会的最佳方法。但黄小路却很快想到了过去玩过的无数游戏中曾经有过的桥段：某一个蛮荒之地的蛮荒民族，被外界仇视并且仇视着外界，这样的民族最不能忍受的就是欺骗与谎言。如果真的采取这样的方式去骗他们，后果很可能不堪设想。所以他破天荒的第一次对着一个姑娘——虽然是虚拟的姑娘——脸红脖子粗地又叫又嚷又跳，最后居然真的说服了对方。

"虽然我还不是很了解你，但你身上总有一种莫名其妙的敏锐直觉，能让你做出最正确的判断，"林霁月耸耸肩，"那就听你的吧。不过我得警告你，要是到了那里，因为你的诚实而连巫寨都混不进去，我就立马转身走人，让你自己去找那个什么见鬼的天驱精英去。"

现在黄小路就站在一堆行商和几个巫民的中间，情形十分尴尬。巫民们长相没有什么特殊，同样是两只眼睛一个鼻子一张嘴，但对外人的态度却比刀锋还冷硬。他们和行商们都几乎不怎么说话，大多用手势比画，这个东西要卖多少多少金铢，那个东西能换几尺布几斤盐。黄小路好几次趁着交易的空隙想要和巫民们搭两句话，却完全不得要领。这些巫民眼里的外人仿佛分为两种：带了货物来的，没带货物来的。前者可以勉强应对一下，后者就像是空气，注定要沉入深深的沼泽，连个气泡都冒不起来。

黄小路就是这样的空气。无论他怎么向巫民们表达他没有恶意，怎么表达他要找的那个人有多么重要，他似乎就是透明的空气。巫民们根本就不用正眼瞧他，对他的一切问话更是置若罔闻。黄小路本来就刚学会在游戏里多说几句话，一被拒绝就有点不知所措，一张脸臊得通红，不得已只能把求救的目光投向林霁月，但林霁月站在一旁视若无睹，好像打定了主意决不帮忙。

黄小路哀叹一声，打算招呼林霁月先回去，大不了第二天真的弄点可供交易的货品来，试试能不能撬开这些巫民的嘴。他正准备开口，一个新来的行商气喘吁吁地踩上了集市的干地。此人带了若干帮工，拉了七八个爬犁的布匹，掀开覆在表层的油布后，花花绿绿的颜色还挺好看。但林霁月却敏锐地发现了一些其他的事情。

"这个人有点不对劲。"她一把拉过手脚都不知道该怎么放，却还在努力尝试和巫民交流的黄小路。

"怎么了？不就是个卖布的吗？"黄小路不明所以。

"你看看那些巫民的眼神，"林霁月低声说，"就像能从眼窝里飞出刀子来。"

她说得倒还真不算太夸张。一直以来眼神冷得像冰的巫民们现在就像被火点燃了一样，毫不掩饰目光中的仇视。那名新来的布商显然也看出了这一点，连忙堆出满脸的笑容："各位，我是第一次来到贵地做生意，如果有什么规矩不懂，还请你们……"

"你不是第一次来，"一个巫民毫不客气地打断了他，"去年你来过，卖给了我们很差的布匹，入水就掉色。"

巫民并没有使用其他批评或者谴责、威胁的话，但他单是陈述事实，就已经表达出了极大的威胁含义。布商的额头上立马布满了汗珠，他强笑着摇摇头："您千万别开这种玩笑。我可是第一次来这里，你们认错人了。"

"外貌可以假扮，但你身上的气息不会变。"巫民以平淡的语气回答。之后他再也没有说一句话。

但那名布商却陡然间脸色大变，双膝一曲，跪倒在地上，双手死死地卡住脖子，似乎想要喊叫，但他喉咙里却只能发出奇怪的咝咝声。他脸上的肌肉扭曲在一起，穿着厚实衣服的后背上竟然已经被冷汗浸透了，可想而知他正在经受怎样的痛苦。黄小路下意识地握住了剑柄，林霁月也浑身绷紧了。

突然间，布商的四肢摊开，仰面躺在地面上，整个身体剧烈地抽搐了一阵子之后，不再动弹了。咔的一声轻响，布商的咽喉处出现了一个裂口，并且迅速扩大，紧接着，一团黑乎乎的东西从那个裂口里钻了出来。

——那是许多只挤在一起的、张牙舞爪的红色小蜥蜴。它们张开嘴，发出满意的嘶叫声，然后开始蚕食布商的尸体。

巫术。这就是诡异的巫术。也许威力比不上极尽精神力的秘术，但那种不可捉摸的神秘之处，那种狠狠刺激人心的恐怖之处，却比秘术更加令人战栗。只是一瞬间，完全没有人注意到巫民们究竟使用了什么样的手法，这名敢于欺诈巫寨的奸商就已经倒在地上，无数的蜥蜴源源不断地从他体内爬出。

其他行商都吓了一跳，但又神色如常，或许是他们来这座集市的次数太多，已经见到过类似场景。他们都知道，只要自己问心无愧，巫民们不会对他们怎么样。但跟随这名布商拉爬犁来此的雇工们却吓呆了，他们扔下还没来得及卸下的货物，正想要转身逃离，却很快一个接一个地倒在地上，人事不省。

但他们并没有遭到雇主那样的血腥待遇。相反，他们的表情并没有显得很痛苦，反而慢慢呈现出某种平静，近乎麻木的平静。然后他们一个接一个地从地上爬起来，齐刷刷走到巫民身前，排成一行，作原地待命状。

"原来那个传说是真的。"林霁月的语气里含有一点不忍。

"什么传说？"黄小路问。他的心脏仍然跳动得很快，还没有从布商凄惨的死状中回过神来。他终于开始明白为什么外人都害怕巫民了，果然，这是一帮杀人不眨眼的家伙。布商以次充好固然可恶，但怎么说也不至于是犯死罪，巫民却在轻描淡写之间就夺走了他的性命。

"巫民也并不是对得罪他们的人统统采取死刑，"林霁月说，"有些人他们觉得罪不至死，就不会直接杀死，而是用蛊虫迷惑这些人的神智，将其变为行尸走肉，成为供他们驱策的奴隶。"

果然，那七名雇工一个个目光呆滞，面无表情。施术的巫民转过身向沼泽深处走去，新召唤的七个奴隶则跟在他身后。

"请等一等！"黄小路突然大声叫道。接着他身形一闪，已然来到了巫民的跟前。这个面容木讷、肤色黝黑的中年巫民皱着眉看了黄小路一眼："你要做什么？"

"你已经杀了那个卖布的了，就饶了这些工人吧，"黄小路说，"他们只是被雇来的帮工而已，完全不知道这些布匹是劣质的啊。"

"你怎么能确定他们不知道？你能读出他们的心思？"巫民反问。

黄小路语塞。巫民冷冷地说："没有人能判定别人的内心，所以我们只看行为。"

"那好吧，如果这样呢？"黄小路说，"如果我愿意代替他们偿还他们所欠你的呢？按照你的逻辑，只看结果不看原因，那如果我能赔偿你同等价值的布匹，你是不是就可以放过这批人了呢？"

巫民微微一愣，脸上首次露出了一点惊诧的表情："你认识他们吗？"

"我不认识他们，"黄小路摇摇头，"但他们都是无辜的人，是七条活生生的生命，不应该就这么莫名其妙地失去灵魂，变成你们的奴隶。"

在完成了四次任务后，黄小路在游戏里越来越放得开，也能够像这样慷慨陈词一番了。只是他表面上正气凛然，心里却一直在打鼓，不知道自己做出这样的选择是否明智。但他需要机会，需要和巫民搭话的机会，哪怕是站在巫民的对立面。这仍然是从游戏，包括影视作品里得出的经验：某些时候，在凶狠的对象面前坚持原则，反而能得到益处。

再复杂的九州游戏也是人编写出来的，黄小路在心中给自己打气，既然是人编写的，某些通行规律，或称俗套，就一定是行得通的。但万一行不通，他兴许在顷刻间就会变成一具挺尸。这是一场赌博，既然下了注，就必须坚持下去。

林霁月站在一旁，无可奈何地低声嘟囔："说得好听，你这样的穷鬼哪儿买得起那么多布去赔给他们？"

巫民上上下下地打量着黄小路，那森冷的目光让他浑身上下直发毛。最后巫民说："你不顾惜生命地阻拦我，只是为了和我搭上话，是吗？是因为你刚才所说的，你想要去寻找的那个人吗？"

"原来刚才你还是听到了我说话啊，"黄小路嘟囔一声，"但你说得对，除此之外，我怎么和你搭腔你都不理会。我现在也不想再解释我有没有恶意了，反正如你所说，你们无法判断我的内心。我只是想和你商量一下，让我进入巫寨，寻找我的朋友。如果你们发现我做出了什么对你们不利的事情，大可以像刚才对付那个布商一样，把我变成蜥蜴的食物。"

巫民思考了一阵子，脸上忽然现出了一丝笑容。尽管这笑容充满了讥诮，却仍然让黄小路目瞪口呆。他笑了一阵，这才继续说："我在这里和外人做交易，已经有十七年了。十七年来，你是第一个敢于阻止巫民所要做的事情的人，也是第一个敢和巫民提条件的人，这反而激发了我的好奇心。不妨告诉你一个好消息，这些日子，正好碰上巫寨的一件大事，需要寻找几个外人来担当一点作用。也许我真的可以让你进入巫寨。"

黄小路喜出望外，心里想着：这不废话吗，过去十七年来到这里的都是NPC，显然只能沿袭NPC毫无创新的路线，我可是个有智慧的玩家。

但接下来巫民的话又立刻让他浑身一震："我可以让你进入巫寨，但必须在你身上施加一种蛊术。你不是一口咬定你的朋友是在巫寨消失的吗？那么，如果你真在巫寨发现了他，这个蛊便会自己消失，但如果你找不到，它就会在你身上发作。具体发作时是什么样，我不会告诉你，你可以自己猜，但肯定比这个人要惨得多——至少你不会死得像他那么痛快。"

黄小路看着布商正被小蜥蜴们蚕食的尸体，只觉得自己全身的汗毛都要立起来了。的确，龙焚天在便笺里说明他的目的地是巫寨，但没有人知道他到底是不是真的在巫寨失踪。也许他失踪在半路上的某个地点，也许他沉入了无底的沼泽，也许他在巫寨已经被毁尸灭迹……有着那么多种可能性，黄小路怎么敢一口咬定他一定在巫寨，而且要用自己的生命做赌注。

他犹豫着，迟迟不敢开口，中年巫民仿佛也看出了他的胆怯，收起笑容，不屑地哼了一声。然而就在这时候，另一个脆生生的声音响了起来："我们同意了！"

那是林霁月。她来到黄小路身边，对他耳语道："不就是赌吗？要赌就赌大点儿！"

可不是嘛，您老不过是个NPC，怎么都没问题，我可是活人啊！黄小路哭笑不得地想，但既然林霁月已经做出了决定，男人的尊严让他不能再出口拒绝了。为了李彬，为了李彬愁白了头的父母，我就赌大一点吧。

"可是……这七个人呢？你可以放了他们吗？"他忽然想到。

"既然要你替我们做事，总该给你一点报酬，"中年巫民说，"这七个人的自由就是你挣来的报酬。"

黄小路微微鞠躬，表示感谢。

三、现身

巫寨处于瘴气的包围当中。

外人之所以很难从雷州进入到云州地界，除了沼泽之外，最大的困难就是瘴气。这些无所不在的毒雾带有惊人的杀伤力，让寻常人等稍微沾上一点就会昏迷甚至死亡。瘴气就像是无形的堡垒，捍卫着雷州到云州的陆地通道，继续将云州封存在一片神秘之中。

但人们意想不到的是，巫寨竟然也依靠瘴气进行自我保护。这座坐落于一片山谷中的寨子，从外面根本看不见，只能看见颜色忽而猩红忽而泛蓝的剧毒的云气。即便真有不要命的外人靠近此间，见到眼前汹涌的瘴气也未必敢闯进去。但要这样用瘴气布置成壁垒而不伤到瘴气内部的生灵，以黄小路浅薄的秘术知识看来，只怕很难有秘术能做到，可见巫术实在是让人难以捉摸的一种存在。

"把这颗药压在舌下，可以暂时抵挡瘴气。"名叫屠施的中年巫民递给两人两枚药丸。黄小路不敢怠慢，连忙照做。

跨入瘴气的时候，他闻到一阵浓重的腐臭气息，引得他差点反胃呕吐。他禁不住想：游戏做得太逼真了也不是好事，类似臭气、痛觉之类的玩意儿，其实都可以取消。

"所谓瘴气，就是湿热地区的动物和植物腐烂之后产生的毒气，当然很臭。忍着点吧。"林霁月轻松地说。同样是瘴气扑鼻，她却没有丝毫不适。

"你们天罗出身的都是怪物……"黄小路哼了一声。瘴气终于在前方到了头，出现了巫寨的影子，但他的心情丝毫没有因此而变得轻松，反而愈发紧张。比起可怕的巫术，瘴气这种玩意儿只能算是小儿科了。

片刻后他为眼前的场景所震惊。走出瘴气包围圈的一刹那，他闻到了一阵混合着竹叶清香的泥土气息。眼前是一派充满青色与土色的田园风光，一个个农人打扮的巫民正在田间辛勤劳作，还有鸟儿越过瘴气的屏障，落到田间。这和他想象中那种黑云密布的阴森场景相去甚远。

寨内的情形也是如此，并没有太多怪诞之处，大体上像一个正常的普通村寨，各家各户的房屋基本都是两到三层的竹楼。这样的竹楼能够保持室内清爽干燥，也能在一定程度上避免毒虫的侵扰，是湿热地带的典型建筑，越州南部的大雷泽附近也可以见到类似的竹楼。

但走进去之后才能发现，巫寨在许多细节上仍然透出种种古怪。比如几乎每家每户的屋檐下都挂着一只只一串串奇怪的东西，有晒干的蟾蜍、长长的蛇皮、蝙蝠，甚至还有正在蠕动的叫不出名字来的毛虫；比如每一户的后院都用高高的泥墙围起来，半点也看不到里面的动向，那似乎是每家每户各自的秘密练蛊的场所。

屠施把两人带回到自己的家。看来他在巫寨的地位比较高，家里的竹楼共有三层，比一般人家的更加宽敞。他把两人安排在两个空房间，然后才说明了带他们来此的用意："再过十天，就是我们每年一度祭拜巫神的日子。而到了那个时候，还将会有一件非常重要的事情——五年一度的大祭司考验。"

"大祭司考验？"黄小路觉得这样的桥段也挺熟悉的，"是不是你们这里最大的头儿就是大祭司，隔一段时间就得来一场巫术比拼以便确认他是否还有资格接着继位？"

屠施神情古怪地看了黄小路一眼："如果只是靠猜的话，那你的头脑果然灵活。"

灵活个屁，黄小路心想，这是被所有小说和影视用烂了的招数，用来添加组织内部的矛盾，引发内部冲突。真是半点也不新鲜。看来这个游戏的创作者虽然已经尽心竭力试图营造出种种"不同"来，却也无法避免那些渗入骨髓的俗套。他只能矜持地笑一笑，希望能在屠施心目中争取到更高的地位。

屠施接着说："不过和你想象的还不一样，这并不是某种公平的巫术比拼，而是对大祭司不公平的单方面的考验。"

黄小路愣了愣，正想发问，林霁月已经抢着说："就是大祭司只许挨打，不许还手，对吧？"

"没错，不许还手，"屠施点点头，"大祭司将要经受三名公推的巫术行家的考验，对方攻击，他只能防御。如果这些巫术最后没能击败他，他就算通过了考验，可以继续担当大祭司。"

这可真惨，黄小路想着，脸上自然而然地流露出不忍的神情。林霁月拍拍他的肩膀："不算什么。我们天罗内部也有类似的条规。这是防止在位者懒惰、不思进取的最好办法，有了这种考验，他们的大祭司还不得天天玩命练习巫术？"

"有道理！"黄小路赞道，心里想着，这和高考不就是一回事吗？但他接着问："但是……万一他通过了考验，自己也受了重伤，又该怎么办呢？"

"这个么，等考验开始你们就明白了，因为你们将亲眼见证。"屠施说。

"亲眼见证？"

"是的，你们两人的作用就是：为这场巫术比拼做最终的胜负裁决。"屠施说。

"什么？我们？为什么你们的考验，要我们来裁决？"黄小路很是吃惊。

"因为过去不止一次发生过这种情况：担任裁决者的巫民和大祭司或

挑战者串通，造成考验的不公平，"屠施说，"巫术是一种非常微妙的东西，如果有人在旁相助，你很难分辨得出这巫术究竟是谁释放的。"

"但难道你们不是可以事先用毒蛊术去限制他们吗？"林霁月忍不住问，"或者说，每一次都仔细甄别那些人品绝对可靠的人去做裁决者？"

"对于巫术行家来说，巫蛊之术并不是完全无法化解的，"屠施说，"而且从'品行'角度去甄别一个人，原本就极不可靠，我说过了，我们巫民都认为人的内心是不可掌握与预测的，即便是秘术师的读心术，也是可以骗过的。只有选择丝毫不会巫术的外人，才能确保不会出现干扰。"

黄小路默然。屠施的这番话说得近乎赤裸裸，却也是不争的事实，谁也不能百分之百确定他人的心思，所以还不如只看事实和结果。只是想想巫民们千百年来对九州其他地方的生灵都抱着抗拒排斥的态度，但对他们来说至关重要的大祭司考验却偏偏需要假手于外人，这不能不说是一种黑色幽默。

于是黄小路和林霁月在屠施家里住了下来。屠施也是巫寨的祭司之一，所以才能担负起监督商业贸易的重任。黄林二人是他带来的裁决者，其他巫民固然不喜他们，却也不能为难他们，所以两个人可以在寨子大部分的地方自由走动，寻找龙焚天的下落。

但倒过来说：巫民们固然不能为难两人，却也不喜欢他们。无论黄小路向谁问话，对方态度好的白眼一翻扭头就走，态度不好的就会像在集市上那样，把他当成透明的空气。如此之深的隔阂让他根本没有可能从巫民们嘴里问到半个字。

"这下可不怎么妙啊，"林霁月说，"要是真的找不到那个姓龙的，我们身上种的蛊是不是就会暴发了？"

"我觉得屠施不像是会开玩笑的人。"黄小路低着头说。他有点后悔，实在该自己过来，而不必把林霁月也拖下水。

不过这段时间他倒是也慢慢对巫寨的状况有了一些了解，总算是有些额外的收获吧，他甚至想到，如果真的能活着回去，写上一本《我在巫寨的惊魂十日》之类带有耸动标题的书，没准儿也能大卖一笔呢。

巫寨的生活其实很辛苦，由于自然环境的限制和土质的差异，这里的土地看起来肥沃，实则难以供作物吸收养分，寨内种植的作物只能勉强糊口，巫民们不得不依靠培育毒虫毒草或者抓捕珍稀野兽等方法，来和外地行商进行贸易，换取各类生活必需品。但是他们从来不会运用自己的巫术去牟利。除了出手惩戒敢于欺骗他们的人之外，他们也从来不会对外人使用巫术。当黄小路看着这些动一动手指头就能杀人的巫民弯着腰在水田里劳作时，心里忍不住生起诸多感慨。

而另一方面，他却也发现，巫民们在外人心目中的恶魔形象绝不是毫无根据的，因为他们对于那些敢得罪他们的人的确毫不留情。几乎每一户巫民都蓄养着巫奴，那就是之前那七名雇工险些遭受的待遇。巫民们会用毒蛊把他们认为"罪有应得"的外人的头脑控制住，当成巫奴养在家中。这些巫奴已经完全丧失神智，只能做一些简单的活计，稍微复杂点的就力不从心了，所以并不能进行农耕或者狩猎。他们最大的用处是——被当作巫术的实验品。

"我怀疑龙焚天也许就在这帮巫奴当中，没准儿鼻孔里正钻出一条蚯蚓什么的，"黄小路满脸苦恼，"可是巫奴都是各家各户的私产，根本就不让我靠近看两眼。"

"其实我怀疑他已经死了，"林霁月毫不给黄小路留情面，"但为了对得起我们身上种的毒蛊，还是想办法看看吧。"

两人开始在夜间偷偷摸摸地去探查各家养的巫奴。巫奴们有一个特点，那就是只听从主人，也就是下蛊者的差遣，外人怎么指挥都不管用，所以关押巫奴的地方从来没有谁会留意防范。黄小路此时武功大进，在林霁月的带领下，也能干点夜间飞贼的勾当了。

但他们找不到龙焚天。林霁月没有亲眼见过龙焚天，黄小路却早已把初始界面的那个人物形象记得牢牢的。可是找遍了巫寨，也没有见到这样一张脸，反倒是那些巫奴一张张毫无生气的面孔让黄小路不自觉地联想到自己将来的命运，令他心里越发的慌乱。

两人就这样心绪不宁地等到了巫祭之前的夜里，黄小路不再挣扎，林霁月也似乎懒得再去白费力气了。黄小路躺在床上，心里琢磨着，要是这一次的裁决者做得好的话，也许可以求屠施开开恩，放过他一马。但这样的蛊咒施加之后是否还能取消，他也不知道。总而言之，他做出了一个轻率的、不计后果的决定，现在越想越觉得糟糕，说不定两条命就要交待在这个瘴气包围下的神秘村寨了。

正胡思乱想着，门外响起了轻轻的敲门声。他第一反应以为是林霁月，但很快想到，这丫头敲门时就好像在拆门板，断不会如此温柔。在九州世界磋磨了不少时日，他也有了警惕之心，于是先把剑握在手里，然后小心翼翼地把门打开。

然后他就呆住了。他煞费苦心地从东陆跋涉到西陆来寻找的龙焚天，他不惜接受在自己身上栽种蛊毒，像小偷或者偷窥狂一样半夜三更跑到巫民们家里打转……费了那么大的功夫，都没能找到的龙焚天。就在他已经绝望地准备放弃的时候……

龙焚天自己敲开了他的门。

这真的是龙焚天，李彬为自己设计的角色。这张脸英气勃勃、棱角分明，放到现实生活中足够去演偶像剧，和李彬本人微胖的身躯和扁平的大饼脸相差甚远。可想而知，光是为了组合出这样的脸型，李彬当时花费了多大的功夫。此后他在游戏里过关斩将，成为天驱的新希望，前途看来无可限量。

但是他最终却遭遇了惨败，以至于自己在现实世界中也发了疯。黄小路无比迫切地想要知道，李彬到底在游戏里遇到了什么，现在，难道答案自己跑到了他跟前？

"龙焚天……不，李彬，李彬！是你吗？"黄小路拼命压抑着自己激动的心情，一连声地低声发问，声音都禁不住颤抖了。

龙焚天静静站立在他面前，并没有回答。突然之间，他抬起右手，做出了一个大大出乎黄小路意料的动作。

他打了黄小路一记耳光。

啪的一声。重重的一记耳光。在这个细节设计得过分真实的游戏里，黄小路立即感觉到自己的脸热辣辣地肿了起来。他被这一耳光打蒙了，有些不知所措地看着龙焚天，说不出话来。

倒是这一记耳光的声响惊动了林霁月，她很快开门走出来。见到林霁月出现，龙焚天转过身，一跃从竹楼上轻飘飘地落下去，然后回身给黄小路打了个手势，示意他跟上去。

事已至此，不能有半点犹豫了。黄林两人交换了一下眼色，一起追了上去。龙焚天在前方不紧不慢地跑着，好像并没有怎么用劲，却令黄小路不得不拼尽全力才能跟上。即便是以轻功见长的林霁月，也跑得气喘吁吁，绝不轻松。

李彬这个家伙，果然修炼到了相当的层次，黄小路有些嫉妒地想，光是这份轻功，就比我高多了。

巫寨的地盘并不大，没过多久，三人就已经来到了瘴气屏障的边缘。月色下，这层人为设置的毒雾呈现出淡淡的紫色，居然煞是好看。龙焚天在瘴气旁停住了脚步，黄小路也跟着停下来，但没有贸然靠近，刚才那一记耳光的教训他还记得。

龙焚天抄着双手，好像是在思考着什么，并没有说话。黄小路倒是有一肚子话想说，但看着龙焚天古怪的神情，也有些说不出口。双方沉默着站立了几分钟之后，龙焚天做了一个黄小路一直等待的动作。他从腰间解下了一条长长的银鞭。

"我就知道，无论如何都得先打上一架，"黄小路拔出了长剑，"那就来吧！"

"需要我帮忙吗？"林霁月问。

"这是我和他之间的事，"黄小路说，"单挑。"

说完，他疾步冲向龙焚天，一剑刺向对方的左臂。既然龙焚天使用的是长鞭，那么隔得越远自己就越吃亏，所以黄小路决定先发制人。

龙焚天并没有丝毫闪躲，甚至拿着银鞭的右手都没有丝毫颤动，但鞭梢却像有生命一样骤然弹起，扫向黄小路的手腕。黄小路急忙变招，挥剑格挡，长鞭却也跟着变向，向他的脖颈缠去。

转瞬之间，黄小路已经接连变换了十多次招数，但无论怎么变招，都脱不开长鞭的笼罩。龙焚天的动作潇洒写意，有如舞蹈，长鞭幻化成无数的银光，让黄小路疲于招架。他甚至觉得，这只长鞭是有生命的，就像是一条毒蛇，正在吐着芯子准备给他致命一击。

最终，长鞭迅猛地进击，卷住了剑身，一股大力猛地一扯，黄小路再也握不稳剑柄，长剑脱手，飞了出去。他向后退了几步，龙焚天也并没有追击，收回长鞭，傲然而立。

"你根本不必来找我，四处打听只会给我带来很多麻烦，"龙焚天冷冷地说，"回去吧，我做的事情不需要别人过问。"

"你确实比我强多了，"黄小路心悦诚服，"看来我来这一趟是有点多余了，你根本不需要别人来担心……"

他突然住口不说，发觉事情不对。眼前的龙焚天的确正常得不能再正常，以他能熟练地使用武功来看，绝对不会是那种只能拿来做药人的巫奴。但是，现实生活中的李彬分明已经发疯了啊，这是怎么回事呢？

他正纳闷，一直在旁边抄着手意似悠闲的林霁月却陡然间暴起。她挥舞着双刀，并没有朝向龙焚天，而是一头钻进了瘴气之中。转瞬之间，黄小路清晰地听到从瘴气里传出来一声清脆的惊呼声，紧接着一个巫民少女从里面拼命逃出来。

"快帮我挡住她！"少女大喊道。随着这一声喊，一直静立着的龙焚天身形一晃，随即拦在了林霁月身前。但林霁月并没有出刀攻击，而是也跟着停住脚步，冷笑一声："我没有猜错的话，这也是情蛊的一种吧，这位姑娘？"

情蛊的一种？黄小路忽然觉得自己明白了点什么。他看着那个从瘴气里钻出来的明媚少女伸出手来，牵着龙焚天的手，满脸都是温柔之色。而刚才还威风凛凛的龙焚天也像是换了个人一样，任由少女依偎在他身上，目光中流露出一种近乎痴迷的神态。

"你猜得没错，这个龙焚天果然是被人操纵了，不过不是那种低等的巫奴，而是变成了被情蛊操纵的情郎，"林霁月说，"我不知道他是真的对这位姑娘动了心，还是只想利用她，但总而言之，他一定是做出了什么试图背叛的事情，于是就被情蛊所操纵了。"

龙焚天应该听到了这些话，但脸上的表情丝毫不变，倒是巫民少女眉宇间多了几分凶煞之气。黄小路仔细打量着她，看年龄这少女不过十六七岁，稍显稚嫩，不过据说在这个时代，十四五岁的女孩就能婚配，何况现实中的宅男除了电玩之外，对动漫游戏里的二维萝莉也十分倾心。

然而李彬是这样的吗？黄小路仔细回想着。他觉得李彬的世界里似乎就只有游戏、过关、升级、解谜，还真没发觉他对任何年龄的异性有过什么兴趣。何况他在这个游戏里已经获得了如此成就，不像是个会分心去勾搭小姑娘的货色。那么，也许林霁月的猜测是真的，龙焚天只是想要利用这个巫民女孩达到某些目的，但他小看了巫蛊之术的厉害，反而受制。

"我知道你们在找阿天，所以才让阿天把你们带到这里来，"少女说，"你们也看到了，他是不会跟你们走的。"

四、条件

"我阿爹阿娘早就不在了，只有我一个人住。"名叫安语的小姑娘点燃了屋里的油灯。这是一间已经有些破旧的两层竹楼，收拾得很干净。黄小路注意到，卧房里只有一张床，心里不由有些羡慕李彬这厮的艳福。他又想到，安语根本没有蓄养巫奴，所以这些日子自己根本就没有来这座竹楼寻找过。他又怎么能猜得到，龙焚天竟然是以半个主人的身份睡在卧室里的呢？

而龙焚天一进屋就默默地坐在床边，一语不发，却又让人难免觉得可怜。黄小路忍不住问："他真的背叛你了吗？为什么一定要用情蛊来对付他？"

安语没有回答，只是替两人各倒了一杯水，像泡茶一样往里面扔了几枚小小的青果。黄小路不知底细，嘴上道着谢，却把水放在一边没有喝。

"青酸果只是增添一点味道，既不是毒也不是蛊，"安语淡淡地说，"我们巫民使用巫术是有严格限制的，不会无缘无故下蛊。"

黄小路讪讪地一笑，喝了一口，果然这水的味道酸酸甜甜的，近似果汁，很是不错。他咕嘟咕嘟喝下去半杯，看着安语收拾停当了，这才开口又问："能不能饶了他，解了他的情蛊呢？"

安语的目光刹那间变得凌厉："饶了他？他这样陪着我，有什么不好吗？当初是他自己答应的，会陪我一生一世，所以我给他下了情蛊，帮他说话算话而已，有什么不对吗？"

黄小路张了张嘴，不知道该如何作答。男女情爱这种事他确实不太懂，而听上去安语说的也不像是谎话。龙焚天看来的确是咎由自取。可是，龙焚天怎样无所谓，李彬该怎么办，继续在现实世界里发疯吗？

"我还没有问呢，你们两个外人怎么能进到我们的巫寨，并且在各处自由走动？"安语问。

"你竟然不知道？"黄小路很诧异，"没人告诉过你吗？"

"寨子里的人都不喜欢我，所以我平时也很少和他们说话。"安语平静地回答。

黄小路叹了口气，觉得自己开始明白她为什么一定要死抓着龙焚天不放了，但他还是回答了安语的问题："我们是屠施祭司带回来的，屠施想要我们作为对大祭司考验的裁决者。"

安语霍地站了起来："什么？你们两个是……裁决者？"她的声音颤抖着，脸上的表情异常激动，甚至双手都有点微微发抖。

"有戏了，"林霁月低声在黄小路耳边说，"看来咱们俩对她有用。"

黄小路点点头，既是对林霁月，也是对安语。安语在房间里烦乱地走了好几圈，最后面壁而立，许久一言不发。而龙焚天则始终坐在床边没有动过。他没有得到安语的指令，没办法像一个真正的恋人那样，去安慰、去劝解。

过了许久，安语才转过身来，眼圈微红，神情却已经镇定下来。她来到龙焚天身前，凝视着他的面容，似乎是为了最后下定什么决心。终于，她转过身来，咬了咬嘴唇，低声说："我……我可以把这个人还给你们。"

"什么？"黄小路又惊又喜，几乎不敢相信自己的耳朵。林霁月却依然镇定："有条件的，笨蛋，别高兴得太早。"

果然安语接着说："要带走阿天，你们就必须替我做一件事。我要你们按照我的指示，在裁决大祭司考验的时候做一点手脚……"

"你想要谁胜谁负？"林霁月对此半点也不吃惊。

"我要大祭司输！"安语一字一顿地说。

从安语的竹楼离开后，两个人一路无话。回到屠施家门口时，林霁月才叫住了黄小路："喂，真的要按照她说的那么办吗？暗中帮助挑战者？"

"那还能有别的办法吗？"黄小路说，"我们对巫术一窍不通，根本不可能把龙焚天救走。现在只有完成她的要求，才能有一线机会。"

"你到底是为了什么一定要把这个姓龙的救出去，"林霁月忽然问，"我已经陪你完成了好几次天驱交代的任务了，但你从来没有像这次一样表现出极度的热情和关切。可是你又告诉我你并不认识他，对一个不认识的人你会这么热心吗？"

黄小路苦笑一声："事实上，我认识他，但认识的并不是现在这样的他。我……"

他觉得很难解释，总不能告诉林霁月"我和他才是真人，你只是一串代码"吧？但林霁月却理解成了另一方面："你是说，他易过容，你认识易容之前的他？"

黄小路连忙就坡下驴："没错！我认识……易容之前的他，那时候我和他是结拜兄弟！"

"总算还是个讲义气的人！"林霁月点点头，脸色和缓了一些，"不过这件事情……我还是觉得有点文章，一定要慎重。你想想，安语是一个孤身一人的小女孩，即便是巫寨里的同胞们都并不喜欢她，以至于她连我们俩的身份都不知道。这样一个和旁人格格不入的人，为什么会那么关心大祭司考验？这和她到底有什么关系？"

"需要在意那么多吗？"黄小路摸摸鼻子，"反正这是巫民内部的事。"

"但你想过后果吗？如果我们这么做了，回头害死成百上千的人呢？"林霁月的语气陡然严肃起来，"大祭司的任免，对于巫民们来说，无疑是头等大事，这显然是应该由他们自己来做主的，而不是你我去插手。天驱做事不应该这么不讲后果。"

黄小路不觉一怔。他这才反应过来，他的心里只想着解救龙焚天以便让李彬恢复正常，几乎已经忘记了自己正在扮演的角色了。我现在是在一个叫作"九州"的世界里，我现在身处一个叫作"天驱"的组织里，我是一个天驱，天驱是为了维护点什么保卫点什么才来到这个世上的，而不是为所欲为。

可是……这毕竟是游戏啊！身边的这一切，无论是谢子华、林霁月、屠施、安语还是什么殇州雪原、沉风沼泽、瘴气中的巫寨，这一切统统都只是一堆数据，一些0和1的组合。为了在这些虚幻的数据当中讲究"后果"，就要不顾真实存在的李彬的死活吗？

黄小路知道自己不可能对林霁月说清楚这个情况——说了对方也不会相信。但林霁月所说的话却也同时激起了他的一点挑战的雄心：如果为了解救李彬而导致自己在游戏中的成就下降——比如做出令天驱蒙羞的错事——那么自己还能算是个优秀的游戏玩家吗？

"我们还有一天的时间，"他对林霁月说，"赶紧睡一会儿，天亮之后就在寨子里想办法调查调查吧。也许能找到两全其美的方法。"

"你说得对，至少，我们不必担心被屠施的蛊虫杀死了，因为这个龙焚天确实被我们找到了。"林霁月打了个呵欠。

迷迷糊糊睡了几个对时，醒来时天已经亮了。隔壁的林霁月早就出门去了，这让黄小路难免有点自惭形秽。他活动了一下筋骨，想着出门去"调查"一番，再细细一想，完全不知道从何处入手。在其他游戏里，只要走遍某个地图，一一和NPC们对话，迟早都能碰上一个给你关键信息推动情节的家伙，但在这个充满敌意的巫寨里，没有人愿意搭理他，他什么东西都不可能问出来。反倒是经验丰富的林霁月也许能找到一点别的办法。

他站在竹楼的三楼上，有些无聊地眺望远处。这是一个看不到远处的地方，一切的视界最终都会被阻挡在那一圈围墙般的瘴气上。这层瘴气隔断了外人的侵扰，却也隔断了巫民们向外的交流。他们把自己封闭在这样一个小小的圆圈里，怀着莫名其妙的仇视和对立，把自己从外界的时间中割裂开来。时间在这里就好像是停滞了，无论九州各地怎样改朝换代，怎样风云迭起，都和这些巫民没有丝毫关系。

但很快，他就发现自己的这一系列感慨并不完全正确，因为他发现了屠施。从三楼上，正好可以看见屠施从远处向竹楼的方向走来，身边还带着几个陌生人。从穿着打扮来看，这些人都不是巫民，而是和黄小路一样的外人！

黄小路下意识地闪身后退进了房间，以免屠施看见他。之所以这么做，是因为他隐隐意识到，这几个新来的外人绝没有那么简单。他用最短的时间做出了决定：偷听一下屠施和这些人说些什么。

黄小路没有走楼梯，而是从窗外翻出去，攀着窗外的一棵竹子滑了下去，蹲在一楼的窗外。他听到屠施带着这几个人进入了门厅，坐下、倒水，以及陌生人之一的话："不必费事。我们来这里是为了办事，不是做客。"

"也好，用你们东陆的话来说，开门见山，"屠施回答，"我其实只有两个问题：如果我真的成了大祭司并且与你们合作，那么，我需要为你们做些什么？这么做对巫寨的好处又是什么？"

黄小路一惊，但对方的回答更加让他震骇："好处？辰月从来不许诺什么'好处'，我们只是奉神的旨意行事。而你们，有自由选择的权利。神不会对你说，因为他会赐予你们什么，你们才应当为他做事，但你应该有自己的判断。"

辰月教！黄小路完全惊呆了。这是一个他还没有真正接触过，但大名早已如雷贯耳的教派，也是天驱在九州最大的死敌。就在不久之前，他还和林霁月谈起过这个神秘的宗教，并且赞叹过龙焚天敢于在辰月教头上动土的气魄和实力。而现在，几个活生生的辰月教徒就坐在和自己一墙之隔的地方，而正在跟他们秘密商议的，竟然是几乎不可能和他们发生关系的巫民。

黄小路还捕捉到了这样的关键词："如果我真的成了大祭司。"也就是说，辰月教徒们此行的目的竟然和即将开始的巫祭有关。屠施说过，如果大祭司没能通过考验，就将不得不让位，也就是说，这些辰月教徒一定会想办法让挑战者取胜。

——那不就和安语的目的相同了吗？也就是说，如果自己帮助了安语，也就等于……帮助了辰月？

黄小路还没来得及想明白，屋内的辰月教徒声调陡然一变："有人偷听！"

话音刚落，黄小路立刻感到有一股尖锐冰冷的无形之力从自己的胸腔向内透入，本能的反应让他用尽全力向后一跃。尽管如此，还是有不少力量侵入了体内。一股阴寒至极的寒流瞬间流遍了他的全身，就像是一把细小的冰锥刺入了血管里，让他浑身不断地打着寒战，并且觉得身上的力量也在迅速减弱。而此时，已经有两名辰月教徒破窗而出，他赶忙扭过头，不让对方看清自己的脸。

就在这时，身后传来一阵烟气弥漫的嗤嗤声，一股刺眼的白雾把他包围在其中，然后一只手拎住了他的衣领，把他猛地往地上一按。紧接着他的眼前一黑，像是有什么东西把他罩住了，耳边听到一阵急促的脚步声，好像是追赶他的辰月教徒从他身边掠过，跑向了远方。

"别出声！"林霁月的声音在耳边响起，"这是我们天罗特有的障眼法，不是秘术，所以辰月的人反而看不穿。"

果然是林霁月，又一次在关键时刻出现并且救了他。她很聪明地提前放出了障眼的迷雾，让屠施等人没有第一时间看到他的脸，这样至少暂时让对方拿不到证据，虽然屠施必然能猜到偷听的人是他。

尽管如此，辰月教徒的偷袭还是让他伤得够呛，等到辰月教徒和屠施追远了，林霁月揭开蒙在外面的障眼布时，他的关节都被冻得几乎不能弯曲了。而两人毕竟不是巫寨中人，虽然林霁月几天以来已经把地形摸得滚瓜烂熟，却仍然不能确定哪里藏身比较安全，所以她只能冒险把黄小路带到了安语家里。

见到两人重新回来，安语也有些吃惊，但还是连忙替他们关好门。黄小路一头栽倒在床上，只觉得浑身的血液似乎都要冻结了一样，牙关咬得格格作响。

"好厉害的秘术，"林霁月的眉头皱得紧紧的，"幸好你还躲闪了一下，没有打实，不然说不定你已经没命了。可惜我对秘术实在没有什么了解，也帮不了你。"

"我来看看。"安语忽然说。她俯下身，把手贴在黄小路的胸腹处，感受着从他体内传出来的逼人寒气，思索了一会儿："这样的寒气，和我们的冰蝇蛊比较接近，也许我可以用医治冰蝇蛊的办法来试试，但不能保证一定有效。"

"甭管是什么，只管……只管试试吧，"黄小路打着寒战结结巴巴地说，"不然冻死了……冻死了就说什么都晚了！"

安语点点头，转身翻箱倒柜，很快找出一个木盒，从里面取出一样东西。黄小路定睛一看，赫然是一只已经晒干了的蝎子，虽然块头并不大，尾巴上的毒刺却比一般的蝎子更长。

"赤火蝎能克冰蝇蛊，吞下去试试吧，"安语说，并且补充了一句，"要嚼碎了再吞，这样药力发挥会更快。"

"看上去味道不错。"林霁月颇有些幸灾乐祸地说。

黄小路犹豫了片刻，终于还是觉得性命更加宝贵，苦着脸接过蝎子，心一横眼一闭，将蝎子扔进嘴里，恶狠狠地一通咀嚼。这只风干的赤火蝎倒是没什么特殊的怪味，嚼起来有点像炸透了的鸡皮，令他的恶心感稍微减弱了一点。估摸着嚼碎了，他连忙死命地把嘴里的这一团东西生吞下去，然后猛喝了两杯水。玩游戏玩到生吞蝎子，他想，还有比我更苦命的游戏玩家吗？

没想到赤火蝎确有奇效，他很快就感觉到肚子里好像有一团火升腾起来，暖融融地向全身各处蔓延。安语再给他煎了一碗苦苦的汤药，很快地，身上不冷了，那股秘术造成的寒气被消解了，本来已经快冻僵的四肢关节也可以慢慢活动自如了。

林霁月松了一口气："你还真是命大。"

安语却问道："这是谁干的？为什么还有外人进来？"

黄小路搔搔头皮："三言两语说不清楚，总之是一帮相当危险的人，但是……他们和你一样，也希望这一任的大祭司在考验中被击败。所以我想问你，你真的想要让我们俩帮助挑战者吗？那样也许会让坏人得逞的。"

"我不关心，也不在乎，就算这个巫寨变成废墟，也和我没关系，"安语斩钉截铁地说，"我只要大祭司输！否则的话，你们别想得到这个人！"

龙焚天依然坐在一旁，两眼充满柔情地看着安语，却又好像什么都没有看，只是在瞪视着无限的虚空。

五、巫王

两人装作若无其事地回到屠施家，屠施也一脸泰然自若，仿佛刚才什么都没有发生过。三人在尴尬的气氛里沉默地吃完了午餐，林霁月把黄小路拉到了她的房间里。

"我打听出了一些东西，和你亲眼所见的辰月教结合在一起，整个事件就能解释了。"林霁月说。

"你怎么打听出来的？"黄小路觉得不可思议，"那些巫民一见到我们俩就恨不能背转过身去，怎么会告诉你重要信息。"

"打听打听嘛，"林霁月大大咧咧地说，"'打听'的第一个字儿是什么？"

黄小路一愣，随即恍悟，紧跟着就是紧张后怕。这个天罗出身的女人实在是太疯狂了，虽然黄小路早就听说过天罗刑讯逼供各种手段的残忍毒辣，但她居然在一个危险重重的地方，把这样的手段施加给一个本来就对外人怀着刻骨仇恨的群体，简直就是不要命了。

"是不是在心里觉得我发疯了？"林霁月有意无意地活动着指节，"那么没有发疯的理智的你能拿出一个打听到消息的方法吗？"

黄小路翻翻白眼，不得不承认林霁月的方法虽然疯狂，却是唯一可行的："好吧，我认输，反正我嘴笨争不过你。你到底逼……到底听到了些什么？"

"首先，是最近巫民们所面临的大事，绝不仅仅只有大祭司的考验这一件，"林霁月说，"他们正面临着一个巨大的诱惑，同时也是巨大的风险。"

"什么诱惑和风险？"黄小路急忙问，"是有人在这里发现了什么值钱的玩意儿了吗？"

在黄小路执行九州世界里的第三个任务时，曾经去过越州大雷泽附近，虽然并没有真正进入沼泽，但还是大致了解了一点相关情况，或者说，"背景设定"。近些年来，越来越多的人发现了沼泽里面蕴藏的商机，因为荒芜的沼泽地带里总是能找到很多值钱的珍稀生物，只要有足够大的利润，环境再艰险也会有人提着脑袋来赚钱。过去的不毛之地大雷泽和夜沼都先后遭到了入侵和破坏，而现在，破坏已经轮到这片沼泽了吗？

"不是生意上的事，是战争，"林霁月说，"沉风沼泽附近区域归属风冶国管辖。但最近有一支叛军力量躲入了这片沼泽，极难寻找，风冶国的军队如果要进入沼泽大肆搜寻，必然会扰乱巫民的生活，这就会打破双方已经遵守了数百年的一个约定。"

"约定？"黄小路很好奇。

"风冶国开国之时，开国的君主曾经试图收服巫民，但在经过接触后，他觉得巫民实在不好惹，要打败他们，付出的代价会很大，得到的回报却太少。这位君主最擅长算计，果断决定求和，于是双方以沼泽为界，约定风冶国绝不进入沼泽地带打搅巫民的生活，但巫民也不能脱离沼泽的地盘。"

"可是现在，风冶的军队真的要打破这个约定了吗？难怪这些日子总觉得这里的巫民都显得心事重重，也难怪他们对我们这两个外人的态度要加倍恶劣了。"黄小路似有所悟。

"其实巫民们自己也未必不愿意出去，"林霁月说，"一潭死水一成不变的生活，长久下去总是会让人感到厌倦的。听说现在已经有不少巫民有了离开沼泽的念头，我没有猜错的话，屠施就是其中之一。"

"那么，那个巨大的诱惑是什么？难道就是辰月教……"

"没错，就是辰月教的许诺，"林霁月脸上挂着嘲讽的笑容，"可惜我'打听'的那位级别不够高，他只知道几位祭司最近都接触了外人，并且彼此意见不统一，具体接触了什么人、这些人想要干什么，他都不清楚。但是运气不错，你总算是笨人有笨福，竟然撞上了屠施和他们交易的现场，这样我们就可以做出推断了。"

黄小路对林霁月的一切讥笑都持云淡风轻的态度，装作完全听不见的样子："照这样推测，辰月一定是想要巫民们出山，让他们可怕的巫术参与到战争中去，而辰月虽然口口声声说'辰月从来不许诺什么'，也一定是给了巫民们足够的暗示，比如说，可以让他们搬迁到更好的地方去，获得更好的生活条件。这里的生活你我都看在眼里，确实很艰苦，而且成天向任何方向看去都只能看到杀人的瘴气，实在是让人难以心情愉快。"

林霁月扑哧笑了起来："刚认识你的时候，我说十句话你只回一两句，现在也能在我面前长篇大论了啊。"

"在你面前，想把嘴闭上也挺困难的……"黄小路哼唧着，"还有别的吗？"

"还有一些更有意思的，和你那位好朋友的情人有关。"林霁月挤挤眼睛。

"安语？她又怎么了？"黄小路一惊。

"她不是在寨子里处处不受欢迎吗？所以我稍微问了问她的情况。碰巧就是十五年前，她已经去世的父亲见证了上一任大祭司被推翻的裁决者，当时还没有必须由外人来裁决的规定呢。结果就是在那一次，大祭司不但被打败了，很快还被他的父亲查出和外敌勾结，把巫术传授给外人的证据。结果那位倒霉的大祭司不但失去了地位，还遭受了最严酷的惩罚，被关进了称为'巫毒血狱'的地牢里，直到现在也没放出来。"

"那他父亲应该算是立了大功才对啊？怎么会惹人仇恨呢？"黄小路不解。

"因为那位大祭司是一个有极大才能的人，他大概是巫寨三百年来最受爱戴的一位大祭司，被巫民们尊称为'巫王'，"林霁月解释说，"巫寨从来没有'王'这种设置，他能被称为巫王，可见其受欢迎的程度。所以那次之后，巫民们都很不信服仲裁者，一来觉得巫王怎么可能败，是不是有人捣鬼——所以从那以后仲裁者就改成了外人；二来他们更加难以相信巫王会自己破坏祖宗传下来的规矩，甚至怀疑那是有人在炮制假证据蓄意陷害。所以他的父亲被巫民们孤立，不久就离奇去世了，据传可能是新任大祭司为了灭口而下的手——这就解释了安语为什么那么迫切地想要大祭司失败，甚至不惜放弃情郎。"

"原来是杀父之仇啊……"黄小路长出一口气，"怪不得呢。"

林霁月接着说下去："而自从巫王被关押之后，巫寨的内部纷争也日益严重，现任大祭司声望很低，大概就是出于这种考虑，屠施等人才会寻求改变……"

她刚刚说到这里，忽然住口不说，向黄小路做了个噤声的动作。黄小路会意地闭嘴，很快便听到脚步声慢慢靠近，接着门被敲响了。林霁月若无其事地打开门，屠施走了进来。

"时候不早了，我也应该向你们交代一下今晚的事情了。"屠施说。

"请讲。"林霁月不动声色地点点头。

"今晚首先会有一个较为冗长的祭巫神的仪式，希望你们能忍耐，"屠施说，"接下来就是巫术挑战，大祭司、三名挑战者和你们两位，一共六个人将会被关进巫神殿里的角斗场。你们两位将会待在一个安全的位置，监督场内的比拼，确保比拼的四个人没有人使用外界的特殊道具，比如河络打造的魂印兵器，以保证公平，此外也要确保没有第五个人进去搅局。"

"听上去很简单。"黄小路说。

"不，一点儿也不，你们需要有·些最基础的对巫术的鉴别能力，"屠施说，"我当时挑选你们俩，就是因为我一眼看出你们的武功底子好，武术的经验也能派上一些用场。"

"看来我们需要听一下午的课了，我的午觉睡不成了，"林霁月叹口气，"不过，你们的巫术不是从来不许外泄的吗？"

"只是教你们鉴别，既不是使用，也不是防御，"屠施说，"这样是不会破坏规矩的。"

于是这一下午两人都被迫坐在房里听屠施讲授巫术的基础知识。平心而论，屠施讲得并不枯燥，这些内容也很有意思，但黄小路总是难以集中精神。他不停地想到龙焚天，想到龙焚天的情人安语，想到安语的父亲。原来这当中还牵涉到十五年前的一桩恩怨，牵涉到最受爱戴的巫王的倒台，事情比想象中更加复杂了。那时候巫王所勾结的外敌，也是辰月教吗？人们对这一任已经在位十五年的大祭司真的全无信任吗？这一次的考验，会不会早就有人憋着一股气要把他推下去呢？而安语明显也想要推翻他，目的是什么，单纯的报复出气吗？

这更加让黄小路怀疑起龙焚天来此的目的。龙焚天到底是为谁而来？他接近安语仅仅是一种巧合，还是因为安语父亲的过往呢？这些都必须等到龙焚天恢复神智了，才能有答案。可是，自己真的要推翻现任大祭司让屠施与辰月得逞吗？

黄小路回想着自己在这个游戏里的种种经历，发觉自己对游戏与现实的界限已经越来越模糊了。他开始喜欢上了在这个游戏里东奔西跑的经历，喜欢上了那些古风浓郁的山川、城市和人物，也渐渐地开始为自己天驱的身份而感到自豪。除此之外，他还对一个叫作林雾月的虚拟世界里的姑娘产生了一些特殊的好感。每一次进入游戏，想到会有这个姑娘陪在自己身边，他就会觉得心情舒畅，就好像是在学校里上大班课时无意间和系花坐在一起的感觉。

可归根结底，这毕竟只是一个游戏，就算辰月教和巫寨联手，把这个世界搅得天翻地覆，杀死了成百上千万的人，那也不过是虚拟世界里的数据。可是李彬是真实的，是和自己一样的血肉之躯。难道自己能够为了一堆数据，而不在意李彬的生死，任由他继续在这里被情蛊操纵着，做一个甜蜜的"情人"？

那么顺从安语，以便解救龙焚天，解救李彬，这样在现实中就有了一个完美的交代，可这样岂不是等于宣布自己在游戏中终于屈从了他人的威胁，而且背弃了自己的理念？对于一个游戏玩家来说，这不啻于一种莫大的耻辱。

他的脑子乱成了一锅粥，总觉得自己这样做也不对，那样做也不妥。好不容易熬到屠施老师讲课完毕，三人发觉已经到了晚饭时间，于是屠施又慢吞吞陪两人吃了晚饭，然后说："时间差不多了，我们出发吧。"

黄小路突然反应过来：屠施其实是在找各种借口不让两人有单独商量的机会。可惜他们也并没有任何借口把屠施赶走。接下来他们将会处在众多巫民的包围之中，考虑到巫术的种种神奇之处，他们也不可能在那种场合交流计谋。所以恐怕要一直到被关进巫神殿之后，他们才能得到短暂的交谈时机，而到了那时，他们就必须要做出决断了。

祭坛位于巫神殿内，二者都在巫寨的北面，在平日，这里始终处于瘴气的包围中，常人不能靠近。除了祭司们，巫民们一般只有到了每年的巫神祭时才能一睹真容。此时此刻，除了必要的哨兵之外，几乎全寨的巫民都聚集到了巫寨北面。大祭司正率领其他祭司施术，打开瘴气中的通道。

借助火把的光亮，黄小路看见大祭司是一个背部微驼的老人，头发已经白了一小半，看起来精神并不健旺，颇显疲态。他不由得有些担心，这个老人到底能不能应付三名挑战者。而他随即又觉得自己的担心有点不可思议：我凭什么要为他担心？我难道不是应该盼着他输掉以便把龙焚天带走吗？

他禁止自己再以奇怪的心态思考下去，把注意力放在了别处。今晚的巫民们全都身着盛装，这倒是没什么意外的，但他们的脸上既看不到浓烈的喜气，也看不到那种即将祭拜自己所信仰的神明时应有的肃穆端庄，倒是一个个看起来都心事重重。他不禁想到，看来他们极为关注今晚的这场对大祭司的考验，甚于对巫神的崇拜。

巫术开始奏效，北面的瘴气散去，巫神殿的轮廓显现出来。那一瞬间巫民们都安静了下来，而黄小路更是忍不住惊呼了一声。侧头看看见多识广的林霁月，她也是一脸的迷茫和难以置信。

因为巫神殿的规模实在超乎他们的想象。在此之前，他们已经见识了显得并不怪异的巫寨，他已经先入为主地认定，巫神殿大概也没什么了不起的，或许就是用石头垒起来的一座小庙宇似的建筑物吧。但现在，这座神殿让他有一种被震慑的感觉。

首先是高。如果用现实生活中的度量衡来换算，这座方顶的巫神殿至少有三十米高，相当于十余层的楼房高度，对这个中古风世界的建筑工艺来说是十分难得的。夜色之下，神殿有些模糊的身影更加显得高大，被火光照出巨大的阴影，笼罩在人们身上。这种高度本身就代表一种不容置疑的、充满压迫感的威严，巫民们情不自禁地想要低下头来。

走近之后他更是诧异。这座神殿并不是用石头建的，而是依靠十余棵扭结在一起的大树形成的整体构架！沼泽中少见高大树木，此处却突兀地冒出来十多棵，并且恰恰好地在高处聚拢，就像一条条弯曲上半身的巨蛇一样，树木的上部连结形成顶棚，毫无疑问是巫术的结晶，带有一种鬼斧神工的视觉效果。

更令人惊讶的是，站在远处看去，这座神殿的外形酷似一只正在向下抓握的手掌，让人难免联想到神的巨手，轻轻一拨就能让天地变色。在这气势磅礴遮天蔽日的巨手面前，即便明知这只是游戏里的素材，黄小路仍然禁不住油然而生一种敬畏和崇拜。

"这是我所见过的最夸张的一座建筑物，"林霁月喃喃地说，"真像巫神把手放在了大地之上。"

两人在人丛中慢慢靠近巫神殿，离得越近越是感觉不可思议，而来到神殿门口时，两人都吓了一跳：门口蹲伏着一只巨大的蜘蛛，大小足能抵得上一匹马！这只蜘蛛五彩斑斓，肢体粗壮，头部的螯牙犹如一把利剪，看起来无比狰狞。

黄小路从小就害怕蜘蛛，这一下让他差点两腿一软坐到地上去，幸好林霁月及时扶了他一把："假的！是雕塑！"

黄小路这才松了口气。仔细一看，这只巨大的蜘蛛果然只是雕塑，而且不只蜘蛛，后面还有蝎子、蜈蚣、青蛇、蟾蜍等等，雕塑得惟妙惟肖纤毫毕现。看来，擅长用毒的巫民们是希望，这五毒能够帮助他们镇守巫神殿的平安。

"有这五个家伙在，一般人还真不敢靠近……"黄小路低着头，从五毒旁边绕过去，仿佛多看一眼都会让他身上多起一层鸡皮疙瘩。

进入巫神殿，他第一眼就看到了树立在神殿中央的巫神石像。这是一个面相非常邪恶的神，有着三颗头颅和八条手臂，每一张脸都带着凶恶肃杀的表情，用九只圆睁的怪眼扫视着他的臣民们。

六、抉择

接下来的巫祭仪式如同屠施所言，十分冗长，而且尽管屠施作为祭司之一必须站到台前，黄小路仍然没有找到什么机会和林霁月商议。

因为这两个外来者的身份太特殊了，巫民们的目光在他们身上转来转去，让他们不敢稍有造次。但他们并没有停止观察。巫民们的确大多显得有些心不在焉，至少相对于这个仪式的庄重性而言是这样的。他们的目光除了监视着黄林二人之外，更多地聚集在大祭司一个人的身上。之前屠施和安语都曾大致介绍过这位大祭司，此人名叫韦望笛，已经年近六旬，当初成为大祭司的时候就已经四十多岁了。虽然巫王背叛铁证如山，不得不下台，但巫民们心中仍然爱戴巫王，而对韦望笛不甚信任。

事实上，本来也就是因为巫王突然下台，留下了太多的烂摊子无人收拾，而韦望笛的父亲是巫王之前的大祭司，韦望笛先是协助父亲，后来又协助巫王处理过诸多事务，经验很丰富，这才匆匆忙忙继任上位。至于他的巫术究竟有多强，绝大多数人都没有见识过，他继位之后所通过的那两次考验，据说也都勉强得很。黄小路看着他那副衰迈憔悴的样子，初步判断此人也许攻击力不足。也就是说，林霁月和自己可能不需要耍弄什么手段，他也会败下阵来。

但这个想法并不能让他轻松。他的脑海里仍然不断地闪过那个念头：如果大祭司败了，辰月就可能得逞；辰月如果得逞，天驱就可能失败。而我……我是一个天驱。哪怕这只是一个虚构的游戏，我也仍然是一个天驱。

他的脑子就像是被分割成了两块：一块属于急于救治同学的大学生黄小路，另一块属于为了鹰旗而战的天驱黄小路。前者是真实的，后者是虚拟的。照理说孰轻孰重一目了然，但是他心里的那份内疚和不甘却怎么也压不下去，而且还越来越强烈。

无论怎样，留给他考虑的时间已经越来越少了。巫祭仪式无论多么冗长，总有完成的时候。人群自觉地分开，祭司们所挑选并验明正身的三名挑战者走到了前方，和大祭司一道向巫神的石像行大礼。

屠施向林霁月和黄小路微微点头。林霁月会意，一把拉过黄小路，两人跟随四位巫民，一起走向了神殿深处的一道铁门。

直到此时，两人才能悄悄交流几句。他们故意放慢步子，磨磨蹭蹭地跟着走进铁门，黄小路边走边低声说："我们该怎么办？"

林霁月和他一起来到铁门内，听得背后的铁门慢慢放下，打量着身前这间宽大的石室，语声坚定地回答："不能那么做！"

她的意思很明显，就是不能按照安语的交代暗中帮助挑战者，黄小路没有吱声，心里一片茫然：真的要放过这唯一的机会吗？

"请两位站在高台上去，"大祭司韦望笛说，"以免遭到误伤。"

两人左右一看，果然有一排旋转的台阶通往洞窟上方的一处高台，两人慢慢地走上去，黄小路终于忍不住说："可是我的朋友该怎么办？不那么做，安语是不会放人的！"

"你一个朋友的生死，能比得上摧毁辰月的阴谋更重要吗？"林霁月冷冷地说，"不但不能帮助挑战者，还应该想办法帮助大祭司取胜，巩固他的地位。"

黄小路再次说不出话来。那句话憋在嘴里很久了，却始终没有办法说出来。如果他真的告诉了林霁月"你是假的，而我才是真的"，会产生什么样的后果？他不敢想，也不愿意去想，但是失去了这一前提，他就没有任何可能性去证明龙焚天比整个天驱都重要。他想要帮助李彬，但他也不想失去林霁月，这是一个艰难的悖论，无论怎样选择都会令他痛苦。

"别胡思乱想了，快开始了！"林霁月推了他一把。他连忙把视线转向场中。四个人已经分开站定，韦望笛站在中央，三名挑战者分别占据了三个方向，形成掎角之势，把韦望笛围在中央。黄小路屏住呼吸，等待着三人开始向韦望笛发起攻击。事到如今，虽然心里还在矛盾纠结，他也忍不住有几分好奇，想要看看这巫术的比拼到底是什么样的。在执行第三次任务的时候，他也曾见识过秘术师的比拼，满眼都是冰啊火啊雷电啊风刃啊什么的胡乱翻飞，叮叮当当好不热闹，那么巫术又有什么新意呢？

"开始吧。"韦望笛说。他伸出手，在地上不知扳动了什么机关，石板铺成的地面上，某一块石板突然塌陷下去，然后一个人影慢慢地走了上来。

那是一个巫奴！黄小路迅速从来者的装束和呆滞的神情、僵硬的动作判断出。而他也在一瞬间明白了，所谓的"巫术考验"是要干什么。突然之间，他觉得自己的背上像有很多虫子在蠕蠕爬动，一阵阵的恶心。

全部的巫术比拼，都不会放在被挑战的大祭司身上，而是在这个巫奴身上！这个可怜的巫奴，将要受尽种种巫术的摧残，最终以他的生或死来裁定谁的巫术更强。难怪自己之前向屠施提出疑问"万一大祭司受重伤怎么办"时，他并没有正面回答，原来真相竟是这样。

在此之前，他在巫寨待的这段时间，并没有见识到太多的巫术，巫民们固然不喜欢他和林霁月，但碍于两人的身份，也没有人真正地对他们动手，他已经渐渐有点忽略了巫民和所谓外人之间的差异。直到这一刻，他才深深地感受到，这些巫民被外人们当成魔鬼一样，果然并非全无根据。尽管这个巫奴也许是罪有应得，但一想到巫民把人当成实验品，他还是难忍强烈的厌恶之情。

都他妈的不是好人，一起死了最好！他在心里恨恨地想。

挑战者有三人，之前在仪式中也宣读了他们的名字。一个名叫苗青的黄皮瘦瘦的中年女子，一个叫苗凤天的秃顶老人，这是一对父女；第三个人叫罗赛，是个三十四五岁的独目男子。这三人都随身带着一口箱子，与之相对，韦望笛则是空手。

巫寨对挑战者的甄选十分严格，除了巫术过人、品行端正之外，据说还得要巫神显灵进行挑选。黄小路猜测那大概就和哈利·波特的火焰杯差不多，不过这与他没什么关系。从现在开始，他只需要紧盯着场中的四个人和那个巫奴就行了。

苗青首先发招。她从随身带的箱子里取出了一支香，手指轻抹，将其点燃。一缕青烟从香头上升起，既没有垂直上升，也没有四下飘散，就仿佛有生命一样，径直向着巫奴的方向飘去。青烟入鼻，巫奴的脸上一阵恍惚，突然挥起拳头，向着自己的胸口猛击下去。这一拳发力甚猛，他当即喷出了一口鲜血，而黄小路在高处也能听到咔嚓一声，至少有两三根肋骨被打断了。但巫奴仿佛丝毫不知道疼痛，再度高高挥拳，继续向心口打去。

然而这一次，他的拳头刚刚挥到了一半就停住了，悬在半空中。那是韦望笛的一根手指轻轻搭在了他的肩头，仅凭这一根手指，就止住了苗青的巫术，让这个巫奴停止了对自己的攻击。并且，黄小路注意到巫奴的胸口起了一阵轻微的变化，似乎是韦望笛在用巫术替他接骨。

这只是一个试探性的小回合，韦望笛当然没有理由失败。但从这一个回合，黄小路已经可以看出，韦望笛的巫术水准远在他的想象之上。这也就意味着，如果自己和林霁月不出手的话，韦望笛很有可能就会取胜。

可自己到底该不该出手呢？他下意识地摸了摸怀里。

这时候第二回合已经开始了。苗凤天从箱子里摸出一个茶壶，往嘴里倒了一口，却并没有咽下，而是往地上一喷。水喷在地上，并没有分散开，反而慢慢聚集在一起，向着巫奴流去。这水流本来很清澈，流淌的过程中颜色却不断加深，等到接近巫奴时，已经变成了深深的血色。

血一样的红色液体沾到了巫奴的脚踝，迅速透过鞋袜钻了进去，进入了巫奴的身体。巫奴身体一震，随即神情显得很是惬意，他的眉心出现了一点红印，就像是女子化妆时点上去的梅花一样，但那红印却在迅速扩大，很快他的整张脸都变成了赤红色，并且脖子也开始发红了。

韦望笛一直没有动，直到红印从脖子开始往胸口扩散时，他才伸出自己的右手食指，用长长的指甲在巫奴的后颈处划了一个口子。这个伤口并不大，但巫奴身上的血色却立即开始消退，脖子和脸都恢复了正常的肤色。一小滴深黑色的液体从这道伤口涌出来，滴落在地上，发出哧的一声，竟然把地上的石板烧灼出一个洞。

第二回合，韦望笛又取胜了。但这一次，他花费在思考上的时间已经比上一次要长了。独目男子罗赛不声不响地拿出一张发黄的纸片，然后用剪子在上面动作麻利地剪出了一个人形。他左手拿着这张纸片，右手在纸人的脖颈处轻轻一擦，远处的巫奴忽然脑袋一歪，头开始不由自主地向右偏转，并且幅度越来越大，众人已经可以听到颈骨处咔咔的轻响。

韦望笛平举双手，在虚空处轻轻做了几个揉捏的动作，巫奴的脖子瞬间停止了歪曲，重新偏向正中。罗赛额头冒汗，在纸人头部的两指动作越来越大，而韦望笛的动作依旧轻松写意，巫奴的脖子已经渐渐恢复原位。罗赛有些焦急，手上用力过猛，哧啦一声，纸人被撕成了两半。而巫奴的脖子也立即回位，不再受他控制。

接下来的几个回合仍然是这样层出不穷的各种怪异招式，巫奴的身体也经受着各种不同的考验，但最终韦望笛都能化解，并且利用巫术为巫奴治伤。林霁月凑到黄小路耳边说："看来我们不需要动手了。照我看，这三个人不是那老家伙的对手。只要我们不掺和，他就足以取胜了。把你的药交给我。"

黄小路点了点头，心里却乱作一团，眼看林霁月从衣袖里摸出安语早就交给她的小纸包。他没有办法，只好把自己的纸包也取出来。这两个纸包里各自放着灰色和绿色的粉末，看上去平平无奇，更是没有半点异味。但黄小路知道，一旦把这两种粉末混合起来，效果就截然不同了。

"直接把药粉交给你们，味道太重，肯定会被发现，"安语当时说，"所以我给你们一人一份无味的原料，混起来之后才能产生效果。两种粉末混合之后，会变成一种深紫色的液体，闻起来奇臭无比。记住，这种臭味对你们无害，但液体沾到身上就会有很大损害，所以一定要在这根竹管里把粉末混合，这竹管是唯一能盛这种液体的容器。"

现在，原料都在，却并没有混合起来，竹管依旧空空如也。林霁月把竹管捏在手里，看着场中："按照安语的说法，只要等到他们比拼到最激烈的时候，把混合好的药液洒在靠韦望笛很近的地方，就行了。不过我们不能这样做。韦望笛不能输。"

"你说得对，韦望笛……他不能输。"黄小路叹了口气，心里依旧在挣扎。可是药粉和竹管都握在林霁月手里，他也没什么办法。

这时候场中已经变成了三对一的局面。由于一对一的单挑都被轻松化解，三位挑战者决定合力出击，四个人的神情都异常严肃，半点不敢分神。而林霁月也全神贯注地看着，唯恐大祭司有失。

苗凤天正在吟唱一首曲调相当奇怪的小调，声音嘶哑，唱起小调来自然十分难听，就像是拉锯子，但巫奴听着这拉锯一样的声音，皮肤上竟然开始生出古怪的斑纹，并且颜色越来越深，最后变成树皮状的东西，慢慢覆盖向他的全身。

苗青则咬破了自己右手的食指，用鲜血在左掌心涂画着些什么，随着他的涂抹，巫奴的全身开始散发出阵阵白汽，好像是从体内开始结冰！

然而最为可怖的还是罗赛的手段。他的掌心摊着一枚黑乎乎的种子，正在一点点崩裂，出芽，最后长出了一根翠绿的小嫩芽。这嫩芽看起来惹人怜爱，但转头一看，却能看到极为恐怖的一幕：巫奴的脸上，出现了一个醒目的凸起，而且越来越大，并且不断地转换方向，忽而在脸颊，忽而在额头，忽而又移到了头顶。很显然，他的头颅里长出了某些奇怪的东西，正在寻找着破壳而出的最佳方向。

韦望笛阴沉着脸，全力应付着。与他的三位对手不同，他无法借助任何器物，一切都只能靠自身的实力和经验。在他的全力施为下，巫奴皮肤上的树皮状组织开始消退，浑身散发出的白汽也越来越淡，这说明他体内的温度在增加。但是那颗"种子"依然在巫奴头上不安分地转来转去，始终没能被压下去。

韦望笛哼了一声，突然握手成爪，向着巫奴的脸上一把抓去！这一爪胜过铁打的抓手，巫奴被生生扯下来一大块肉，脸上顿时血肉模糊。而韦望笛并没有停手，两指插进了那个血糊糊的伤口，收回时，手指上缠着一根血淋淋的细小芽状物，韦望笛用力地把它往外拉扯。这显然是不得已而为之的方法，虽然会让巫奴的面部遭受重创，但如果任由这幼芽穿破皮肉生长出来，后果一定更加严重。

但这根幼芽似乎扎根很深，罗赛更努力催动巫术，加速它的生长，苗凤天父女也铆足了劲，以便分散韦望笛的注意力。场中四人都已经使出全力，无暇他顾。

而林霁月也已经完全入戏，她死死盯住那个不幸的巫奴，眼珠子几乎都不转一下。黄小路想要劝说她混合药粉，却又死活开不了口。但已经没有时间留给他去犹豫不决了，脑海里交替闪过许多画面，就像是录像重放：

——和李彬第一次见面是在大学入学的第一天，天女散花的辅导员在口若悬河，他无聊地玩着掌上游戏机，李彬探过头来，以专业人士的口吻称赞："水平很高啊！"

——和林霁月第一次面对面时，这个姑娘把自己捆在一头六角牦牛身上，在殇州高原的风雪里一边跋涉一边不住地挖苦自己，但那一次，是自己生平和一个年轻姑娘说话最多的一次。

——他和李彬一起合作一款双人射击游戏，破了网上记录，引来无数网民的惊叹与夸赞。李彬很开心："我们俩简直是最佳拍档！"

——他和林霁月一同完成第一个任务后，谢子华表示不可思议："真没想到你竟然真的能用言语说动那些夸父，比起我用的方法，实在是高明太多了。你的思维方式与众不同，也许能给天驱带来好运。"

——李彬精神失常后，他陪着李彬散步，忽然想到：这是我唯一的朋友，我就这么失去他了吗？

——在游戏里，每次和林霁月单独相处，他都会很迷惘：也许只有在游戏里，我才能这样和一个女孩子无拘无束地说话，可我能在虚拟的世界里待一辈子吗？

他越来越觉得选择是那么艰难。虽然理智告诉他，虚拟的一切都不能与活人相提并论，但他知道，一旦他选择了李彬，后果必然就是失去疾恶如仇的林霁月，甚至失去天驱的身份。也就是说，他将失去自己心灵的寄托。

黄小路咬紧牙关，眼看林霁月仍旧专注于场中的动向，完全没有注意到他，他忽然间脑子一阵迷糊。等到清醒过来时，他张大了嘴，完全陷入了不知所措的境地。

他发现自己手里握着剑柄，而林霁月已经倒在了地上。她侧躺着，已经陷入了昏迷，但脸上还带着万分惊愕的神情。花了好大工夫，黄小路才回忆起刚才那一瞬间究竟发生了什么：他从背后扬起剑柄，照着林霁月的后脑勺撞了一下。

他觉得这一刹那他简直比林霁月还要惊愕。他动手攻击了林霁月，虽然这一刻他简直有点像是癔症一般不太清醒，但他的确动手了。这说明到了最后，他的潜意识里终于还是理智战胜了情感，他就是再喜欢林霁月，再看重自己身为天驱所获得的光荣与快乐，却仍然还是以现实生活为重的。他的潜意识驱动着他要解救李彬，这一点压倒了其他的一切。

没时间多想了。他手忙脚乱地捡起药包和竹管，小心翼翼地把两包粉末都倒了进去。粉末混合之后变成了古怪的深紫色，散发出浓重的腥臭刺鼻的气息，并且逐渐转化成液态，变成了一管深紫色的液体。这一切都如安语所说。

他看向场中，韦望笛已经隐隐占了上风。巫奴身上的白汽已经少得可怜，树皮状的皮肤也消退得差不多了，只剩脸上那株幼苗还没有枯萎，但长势也明显被抑制了。韦望笛虽然表面上看起来像个普普通通的糟老头子，但实际却有着相当惊人的巫术水准，看起来胜利只是迟早的事情了。

黄小路对着仍旧昏迷的林霁月嘟囔了一声"对不起"，然后从高台上一跃而下，一点一点小心地靠近韦望笛。他估算着距离，五丈、四丈、三丈……正当他觉得应该差不多，准备洒出竹管里的液体时，另一桩绝对的意外发生了。

——韦望笛忽然放弃了自己正在用巫术保护着的巫奴，站了起来，以诡异的身法出现在了黄小路的身前！与此同时，三名挑战者的巫术失去了抵御，立即发挥出了最大的效果。巫奴浑身上下的皮肤都变成粗糙的树皮状，树皮的外表开始凝结出严霜，而那株嫩芽更是迅猛地生长，刹那间分出了若干分枝，一根根血色的茎叶冲破皮肤，从巫奴的头顶、面颊、后脑等多个部位喷薄而出，每一棵芽的尖端都带着令人触目惊心的血肉，甚至脑浆。

巫奴死了。按理说，这意味着韦望笛的失败。但韦望笛好像一点也不在乎，他轻轻一挥手，黄小路陡然觉得浑身的力气都被抽空了一样，不自觉地软倒在地上，而手中的竹管已经被韦望笛劈手夺走。

"你们的动作太慢了，究竟是在犹豫些什么啊？"韦望笛很不满地摇摇头。

七、血狱

黄小路呆呆地看着韦望笛，有那么一瞬，他觉得自己完了，韦望笛一定是猜透了他的伎俩。以此人的巫术，一粒唾沫星子就能弄死自己了。但很快，他发现，对方说的这句"你们的动作太慢了"并不像是反讽的语气，而是……真心的埋怨。

尤其他还抬头看了看高台上，仿佛能穿透石阶看到林霁月似的，有些纳闷地发问："你的同伴怎么了？"

不对，一切都不太对劲！黄小路想，这位大祭司，好像一直在盼望着自己配出这一竹管液体！那么……这竹管里装的到底是什么？难道它并不像安语所说的，是能够削弱大祭司巫力的药吗？

一阵极度的不安涌上心头。黄小路猛然意识到，事情也许没有表面上那么简单，自己很可能是被欺骗，被……利用了。那么，这一欺骗的目的究竟是什么呢？

苗凤天、苗青和罗赛也发现了不对劲。他们分明在巫术比拼中取胜了，但身为大祭司的韦望笛好像半点也不在乎这次失利，而是跑得远远地去和担任裁决者的外人说话。他们心中的喜悦瞬间被冲得极淡，疑惑却在不断增加。

"大祭司，这到底是怎么回事？"苗凤天终于忍不住问，"考验讲求的是公平，这是我们在巫神面前发过誓的，如果你的败局是因为外人的干扰，我们可以重新……"

他刚说到这里，忽然觉得脚下有异，低头一看，脚踩着的石板不知何时变成了一摊烂泥。不止他，苗青和罗赛都是如此，三人的身子迅速陷入了齐腰深的淤泥里。这淤泥带有强烈的黏性，让三人无力挣脱。

"你到底要干什么！"罗赛醒悟过来这是韦望笛搞的鬼，愤怒地叫道。

韦望笛没有回答，向着斗室的尽头走去。那里只有一扇墙壁，但韦望笛在角落里按了几下，竟然打开了一扇暗门。他闪身进去，匆忙间没有关闭这扇门。黄小路下意识地想追，跑出两步，忽然想起什么，犹豫了两秒钟，咬咬牙，重新回到高台上，背起仍旧昏迷不醒的林霁月，追了上去。

看来我这一剑柄打得是够狠的，黄小路不安地想，等她醒过来之后，也许会生吃了我。

如果是在现实世界中，体育成绩总在六七十分徘徊的黄小路要背着一个大姑娘跑路无疑是相当费力的，但感谢伟大的虚拟世界，武学上已经小有成就的他能背着林霁月毫不费力地穷追下去。

斗室尽头的那扇暗门通往一个向下倾斜的狭窄甬道。大概因为是暗道，这条甬道又矮又窄，布满灰尘，黄小路已经小心再小心了，仍然蹭了林霁月一身的灰，还让她的脑袋不小心在甬道顶部撞了一下——好在她昏过去也不知道疼。他想了想，咬咬牙，把她的身子横抱过来，这样至少不至于撞到顶上。至于林霁月回头会不会有知觉并且认为自己是在占她便宜，回头再说吧，眼下已经顾不得了。

追了一阵子，黄小路开始惊诧这条暗道的长度以及向下倾斜的幅度，照这么估算的话，它至少通往地下上百米的深度，那会是怎样的一个地方？

很快，答案出现在了他的眼前，不过在此答案之前，他先嗅到了一股扑鼻而来的血腥味。这个过于逼真的游戏早就在很多方面刁难过黄小路了，但他还是没有想到过，自己有生以来会闻到那么可怕的血腥气息，甚至比屠宰场还可怕。他弯下腰干呕了一阵，转头深吸一口气，强忍着阵阵泛上来的恶心感，走进了那扇看上去沉重无比的半开启的石门。

然后他就看到了地狱。用满池黑色的毒血装点成的血池地狱。

那是一个巨大的血池，里面的血液都是浓黑色的，黏稠如泥浆，散发出强烈的腥臭。在血池的中央，高高垂下来五根粗长的锁链，锁在血池中央的一个人形物体上。而韦望笛正在用某种独特的巫术轻飘飘浮在血池之上，站在那个人形物的跟前。

黄小路轻轻地把林霁月放在地上。他强忍着熏人的恶臭，也强忍着心脏的剧烈跳动，一步步走到血池边，这才看清楚了池中的情形。

那五根锁链锁住的，果然是一个人，身形高大，长发披肩。他的身体从胸部以下，全部浸没在那黏稠的黑色血液中，但奇怪的是，露在外面的头颈部却没有沾上一丝血污，让黄小路能够看清楚他的脸。更为诡异的是，他的背后竟然盛开着一朵鲜花，这鲜花好像是从他体内长出来的。

这个人看上去大约三十岁，虽然被困于如此污秽的境地，却仍然显得丰神俊朗，气度非凡。尤其是那一双眼睛，仿佛带有一种无人能抵挡的威严，让黄小路不自禁地有点自惭形秽。

他猛然想起了林霁月曾向他说过的话："结果那位倒霉的大祭司不但

失去了地位，还遭受到了最严酷的惩罚，被关进了名为'巫毒血狱'的地牢里，直到现在也没放出来。"

这么说来，眼前的这个人，就是那被尊称为巫王的前任大祭司了？单看这气势，倒的确有几分王者之气。

"今天好像不是你例行视察的日子。"巫王沉着嗓子说，语声平缓，并没有包含任何情绪。

"正因为今天不是日子，所以我才能来到这里。"韦望笛的回答很奇怪。

"终于下定决心要杀死我了吗？"巫王的声调仍然有如古井之水，波澜不兴。

"你觉得我是来杀你的吗？"韦望笛问。

"十五年了，你们始终得不到想要的东西，自然会觉得再把我留在这里也没用了，"巫王回答，"更何况，十五年来，你们发现我的力量并没有如你们所料的那样被毒血侵蚀，心里也在害怕吧？那个背叛我的人，已经十多年没敢在我面前现身了。"

"这个，你倒是误会他了，"韦望笛说，"他早就死了。"

巫王的话语里终于有了几分遗憾："太可惜了，他能够在我面前欺瞒那么久，并成功地算计我，也算是个难得的人才了。不过，你真的不是来杀我的？"

"不是，而且正相反，"韦望笛说，"我来这里，是为了放了你，教长。"

两人注意到了黄小路的存在，却完全没有在意他，把他当成了血池边的一块石头，所以他也乐得在一旁仔细倾听两人的对话。之前的话似乎都很好理解，韦望笛说的"为了放了你"，很出人意料，但也在情理之中，但当他最后说出那句"教长"的时候，黄小路觉得自己像是被天雷活劈了。

教长？

不是巫王？是……教长，教长？

刹那间黄小路的脑袋就像是要爆炸一样，他狠狠掐了自己一把，用疼痛强迫自己冷静下来，在最短的时间内分析清楚这两句对话的含义。首先，眼前这个人并不是自己先前以为的巫王，而是一位身份为"教长"的人；其次，一般而言，人们提到教长，最先想到的恐怕就是声名赫赫的辰月教了。

也就是说，十五年来，一直被关押在这个地狱般的血池中的人，并不是巫王，而是辰月教的一位教长。

那么这位教长为什么会被当作巫王关在这里？真正的巫王又去了哪里？

一连串的疑问涌上心头。黄小路正努力把自己已知的一切线索像拼图游戏一样拼凑起来，韦望笛那边已经开始行动了。他取出了那一管从黄小路手中夺走的深紫色液体，小心地滴在了那几根锁住教长的锁链上。那都是一些看起来简直可以锁住大象的锁链，但当那深紫色的液体滴上去之后，它们竟然开始熔化了。

"缠龙锁用天底下的任何刀剑都不可能斩断，却唯独害怕龙涎液，"韦望笛说，"由于每次来探视你都不能携带任何东西，我不得不一直等到五年一度的巫祭，利用两个外人做裁决者的机会偷偷把龙涎液的原料带进来。从斗室到这里，那条地道可花了好几年的工夫。"

黄小路听到这里，虽然还不明白前因后果，但至少想通了自己和林霁月所扮演的角色。韦望笛早就想要把教长放出来，却苦于没有办法把龙涎液带进来。于是他策划了这样的一个计谋，利用两个外人把配制龙涎液的原料带到斗室里，再从斗室沿着那条秘密地道直通到这间囚牢。可笑自己还以为是在配制干扰韦望笛巫力的药物，还为此击昏了林霁月，可最后的结果是……

自己放出了一名被囚禁已久的，一看就是个绝对厉害的人物的辰月教长。

如果听从林霁月的话，至少韦望笛的阴谋不会那么顺利，如果他最终来强抢药物的话，二人合力即便不能与他抗衡，还是有办法毁掉那些药粉的。但是自己一意孤行，一心想着要救出龙焚天，最后却为辰月教立了一大功劳。一个天驱武士，间接帮忙放走了辰月教长。

　　黄小路呆呆地站在那里，只觉得自己的脑袋在瞬间被抽空了，什么都不剩了。这是一个失败，令人难以忍受的失败，甚至可以说是自己游戏生涯中最惨的一次败局。在他的眼前，五根缠龙锁都已经被龙涎液融断，教长的身体慢慢浮出水面。虽然他面色苍白、步履蹒跚，显得手脚很不灵便，但显然他身上还保有相当强大的精神力，只是轻轻一甩衣袖，身上的那些血污立即消失不见，从体内生长出来的花朵也立马枯萎消散，一身白衣胜雪，气势凌人。他如同在血海上漂移一般，很快来到了血池外，而韦望笛跟在他身边，脸上表情十分紧张，却也有些期待。

　　"你为什么不问我为什么要放你出来？"韦望笛问。

　　"这么简单的事实，稍微动动脑筋就能想明白，"教长轻轻活动着自己被锁住十五年的躯干和四肢，"当年我的巫王兄弟先偷袭制住我，再用巫术和我互换容颜，把我囚禁于此，目的不外乎是以我的身份重回教内，以便摧毁辰月。但十五年过去了，你却突然想要放了我，恐怕是你的巫王非但没有摧毁辰月，反而帮助辰月壮大。他背叛了自己的誓言，成了一个真正的辰月教长，对吗？"

　　韦望笛默然无语，脸上现出深深的恨意。教长的脸上浮现出一丝微笑："所以你想要放我出去，让我去向他寻仇，如果能同归于尽最好，能死掉一个或者两败俱伤也不错，可惜你想错了一点。"

　　"我想错了什么？"韦望笛颤抖着问。

　　"如果以关押我十五年的代价，换来一位有作为的辰月教长，那对我而言不是苦难，而是荣誉和欢乐，"教长的笑容十分惬意，"我们辰月的教徒，只为了神的意志而活，是不会有那些无聊的私人恩怨的。只要是为了奉行神的旨意而活，巫王就不会是我的仇人，反而会成为我最好的同伴，如果他甚至地位在我之上，那也没什么关系。"

韦望笛整个人都僵住了，过了许久，才从牙缝里挤出一句话："疯子……你们辰月教，统统都是疯子！"

他陡然用力咬破自己的舌尖，一口血向着教长迎面喷去，其中无疑包含了上乘的巫术诅咒之力。但教长的实力和反应能力远在他的估计之上，这口血喷到教长身上，却全部穿体而过，原来那只是一个虚影。真正的教长已经站到他身后，在他身上轻轻拍了一下，韦望笛立即被一股黑气笼罩，闷哼一声倒在地上。

"而你对辰月是没有用的，我不会介意杀掉你。"教长仍旧微笑着说，然后准备沿着暗道走出去，但他又很快停住了脚步，在他的身前，一柄锋利的长剑正放射出寒光。

"你别想出去！"黄小路咬牙切齿地说。

短暂的哀伤和失落之后，愤怒的情绪填满了心房。我不甘心，黄小路拔出了剑，我绝不甘心就这样放跑一个辰月教长。我他妈豁出去了，大不了像李彬那样变成一个疯子，但我要在游戏里尽全力，就像小时候一次又一次地继续游戏，只为了打倒那个几乎不可能战胜的大魔王一样。

他抛弃了自己惯用的以防守为主的剑术，一剑又一剑地向着教长的全身要害狂攻不止。残影术极耗精神力，教长使用一次后短时间内难以使用第二次，而他毕竟刚刚脱离心之花、缠龙锁和毒血的三重围困，这些禁锢对肉体和精神毕竟还是有很大影响。所以在黄小路这一轮只攻不守的不要命攻击下，教长一度有些狼狈，无力还击。

这是黄小路在九州游戏里第一次那么恼火，恼火到他渐渐完全忽略了这只是个游戏。我是一个天驱，他想着，和辰月誓不两立的天驱，用热血守卫整个世界的天驱。不管对面是一个普通的辰月教徒，还是一个教长，甚至于大教宗，都不要紧。我犯的错，我来收拾，我要拦住他。

黄小路并没有意识到，在不知不觉中，他的武学修为已经提升了一大块。面对这个出道以来遇到过的最危险的强敌，他没有畏惧，没有退缩，有的只是亡命搏击的血性和杀气，这样的杀气促使他使出了自己生平最大的本领，并且无意中暗合了武士和秘术师交手的精要：先发制人、招招抢攻，不让对方有喘息"换气"的余地。

长剑在石室里挥舞出凛冽的寒光，死缠着教长不放。但这毕竟是辰月教中排得上号的高手，十五年没有和人交手，难免略微有些不适应，等到习惯了黄小路的攻势之后，他一直在寻找还手的机会。一百招之后，黄小路开始露出些许疲态，剑招略见散漫，教长猛然反击，右手大袖上挥，袖子瞬间凝成金属，将黄小路的长剑磕飞。同时他的左手已经绘制好了秘术印纹，黄小路陡然觉得四肢关节一阵僵硬，已经站立不稳，重重地跌倒在地，面颊磕得皮开肉绽。但他仍然努力抬起头来，愤怒地瞪视着教长。

"你很有勇气，大概又是一个天驱吧？"教长柔和地说，"我钦佩这样的勇气，所以我会让你体面地死去。"

他抬起手，手心黑气毕露，向着黄小路的头顶按去。黄小路死咬住牙关，仍旧凶狠地瞪着眼睛，已经完全忘记了去思考自己将会变成什么样。

大不了像一个天驱一样去死，他想。

但世事难料，想死的时候往往死不了。教长的手眼看就要按到他的头顶了，忽然咔嚓一声，血光飞溅，教长的右手凭空飞了出去！

那是林霁月！一直昏迷在地的林霁月，却突然在这个时候清醒过来。她双刀齐出，在教长最猝不及防的时候暴起偷袭，竟然斩断了不可一世的辰月教长的手腕。

教长并没有呼痛，就好像这只手腕完全不属于他似的。但他本已很虚弱的身体遭受了这样的重创后，气势大减。权衡利弊后，他决定先逃出去再说。

"好狡猾的小姑娘……"他轻笑一声，从暗道迅速地消失了。

黄小路这才顾得上喘几口气。他看着神采奕奕的林霁月，明白了点什么："你刚才……一直在装晕？"

"其实我没有你想象的那么不近人情，"林霁月浅浅地一笑，"我本来想，如果你敢出手抢夺，也算你对朋友讲义气，我就成全你，假装打不过你，辰月的事情可以以后再解决。可我没想到，你居然只顾和龙焚天的义气，就一点也不顾和我的义气，下手那么狠……"

黄小路满脸通红，讷讷地想要道歉，却说不出口。倒是林霁月在他脑门上凿了一下："不过你也忒老实，一般人在那条暗道里的时候也许都会趁机占点便宜……你到底是不是男人啊？还是我完全没魅力呢？"

这话更难回答，黄小路嗫嚅了半天，差点冲口表白"我当然是喜欢你的"，但就在这个微妙的时刻，两人听到一阵不合时宜的响动。扭头一看，是已经被教长的秘术所击倒的韦望笛。他自如地从地上站了起来，拍拍尘土，竟然好像半点伤都没有受。

"你不会也在诈伤吧？"黄小路目瞪口呆。这年头诈伤装晕成了一种流行吗？

"不，我伤得很重，本来该马上就死掉，"韦望笛嘴角带着奇特的笑容，"我只是用巫术借了一个对时的命而已。如果有合适的药材，我能借到一天的命，但现在，只有一个对时，还来得及交代后事。请两位在这里多待一会儿，我有要事相求。"

"什么事？"林霁月问。

"我现在已经注定成为罪人了，没有时间向我的子民解释什么了，"韦望笛说，"二位身在巫民的利益之外，反而能让他们倾听。我想拜托你们把真相告诉他们。"

八、背叛

"十五年前，正是巫王的声望达到顶峰的时候，"韦望笛回忆着，"那时候巫王曾应风冶国君王的邀请，为他解决了一桩麻烦，并因此结识了辰月教长厉忘归。两人相知莫逆，巫王邀请厉忘归到巫寨做客，一住就是半个月。那是巫寨历史上从未有过的事情，但巫王威望那么高，普通巫民也不能有什么意见。"

"恰恰在这时候，一个自幼离开巫寨的人回来了，那就是安语的父亲安灵均。他此时的身份，是一个打算脱离教派的辰月教徒，所以才躲回了巫寨这个可能是九州最安全的地方，当他发现厉忘归也在巫寨时，非常震惊，立即找到我商量。我这才知道，原来辰月教内早就有挑动巫寨卷入九州战乱的想法，这当中最坚决的主张者就是厉忘归。我们这才知道，厉忘归原来是个包藏祸心的人，他和巫王结交，目的还是把整个巫寨和巫民都拖入世间的纷争中。

"我和巫王商量，本来是想着尽量平息事态，叫他莫要上当，到时候把厉忘归送走，拒绝他的任何提议也就是了。但巫王却动了怒火。他一面继续挽留厉忘归，一面向安灵均问清楚了和辰月教有关的一切，也知道了辰月其实是九州大陆上最大的一个不安定因素，随时有可能把世界推向纷飞的战火。巫王听完后，沉思了许久，忽然对我说：'如果是这样，今天送走了厉忘归，明天他还可能回来；走了一个厉忘归，还会来其他的教长。那样仍然不能解决问题。'"

"他的意思……不会是要……"林霁月很吃惊，"好大的胆子！"

"的确是好大的胆子，而且比你想象的还要大胆，"韦望笛说，"他不但决定了要摧毁辰月教，而且还要用一种最不可思议的方式——他要用巫术和厉忘归换脸，假扮成厉忘归潜回辰月，从内部摧毁辰月。"

"我明白了！"林霁月恍然大悟，"怪不得那一次的巫祭考验充满波折呢，原来巫王就是借助那一次的机会，关押了厉忘归，然后自己扮成教长离开了！"

"是的，那一次的挑战者，包括安灵均在内，都早就得到巫王的吩咐了，"韦望笛说，"巫王趁着厉忘归不备，偷袭了他，把他带到地下囚禁起来。而考验一结束，巫王就没有再现身，我拿出早就准备好的炮制的证据，宣布了巫王的背叛。只有这样，才能保证教长以最安全的方式被关押，你们也看到了，除非有人放他走，否则他自己绝对逃不了。"

"可是，为什么不直接杀了他，岂不是永绝后患？"黄小路问，"也不至于像今天这样，被他逃脱了。"

"一来是因为巫王痛恨此人利用他的友谊，存心要他受尽苦楚，而不愿意给他痛快；二来也想从他那里多拷问出一些和辰月有关的秘密，以方便巫王的行动。可惜的是，厉忘归始终守口如瓶，半个字也没有泄露过。"韦望笛回答。

"你今天为什么放走他我倒是很能理解了，"林霁月说，"虽然辰月教徒的大名很难让普通民众知晓，但这些年来，厉忘归的名头在天罗内部和天驱内部可是响当当的。看来巫王慢慢发现了辰月是个好地方啊。"

韦望笛一脸痛苦："我不知道他是怎么想的，但从第五年开始，他就再也没有和我联系。而之后的十年间，我打探到的消息是，辰月教的势力不断增长，并且已经成功地把九州引到了战火边缘：东陆皇帝和北陆大君势成水火，夸父蠢蠢欲动，羽人再也不满足于过去的领土，就连河络也隐隐有插一脚的意思。所以我也没有其他办法，只能想到放出厉忘归去制衡他这一个办法了。可是我没想到，厉忘归竟然……"

"也不要太把他说的话当回事，"林霁月安慰他，"他终究只是'神的仆人'而不是神，还是一个活生生的人，是人就不可能没有七情六欲。你以为他真的会对这十五年度日如年的苦狱没有丝毫怨恨吗？我不相信这一点。"

"但愿如你所说吧，但愿……巫王……"韦望笛疲倦地喘了一口气，把身体靠在暗道的山壁上，慢慢地不再动了。他所"借"回来的生命看来已经走到了尽头。

"出去之后，你们要去找屠施……"气息奄奄的韦望笛说，"他和辰月的接触是假的……他一直是我最信赖的人……"

接下来的两天乱七八糟，林霁月和黄小路接受了无数的质询，幸好有屠施为他们做证。这件事给巫民们带来的震撼有如一场剧烈的风暴，巫王和教长的身份转换、巫王由假背叛转为真背叛的事实更是让人们难以置信。幸好黄林二人已经不必在这上面费太多脑筋了，他们只需要搞清楚自己的问题就好。

"我还是不明白，为什么你会恰恰安排安语来给我们药粉？"黄小路说，"我当然知道龙焚天的这一层关系，但安语这个姑娘实在很难捉摸。你就不担心她为了龙焚天而放弃对大祭司的仇恨？"

"永远不要低估了仇恨的力量，"屠施显得高深莫测，"那是一种压倒一切的情感。无论怎样，大祭司在那次巫术考验中败了，巫奴被杀死了，所以你们总算是完成了对她的约定。那么，去把你们的朋友带走吧。"

于是两人又来到了安语的竹楼。刚一推开门，他们就看见安语正坐在床边，默默地流着眼泪。而龙焚天依旧温柔地站在她身边，替她擦拭着眼泪，完全是知心爱侣的样子。黄小路的心里突然有一点沉重，他知道，在自己把龙焚天带走之后，安语又将是一个人了。虽然现在，她父亲的冤屈洗清楚了，但这个倔强的小姑娘恐怕仍然未必能够亲近他们。她也许还将和从前一样，孤独地待在自己的世界里，整月整月地难得和别人说上半句话，陪伴她的只剩下她自己的影子。

"对不起……"黄小路嘟囔了一句，"可是，我们得把他带走。"

"带走也是好的，"安语轻笑一声，"其实我一开始就知道，他这样的男人，怎么会喜欢上我呢？可是我……我真的希望会有奇迹发生。我一面提心吊胆地想着他什么时候会离开，一面又期盼着事情会有转机，但最终证明了，都是我的空想而已。"

她扭过头，看着龙焚天，眼神里说不清楚究竟是爱是恨："所以我给他种了情蛊，可这样……我真的快乐吗？我知道他所做的一切都只是被毒蛊支配的，我知道他的眼睛看着我，心却没有想着我。我每天假装自己有他陪着很开心，然后在梦里不断看到一张绝情的脸。"

黄小路听得心里一酸，想要安慰她，却又发现拙于言辞的自己根本找不出什么话可说。林霁月则已经是一脸鄙夷，黄小路猜测她肯定在后悔帮助了龙焚天这样的感情骗子。别说林霁月，即便是黄小路自己，也对李彬十分不满。

你小子，虽然是在游戏里，也不能这样玩弄无知少女的感情啊，他盯着龙焚天那张温柔的脸，心里嘀咕着。但不管怎么样，他完成了安语所托，总得把龙焚天带回去。想到这里，他把目光重新投向了安语，这一看吓了他一跳。

"你怎么了！"他抢上前一步扶住了安语。安语的脸色苍白得不像样，嘴角却流出了黑色的血液，身子已经摇摇欲坠。

"情蛊是无药可解的，"她轻声说，"要解情蛊，只有一种办法，那就是钟情的对象……失去生命。"

"你他妈傻啊！"黄小路终于忍不住爆出了粗口，"为了给你爹出气，值得吗？"

"傻瓜，那点事情其实我根本没放在心上，"安语凄然一笑，"我就是找了个借口……想要自己寻死而已。没有了他……我活着还有什么意义。"

她缓缓闭上了眼睛，呼吸渐渐停了。黄小路知道自己做不了什么，木然地把她娇小的身躯放在床上，忽然转过身，狠狠给了龙焚天一记耳光。龙焚天应声倒地，在失去了情蛊支持后，这具躯体重新失去了一切行动能力。

"奇怪了，他为什么变得像死人一样了？"林霁月不解，"不是说解了情蛊他就能醒过来么？"

"现在还不能，大概得等毒性完全消退他才能醒过来吧。"黄小路胡乱回答道，把龙焚天的身体背在自己背上，逃也似的向外走去，不忍心再多看一眼安语的尸身。

当然醒不过来了，他想，非得等到李彬那个浑蛋小子戴上头盔也进入到这个世界里来，龙焚天才能够拥有灵魂——肮脏的灵魂！

突然之间，他对李彬充满了强烈的恨意，为了一个游戏中死去的虚拟角色。这个游戏越来越突破虚拟和现实的界限，让他不知道身在何方，让他不知道什么是真什么是假，什么值得去爱，什么值得去恨。

他所知道的是，下一次他会开启双人模式进入这段进度，把李彬一起带进来。他不能肯定李彬是否一定会因此而恢复神智，但他希望能够成功。到了那时候，游戏里的黄小路会狠狠揪住游戏里的龙焚天，劈面再给他一记重重的耳光，然后追问他：

"王八蛋，你究竟在这个游戏里干了些什么？"

除此之外，他还将面临许多的难题，厉忘归回到了辰月教，也许真如他所说，他会忘记仇怨，和昔日的巫王携起手来，那也意味着辰月势力会更加壮大。天驱，乃至于整个九州的和平，将会面临着前所未有的挑战。这些挑战等待着黄小路去迎接，去攻克，去战胜。这已经不再像是在游戏里通关升级打怪打 boss 了，这就像是他的真实生活，或者说，比真实的生活更加能让他焕发激情。

至少，身边的这个姑娘比真实生活中的任何一个女生都要可爱。黄小路想着，悄悄侧头看了一眼林霁月。

第三章

诡 域

一、劫持

室内弥漫着刺鼻的药味。

这间小屋里没有点灯，也没有打开半扇窗户，闷热得有如地狱。一个长发男人赤裸着身子浸泡在一个大木桶里，药味就是随着蒸汽从木桶里传出来的。在他身边，另一个身材高大的男人用手搭在木桶的边缘。好像只要他把手放在木桶上，就能保证木桶里的药水始终保持着滚烫乃至于沸腾的温度，咕嘟咕嘟地冒着气泡。

但木桶里的男人似乎并不觉得难受，反而显得很惬意。他偶尔改换一下坐姿，露出水面的右臂少了一截，右手已经齐腕断掉了。

"再过几天，等到噬腐草成熟了，我就能给你一只新的右手。"桶边的男人说。

桶中人淡淡一笑："那倒不必着急，少一只右手也并不是什么大不了的事。"

"你不用觉得我是在施恩于你、补报于你或是别的，"桶边人说，"当年做过的事情，我没有丝毫后悔，你能活着回来是一个意外，而我能承受这样的意外。"

"我早就和你说过了，不必把那件事放在心上，在神面前，个人恩怨只是微不足道的尘埃，"桶中人舒服地向后一躺，长发漂浮在药水上，"还是说说正事吧，无关的私事以后有的是时间慢慢说。"

"好吧，我正有问题想要问你，关于你最新拟定的那个行动……这个计策能成功吗？"

"任何计策都不可能保证百分之百的成功，但我很有信心，我这些年来被囚禁的是身体，脑子并没有坏掉。"

"不要把话说得太满。低估天驱的智慧，难免是会付出代价的。也许会有人看破这个招数。"

"我并不担心，那些天驱武士自诩见多识广，其实不过是井底之蛙。事实上，即便他们真的了解这种技法，僵化的头脑也可能根本不会往那个方向去想，等他们明白过来的时候，该死的人已经被他们杀死了。倒是我有点小小的疑问。"

"什么疑问？"

"你为什么这么处心积虑地要对付那两个小人物？他们的确近期在天驱内部攀升很快，听说功劳不小，但终究连天驱的核心都还没有进入，只是两个好用的打手罢了。需要对他那么重视吗？"

"我重视他们，自然有我的原因。不过我重视的并不是两个人，只是一个而已。那个叫林霁月的女子，虽然很机灵，我却并没有把她放在心上。"

"那你看重的就是那个黄小路了？那个呆头呆脑的家伙……他究竟是什么人？"

"理论上，只要李彬重新进入游戏，思维和游戏进度相连，或许他就能够清醒过来了。"

"也就是说，让他再进入这个游戏就可以了？"李彬的父亲李炜衡又惊又喜。

"我猜是这样的，"黄小路摘下头盔，"他在游戏的过程中被人控制了意识，所以才会发疯。现在那个蛊咒已经被解除了，我觉得只要让李彬再回到游戏里唤醒那个角色，他的神智就可以恢复了。不过以他现在的状况，没有办法进行进入游戏的操作，必须要双人模式下我去替他选择才行。"

"但愿如此吧，"李炜衡喃喃地说，"你辛苦了，先去休息休息，明天再说吧。"

"不，我现在根本躺不下来，"黄小路说，"我想现在就看着他恢复过来。我已经等不及了。"

李炜衡叹了口气："是啊，看着他这样，每多一天对我都是一种折磨。那就拜托你了。"

李炜衡把李彬领到了游戏机旁边，哄着他坐下。经过几个月的调养，李彬的情况已经大有改善，不会再像当初那样时常歇斯底里了，只是他对外界的信息仍然不能做出有效的回应。不过这一次，李炜衡让他坐下来，把虚拟现实头盔给他带上，他都没有抗拒。只是当眼前出现画面的时候，他有些慌乱，但李炜衡按住了他，不让他乱动。黄小路则趁着此时赶紧完成了游戏前的选项。

"快点恢复神智吧，龙焚天大爷！"黄小路在心里祈祷着，把李彬送入了游戏。等到龙焚天的进度启动之后，他也选择了自己的角色。

然后他的眼前出现一片耀眼的蓝光，把他的整个身体都包围了起来。意识飘了起来，进入了无限宽广的虚拟世界。

睁开眼睛的时候，黄小路发现自己正坐在一把老旧的木椅上。他毫不费力地回忆起了这是哪里：在上一次冒险中，他和他的女搭档林霁月一起从雷州巫民手里救回了龙焚天。三人离开了巫民所在的沉风沼泽，来到了最近的一座雷州城市，一个名叫丰南的小城。他们找到了一间客栈，黄小路把龙焚天放在床上，然后退出了游戏，去向李彬的父亲汇报之前的经历。

他连忙把视线转向床边，希望看到龙焚天已经站在那里了，那是他在游戏里辛苦那么久想要得到的唯一结果。但刚把头扭过去，他就愣住了。

——龙焚天不见了。房间里只有他一个人。

黄小路连忙站起身来，在屋子里四下一看，确实没有龙焚天的身影。这么小的房间，一切都一目了然，不会有什么藏身之处。龙焚天真的不见了，就在他进入游戏之前的这么一丁点时间里。

他紧握着拳头，敲敲自己的脑袋，强迫自己保持镇定，飞速地思考起来。

虚拟游戏里的世界，只有当游戏运行的时候才能继续运转，当游戏没有启动的时候，相当于进度内的时间是停止的。也就是说，李彬绝不可能在这段时间里失踪，唯一能留给他失踪的时间只能是两人一起进入到游戏的时间。虚拟现实游戏的连接是需要时间的，而且这段时间并不固定，不同的人进入游戏，时间可能相差十分钟以上。

黄小路分析到这里，渐渐有了点眉目。一定是李彬比他先进入游戏，控制了龙焚天的躯体，恢复了神智，然后离开了。前后不会超过十分钟，他不可能走远。

他拉开门，走出了房间。房间位于二楼，从楼上看下去，可以一目了然地看清客栈大堂的全貌。大堂里三三两两坐着一些酒客，其中并没有龙焚天。

难道这家伙太久没有在九州世界里运动，一时憋不住跑到外面溜达去了？黄小路想着，伸手招来一个店小二，向他形容了一下龙焚天的相貌。

"你见到过这样一个人出去吗？"黄小路问。

"见是见到了，不过嘛……"店小二吞吞吐吐地说。黄小路猛然会意，忙从身上摸出两个铜镭递到他手里，小二这才继续说："不过他不是一个人出去的。"

不是一个人？黄小路有些疑惑，店小二接下来的这句话让他一下子跳了起来："他是被一个人背出去的，看起来像是睡着了的样子……哎哟，放手！我肩膀快要被你捏断啦！"

"你的意思是说，龙焚天还没有清醒过来，就被人劫走了？"林霁月问。

"是的，我实在是太大意了，早知道就带他到了真正安全的地方再说，"黄小路苦笑着，"我把周围的人都问遍了，那个劫走李……劫走龙焚天的家伙非常机警，只有一两个人注意到他，而没有任何人能说清楚他逃往哪个方向。这地方那么多条路，想追都没可能。"

"算你运气不好了。"林霁月耸耸肩。她当然不可能认识李彬，之所以出手搭救李彬，也不过是看在黄小路的面子上。现在龙焚天被人绑架了，说不定她的心里还更高兴一点呢，毕竟龙焚天在巫寨里做出了一些很让人不齿的行径，别说她了，就算是黄小路心里也对他的好朋友产生了极大的不满。

黄小路坐在椅子上，喝了三口都没有注意到茶杯根本就是空的。这下子可麻烦了，他想着，李彬进入游戏之后，龙焚天这个角色明明应该产生意识了，但又被人弄到昏迷了，不知道是毒药还是秘术甚至于直接是暴力的打击。不管是哪一种，只要龙焚天持续这样的昏迷状态，现实中的李彬就没有办法醒过来。

他进一步想到，在短短十分钟的时间里，竟然有人可以劫走龙焚天，这说明敌人是一直紧紧跟踪着自己的。他捶了捶额头，有点懊恼自己太粗心大意，以为把龙焚天带离了巫寨就大功告成，结果被敌人钻了空子。

趁着林霁月没注意，他悄悄发出了退出游戏的指令。在虚拟现实游戏中，时间会变慢很多，与真实时间的比例大概在一比三十左右，也就是说，游戏里的一天不到现实中的一小时，而现在，他进入游戏不过几个小时，在现实世界里也就是十来分钟。

"怎么样？成功了吗？"一直守候在一旁的李炜衡看见黄小路取下了头盔，连忙发问道。

"可能不行……"黄小路叹息着，摘下李彬的头盔。果然，李彬的眼神仍旧呆滞木然，并没有丝毫改观。黄小路无奈地把游戏中的经历告诉了李炜衡，李炜衡倒是很冷静："你别着急，唉，我们也该想得到的，不会有那么顺利。这个游戏……实在是太复杂了。看来你必须要再把那副身体找到才行。"

"我一定会找到的。"黄小路低声说。这一次是我疏忽了，他想，我原本应该提前进入游戏，然后让李彬的父亲去帮他操作的，那样自己就能一直监控着龙焚天的变化了。可惜的是，错误已经铸成，九州苍茫，他又能到哪里去寻找龙焚天呢？

他没来由地感到一阵烦躁，这种烦躁很快又转化成了暴躁，假如这时候年级辅导员正站在他身前叽叽歪歪的话，他觉得自己一定会一拳把辅导员的鼻子揍扁。但他知道，这种时候暴躁不能解决任何问题，相反只能把问题越变越糟糕。

他冲到卫生间里，任由凉水冲在头上，足足冲了有三分钟。他甚至没有找一条毛巾来把头发擦干，就那样湿漉漉地落汤鸡一般站在卫生间里，开始思考接下来应当怎么办。首先需要分析的是：到底是什么人在九州世界里劫走了龙焚天？

不应该是巫民，他首先想到，唯一对龙焚天有兴趣的巫民是那个不合群的小姑娘安语，但她已经为了放走龙焚天而终结了自己的生命。也不会是天驱，纵使天驱发现龙焚天做了什么对不住组织的事情——这一点黄小路自己也在怀疑——至少会给黄小路一个交代，不会这样偷偷摸摸扛了人就跑。

何况以龙焚天的武功，世上又有几个人能毫无动静地就把他擒住呢？如果是天驱内部的人，那也一定是地位很高的人，不会这样躲躲闪闪地行事的。所以更有可能是……辰月教，天驱的死对头干的。

黄小路慢慢走出卫生间，看着依旧痴呆的李彬，忍不住轻声问道："兄弟，你到底干了些什么事，能够在九州那么受欢迎……"

李彬当然不会回答他。他只是在手里把玩着一枚黄小路好容易才在银饰店里找到的扳指，仿佛若有所思，又仿佛什么都没有想，只是一个寻常的精神病人。

二、集会

匆匆几个月，大学一年级过去了，暑假开始了。

和过去比起来，黄小路的身上已经悄然起了一些变化。虽然整体而言他还是内向而羞涩，但已经不再像往日那样沉默寡言了。他慢慢地开始结交朋友，甚至可以和女同学们一起出去郊游。学期快结束的时候，有一个同学悄悄告诉他，隔壁班有个姑娘对他有点意思，把他结结实实吓了一跳。要放在过去，打死他都不能相信，自己还能招女孩子喜欢。于是他对着镜子琢磨了好一阵子，不太确定地得出一个结论：自己大概是比大半年前看起来精神多了。

这些改变都是那个叫作《九州》的游戏带给他的。在这个细节丰富而体验真实的游戏里，他没能像过去玩游戏那样沉溺在单调的打怪升级中，反而体验了许多即便是现实生活中都很难经历的东西：欺骗、阴谋、迷惑、仇恨、愤怒、友谊，乃至于……爱情。

当然这爱情是单方面的。黄小路喜欢上了自己在游戏中的女搭档林霁月，却始终没有勇气表白。一方面是因为他觉得林霁月无论哪方面都比自己强，包括相貌（他曾经多次后悔当初设置角色的时候没有把自己设计成一个翩翩美少年，那样至少能和林霁月相配些）；另一方面，他也觉得这件事想来有点让人纠结：好歹我也是个活生生的人，喜欢上一个虚拟世界里的角色，实在有些奇怪，万一被人知道了岂不是要让人笑掉大牙？

不过他并没有花费太多精力去思考爱情这样的难题。这几个月里，黄小路觉得自己累得像条狗，一边要努力应付学业避免考试挂科——他也只能制定这个最低目标了——一边把几乎所有课余时间都放在了九州游戏里。如果不是李彬的父亲李炜衡几乎强迫式地要求他尽量参加一些必要的社交活动，他的形象只怕比以前还要糟糕。

"我儿子已经精神失常了，我不希望他的好朋友也变得和他一样，"李炜衡诚恳地说，"你已经尽了全力，即使李彬不能康复，我也足够感激了。"

"这不是您感激不感激的问题，甚至也不完全是李彬能不能康复的问题，"黄小路同样诚恳地回答，"这是我们游戏玩家的尊严，是我和李彬共同的尊严。"

李炜衡看起来不太明白，摇摇头，叹着气离开了。

这些日子，黄小路的空余时间都耗在了李彬家里，耗在了那台虚拟现实游戏机上。但他并没有盲目地寻找李彬，因为他已经隐隐地意识到，在龙焚天失踪的背后，有一股极其强大的势力在操纵。而在九州这样宏大的世界里，想要像其他角色扮演游戏那样主角挥舞着神器轰遍整个世界是绝对不可能的。

所以他必须要改变策略，需要让自己拥有一定的领导权，能够调动他人去为自己效力。在这段时间里，他近乎疯狂地带着林霁月完成各种各样的任务，没有特别任务的时候就主动寻找打击辰月的机会。他变得越来越成熟，越来越懂得使用谋略，而随着一次次任务的完成，系统也赋予了他更强大的武力。自然，他在天驱内部的地位也节节攀升。

"我们失去了一个龙焚天，却又得到了另外一个龙焚天！"这是某位天驱宗主当面给黄小路的夸奖。而他背后和其他天驱宗主的对话，黄小路却听不到："但这个人也可能和龙焚天一样危险。我能够看出来，他的心里隐藏了一些秘密，绝对不能为人所知的秘密。我担心，有一天他会成为天驱内部的一个不安定因素。"

就连林霁月也对他产生了怀疑："你到底是什么人？"

"我……我是一个天驱。"黄小路给出了一个毫无破绽的答案。

"刚认识你的时候还不觉得，但是现在我越来越发现你这个人……有点不对劲。"林霁月说。

"有什么不对劲的？我长了两个脑袋？"黄小路故意憨笑一声，掩饰自己的紧张。

"我总觉得，你想问题的思路挺奇怪的，看待事物的角度和正常人总是有偏差，但偏偏每次正确的都是你，"林霁月没有理会对方拙劣的玩笑，紧皱着眉头，"有时候我甚至有这种错觉，你是从另一个世界来的人。"

黄小路更加紧张，幸好林霁月也拿不出什么证据去证明他"是从另一个世界来的"。不管怎么样，经过了若干次任务的锤炼之后，黄小路的武功已经不逊色于林霁月了，这让他能够在这位搭档面前稍微挺直一点腰板了。但现有的一切，仍然还不够，黄小路很努力，但辰月的势力却并没有因为他的打击而受到太大损伤。还因为上一次从巫寨脱困而出的辰月教长厉忘归又回到了辰月教，并且与之前冒充他的巫王彼此之间毫无芥蒂，反而倾力合作，使辰月的实力大增。

不过和这样的对手为敌，倒也让黄小路学到了不少东西。现在他已经是天驱内部的一位旗领，那是仅次于宗主的地位，已经和以前的上级谢子华平起平坐了，而老搭档林霁月反而成了他的下属。因为这样的身份，黄小路终于可以参与到一些相当核心的天驱机密会议当中了。

和其他一般的组织不同，天驱武士团在平时并不会聚集在某一处总堂总舵之类的地方，而是分散在九州各地。在君王们的眼中，天驱仍然是一个危险的存在，所以天驱们的所在也都尽量保密。但到了某些特定的时刻，宗主们会用鹰旗或指环发出号召，将天驱武士们召集在一起，完成某种使命。

现在，就是天驱们奉召的时刻了。

阳春三月，宛州的人们又能够看到被誉为"宛州八景"之一的"驿路烟尘"了。所谓驿路烟尘，指的是宛州通平城和白水城之间的驿路上所能看到的人潮汹涌的热闹场景。作为联通这两座重要商业城市的唯一通道，通白驿路向来以繁忙而著称，尤其在春季的时候，各式各样的旅者和行商几乎是排着队从这条大路上经过，也因此而喂肥了周边的商贩。

在这条路的两边，有着东陆最大的酒肆与客栈的聚集地，每日生意兴隆，酒香飘出数里地。

在这样一个繁华的地段，看到什么样的大人物都并不稀奇，至少有十家客栈酒肆的老板赌咒发誓说，他们接待过微服出巡的宛州公国的国主。但在这一个三月里，这里的人们还是结结实实地吓了一跳，一大跳。

"那个人……那个人是南淮城的大贵族百里无霜啊！绝对是他！"

"看到那个骑黑马的美女了吗？如果我没有认错的话，她就是中州最著名的女刀客莫其芳。"

"那个白衣服的年轻公子……难道是宛州商会的副会长何清羽？"

人们开始意识到，有一些事情将会在这里发生，通白驿路上并不是没有出现过大人物，但像现在这样密集的出现，实在是不同寻常。当然了，这些人都有着光鲜的外表和显赫的声名，假如要怀疑他们聚在一起干什么坏事，肯定是过于不敬了，但不论好事坏事，这样的聚会本身就很值得关注。所以宛州各国乃至于中州越州各国的斥候都纷纷来到此地，试图打探出这些人会聚于此的真相。

这些人都不知道，这样招摇的聚会只是一个幌子，一个用于掩盖另一出真正聚会的幌子。

"你出的这个主意还真不赖，"林霁月说，"当然了，那些大人物愿意配合也很重要。"

"他们都是天驱的朋友，知道战争如果真的不可避免了，天驱将会起到多么关键的作用，"黄小路说，"所以从现在开始为天驱出力，是他们义不容辞的责任。"

在这一年的三四月间，天驱需要进行一次重要的集会，而他们集会的地点就在宛州的青石城，一方面是因为青石城是九州最重要的牲畜贸易市场，常年都有各色陌生人来往，便于掩护；另一方面也因为青石城守是一个较为开明，能够接受天驱的人，万一发生什么事，在他的管辖下还可以顺利地脱逃。但对于天驱们来说，这样的双保险似乎还并不够，因为几百年来，天驱一直都是各国君主防范和抓捕的重要对象，只要有一国的斥候嗅出了味道，就有可能群狼毕至。

所以黄小路想出了这个主意，加上了第三道防护。那些与天驱有交情，自身却并非天驱的大人物，都接到了天驱宗主的密信，邀请他们到通白驿路附近演这一场戏。他们其实什么都不必干，只需要悠闲地坐在一起喝喝茶聊聊天，就已经足够把所有的眼光都吸引过去。这些人物基本上都是动一动手指头就能呼风唤雨的角色，斥候们自然知道取舍。

所以在三月即将结束的时候，天驱们完成了这次盛会。在青石城一家规模中等的牲畜行里，天驱们围坐在一起，商讨着关系九州命运的大事。这个组织已经有三百年没有召开过如此大规模的集会了，与会者共有一百一十七人，基本上是天驱在九州各地的精英人物，一旦有需要，这一百一十七个人便能够召集数万之众。

"我们和辰月的全面战争已经不可避免了，"在天驱内地位崇高的大荒宗宗主说，"皇帝已经被辰月国师煽动得失去理智，即便得不到夸父的援助，也要一意孤行向北陆开战。而宛州的唐国、衍国等大国也在观察形势，很有可能乘机夺位。"

万垒宗宗主补充说："羽皇翼佟也打算趁机向西扩张，强占蛮族的领地，据说他已经说动了澜州北部羽族莱米克城邦的领主风千羽，羽人有可能会联合起来共同出兵。越州各国也并不安分，河络们利用开发矿藏聚敛了大量的军费，已经打造了相当数量的精锐武器，甚至可能包括传说中的机锋甲。如果河络一族加入到战局中来，九州大地面临的变数就更多了。"

黄小路静静地听着。最近一年来——游戏时间的一年——也许没有谁比他更加关注辰月的动向，所以这些情况他都心知肚明。他很清楚形势的紧迫性，战争已经一触即发，九州大地即将陷入全面的战乱。在这样一个血与火的乱世中，龙焚天究竟能不能幸存下来，是他一直都在担心的事情。但他也清楚，即便自己成了天驱的大宗主，能统领全天下所有的天驱，只怕也挡不住战争的滚滚车轮，因为帝王的野心是永远不会消亡的。只要有野心，就有战争存在的土壤，那是天驱也无法铲除干净的。天驱所能做的，只是尽量消弭战火，尽量促使战争早日结束。在这场与辰月的比拼中，天驱天然就处于下风。

经过了几天的商议，天驱们一点一点确定了未来行动的方向。在他们当中，有些人将会想办法靠近皇帝，诛杀皇帝身边的辰月教徒；有些人将会前往河络和羽人的地盘，试图说服他们不要卷入战争；有些人将会在各地尝试夺取部分兵权，以便战火一旦燃起，天驱也能有可用之兵。而作为一切的重中之重，几位宗主将会冒着最大的危险建立起一支属于天驱自己的军队，做好直接和皇帝或者其他势力正面对抗的准备。

黄小路分派到的任务是重新去往殇州，和那些已经对他产生了信任的夸父们商谈，不只是要他们尽量克制不要参与战争，如果可能，还希望他们能对天驱施加援手。这是一个艰巨的任务，光是殇州雪原就足够让人不寒而栗了。但这也充分说明了宗主对黄小路的信任与认可。他没有丝毫犹豫，接受了任务。

最后一天晚上，周详的计划全部完成。从第二天开始，天驱武士们将踏上征途，义无反顾地为了九州的和平而战。尽管明知道这只是虚拟游戏中的情节，但当武士们高举起手，亮出手指上的天驱指环，用压低的声音齐呼"铁甲依然在"的时候，黄小路的心里仍然升腾起一种莫名的感动，仿佛全身的血液都要沸腾起来。他再一次禁不住去猜想，是什么样的人创造出了这样一个不可思议的世界呢？从某种程度上来说，九州世界的生活比他在现实中的生活更加真实，更加充满了吸引力。

"虽然被很多人视作洪水猛兽，但我们并不是孤独的，"万垒宗宗主意味深长地说，"同样也有很多贵族、大臣和高级将领在暗中支持我们。这一份名单，就是我们的一部分重要盟友送来的支持信函。"

他展开了一张纸，可以看到上面密密麻麻写满了字。宗主解释说："这是秋叶城主安颂鸣暗中联络各地权贵的签名信，上面有五十一个人的签名，每一个都在当地身居高位举足轻重。安颂鸣知道战争不可避免，所以想方设法联系到了这些人，几乎是逼迫着他们在信上签名，以避免反悔。战火一旦燃起，他们就将是天驱的得力臂助。"

"所以我们更需要为他们保密，一旦暴露了天驱支持者的身份，他们将遭遇的不仅仅是自己的杀身之祸，甚至可能会被诛灭九族！"宗主又说。

众人默然，空气也仿佛变得沉重起来。黄小路又想到，这样一个被视为洪水猛兽的组织，千百年来能在种种围捕、屠杀、清剿中幸存下来，简直就是一个奇迹，虽然他们的存在明明是为了制止战争。反倒是辰月教，分明就是一切战争的根源，却总是能得到君王的垂青，甘心堕入术中而不自知。可见——他突然想起了真实世界里的一句话——战争的确是推动人类文明进步的原动力，否则根本无从解释这不合理的一切。

夜已经很深了。黄小路一个人坐在院子里，被调动起来的情绪似乎很难平复。这一晚月光不错，照得院子里清清亮亮，树影的摇动也显得格外温柔，唯一煞风景的是那一股挥之不去的牲畜的气息。青石是九州最重要的牲畜贸易市场，常年都有大批的牛羊马匹入城，气味自然不会太好闻，何况这里本来就是牲畜行。眼下，一墙之隔的畜栏里，正有几十头驴子挤在一起，把各种奇怪的声音和气味传递过来。

"我又找到了一条你和常人不一样的证据，"背后忽然传来林霁月的声音，"那么臭的味道，你居然能坐在这里带着一脸的欣赏和陶醉。"

林霁月的地位不够高，并不在这一百一十七人的行列里，但她左右无事，也陪着黄小路来到了青石城，黄小路求之不得。现在她一定是翻墙进来的，不过她一向野惯了，黄小路也没办法说她什么。

"我着凉了，鼻子不通气……"黄小路一笑，拍拍身边的地面，示意林霁月坐下来。经过了那么多的磨炼，至少在林霁月面前，他不再是那个见到女孩子就脸红的腼腆宅男了。

林霁月不客气地坐了下来，半天没有言语，黄小路忍不住问："找我有事？"

林霁月点点头又摇摇头："其实我和你一样，先前趴在墙根上听了好久，大概也被煽动得睡不着觉了，所以才来找你聊聊天。"

　　"干吗要用'煽动'那么难听的词儿？"

　　"有什么区别吗？"林霁月反问，"有的词听着好听点，比如鼓舞、振奋；有的词听着难听点，比如煽动，但背后的意义不都是一样的吗？"

　　"再说下去，天驱和辰月在你嘴里都会没什么分别了，"黄小路叹了口气，"你的嘴总是那么毒。"

　　林霁月噘起了嘴，黄小路觉得这个姿态实在是很迷人，让他很有凑上去亲一口的冲动——当然，借他十个胆子他也不敢。这可不是那些胡编乱造的烂游戏里胸大无脑的白痴女主角，林霁月是个很有尊严的女子，黄小路要是敢有什么越轨举止，只怕被她打到半身不遂都是轻的。

　　而林霁月接下来说出口的一句话更是让他好似被兜头浇了一盆冷水，什么绮念都没了："其实一直以来你这么拼命地为天驱做事，并不是为了什么劳什子的辰月、战争，仅仅是为了有一天你能调动别人去替你找你的朋友吧？"

　　黄小路沉默了许久，艰难地点点头："是的，其实我就是……那么想的。你生气了？"

　　林霁月轻松地笑了笑："我为什么要生气？你心里怎么想的并不重要，重要的是你在做什么。你为了一个朋友那么卖力，说明你是个重感情的人，这样的性子很难得。只不过……我还是觉得你很古怪。你给我的感觉就是，你的这个朋友，好像比天驱的事业，比九州的兴亡更加重要一样。"

　　那当然了，黄小路险些脱口而出，他是真人，而九州只是一个虚拟的世界而已啊。可惜这样的话他没有办法说出口，所以只能在脸上挂上含义不明的笑容，作默认状。

　　"希望有一天，在我也遇到什么事的时候，你能够像对待龙焚天那样对我。"林霁月忽然说。

　　黄小路又是一怔，这话像是一句寻常的感慨，又似乎别有深意，甚至让他产生了一些近乎自作多情的解读。可惜他的脑子还没有转多久，不远处忽然传来一声异响。

很轻的一声响，好像是有人不小心踏断了一根树枝。

林霁月一跃而起，向着发声处疾奔而去，黄小路愣了愣，也赶忙跟上去。

林霁月迅速跳过了一面院墙，黄小路也跟着翻过去，此时他的武功已经不逊色于对方，但在轻功方面仍然有一定的差距。这么高的一堵墙，林霁月视若无物，他却并不能一跳而过，必须借助手上的力道，所以等到他翻过墙去时，林霁月已经跑到了墙后那座院子的中央，并且……

已经被好几个手执兵刃的人包围起来了。

那几个人黄小路全都认识，都是来此参与密会的天驱。

一定是发生了什么误会，黄小路想着，连忙跑了过去，但还没有靠近，他眼前寒光一闪，自己也被一把长剑指住了胸口。持剑人同样是一名天驱。而林霁月已经双刀在手，看样子也是怒气冲冲的。

"你们一定是误会了吧？"他赶忙说，"我们俩是刚刚才赶过来的。我们听到墙这边有什么响动……"

他还没有说完，就已经被对面的人冷冷地打断了："所以以绝佳的轻功绕过我们的防守，下毒重伤长溟宗宗主，抢走天驱支持者名录的，并不是她了？"

"并不是这个天罗培训出来的、轻功绝佳的、擅长用毒的女人？"另一名天驱接过了话头。

三、名单

天驱支持者的名录被人抢走了。从长溟宗宗主的手里，从一百一十七名天驱精英的防卫之中。

这事说起来简直不可思议，但它却实实在在地发生了，怪不得现场的天驱首先就截住了林霁月。在这一刻，所有人的第一反应都是相同的：这是内贼干的。

而林霁月恰恰在这个时候出现在距离宗主卧房很近的地方。她并不是参加密会的人员，此时此刻出现在这里，难免让人起疑。

"你们弄错啦！"黄小路焦急地说，"她一直和我在一起，绝对没有去下毒抢名单！现在凶手应该还没有跑远，追出去还来得及！"

天驱们看看黄小路再看看林霁月，都有些疑虑重重。万垒宗宗主果断地一挥手："你们俩留在这里，其他人追出去！"

林霁月眉毛一竖，想要说话，黄小路赶紧过来拉了拉她的衣袖，示意她镇定。虽然宗主把两人留下来的举动仍然说明他在怀疑林霁月，但同样也说明他并没有认定这就是林霁月干的，应该还有辩解的机会。这种时候，越是冲动越会误事。

起初和林霁月搭档的时候，大部分事情黄小路都得听林霁月的，但越到后来，他在这个游戏里越来越得心应手，林霁月虽然嘴上喜欢讥刺他几句，但行动上却多半都会服他。现在得到黄小路的暗示，她真的乖乖闭上嘴，一声不吭，虽然好看的鼻子还是皱着的。

"忍着点，"黄小路低声对她说，"他们肯定能发现逃跑者的踪迹的，那样你不就没事儿了？"

"天真！"林霁月哼了一声，"那样不过能证明我还有同伙而已。"

林霁月还真是猜得差不多。很快有天驱回来汇报，发现了两名可疑人物，一个照面就暴起出手，刺伤了三名天驱后，兵分两路，向着截然相反的两个方向逃窜，天驱们已经分批追赶了。说话间，他们的眼神仍然在林霁月身上扫来扫去，依旧充满着怀疑和不信任。

黄小路摇摇头，知道此时说什么也是多余。林霁月出身于杀手组织天罗，而天罗一向给人的印象都是阴狠毒辣，形象并不比辰月好太多。林霁月加入天罗之后，虽然也和自己一起立了不少功劳，但天驱内部仍然有不少对她怀疑的声音。眼下，碰巧长溟宗宗主先中毒再中了刀伤，这刚好都是林霁月的长项，而她正好出现在附近，被当成头号疑犯自然是理所当然的。

"那份名单本身并不重要，"大荒宗宗主说，"大部分支持天驱的人，其实早就在君王们的怀疑名单上了，但以他们的权势，没有直接证据是没有人敢轻易去动的。所以最关键的，就在于那份签名原件，那是铁证，而这样的原件用信鸽之类的投递风险太大，对方一定会由专人护送到帝都。"

"所以我们还有机会追上他们！"黄小路大声说。他明白，林霁月身处嫌疑之地，用言语是无法洗清的，唯一的办法就是早点追上敌人，把名单抢回来。

事情紧急，宗主也并没有强行要求黄林二人留下来，毕竟这两人的武功出类拔萃，能够应付强敌。他挑选了十余名精锐的天驱武士，分兵两路，开始围追堵截，务求要擒拿这两名逃跑的疑凶。幸运的是，这两人尽管一出手就伤了三名天驱，但他们也没能注意到对方使用的一点小花招——其中一名被伤的天驱是来自越州大雷泽的蛊术师，在受伤的一瞬间，他施放了一只蛊虫，让它们附在了被抢的名单上。这种蛊虫并不具备任何杀伤力，却能令名单上散发出一种人的鼻子闻不到的特殊气味，可以用相应的另一种昆虫来进行跟踪。也就是说，他们无论逃得多快，无论路上有多少人接应传递名单，都无法彻底摆脱追踪。不过这两名敌人也足够狡猾，竟然把名单分成了两半，各自携带一半逃跑，逼得天驱们只能兵分两路。

此外，那位蛊术师受伤不轻，无法亲自追踪，仓促间传授的追踪之法难以令人学到纯熟，所以只能判断出一个大致的方向，不能做到足够精细。只是事已至此，这一点缺陷也只能略去不提，天驱们各自被分派了方向，火速出击。

黄小路和林霁月选择了向西的方向，连夜追赶过去。这一路的天驱共有九人，在奔跑的时候，黄小路注意到了两个事实：其一，除了他自己和林霁月之外，其他七人的武功都相当高，属于这次集会的天驱中的佼佼者，以至于这一路天驱的总体实力明显比另一路要强出一筹；其二，有意无意地，这七个人或者前三后四，或者前五后二，总是相当默契地保持着既有人在黄林二人之前，也有人在他们之后，也就是说，这七人总是把他们夹在中间。

这还是说明了宗主们对林霁月的怀疑。就算是好脾气的黄小路，面对着这种近乎赤裸裸的挑衅，还是难免心头有火。但他不断强迫自己冷静下来，因为林霁月几乎已经把她的怒火完全挂在了脸上，如果自己再控制不住，只怕在追上敌人之前，天驱们自己就会先打起来。

两人忍气吞声地在同伴们的包围下快速奔跑，林霁月实在有点忍不住了，脚下加速，故意超到最前面。其他的天驱试图超越她，轻功却不及她，只能眼睁睁看着她跑在最前面，自己却快要把肺都跑出来了。黄小路肚子里暗笑，索性慢吞吞地坠在后面，反正还有两人会刻意保持着比他更慢。

就这样孩童斗气般地追出一整夜，天亮的时候，追到了一处市镇上，气味不再移动了。也就是说，敌人在这座市镇上停了下来。

可是天驱们却无法在镇上的几百个人里面分辨出敌人。他的伪装做得足够好，而且显然在不断调整着自己所处的方位。天驱们所掌握的驱虫术，只能大致判断出一个模糊的范围，根本无法精确定位，也就不可能从几百个人头里把敌人抓出来。

"看起来，通过一夜的反跟踪，他也知道了我们的手段是什么，"林霁月耸耸肩，"现在这场追逐变成了一场猫鼠游戏了。他会在沿路每一处人多的地方停留下来，混入人群，然后趁我们不备再逃窜。我们必须要在他抵达任何一座大城市之前把他揪出来，不然此人一旦逃入官府，我们就奈何不了他了。"

"可我们要怎么样才能把他认出来呢？"黄小路很是担忧，"一路往西，还能经过一座小镇，紧接着就是有驻军的西江城了。"

"那座小镇……是合江镇吗？"一位名叫巫云汐的女天驱问。

"就是合江镇。"黄小路点点头。现在他对九州地理已经相当熟悉了，这也是他多年来玩游戏养成的习惯，在记忆地图方面有着过人的本领。

"合江镇的话，倒是有一个办法，"巫云汐慢吞吞地说，"合江镇是一个大镇子，基本就相当于一座小城，镇上有一个被称为刘三爷的恶霸地头蛇。我们可以找他帮忙。"

"怎么找他帮忙？"另一名天驱不解。

巫云汐正准备解释，林霁月已经冷冷地开口了："当然是逼着他把手下所有人都动员起来，封锁合江镇的所有出口。我们正在追的那个家伙毫无疑问已经大致猜到了我们追踪他的方法，也看出了这种方法的缺陷，一定会尽量往人多的地方逃，就像是一滴水混到江河里。但他一定想不到，我们有办法一一筛查，让他无路可逃。"

几名天驱看向林霁月的目光都十分怪异，虽然仍然有疑虑，倒也掺杂了几分佩服之意。林霁月没有搭理他们，扭过头看着黄小路："是不是又觉得扰民了？又觉得手段过于激烈了？又觉得天驱做事应该用更正义的方式了？"

黄小路耷拉着脑袋："话都被你说尽了，我还能有什么意见？"

"没意见最好，"林霁月嫣然一笑，"最怕您这样的正义人士多嘴多舌。"

我算是什么正义人士吗？黄小路不由又有点糊涂了。他当然知道林霁月这句戏谑的含义。在九州世界待了那么久，他已经能够凭借过往的经验识破各种各样来自敌人的诡计了，但轮到自己使用手段的时候，总是犹豫不决。其实在其他游戏里并不是这样的，他有时候会把角色完全修炼成一个无恶不作的魔头，到了最后以所谓的邪派武功称霸江湖，顺手还能强占十七八个美女什么的，那是因为他抱有一种完全游戏的心态。他很清醒这是一个虚假的世界，不需要顾及任何现实世界的道德条规，只要求一个痛快就行。

但九州不一样。每当进入这个世界之后，他都很难把它归入到完全虚假的范畴中去。这个世界的细节和风格太真实了，真实到和现实没有太多的区别，自然而然就会让他难以放开手脚去"做一个坏人"。自然，他只能经常性地受到林霁月的种种嘲笑。

无论怎样，现在的情况紧急，如果不能在合江镇截住这个未知具体身份的敌人，那么至少有一半的签名都将会落入皇帝的手中。到了那个时候，天驱的背后支持力量将会受到沉重的打击，后果不堪设想。黄小路自然不会提出什么反对意见，只是闷着头跟着天驱们继续奔跑，同时在心里不停地默念着"成大事者不拘小节"。

巫云汐和林霁月的判断是正确的，看来女性在把握他人心理方面似乎的确有一套，确实是抓准了这个敌人的命脉。他在道路上奔跑的时候用尽全力，一旦进入人多的地方，便马上混在人堆里不见了，可以很悠闲地休息，而让天驱们找不准他的方位。

现在一行人追追逃逃进入了合江镇。如巫云汐所言，合江镇是一个规模不小的镇子，但是由于一面临江、一面靠山，进出的道路只有两条。如果能把两条路彻底封住，让敌人逃不出去，然后来个瓮中捉鳖，倒也是不错的选择。

这一天的天气不错，合江镇名气最大的刘三爷的心情也不错。就在两天之前，他把镇上另一个敢于向他挑衅的小帮派轻松铲除了，帮派的头目被捆住四肢扔进了湍急的西江。经过这一役，合江镇不会再有谁敢于和刘三爷为敌了，这里的渔业、林业、漕运、药材等等生意都将是他一个人做主。

尽管只是一个小镇的霸主，刘三爷也觉得很高兴，并且对自己的人生哲学十分地满意。他年轻的时候在宛州最繁华的南淮城混，跟着老大出生入死，非常了解在大城市混迹的不易之处。那里各种势力犬牙交错，无数利益链条勾结在一起，高官、衙门、军队、黑帮……相互之间尔虞我诈互相利用，不是绝顶聪明的人根本不可能混下去。刘三爷自认为自己是一个聪明人，但自从在一次战役中被人一棍子砸在后脑勺上险些丧命之后，他就明确了一点：大城市不好混。所以三十岁到来的时候，他离开了南淮，来到小小的合江镇，轻而易举地成了这里最能说话的人。

刘三爷觉得现在的生活很好，合江镇虽小，却有小的好处，至少管理起来比南淮城轻松一百倍，也没有那么多的势力分野。他在这个地方轻松地享受日子，走在街上谁都要对他点头哈腰，那种土皇帝的感觉着实不错。

但这一天吃过午饭，坐在书房里小憩的时候，刘三爷后脑勺上那块疤突然疼了起来。这可是一个不祥之兆，在他的一生中，每当这块疤开始疼，似乎都意味着某种灾祸即将来临。他轻轻抚摸着这块陈年的伤疤，正在思考要不要找镇上擅长卜算星相的罗瞎子来算一算命盘，忽然间，院子里传来了一连串短促的惨叫声。

刘三爷意识到了什么，连忙抄起他那根沉重的铁铸烟杆，但还没来得及开门出去，房门就被人一脚踹开了，几个陌生人一拥而入，当先的一个小妞一脚踢出，他的烟杆就被踢飞了，紧接着两把寒冷的短刀贴到了他的脖子上。

"刘三爷，我们有事请你帮忙。"这个长得蛮好看的小妞冷冰冰地说。

片刻之后，刘三爷发出号令，招来了几个手下，无可奈何地向他们发出了命令。他明白，自己这次遇上了真正惹不起的对手，对方一共只有九个人，却能轻而易举地进入自己的内室，把内室外的贴身保镖都在一两招之内制服，看来绝对是江湖上的绝顶高手。虽然这样的绝顶高手竟然会对自己这种地方恶霸出手，着实有点奇怪，但刘三爷凭借老辣的经验得出了结论：予取予求，不要玩任何花招，这帮人得到他们想要的东西后自然会走。不然的话，自己的脑袋也许就有搬家的危险。

于是合江镇的地痞们统统都被调动了起来，他们封锁了小镇两头的道路，禁止任何船只开走，然后开始在全镇大肆搜寻陌生来客，一时间搞得小镇鸡犬不宁。镇上的治安官知道这是刘三爷的命令，索性大门紧闭装聋作哑。

黄小路看着眼前发生的这一切，有些反感，却也乖乖地没有言语。他坐在刘三爷富丽堂皇的客厅里，总觉得很别扭，不知怎的，竟然和刘三爷搭上了话。刘三爷倒也不隐瞒什么，老老实实把自己过去的经历告诉了他，甚至连后脑勺上疼痛的伤疤都告诉他了。

刘三爷角色的玩家在设计这个人物形象的时候，一定是参考了老是脑门疼的哈利波特吧？黄小路翻着白眼想，并且再次震惊于这个世界的真实度，连一个小镇的恶霸都有着那么丰富的人设背景。他转念又想到，没有任何人力能做到给一个游戏里的上千万角色都单独设置背景，这可能是用程序依据一定的模板自动生成的。编制出这套程序的人，实在是天才。

天驱们喝着刘三爷殷勤献上的好茶，一直摩拳擦掌，等待着那名敌人被揪出来然后擒获，抢回失去的半张签名信函，也为林霁月洗脱冤屈。但这个人看来非常善于藏匿自身的行迹，从下午一直搜索到天黑，整个镇子都几乎快要被翻过来了，却始终没有找到任何一个形迹可疑的陌生人。

"会不会是他已经逃跑了？"一名天驱问。

巫云汐摇摇头："不会的，这只虫子始终都张着翅膀，说明蛊虫就在这附近，并没有走远。"

"但他也有可能察觉自己带着信函跑不掉，所以把信函藏在了某个隐秘的地点，然后自己去搬救兵去了。"黄小路突然想到了这个可能性。

"也不大可能，"林霁月说，"我们来到这里后，下手的速度非常快，几条道路都被完全堵死了，也没有任何船只开出。就算这家伙是羽人，飞在天上也早就被我们看见了。所以他一定还在镇内。"

"那我们先休息一下吧，"领头的名叫樊引的天驱说，"敌人也许正躲在某个角落里养精蓄锐，只要他还在这里，那我们就还没有丧失机会。我和云汐会看着这只虫子，你们先去休息休息。"

"不必了，我一个人就行了，"巫云汐说，"你是负责做决断的人，更需要足够的休息来让头脑得到放松。"

"不，现在是最紧要的时刻，我不能放松，"樊引回答，"我必须要时刻绷紧这根弦才行，放松容易误事。而你说得也有道理，你们都应该放松一下，所以我来看管就行了。"

"你说得有道理，"巫云汐点点头，"那就麻烦你了。"

黄小路松了口气，带着林霁月离开了让他浑身上下都感觉不自在的刘三爷的豪宅，找了一间客栈去投宿，虽然刘三爷拍着胸脯保证说别说九个人，就算是九十个人他也能招待妥帖。

但客栈并没能让他轻松多少，客栈里的人都很清楚两人的身份了，看他们的眼神变得十分奇特，既有恐惧，也有怨怼，毕竟是他们给了无辜的镇民们带来了这鸡飞狗跳的一天。黄小路只能装作看不见，随便要了些食物，他怀疑店小二可能往里面吐了唾沫，就像现实世界里受了气的服务员也总想出口气那样，但他也别无选择。这就是扮演恶人的代价。

"樊引和巫云汐还真是奇怪呢。"林霁月吸溜着面条，忽然说道。

"怎么奇怪？"黄小路不解。

"他们俩是一对恋人啊，按理说监视昆虫这样的事情要多无聊有多无聊，两个人在一起才有意思嘛，"林霁月说，"可是你听他们说话的语气……除了分析由谁来看管虫子更合理，别的什么都不提，完全只剩下绝对的理性了。"

"理性一点也没什么不好，毕竟大家身上的担子很重嘛，"黄小路想了想，有点迟疑地说，"谈情说爱这种事……好像也应该分清楚场合才对。"

"那样多没意思啊，"林霁月撇撇嘴，"我要是有个情人，我做什么事他敢不陪我，我就拿刀剁了他。"

黄小路差点脱口而出"我愿意陪你"，然后又强行忍住。最近一段时间，面对林霁月的时候，他的心情越来越迷乱，很多时候都总是忍不住想要说一些挑明心迹的话，可是一方面出于宅男的胆怯，一方面出于"我好歹是个真人"的复杂心态，到了最后还是没能说出口。

他有时候想，就这样也挺好的，反正不管怎么样，自己在九州世界执行各种任务时都始终和林霁月待在一起；有时候却又想，我真的那么懦弱吗？在一个虚拟的游戏里，都不敢说出自己的真心话？

为了掩饰自己复杂的心绪，他只能低下头大口大口地吃着东西，还差点噎着。林霁月已经三下五除二地解决了晚餐，站起身来："我想四处走走。"

黄小路点点头，目送她出门而去。但不知怎的，他的心里产生了一丝慌乱，好像总觉得有什么事情不对劲。他开始回想起过去在游戏中一年多的经历。这些日子，他几乎每个月都能完成一到两个任务，在对辰月教造成伤害的同时，也大大提升了自身的武力值。

但这些任务并非都是一帆风顺的。事实上，他至少遇到过六七次很困难的危局，每次都是拼尽全力才涉险过关，这些危局都有一个共同的特点：敌人仿佛掌握了他的一切动向，对他的行动计划了如指掌。

为此他曾经怀疑过直接调遣自己的天驱宗主，因为这些事情都是在自己不再归属于谢子华指挥，而直接听命于宗主之后发生的，但又并没有证据，何况天驱宗主为什么会故意做出和自己人为难的事情呢？他只能把怀疑埋藏在心里，万事倍加小心，所以一直到今天都还没有出过什么岔子。

然而现在，那种说不清道不明，仿佛风一般的危险预感再次袭来。他仔细梳理着思路，发现这危险的根源恰好来自前一天夜里，来自某个声音……

打断他和林霁月之间气氛良好的谈话的那一声树枝断裂声。

如果你是一个能在神不知鬼不觉间潜入一群精锐天驱防卫圈的最深处，并且能神不知鬼不觉地毒伤天驱宗主的人，你怎么会在逃跑时那么愚蠢地一脚踏上树枝，让一墙之隔的另外两个人听到？

除非……你是故意的，你的目的就是让他们听到，然后把他们引到那个嫌疑之地，让他们百口莫辩。

黄小路跳了起来。他匆忙扔出半枚金铢在桌上付饭钱，转身快步跑出了客栈。他怀着万分之一的侥幸心理，希望事情不会朝着自己希望的方向去发展，但遗憾的是，跑出去没几步，他就在一个墙角看到了暗号。

天驱之间的接头暗号。墙角的这个暗号所表达的意义非常强烈：我可能遇到危险，如果有天驱同宗看到这个暗号，请跟随暗号来支援我。

林霁月不可能看不到这个暗号，以她的脾气，也不可能不前去一探究竟。更为糟糕的是，多年来在天罗内部受训养成的习惯让她总是喜欢单独行事，这可十分不妙。黄小路心里一紧，连忙循着暗号指示的方向追了过去。

暗号曲里拐弯，拐过了两条街，最后指向了一座民宅，黄小路还没靠近，就听到里面隐隐传来一阵打斗声。他连忙冲了进去，发现这间民宅的大门是直接敞开的，并没有关上。

进门之后能见到一间小院，林霁月就站在院子里，挥舞着双刀和一个敌人正激烈地格斗。他顾不上多想，拔剑出鞘，一个箭步上前向着敌人当胸刺去，但长剑刚刚刺出一半，他的身子却一下子僵住了。

——这个"敌人"居然是巫云汐！

四、刺杀

黄小路有点糊涂了。林霁月为什么会和巫云汐打起来，而且看状况还相当激烈？难道是这两个脾气都不算太好的女人一言不合拔刀相向？

真是乱弹琴，这种时候还起内讧，简直没有点天驱的样子！黄小路摇晃摇晃脖子，停住了直刺的姿势，回剑横在胸前，正在想用什么样的招式可以一下子分开这两人。林霁月的双刀和巫云汐的软剑都是锋利之物，两人的武功又高，他可不想误伤自己。

"我说，你们两个，现在可不是时候让你们……"黄小路的"胡闹"两个字还没有说出口，忽然间呼吸一窒，一股锋利冰冷的劲风已经冲到了自己的咽喉上。那是巫云汐！她的软剑如同毒蛇一般转了向，向着黄小路的咽喉要害刺了过来。

那一瞬间黄小路明白过来了：这根本不是什么意气之争的打斗，巫云汐是真的想要杀人！仓促之间，他的身子猛然向后一仰，软剑几乎是贴着他的鼻端刺了个空，他能够感受到那股澎湃的杀意从自己的面颊上掠过。

一剑刺空，巫云汐的软剑在半空中折了个弯，从匪夷所思的方向转而刺向黄小路的后背，但他此时的功力早已今非昔比，虽然他的身体已经拧到了一个非常扭曲的角度，还是右手挥剑从背后刺出，挡住了这一剑。接着林霁月已经和身扑上，唰唰唰三刀逼退了巫云汐。

"小心点，这个娘们疯了！"林霁月喊道，"一见面就要杀我！全是杀招！"

废话，她一见面还想杀我呢？黄小路站起身来，加入战团，和林霁月合力对抗巫云汐。几个回合之后，他惊讶地发现巫云汐的招数变得十分怪异。之前他曾和巫云汐一起完成过某些任务，这个女武士的拿手兵刃是一柄可以像腰带一样围在腰间的软剑，剑招轻灵飘逸，招式奇快。而现在，她的剑招明显有些凝滞，也失去了过去的轻灵，反倒是显得诡异狠毒，招招出手都让人出其不意。骤然遇上这样的剑法，不管是林霁月还是黄小路，一个人都可能会难以应付。

但现在，他们是两个人。林霁月双刀挥舞如风，逼得巫云汐不得不持续招架，黄小路则看准机会，一剑又一剑地刺向她的手足关节，争取能让她丧失行动能力而生擒之。变起突然，他也不明白巫云汐为什么会忽然间丧失理智向自己和林霁月进攻，所以只能先想办法擒住她再说。

这时候他听到院外传来一阵急促的脚步声，从脚步判断，樊引和其他人都到了。他张开嘴正准备呼叫他们进来一起帮忙制服巫云汐，巫云汐却在这一刻做出了一个令人难以置信的动作。

她突然挺胸，向着林霁月的短刀刀尖上猛撞过去！

黄小路正分心准备叫喊，万没料到巫云汐会做出这样的自杀举动，猝不及防之下，来不及阻止。而林霁月本来就在一刀刀地抢攻，为黄小路制造机会，这一下收刀不及，短刀透胸而入，刺穿了巫云汐的心脏。

黄小路和林霁月都呆住了。黄小路还能做出还剑入鞘的动作，林霁月甚至忘记了把刀从巫云汐的身上收回来。而就在此时，樊引等人已经跑进了院子里。

他们看见了什么？

他们看见林霁月手中握着刀，插入了巫云汐的心脏，而巫云汐明显已经气绝身亡。樊引的身子晃了一晃，眼睛已经开始充血了。

这是个阴谋！黄小路一瞬间反应了过来。从头到尾，这都是一个针对他和林霁月的阴谋。巫云汐绝不会无缘无故发狂，更不会无缘无故自杀，这一切一定是有人在背后操纵，目的就是要陷害黄林二人。

而眼下，其余六名天驱都看见了林霁月的刀刺穿巫云汐的心脏，事实足以让两人百口莫辩。

同伴叛变，爱侣惨遭杀害，原本足以让樊引立即失去理智。但这个人不愧是天驱中的佼佼者，竟然很快地强迫自己镇定下来，并向同伴们做出了手势，六名天驱分散开来，围住了林霁月。林霁月这才反应过来，慌忙拔刀，巫云汐的尸身倒在了地上。

看着巫云汐的尸体倒下去，樊引嘴角的肌肉轻轻抽搐了一下。他咬紧牙关，用比冰还冷的声音说："我劝你们马上放下武器，束手就擒，不要逼我动手。那样的话，也许你们还有一线生机。"

说着，他取出了自己的兵刃，一对锋锐的日月双轮。黄小路曾经见过樊引出手，那对日月双轮在他手中威势惊人，比林霁月的双刀威力大得多，如果现在激得他盛怒出手的话，合两人之力也许才能抵挡，可他还有五个武功不逊于自己的帮手。

"这件事你听我解释，"林霁月试图争辩，"事情并不像你们看到的那样……"

她的话刚说到一半，忽然感觉腰间一轻，低头一看，竟然是黄小路出手从她腰间把那筒迷烟取了出来。

"赶紧闭气！"黄小路在她耳边低喝一声。

林霁月顾不上多想，本能地选择了相信黄小路，立即屏住了呼吸。黄小路已经按动了机簧，筒内的迷烟喷涌而出，在樊引等人的怒喝声中，她感到黄小路抓住了她的手，不由自主地跟着黄小路向院外跑去。

两人一路狂奔，最后翻墙又躲回了刘三爷的院子，在马棚里藏匿起来。刘三爷的马匹平时见惯了人，见到棚里多了两个人也并没有受惊嘶鸣，正方便了两人躲藏。

"不能解释，不可能解释得清楚的，"喘匀了气之后，黄小路对林霁月说，"这是一个圈套，有人专门设套来陷害我们，除了逃跑，没别的办法了。"

林霁月默想着从前一天晚上开始的种种情由，点了点头："没错，你的判断是正确的。不过，我还真没想到，以你的性子，居然能当机立断，还居然敢用迷烟来对付天驱，真是太意外了，要不是亲眼见到，打死我也不会相信。难道今天太阳是从西边出来的？"

黄小路哼了一声："那有什么办法？总不能看着你被冤枉抓起来啊。"

林霁月忽然不说话了，过了好久，才低声问："为了我吗？为了我，你现在已经成了天驱的叛徒了，值得吗？"

"值得。"黄小路想都没想，随口答道。说完之后，才觉得有点不妥，而林霁月的声调好像也怪怪的，似乎包含了一些别样的情愫在里面。他扭过头，发现林霁月也正望着他，黑暗里，她的双眸亮闪闪的，就像是两颗小小的星星。

"你真是个傻瓜……"林霁月幽幽地说。黄小路蓦然间觉得右手一阵温暖，竟然是林霁月伸出手来，握住了他的手掌。黄小路受宠若惊，动也不敢动，只能努力把感官调动到指尖，体会着那难得的柔软和温暖。林霁月身上的香气一点一点钻进鼻端，马棚里的一切臭气似乎都被掩盖住了。

这一刻真好，黄小路有些陶醉地想。

过了许久，林霁月慢慢地把手缩了回去，再开口时，声调已经恢复正常："好啦，现在我们俩是天驱的叛逆了，身上背着合谋夺取支持者名单和杀害巫云汐这两个罪名，已经成了过街老鼠了。接下来该怎么办？"

黄小路立即从温柔的沉醉中惊醒过来，觉得浑身都起了鸡皮疙瘩。一时冲动之下，他出手救走了林霁月，用迷烟攻击了樊引等人，实际上就是用行动宣布了自己的"背叛"。从那一刻起，自己过去在天驱内部苦心经营的一切顷刻间化为乌有，高级天驱武士、旗领黄小路不复存在了，现在只有叛徒黄小路、天驱的敌人黄小路。

倘若这只是一个单纯的游戏，那么变成恶人倒也问题不大，不爱江山爱美人嘛。在无数游戏、影视剧、小说里，这样敢于为了一个姑娘而与全天下为敌的角色不在少数，而且都颇得受众的欢心，往往被当成有情有义的真汉子而被膜拜。自己扮演一下此类角色倒也有点意思。

可是还有一个名字在心里跳跃着、呼啸着，无法压制——那就是李彬。黄小路在天驱内部拼命向上爬，目的就是成为一个领导者，可以动用天驱的资源去寻找龙焚天的躯体。在这个游戏里，九州世界是虚幻的，天驱辰月是不存在的，让他怦然心动的林霁月其实也只是虚拟的数据，只有失踪的龙焚天是和现实世界紧密相连的。只有找到龙焚天，才能够找到医治李彬的方法。而现在，一念之差，他已经把自己推向了天驱的对立面。

他有些说不出话来，心里刚刚升腾起来的那股"我要保护这个女人"的雄心壮志被现实的挫败冲淡了很多。林霁月注意着他的脸色："怎么了？是不是又有点后悔了，因为你想起了龙焚天？"

黄小路很想说几句好听的话搪塞过去，但他并没有，最终还是轻轻点了点头。

林霁月扑哧一声乐了："这么想也没什么不对啊，惦记着自己的朋友并不是坏事。我就是喜欢你这副老实巴交的苦相，至少你不会骗我。"

黄小路心里一动，不知道林霁月所说的"喜欢"到底是泛泛而指呢，还是别有深意。他同时想到，谁说我不会骗你了？我的身份就是最大的骗局，是不可能告诉你的。

他拍了拍脑袋，把各种乱七八糟的念头暂时驱逐出去，开始全神思考接下来的打算。他定了定神，问林霁月："你也是被那些联络符号引到那个院子里去的吧？"

"没错，我以为是这里还有其他天驱同伴遇到了什么麻烦，所以就跟了过去，结果到了院子里一看，只有巫云汐一个人在那里，"林霁月无意识地把头发缠绕在手指上，看得出来她心情异常复杂，"结果她一见到我，二话不说上来就开打，而且招招致命，要不是我反应快，险些被她所伤。后来的事情，你来了也都看到了。"

"巫云汐怎么会突然变成这样呢？"黄小路皱着眉头，"半个对时之前我们才分开的，那时候她很正常。难道是那只蛊虫出了什么问题吗？"

林霁月没有回答，仰着头盯着马棚黑漆漆的顶棚，若有所思。黄小路不敢打扰她，只能在一旁驱赶着马蝇。忽然林霁月猛地一拍手："我们走！"

"走？去哪儿？"

"去找一个人！"林霁月说，"碰巧我知道他就在附近，不然还真麻烦了。"

黄小路不明所以，也不多问，只是想起了别的问题："我们怎么离开？刘三爷的人已经把镇里镇外全都封死了。"

"硬闯，他们不会追的。"林霁月冷冷地说。

"为什么不会追？"黄小路很奇怪，"我们俩现在可是天驱的叛徒哪！"

"但我们俩的重要性加在一起翻一百倍，也比不上那半张名单，"林霁月嘻嘻一笑，很是得意，"从樊引那时候和巫云汐分开，独自照看蛊虫，我就知道，他是一个懂得识大体、权衡轻重的人。他的情人死在我手里，他一定恨不能把我生生撕成碎块，但他却肯定会把监视的重心放在抢走名单的人身上。名单还在镇上，他们就不会离开，这就是一个合格的天驱——至少比你合格。"

黄小路耸耸肩："不合格就不合格吧，都到了这一步了，只要有办法离开就行。"

林霁月的判断是正确的。两人几乎是横冲直撞地硬闯过了刘三爷手下地痞们设置的关卡，然后一口气跑出好几里地，身后并没有引来任何天驱的追赶。在蛊虫没有发出指示之前，他们仍然会固守小镇而不动弹。

于是两个人又在半道上抢了两匹马——确切地说，林霁月抢的，黄小路所做的只是站在旁边嘟囔了几句对不起并扔下几枚金铢——从合江镇继续向着西面行进，但却没有一路去往西江城，而是中途改道拐向北面，很快二人来到了一座小小的村落。其时正是中午时分，辛苦了半天的农夫们有的回家，有的就在地头解决午餐，空气中飘来阵阵饭食的香味。

黄小路的肚子不由发出了一点奇怪的声音，林霁月看他一眼："怎么了？饿了？"

黄小路红着脸点点头，林霁月拍拍他的肩膀："别着急，等一下有你吐的。"

说完这句没头没脑的话，她带着黄小路打马穿过了小村，来到了离村不远的某一处荒地上，黄小路举目四望，忽然间打了个寒战。

"这里是……坟场吧？"他问。

"堂堂的天驱叛徒还怕死人吗？"林霁月反问。黄小路说不出话来，讷讷地随着她下马，来到坟场边的一座小茅草屋。这座小屋让他有点诧异，因为这样的小村子的坟场，是压根儿不需要什么看坟人的，如果有人住在这里，要么是被人驱赶到无处落脚，要么是自己有什么怪毛病——总之都不会太正常。

林霁月却好像对这里很熟悉，来到屋门外，她重重地在看起来有些糟朽的木门上拍了几下，里面很快传来了回应："别拍了，直接进来吧，不然门就塌了！"

这声音听来有些苍老，应该是个老人。林霁月伸手推开门，黄小路跟在她身后一起走了进去。屋里很暗，没有窗户，也没有点灯，空气中飘浮着一股不算太浓重，却十分古怪的气味，似臭非臭。一个人影坐在屋角的床上，眼神好像能在黑暗中视物，看清楚林霁月的脸就怪叫一声："他妈的！怎么又是你！"

"当然是有事求你帮忙了，"林霁月毫不客气地说，"这样你那可悲的人生至少也能稍微体现出一点价值。"

"你厉害，算你狠……我投降还不行吗……"床上的人气哼哼地一边说一边站起来，"出门说吧，外面亮堂点。"

走出门外，黄小路才看清这个人的相貌，不由得有些吃惊。在他的想象中，这样一个居住在坟场边的怪老头，多半生得枯瘦衰老，满脸皱纹，一看就阴气逼人。结果到了阳光下一看，这原来是一个红光满面的胖老头，圆乎乎的脸上点缀着一个可笑的红鼻头，看上去亲切慈祥人畜无害，活像一个放大了的泥娃娃。而林霁月更是做出了一个很让人吃惊的动作。

她张开双臂，抱住了这个胖老头："老王八蛋！想死你了！两年没来看你，我就怕你已经嗝儿屁了呢！"

胖老头的眼睛里隐隐有些泪花，动情地用胡萝卜一样的圆粗手指拍着林霁月的背脊："总算你有良心，我没白把你养大！"

"介绍一下，这是当年捡到了我，把我带到天罗山堂养大的死老头，林柏青，"过了好久，林霁月才反应过来一旁还有黄小路的存在，"不过他现在已经不是天罗了。和我一样，他厌倦了杀人，就自己偷偷跑掉了。当然还有另外一个重要原因，就是他迷上了某一样有趣的技术，非要去把它学精通不可，也就没空杀人了。"

"什么技术？"黄小路问。他已经习惯了九州世界里的每一个人都有复杂的背景，所以倒也不算太吃惊。

"你自己看吧。"林霁月努努嘴。

那就看吧，黄小路想着。只见林柏青两只肥厚的手掌合在一起，轻轻地揉搓着，一股刚才在屋子里就闻到过的气味慢慢散发开来。过了一会儿，三人所站地点的前方土地上，忽然发出了一阵奇怪的声响，紧跟着泥土翻起来了，一个人从地下站了起来！

黄小路心里有些紧张，表面上仍然装作若无其事。只见身前一个、两个、三个，一共从地下爬起来三个人。他们抖落了身上的泥土，黄小路才看清楚这是三个普通人，除了身上过于肮脏之外，好像没什么特殊的地方。但什么人会蛰伏在地下呢？

他仔细打量着这三个人，注意到他们的眼神异常呆滞，神情木然。他忽然意识到了点什么，走上前去摸了一下其中一个人的面颊。冰凉冰凉的，没有半点温度。

"这些都是死人！你是个尸舞者！"黄小路脱口而出，而紧接着，他也明白了林霁月带他来到这里的目的，"我懂了！巫云汐和你打斗的时候，其实已经死了！是一个暗藏的尸舞者在指挥她作战！你刺穿的只是一具尸体，她根本就不是你杀的，你是冤枉的！"

林霁月摇晃了一下脑袋："过了这么久才想到……我当时就觉得她很像是被人操纵了，不然不会无缘无故地发疯。可是如果是秘术操纵或者蛊术操纵一个活人的话，不应该有那么快，巫云汐好歹也是个天驱的精英，精神力的修炼是很强的，半个对时内应该很难被入侵精神。"

"但是半个对时已经足够杀死她了，"林柏青接口说，"所以你来到这里，是想要我帮你证实一点什么吧？"

林霁月讲述了前一天晚上发生的事情，然后拔出了自己的刀："刀上还沾有巫云汐的血迹，我就是想让你看一看，这血迹里是不是有尸舞者用来控制尸体使用的药物。而且我想起来了，当我从她的心脏部位把刀抽出来的时候，血是慢慢流出来的，而不是喷涌而出的。"

"尸舞者虽然也能让死者体内的血液流动，但毕竟不能和有生命时的血液循环相比，流动缓慢是正常的。"林柏青说着，接过了林霁月的短刀，仔细端详着，然后凑到鼻端闻了闻。

"没错，确实有尸舞者使用的药物，那个女人的尸体还在吧？"林柏青问。

"应该还在吧，说不定樊引正在抱着尸体哭呢。"林霁月有些刻薄地说，显然还是对樊引丝毫不听自己解释，一口咬定自己是凶手的行径十分不满。

"那我们走吧，赶快到合江镇去，"林柏青说，"我能够证明你的清白。"

"你去了……其实也未必有用，"林霁月有些忧郁，"你是我叫去的，樊引那个死心眼的白痴会把你当成是我串通好的同党。"

"不试试怎么知道？"林柏青摆了摆手，"总不能一直让他们冤枉下去。我知道，你加入天驱就是希望能做一些事情，弥补过去为天罗杀人所犯下的错误，你想要让以往的努力统统都白费吗？"

林霁月咬了咬牙："你说得对，我们走吧。"

"先吃点东西，"林柏青的脸上显现出一种父亲般的慈祥，"天大的事情也得吃饱了肚子再说。"

"我同意……"黄小路小声说。

五、丧尸围城

三个人匆匆吃过简单的清水煮面条，骑上马向着合江镇而去。林柏青如此富态，自然要独占一匹马，黄小路只能和林霁月合乘一匹马，这自然而然地让他想起了大学校园。走在校园里的时候，他经常会羡慕那些骑着自行车带女朋友的男生，姑娘们坐在后座揽住男友腰的动作，显得那么小鸟依人温柔无限。可惜眼下，虽然他的确是和林霁月骑在同一匹马上，但驾驭马匹的是林霁月，他反倒成了大学里坐在后座上的女生，感觉总有些滑稽。

一路上林柏青也大致讲述了一下他的经历。如林霁月所说，他本来是一名颇有刺杀战绩的天罗，但始终有一个毛病，就是好奇心太重。

"有一年我接到任务，去刺杀一个尸舞者，却不小心掉进了他的陷阱，差点被他指挥的丧尸所杀，"林柏青兴致勃勃地说，"虽然后来我还是艰难取胜，干掉了他，但回想当时的情景，仍然不寒而栗，并不可抑制地对尸舞术产生了极大的好奇。所以后来我索性脱离了天罗，专门去寻访尸舞者，并且拜师学艺。当然了，尸舞者的警惕性是很高的，我软磨硬泡了好久才算说动了我的师父……"

黄小路想象着一大把年纪的林柏青拜师学艺的样子，以及他对着一名尸舞者低三下四软磨硬泡的情景，觉得实在有点滑稽。再一想，也就是性情如此奇特的老头儿，才能养出性情这么奇特的林霁月来。

"你住在这个坟场边，也是为了有机会接近尸体吧？"林霁月说。

"可不是嘛，"林柏青轻快地回答，"我先是操纵尸体伪装成僵尸复活，把这个村里的人吓得魂不附体，然后再现身告诉他们我会镇压僵尸的法术，所以他们求之不得地让我在坟场边住了下来，还每个月给我送各种食物用品，省了我好多麻烦。"

这个可怜的村子，怎么就被这么一个老恶棍看上了呢？黄小路心里好不同情。

"对了，小伙子，你的来历又是怎么样的？"林柏青忽然问。

黄小路当然不能照实说，只能把早就编造好的谎言说出来。他为自己精心设计过身世，每次遇到有人询问，就说自己是来自西陆雷州的普通农家，父母在他年幼的时候双双去世，然后无非是被这个人领养，被那个人传授武功，然后机缘巧合之下混进天驱。

一般而言，这些话摆出来一说，也就不会再有人追问不休了。但林柏青是一个例外，他听黄小路说完之后，马上一拍大腿："雷州真是个有趣的地方！人人都说西陆是蛮荒之地，但我去过几次之后，越来越觉得雷州其实很有意思……"

他开始喋喋不休地讲述雷州的各种景物，并不时问一句黄小路："你说对不对？""毕钵罗港是不是很壮观？"黄小路只能不停地嗯嗯啊啊。林柏青兴致勃勃了一阵子之后，忽然话锋一转："小伙子，你这辈子都没去过雷州吧？"

糟糕！原来他刚才是在试探我！黄小路顿时出了一身冷汗，脸红得像猴屁股一样。林柏青不愧是个老江湖，显然是看出了这个外貌平凡的年轻人身上有问题，所以故意说起一堆雷州的景物，看他如何作答。而黄小路自以为顺着他的说法应声就可以了，却不料对方所说的一切都是胡编乱造。

"我看第一眼就觉得你很不一般，"林柏青在马背上不紧不慢地说，"你和我见过的其他人……似乎都不太一样。当然，我能理解你，每个人都有自己不愿意说出来的秘密，不过，我并不希望你欺骗霁月。对她而言，信任一个人，信任一个男人，是很不容易的事情。"

黄小路耷拉着脑袋，无言以对，感觉坐在身前的林霁月身子也似乎有点僵硬，看来林柏青的话也勾起了她的思绪。她一直对黄小路说过的话深信不疑，并且一直觉得黄小路很诚实，现在林柏青当面揭穿了黄小路的谎言，不知道她心里做何感想，多半很不痛快吧。

可是我怎么可能说实话，他苦闷地想，告诉你们你们都只是虚拟世界里的 0 和 1 ？告诉你们这个九州世界都是假的，整个世界只有我和龙焚天两个人才是真实存在的？

我要是真说出来，恐怕你们会把我当成疯子吧，他想。

三人在接下来的路程里陷入了尴尬的沉默中，傍晚时分他们重新回到了合江镇，林霁月一眼就发现了异常。

"奇怪了，那些地痞呢？"她伸手指向前方，"连个鬼影子都不剩了！"

黄小路一看，果然如此。那些原本把来来往往的道路都堵了个水泄不通的刘三爷手下的地痞打手，现在全都消失了。道路通畅了，没有任何人堵路。

"难道是他们已经把那个凶徒抓住了，所以就不必再封锁交通了？"

黄小路猜测说。

"总之先进镇子看看再说吧,"林柏青说,"我们分开行动。"

"为什么?"林霁月有些意外,"喂,我们可指望着你这老不死的给我们洗清冤屈呢!"

"这镇里有一股奇怪的味道,"林柏青说,"我现在暂时无法判断它究竟是什么,总之大家都多加小心,你们在明处,我在暗处,探查一下再说。"

说完,他从马上下来,一溜烟跑了个没影。黄小路和林霁月也都下了马,各自牵着一匹马走进了镇里。镇里好像没有什么特别的变化,人们照样在街边行走、交谈,商铺大多已经关门了,万家灯火照得小镇的主街亮堂堂的。

"有什么奇怪的味道……我为什么没发觉呢?"黄小路说。

"我也在奇怪,不过……好像少了点什么东西。"林霁月说。

"少了点东西?什么东西?"

"我也说不清楚,但总感觉,这个镇子好像有那么一点不太对劲。"林霁月东张西望着,眉头皱得紧紧的。

有什么不对劲吗?黄小路仔细地观察着,他发现人们好像都有些害怕他们两人,两人一靠近,附近的人就会低下头自动躲闪。但这也没什么奇怪的,九个天驱这一天来把合江镇搅得鸡飞狗跳不得安宁,普通镇民见到他们就立马躲开以避免麻烦,也算是一种正常反应。

可还是……有什么不对。黄小路也感觉到了,林霁月的直觉没错,这个镇上的某些东西显得有点不协调,虽然它看起来还是那么热闹、那么繁荣,但就像一张黑白的照片一样,总是缺少一点什么东西?

到底缺少什么呢?他一面想着,一面和林霁月一道来到了刘三爷的宅邸外。刘三爷的这座豪宅位于合江镇的镇中心,十分醒目,守在门口的家丁认出了两人,连忙低着头退到一边,半句话也不敢多问。

对了!这就是不太对劲的地方!黄小路想,所有人见到我们俩,躲开也就罢了，为什么都要低头？哪怕是隔得远远的，也都要低下头闪开。

难怪我觉得不对劲呢，他想，所有人都低着头，我们进入合江镇那么久了，见到那么多人，却没有看到一双眼睛……一双眼睛……

一阵强烈的不祥之感在心里升起。看不到人的眼睛，这说明了什么呢？黄小路轻轻把右手放在了剑柄上，随着林霁月一起穿过了两扇门，进入到刘宅的内院。果然，沿路遇到的家丁和丫鬟也都始终低着头，远远见了两人就躲开。

两人来到了内院的贵宾客房，几间房都黑着灯，说明几名天驱并没有在房里，也许是出门去搜捕黄小路林霁月两人或者抢走名单的凶徒去了。但黄小路并没有因此觉得轻松，危险的感觉越来越重，越来越明显。

到底缺少了些什么呢……

"我终于知道有什么地方不对劲了。"林霁月突然说，然后唰的一声拔出了她的双刀。

"哪里不对劲？"黄小路也跟着拔剑出鞘。

"现在应该是吃晚饭的时候了，"林霁月面色苍白，"可是没有任何烟囱在冒烟，也闻不到任何食物的气味。"

黄小路明白了。

的确是这样，他想起中午去到那座小山村的时候，在田野里就能闻到午饭的香气，现在在这座大镇子里，原本应该闻到一些气味的。可事实上没有，烟囱也没有冒烟。整个合江镇的居民，似乎都很有默契地选择了不吃晚饭。

"或者，他们根本就不需要吃晚饭，"黄小路喃喃地说，"怪不得他们总是不让我们看到眼睛呢，死人的眼睛……和活人的不一样。"

随着他的这一句话，院墙上出现了若干条人影，他们都是刘三爷的手下。他们一个个目光呆滞、毫无生气，把自己没有半点表情的脸对准了两人。

"果然是尸体，"林霁月说，"小心了，被他们击伤也有可能中尸毒！"

丧尸们展开了攻击。他们从墙头跳下，张嘴露出白森森的牙齿，挥舞着手里的刀枪棍棒，向着两人冲了过来。黄小路一闪身，躲开了当头一个人的一记枪刺，顺手回剑刺穿了对方的心脏。但这个敌人在心脏被刺穿的情况下却仍然站立着，并且回过身又是一枪刺来。

　　"这些都是死人，寻常的攻击他们是感觉不到疼痛的！"林霁月喊道，"必须剁了他们的脑袋！"

　　她运刀如风，唰唰两刀砍下了两个丧尸的头颅。果然，头被砍下之后，丧尸立即失去了活力，倒在地上不能再动弹了，断了头的脖颈处流出略呈黑色的血液，血流速度极慢。

　　"这下子要没有胃口吃晚饭了。"黄小路叹了口气，学着林霁月的模样，挥剑削下了这个不怕痛的丧尸的头，然后迎向下一个丧尸。这些丧尸毕竟本身武功低微，不会给两人造成太大的威胁，不一会儿工夫，已经有三十多具丧尸被割掉了脑袋，倒在地上。

　　"尸舞术可以一次控制那么多的死尸吗？"黄小路边战边问。

　　"除非有很多尸舞者同时在操纵，可是看来不像。如果只有少数几人操控的话，这就已经脱离了单纯的尸舞术的范畴了，"林霁月回答，"可能是一种能控制大量丧尸的高级秘术。这种秘术从尸舞术化生而来，添加了很多秘术的变化，听说是一种不外传的辰月秘术。"

　　辰月！黄小路一惊，对整个阴谋的轮廓更加清楚了一些。果然是辰月教的人干的，这个从一开始就针对林霁月的阴谋，幕后的黑手是辰月。可是辰月教为什么要花费那么大的力气来冤枉林霁月？她不过是一个普普通通的天驱，甚至连宗主和旗领都不是。

　　没时间去细想这些了，得赶紧解决眼下的问题。除了刘三爷手下的恶棍打手们，这座院子里的普通仆人、丫鬟、厨工等也都化为了丧尸，不断地从各个方向朝着内院涌过来。这让黄小路不禁想起了现实世界里经常玩的僵尸类游戏，他有些自嘲地想，玩多了那类游戏至少有一个好处，现在面对着九州的丧尸也不会特别紧张了。

不过，在这一类游戏里，面对着源源不断的僵尸，主人公的弹药和生命值往往都有耗尽的时候。不断地和僵尸拼命消耗不是明智之举，最根本的是要赶紧找到所谓的"情节点"，或者找到头目把他干掉。黄小路回想着进入合江镇后的一路所见，身上顿时起了一层鸡皮疙瘩，心想恐怕整个镇上的几千人都变成丧尸了，那是一个多么可怕的数字，而这个该死的九州游戏并不像其他虚拟现实游戏一样能让你体力无限。这样消耗下去，两人很快就会吃不消的。

"我们不能这么干耗下去！"黄小路砍下了另一名丧尸的头颅，他觉得再这样砍下去，也许自己锋利的宝剑也会被颈骨磕断，"我们得找到操纵这些丧尸的人！"

"你这话说得很正确！"林霁月也砍下一颗头，和黄小路背靠背站在一起，"可我们去哪里找？"

黄小路语塞。合江镇那么大，那个暗藏着的操纵者的确可以在任何一个位置藏身，想把他找出来可不是嘴上说说那么容易。

"不过我们可以逃！"林霁月大喊道，"凭这些丧尸，想要困住我们也没那么容易！"

"向后门那边杀出去！"黄小路接口说，一剑砍断了身边一具丧尸握着刀的右臂。丧尸失去了武器，索性张开嘴，用牙齿向着黄小路咬下去。黄小路飞起一脚，把他踢到一边，和林霁月一起向着后门的方向冲过去。

一路上遇到的丧尸越来越多，两人甚至来不及去一一砍下它们的头颅。黄小路索性把剑插回剑鞘，抢过一根又粗又长的木棍，一路乱打为林霁月开路，两人勉勉强强杀出一条血路，从后门冲了出去，然后一起转身把后门关上。院子里传出丧尸们愤怒的拍门声，还有一些已经开始爬墙了。

两人不敢逗留，继续向着镇外的方向逃命，这时候他们才明白了之前林柏青所说的"这镇里有一股奇怪的味道"，当丧尸们露出他们本来的面目在镇子的街上聚集起来时，空气中的确飘浮着一种刺鼻的臭气，现在这种臭气不算浓重，是因为这个镇上的丧尸们是在半天之内新近丧命的而已。

"他们是怎么做到半天杀光镇上所有人的？"黄小路一边奋力驱赶丧尸一边觉得不可思议。

"投毒，而且看情形应该是早就投毒了，可能在我们来到这里之前，"林霁月说，"否则以这两天合江镇鸡飞狗跳的态势，很难能找到机会下手。"

"在我们到来之前？"黄小路再次心里一寒，更加确定了这个阴谋是多么的周详而长远。不过林霁月提到这句"我们来到之前"，倒是让他想起了点别的——现在除了黄林二人，其他的"我们"在哪儿呢？

刚想到这里，他就发现前方一条小街上的丧尸突然退开了，让出一条道来，七个非常熟悉的身影向他们迎了上来。

那是樊引、巫云汐和其他五位天驱。他们全都成了行走的丧尸。

六、真正的操纵者

"这下麻烦大了，"黄小路扔下手中的木棒，重新拔出了剑，"他们有没有可能因为变成丧尸而武艺下降一点呢？"

"正相反，想想我们合力才能干掉的巫云汐，"林霁月说，"他们的功力只可能上升……"

"那我们就没有任何机会了吧……"黄小路搔搔头皮，"这可是以二敌七啊！"

"不还手才叫做没有任何机会了！"林霁月咬咬牙，举着双刀和林霁月并肩而立。对面七名死去的天驱踏着稳健的步伐逼了上来，和之前不同，现在他们的眼神里已经不再有仇恨和怀疑，剩下的只是彻底的冷漠和木然。

巫云汐和樊引率先发起了攻击。巫云汐的软剑和樊引的日月双轮，前者至柔，后者至刚，如果配合起来，可谓威力无穷。然而现在这对情侣早已经失去了生命，也就不可能再像活着的时候那样配合默契了，所以黄小路和林霁月还能勉力支撑，维持一个平手之局。但如果再加上其他的五个人，就绝对不是两人能够抵挡得了的了。幸好林霁月和黄小路都不是那种好面子到死的角色，数招一过，两人交换了一下眼神，毫不犹豫地扭头就跑。

这真是比殇州高原的雪崩还要惊险百倍的体验，黄小路想着，身处上千名丧尸的包围圈中，拼了命地狼狈逃窜，真是任何一款僵尸游戏都无法带来这样的刺激。他和林霁月几乎已经忘记了任何招式，只是机械地挥舞着手里的武器，砍倒那些挡在身前的丧尸，向着合江镇的东头跑去。

他累得够呛，呼哧呼哧地喘着粗气，随着每一次呼吸肋下都会感觉十分疼痛，而手臂更是酸软得几乎要举不起来了。他根本数不清自己已经砍下了多少个丧尸的脑袋，一百个？两百个？林霁月大概也干掉了那么多吧？现在两人都已经是强弩之末了，跟跟跄跄地向前冲着，全凭着一股求生的勇气勉力支撑。

在即将冲出小镇的时候，两人却不得不停住了脚步。他们这才发现，虽然从西面进入合江镇的出入口没有人把守了，东面却依然有一群人，不，一群丧尸在那里驻守着。他们全副武装、神情淡漠，等待着黄林二人。

"怪不得我们进来的时候没有人阻拦，"林霁月叹了口气，"这是一个大口袋，他们只是把袋口打开了放我们进去而已。"

"看来真没指望了。"黄小路也跟着叹了口气，但还是摆出了作战的姿态，尽管右臂已经疲累得在颤抖了。他的心情并不算太紧张，因为这一次的任务是中途临时插入的，并不是一开始就进入了任务模式。按照这个游戏的设置，自建游戏在任务模式中是不允许中途退出的，直到任务完成为止。但现在不是任务模式，在危险降临的时候，他还能够从容地选择退出。

但另一个想法让他心里一颤：林霁月怎么办？他倒是可以安全地回到现实世界中，但林霁月却可能丧命，等他下次再回到九州世界的时候，也许已经永远见不到林霁月了。作为一个虚拟人物，林霁月的消失不会对真实的世界产生任何影响。除了……一个叫黄小路的宅男会为此伤痛不已。

想到这里，他向前跨出了一步，把林霁月挡在了身后。虽然面对丧尸的包围，这样的举动并没有任何实际的意义，但在这一刻，黄小路还是下意识地做出了这个举动。

"这样不过让我多活半刻钟，真的有意义吗？"林霁月轻声叹息一声，声音听起来颇为温柔。黄小路心里一动，忽然很想不顾一切地扔下剑，回身抱住身后的女子，哪怕会为此挨一个耳光。在死亡的阴影降临时，这样的冲动总是难以遏制。

但他并没有得到这个机会。就在黄小路和林霁月不约而同地决定放弃时，一道肉眼难以看到的细丝突然出现在天驱们的身前。一名天驱正在大步向黄小路逼来，但当他跨出某一步之后，整个身体忽然间变成了上下两截，双腿还维持着步态向前多走了两步，但上半身已经齐腰被切断，落在了地上。

"死老头！干吗不早点出来！"林霁月大叫一声。

"我想看看这小子在危急关头会怎么样，"不远处房顶上的林柏青笑眯眯地回答，"看起来，他的表现还算让我满意。"

他一面说着，一面从房顶上跃了过来，同时伸展开若干根细如蛛丝却能切开金属的锋利刀丝，那就是天罗最拿手的天罗刀丝。天罗刀丝过处，天驱丧尸连忙后退，全力格挡，而那些低等的丧尸有十多个都在一瞬间被切掉了头颅。

"快把背后这些丧尸替我们打发了，我们逃出去！"林霁月喊道。

"不，要打发就把所有丧尸全都打发了！"林柏青回答。

两人不觉一愣，但很快明白了他的意思。要把上千个丧尸一起消灭掉是不可能的，林柏青所言，无疑是指把这些丧尸的操控者干掉。他之前一直单独行动，始终没有露面，多半就是在运用尸舞者的本领寻找着操控者的藏身之处。现在既然敢于现身了，那一定意味着他已经找出了那个暗藏的幕后魔头。

林柏青虽然年事已高并且身躯肥胖，但等到了动手的时候，身法却快得惊人。天罗刀丝在夜幕下微微闪过几丝光芒，转瞬就把大部分的丧尸都逼退到了数步之外。然而最致命的两根刀丝却奔向了同一个目标——樊引。

刀丝刺向了樊引，这九名天驱武士的首领。黄小路隐隐意识到了一点什么，顾不得多想，立即挺剑向着樊引刺去。几乎是在同时，林霁月的双刀也发动了。

樊引，最终确定的操控者。其他天驱是真的丧命了，他却并没有死，而是伪装成丧尸，与他们一起追杀黄小路和林霁月。他几乎就要成功了，却最终被林柏青看穿了真相。

樊引并没有想到自己的伪装会被识破，惊慌中他已经没有多余的精力再去操控丧尸，举起日月双轮试图抵挡。但他的武功再高，也不可能同时挡住林柏青、黄小路和林霁月的全力一击，生死攸关的时刻，他做出了最后的抉择。

他放弃了抵挡，高举着日月双轮，向着黄小路的咽喉割了过去。此时林霁月的双刀已经砍在了他的后背上，林柏青的天罗刀丝也洞穿了他的胸腔，但他就像完全不知道疼痛一样，仍旧死命地扑向黄小路，似乎豁出性命也一定要与对方同归于尽。

这充满杀气的拼死反击让黄小路在一瞬间意识到了些什么。不是林霁月，自己才是辰月教真正的目标！之前那些针对林霁月的阴谋，不过是为了把自己也拖下水而已，敌人看来已经仔细研究过自己的性格，知道他绝不会抛下林霁月不管，所以用一个又一个的圈套把自己套在其中，让自己成为天驱的叛徒，甚至像现在这样，试图杀掉自己。

他已经来不及躲闪了，这一剑击出，他使出了全力，存心想让樊引避无可避。他没有想到樊引根本不闪躲，也放弃了抵抗，而是选择与自己以命换命。电光石火的一刹那，他甚至忘记了自己还有喊退出的救命法宝，脑海里一片空白。

就在这时候，一股大力从斜向撞过来，把他的身躯撞到了一边。噗的一声，血光飞溅，日月双轮深深嵌入了一个人的身体。

那是林柏青！千钧一发之际，林柏青撞开了黄小路，用自己的身躯承担了那致命的杀招。这一招交换过后，樊引倒在了地上，天罗刀丝穿过了他的胸口，看来是不能活命了，但林柏青的胸腹也被日月双轮切开，伤势极重。

林霁月惊呼一声，连忙扔下刀，抢上前抱住了林柏青，看清楚了他的伤势之重：连肠子都流了出来，已经无救，林霁月眼泪忍不住滚滚而下。黄小路更是无比感激，一时间说不出话来。

林柏青微微一笑："别哭，我老头子活了这一辈子，临死的时候还有人愿意为我掉几滴眼泪，也就不亏啦！看，兔崽子们都倒下了！"

黄小路向四周看去。樊引重伤之余，再也不能维持秘术，所有的丧尸都因为失去操纵而倒在了地上。整个合江镇恢复了一片死寂，只剩下林霁月凄凉的哭声。

"我跟你说了，哭也不能把我哭活过来，不如省省力气吧，"林柏青的语气依然轻松，"再说了，这也算是我为你做的最后一件事了……"

黄小路心里明白，林柏青未必是为了救自己才丧命的，他只是深知自己对于林霁月的重要性，才甘愿牺牲性命去成就林霁月的幸福，因为在他心里，林霁月其实和他的女儿没有分别。黄小路不忍心再看她和林柏青诀别的场景，转身来到了樊引身前。樊引已经奄奄一息，听见黄小路走过来，吃力地抬起头来。他的目光中并没有什么仇恨，有的只是没能完成任务的深切的遗憾，这更加让黄小路证实了他的判断。

"合江镇的普通民众或许都是中毒死的，但以天驱的防范意识，不可能全员中毒，"黄小路蹲下身子对樊引说，"我早该想到的，只有你才能让其他任何天驱都毫无防备之心，然后借机下手杀害他们。可是，巫云汐是你的情人啊，你居然忍心亲手杀死她，再操纵她的尸体来设置圈套陷害我们。你到底有没有心啊？"

樊引的喉结蠕动着，发出一阵近似于笑声的嘶哑的声音，然后他一个字一个字地慢慢说道："同伴，朋友，情人……这些很重要吗？在神的面前，一切都如同尘埃和泡影。"

他用尽最后的力气，用一种轻蔑的姿态举起右手，摇晃了一下手指："你是无法逃脱神的旨意的。神……要你死，你就……必须……"

他没有说完最后一个"死"字，就断了气。几乎是同一时刻，林柏青也闭上了眼睛。在林霁月的哭泣声中，黄小路的心里充满了迷惘：神？神为什么那么看重我？为什么？

七、捉拿

黄小路在山间挖了一个大坑，埋葬了林柏青。林霁月始终沉默不语，让他有一些担心。

"我没事，放心吧，"林霁月轻轻摆了摆手，"接下来我们该怎么办？"

"如果我没有猜错的话，我们寻求林先生帮助的事情，一定也被汇报给了天驱，这仍然是他们算计好的局，"黄小路说，"这也就意味着，我们不只是单纯地成为天驱的叛逆而已，我们还勾结尸舞者屠灭了一座小镇。甚至不必天驱出手，恐怕朝廷也不会放过我们。"

林霁月沉思了一会儿："我没有想明白。他们付出那么大的代价，图的究竟是什么？我并没有看出我们有这样的价值值得他们去折腾。"

"我也觉得很奇怪，"黄小路说，"为什么会这样？我们不过是两个普通的天驱，也许做过一些对抗辰月教的事儿，但做得并不一定比其他的旗领或者宗主多。"

"也许那是因为你的缘故而不是'我们'吧。"林霁月忽然说。

"你……这话是什么意思？"黄小路一惊。

"之前的一切，看起来都是冲着我来的，但实际上，只是为了把你拖下水而已，"林霁月的眼神里带有一种令人心寒的怀疑和不信任，"还记得吗，樊引最后垂死挣扎的时候，他想要杀的人，是你。"

"的确是我。他们想要对付的就是我。"黄小路说。林霁月这样的眼光已经让他意识到了什么，心痛的感觉开始弥漫。

林霁月走到黄小路面前，直直地盯着他的眼睛："你知道我是什么样的人。我不怕死，不怕危险，不怕被人冤屈，也不会把老头子的死迁怒到你身上。可是，我只想要一样东西，那就是真相。我想要证实我所遭受的一切和我所做的一切都是有价值的。你能证明这一点吗？你能告诉我为什么辰月会那么重视你吗？"

黄小路明白林霁月的意思。两个人在一起搭档了那么长时间，林霁月终于开始怀疑他的身份了。她说得很清楚，别的一切她都不在乎，但她需要知道真相，需要知道和黄小路有关的真实的一切，而不是什么雷州出生父母双亡陌生人收养之类的鬼话。

终于到了这一天了吗？黄小路的心里充满了苦涩。真相其实很简单，简单到一两句话就能说清楚，但他实在说不出口。"我是真的，你是假的，整个九州都是不存在的。"这样的话说出来会有人相信吗？他大概会立即被当成一个疯子吧。

更何况，万一林霁月真的有千分之一或者万分之一的可能相信了他的话呢？作为一个"人"，她将会受到怎样的打击呢？自己只是虚假的数据，只是一个虚幻的存在，谁能接受这样的事实呢？

我宁可你把我当成一个疯子，也不希望你自己变成一个疯子，黄小路想着，嘴唇动了几下，最后还是什么都没有说出口。他只能把自己藏在沉默的外壳里，并且很清楚，自己马上就要失去林霁月了。

林霁月毫不掩饰她的失望。她深深地看了黄小路一眼，轻轻地开口说："再见。"然后转过身，展开轻功下山而去，始终没有回头。

黄小路怔怔地看着她远去，直到她的背影完全融入黑暗的夜幕中，消失不见。然后他一屁股坐在地上，双手抱头，感受到了自己游戏生涯中最强烈的一次挫败感。

　　我失败了，这一次是真真正正地失败了，黄小路想着。在一切看起来都一帆风顺的时候，原来只需要两天两夜的工夫，就能把一切都砸得粉碎。仿佛是在一夜之间，他成了天驱的叛逆，成了勾结尸舞者残害平民的屠夫，成了也许全九州人杀之而后快的对象。与此同时，他还失去了一直陪伴在身边的搭档，那个他心仪的姑娘。

　　他不知道哪一件事对他的打击更加沉重，唯一可以肯定的是，自己成了一个可耻的失败者。游戏里一年多的努力，最后换来的是自己变成了孤家寡人，再也没有可以依靠的团体，也失去了可以依靠的朋友。面对着这个复杂而危险的世界，他想要自保也许都很困难，更不用提想办法找到失踪已久的龙焚天了。

　　我花费了那么多的时间和精力，最后却一事无成吗？他索性把整个身子放倒，平躺在林柏青的坟墓前，眼看着天幕中闪烁不定的星辰。在他此刻的心境里，那些散发出各种色彩的星星好像一只只不怀好意的眼睛，在嘲弄着他、讥笑着他、挖苦着他、蔑视着他。山间的风在耳边一阵阵地掠过，就像是要扬起灰尘把他埋葬掉。

　　他的脑子里似乎有成千上万的想法如潮水般涌来，又似乎只是一片空白，什么样的念头都留不下来。山里的夜风带来阵阵寒意，他却丝毫不觉，只是夜空中的星辰好像有着催眠的力量，让他的双眼一点点模糊起来。

　　他以孩子般的姿势蜷缩起身体，进入了梦乡。

　　他好像是回到了自己最初进入这个游戏时踏上的土地，一望无垠的瀚州草原。他又变成了那个不成器的蛮族世子吕归尘，手里握着一把锈迹斑斑的长刀，身前是那个被劈砍得乱七八糟的木桩。显然，他的处境并没有什么变化，还是一个瘦弱无力的孩子，却给自己定下不切实际的练刀计划，以至于最后差点因为血厥而死。

还是不要重复那样的痛苦和不幸了吧？黄小路想着，扔下刀，舒舒服服地坐在了软软的草地上。身后传来一阵脚步声，一个名叫木犁，教授他刀法的蛮族老人走了过来。老头仍旧是那副桀骜不驯的神情，穿着肮脏的铠甲，看着他的眼神就像是在看一只可怜的小绵羊。

"世子累了？"木犁问。

"累了，累坏了，"黄小路喃喃地说，"我不想再练刀了，再也不想了，练刀有什么意义呢？"

木犁微微一笑："世上的一切，原本就没有意义，羊群追逐水草，恶狼追逐羊群，它们从来不会去思考这些行为当中究竟有什么意义，但它们还是一代又一代地重复着那样的生命历程。意义，意义是什么？只有厌倦生命的人，才会用'思考生命的意义'这种苍白的借口去逃避。那样的人，还没有拔出刀来，就已经输了。"

"还没有拔出刀来，就已经输了？"黄小路呆呆地重复了一句，看着木犁高大的背影渐渐远去。他想要张口叫住木犁，却又发不出声音，突然之间，他发现身边的环境变了。

他已经不再是青阳世子吕归尘了，而是变成了一个身材瘦长的成年羽人。羽人坐在一间破败的东陆风格的房间里，正在看着眼前的桌子发呆。桌子上放着几枚银毫和一些铜锱，就连金铢都没有，可见他现在正处于贫困中。

他想起来了，这个羽人叫云湛，是南淮城的一个游侠，大约相当于现实世界里的私家侦探，也是他最初试玩过的一个角色。只是该游侠明明武力和智力都不错，不知怎的始终处在一种没钱的状态中，以至于经常要靠坑蒙拐骗才能混饱肚子。

门被推开了，一个小个子男人钻了进来。那是云湛的朋友姬承，据说是大燮王朝开国国君姬野的后人，不过他不能和自己威武的祖先相比，肩不能挑手不能提，只是一个靠展览老祖宗的兵器换钱养家的窝囊废，还很怕老婆。这个人和云湛交情不错，每当云湛没饭吃的时候，总喜欢到他家去蹭饭。

"我这个月的零花就剩这一个金铢了……都给你！"姬承嘟嘟囔囔地说，从怀里小心地摸出一枚金铢放在桌上，"这下子我又没钱去见凝翠楼的小铭啦！"

"拿回去吧，我不需要了。"黄小路淡淡地说，把金铢推回到桌边。

姬承像看怪物一样看着他："你居然不要钱？难道是人之将死其言也善？"

"我没什么兴趣花钱了，"黄小路伸了个懒腰，"活着有什么意思呢？不如归去。"

姬承瞠目结舌，过了好半天，他做出了一个匪夷所思的举动：他忽然提起身边的一把椅子，向着黄小路劈头盖脸地砸过去。

黄小路完全没有料到对方会突然行凶，一愣神的工夫已经被砸倒在地。姬承扔下椅子，以一种极英勇的姿态扑了上去，把他压在下面。

"你化装化得很像，但要装扮成云湛，你还差得远！"姬承恶狠狠地说。

黄小路哭笑不得："你凭什么说我是假扮的？他妈的，疼死我了！"

"我告诉你，云湛可是教过我如何辨认人的身份的，"姬承很得意地说，"云湛是什么人？是那种被扔进毒蛇堆里还能喝酒的人，是那种河面上还有一根救命稻草就决不肯沉下去的人！从他的嘴里怎么可能说出'活着有什么意思'这样的屁话？你这样的伪装只是徒有其形，骗不到我的！"

"河面上还有一根救命稻草就决不肯沉下去？"黄小路又呆住了，甚至忘记了姬承还压在他身上，正笨手笨脚地试图捆住他。紧跟着，场景又发生变化，他来到了另一处地点。

醒过来的时候，他也记不清自己在这个长长的梦境里到底扮演了多少个角色了，但那些话却始终萦绕在耳畔，没有消散。他站起身来，活动着被山风吹得近乎麻木的肢体，突然间想道：这也没什么大不了的。

是的，他失去了在天驱中的地位，他成了一个叛徒和恶棍，他所爱的女子离开了他……但不管怎么说，至少他还活着。他并没有像龙焚天那样失去神智，所以现实中的他也不会像李彬那样发疯。他还是一个精神健康肉体也健康的大学生，虽然情绪上可能会很沮丧，但是……活着本身就很好了。

他再次回想起第一次扮演吕归尘时的情景，由于不太熟悉这个游戏的规则，他赌气般地练习刀法，造成了血厥，导致喉咙不受控制，无法喊出退出的口令。在那个无比煎熬的时刻，他真的以为自己会遭遇和李彬一样的下场。那一次之后，他似乎对生命有了一些新的认识，生活的态度也比以前更加积极了。也就是说，哪怕在这个游戏里一败涂地黯然消失，他至少也有过一些收获，并不是全然的失败。

更何况，还没有到认输的时候。黄小路回忆着这些日子里所了解到的九州历史，那些威风凛凛的帝王将相英雄豪杰，没有哪一个不是经历了各种痛苦的挫折失败后才最终获取胜利的。也许那就是九州世界里的人们的必经之路，自己不过是在重复着一条道路而已。只要他还活着，就还有希望，什么天驱辰月之类的，绝不是不可逾越的。

不过是个游戏！黄小路狠狠地挥了挥拳头。我是个游戏天才，任何时候都不会向游戏低头的。

梦境里和姬承的对话仿佛是某种暗示，黄小路觉得，自己应该去寻找那根浮在水面上的救命稻草。林霁月虽然离开了，但那并不意味着他在这个世界上再也没有可以信任的人了。比如说，殇州铁牙部落里的夸父们，他们都把自己当成了真正的朋友；比如说，雷州沉风沼泽巫寨里的巫民们，他们也都会信任自己。还有其他各项任务里认识的一些人……总会有人能帮助自己，自己不会总是孤零零的一个人的。

更何况，黄小路忽然又想起了另外一个人，一个最有可能帮助自己的人，那就是他过去的上司谢子华。现在谢子华和黄小路平级了，但过去，他多次给自己下达过任务，多次看着自己完美地完成任务，他应该不会轻易相信自己是一个叛徒。也许可以找他出出主意。

黄小路想通了之后，心情稍微好了一些，走下山来，他发现合江镇涌进了很多官兵，这说明官府已经发现了这里发生的惨剧。他没法进去偷马了，只能先沿着大路躲躲闪闪地走出去很远，然后袭击了一名路人，抢走了他的马。这样的招数交给林霁月来做自然是熟门熟路，但现在只有他在，一脚把那名可怜的骑士踢下马的时候，他心里难免还是会有些内疚的。

"真对不起。"他嘟囔着，打着马飞快地逃离，连事先想好的留几枚金铢作补偿都忘得一干二净。他忽然意识到了林霁月对他有多么重要。他始终是一个循规蹈矩的人，许多时候会受困于内心的一些守则和信条，林霁月却不会有这样的问题，所以她实在是对自己最有益的一个补充。林霁月的不落小节，林霁月的刁钻古怪，林霁月的蔑视规条，正好能完美地弥补自己性格里的一些缺陷，自己能够成功地完成那些任务，林霁月所起到的作用，其实比自己想象中还要大。

但现在，空陷入对林霁月的怀念也无济于事。黄小路强打起精神，拿汗巾蒙住脸以免被人认出来，很快赶回了青石城。近期发生了那么多的事情，他觉得几位宗主和旗领应该都还没有走，还会在青石坐镇指挥。这样做很冒险，但却也有着险中求胜的味道：旁人都以为发生了叛徒事件后，宗主们肯定会迅速撤离，离青石越远越好，但他们却想不到，最危险的地方就是最安全的地方。

这一次，他的判断是正确的，天驱高层果然并没有离开，只是把驻扎的地点改到了一家客栈。只有身受重伤的长溟宗宗主因为伤势沉重不便移动，继续留在那家牲畜行里养伤。

黄小路冒着风险偷听了一次宗主们的会议。如他所料，他现在已经成为天驱最大的叛徒，全九州的天驱武士都将会接到命令捉拿他。天驱是一个在历史上经受过许多严酷绞杀的组织，所以同样的，他们也培养出了心狠手辣的作风，对于必须铲除的敌人，丝毫不会留情。

但黄小路从窗缝里偷偷看到了谢子华的表情。当其他人痛斥黄小路的忘恩负义、败坏天驱名誉的时候，谢子华虽然并没有说什么，表情里却明显带有一种不以为然。这种表情让黄小路很是欣慰，这说明谢子华并不相信那些"证据确凿"的推断，他还是相信自己是清白无辜的。

也许真的能拜托谢子华帮助自己找出幕后陷害自己的奸细，黄小路毫不怀疑天驱内部存在着这样的人。把他揪出来，找到此人和辰月串通的证据，那自己还能有翻盘的可能性。

他在另一家客栈用假名字要了一个房间，呼呼大睡了一整夜，醒来时已经是第二天的午后。他来到天驱们所住的客栈，确认谢子华没有在房间里之后，从门缝下偷偷给他塞了一张纸条进去，纸条上写着："我需要立即和你会面。"

他犹豫了许久，到底是使用自己的笔迹还是故意把字写得歪歪扭扭，以免让人辨认出来。他和谢子华过去时常通信，对方自然认得出他的笔迹，但如果这张纸条被其他天驱看到了，也许就糟糕了。所以最后他还是用左手故意用很拙劣的字体写下了这张字条，然后希望谢子华能猜出他的身份。

他焦躁不安地在客栈对面的茶铺里等待着，一边喝着劣质的混杂着羊皮味道的茶水，一边等待谢子华归来。好在并没有等多久，谢子华就出现了，他连忙跟了过去。

谢子华进入了房间，在房间里待了有那么一小会儿，黄小路相信他肯定看到了那张字条。重新打开门之后，谢子华走出来，急匆匆地向着客栈外走去。

奇怪了，黄小路想，我还没有给他留下联络的方法，他怎么就出去了，难道他已经知道自己在哪儿了？他跟在谢子华身后，一路跟着他走，当经过自己住的客栈时，他有那么一点期待，但谢子华丝毫没有停步，径直走了过去。

黄小路突然明白过来了：还有另外一个人是谢子华等待着与之会面的。由于这张字条没有任何标明身份的地方，谢子华一定误会了，以为这是他事先约好了的对象，所以才那么着急地赶过去。黄小路有些沮丧，但转念一想，看看是什么人要和谢子华秘密会面也不错。

他小心翼翼地跟踪着谢子华。谢子华显得非常谨慎，一路上多次突然回头，似乎是为了抓住可能的跟踪者，幸好这时的黄小路跟踪经验已经非常丰富了，见到谢子华回头或是赶忙缩到人堆里去，或是扭头装作看路边的货物，因此并没有被识破。他的好奇心倒是越来越盛了，很想知道谢子华如此小心到底是为了见什么人。

但当谢子华停下脚步的时候，他却大大地吃了一惊，同时对自己的处境有了更深的了解。他实在没有想到，针对自己的阴谋会来得那么大，影响那么深远，甚至让他产生了一点"老子究竟何德何能"的无畏感慨。

"这一切到底是为了什么啊？"他忍不住自言自语，"我有那么值钱吗？需要你们这样来对付我？"

谢子华走进的，正是那家牲畜行。身受重伤的长溟宗宗主万斯年正在里面养伤。谢子华要见的就是这位宗主。他们俩是一伙儿的。

万斯年的遇袭受伤，看来是假的。

八、真相

黄小路回想整个事件的起点。在那个原本令天驱们热血澎湃的夜晚，长溟宗宗主万斯年却遭到了敌人的袭击，自己身受重伤，由他保管着的天驱支持者的名单也落入了敌人的手里。从那时候开始，林雾月和自己就落入了嫌疑之地，而后来的合江镇的事变，只不过是把这种嫌疑彻底坐实了而已。

但现在看来，万斯年的受伤是假的，而这件事也就变得微妙起来了。万斯年自己就是名单的保管人，他完全可以等到散会之后，轻松随意地去往帝都天启城，把名单交给皇帝。甚至于这份名单他根本有可能早就知会了皇帝，而皇帝多半已经在秘密布置如何对付那些天驱的支持者了。

那他为什么还要多此一举添加这一场戏呢？黄小路苦苦分析着，发现无论从哪个角度都解释不通，除了那一点：借助名单的重要性来陷害自己，把黄林二人一起驱逐出天驱的队伍。

为什么？他咬着牙想，万斯年为什么要这样做？他已经是天驱的七位宗主之一，是这个大陆上掌握着强大的秘密权势的人了，为什么要为难和自己这样一个无足轻重的小人物？

他忽然浑身一颤，想到了一个更为可怕的答案：万斯年，或者说万斯年背后的操纵者，已经知道了他的真实身份！黄小路并不是一个生于斯长于斯的九州土著，他是一个外来的侵略者，一个异世界的怪物。现在有人知道了这一点！

这是仅有的能说得通的解释了，因为这正是黄小路身上唯一的与众不同之处。虽然还无法弄清楚对方为什么要这样陷害自己，把自己清除出天驱武士团，但这个动机的源头，应该是和他的特殊身份相关的。

黄小路进一步想到了李彬，想到了李彬扮演的角色龙焚天，想到了李彬在起初疯得比较厉害的时候，曾经喊出过的那句话："把我的指环还给我！"现在想来，虽然龙焚天并没有被公开驱逐出天驱，仍然保持着功臣的形象，但谁知道他私底下有没有被万斯年威胁过呢？说不定龙焚天的那一趟莫名其妙的巫寨之旅，就是为了躲避万斯年而走出的一步棋呢？

难道真有人能辨别出"外来者"？黄小路紧盯着牲畜行的大门，心里一片混乱。

入夜以后。

喧闹了一整天的青石城终于慢慢地安静下来，虽然空气中那股淡淡的牲畜的气味仍然在飘荡。天驱武士团长溟宗宗主万斯年躺在病床上，身上被包裹得好似粽子，呼吸的气息也显得急促而微弱。但他自己知道，他并没有受伤，这起事件只是一个精心的策划而已。

门外响起了敲门声，万斯年的眉头微微一皱："是谁？"

"是我，黄小路。我想要见你。"门外的人用轻声但却很清晰的声音回答说。

万斯年的眉头皱得更紧，但很快就舒展开了。他的手指对着虚空轻轻一动，门闩移开了。

"进来吧，门已经打开了。"万斯年说。

黄小路推开门进了屋，再把房门重新闩上。万斯年已经从床上坐了起来，神色如常，呼吸平缓，没有半点受伤的样子。

"果然，在我面前你已经不必伪装了。"黄小路一边说，一边在椅子上坐下。

"的确不必，既然你已经猜到了，"万斯年笑容可掬地说，"我很佩服你的胆量，明明知道这件事是我策划的，还敢来找我。"

"因为只有你才能解开我的疑惑，"黄小路回答说，"你到底是什么人？是真正的万斯年万宗主，还是一个冒牌货？"

"我是真的万斯年，如假包换，"万斯年依旧带着笑容，"只不过，我对天驱的信仰已经是假的了。而我对神的信仰，才是真的。"

"对神的信仰……辰月教的神，对吗？"黄小路并不感到吃惊。

"辰月的神，就是九州的神，"万斯年说，"我所做的一切，不过是奉着神的旨意行事。"

"你们辰月教的信徒说起话来都是这种腔调，"黄小路哼了一声，"好吧，我也没兴趣和你讨论你们的神是真是假，你只管告诉我，为什么要那样对付我？我这么个无足轻重的角色，值得你花费那么大的代价来收拾吗？"

"只要神说值得，那就是值得。"万斯年回答。

黄小路一下子站了起来，猛地拔出了腰间的长剑。他那张一向和善的脸变得僵硬，目光中充满了怒火："别再扯你的那个令人恶心的神了！我要的是答案，不是什么神放出来的狗屁！"

万斯年不以为忤，仍然轻言细语地说："你错了，我并没有拿什么玄之又玄的概念来搪塞你。神是真实存在的，神的力量是毋庸置疑的。你想想，我为天驱奉献了一生，最后为什么会成为辰月的信徒？难道几句话或者几本经书就可以让我抛弃掉过去的信仰吗？"

黄小路冷静下来，心里有了一丝悚然。他想起樊引死去的时候，也说过类似的话语。樊引和万斯年，多年来一直都是忠诚无比的天驱武士，也从来没有表现出过对金钱和权势的兴趣，他们为什么会抛弃天驱的信仰而加入辰月，仅仅是为了几句花言巧语？他越想，越觉得现在的辰月教内，一定有着什么不为外人所知的惊人变化，这样的变化甚至能腐蚀一名天驱宗主，这在过去绝对是不可思议的事情。

"所以说，是你们的神……授意你来对付我？"黄小路的语气也渐渐冷静下来，"这到底是为了什么？为什么不直接杀掉我，那样也容易多了？樊引临死前不就是那么干的吗？"

"樊引试图杀死你？"万斯年反而有些吃惊，"那他一定是会错意了！他没有资格聆听神的教诲，只是听从于我的命令而已，显然他领会错了，幸好你没有被他杀死，不然他罪无可赦。"

"你们到底想要干什么？"黄小路刚刚压制下去的怒火又升腾起来，一种莫名的疲倦充斥了全身，"动用了那么多的人力，设计了那么多的圈套，杀害了那么多无辜的百姓，却连我的命都不想要——你们到底想要做什么？开一个天大的玩笑去逗你们的神咧开嘴笑一笑吗？"

"我不会回答的，神并没有让我告诉你答案，"万斯年摇摇头，"相反我建议你赶紧离开，被不明真相的天驱知道你在这里的话，他们一定会很乐意取走你的性命的，那样的话我也护不住你了。"

黄小路气往上冲，终于按捺不住，挺剑向着万斯年当胸刺去。这一剑他动了真怒，用上了十成的力道，剑出如风雷。但万斯年的身体纹丝不动，只是轻轻举起了两根手指头，就把黄小路的剑夹在了两根手指之间。黄小路用力回夺，却发现万斯年的手指有如一把坚硬的老虎钳，怎么用力都无法拔出剑来。

"别忘了，我仍然是天驱的七宗主之一，"万斯年淡淡地说，"以你的武功，想要伤到我，大概十年之内都是不可能的。你还是赶紧走吧。"

"走？走到哪里去？"黄小路下意识地问。

"随便你，你愿意去哪里，愿意做什么事，都无妨，"万斯年轻轻一笑，"反正神会看着你的。"

万斯年松开了手指。黄小路默默地把剑插回到剑鞘里，默默地转身，默默地拉开门，默默地走出去。现在他感觉自己就像是刚才的那把剑，被两根手指头死死地钳住，不能前进，不能后退，是一种彻头彻尾的无能为力。

他走出牲畜行，看着眼前用青石板铺成的道路，忽然一阵迷惘，不知道自己该往哪里去。现在似乎已经没有别的可以做的事情了，唯一能做的，大概就是喊一声"退出"，然后回到现实世界去。前一天晚上好不容易燃起的斗志，仿佛第二次被磨平了，至少也是遭受到了重创。他还是不甘心，还是想要挣扎求胜，却看不到胜利的希望究竟在哪一个方向。

整个辰月教都在注视着他，而他们的眼线之广，竟然已经到了天驱的最高层。面对这样一个如洪荒巨兽般的对手，黄小路甚至找不到下刀的地方。眼前的黑夜化为了大山一样浓重的巨大黑影，把他裹在其中，让他呼吸都有些困难。

也许还有别的办法？黄小路想着，比如，我虽然打不过万斯年，但和谢子华应该有一拼。或许，我可以去找谢子华，争取制服了他，然后逼他吐露真相。这可能十分困难，谢子华如果也是"神的子民"，那即便是酷刑加身，也不可能让他做出背叛辰月教的事情。而且最重要的在于，谢子华的头顶还压着一个万斯年呢，光是谢子华的证供，说服力不够，会被万斯年很轻易地化解掉。

但想来想去，这又似乎是唯一的办法了。黄小路有一种被冰冷的河水浸没过嘴唇的感觉，谢子华也许就是河面上唯一的那根稻草了。不管怎么样，也要勉力一试，现在还没到屈服的时候，大不了干掉谢子华，也算是出一口恶气。

他想到凶狠的地方，右手不由自主地紧紧握住了剑柄。这时候身旁忽然响起一声嗤笑："把剑捏得那么紧，是想要杀了我出气吗？"

这声音无比熟悉，黄小路有如聆听仙乐，一下子跳了起来："是你！是你！"

除了"是你"两个字，他好像再也说不出别的话了。转过头来，林霁月正站在一旁，嘴角带着不怀好意的微笑，但眼神里已经没有那种冷得像冰一样的隔膜了。她的身影沐浴在清冷的月光之下，显得那样美丽而温柔，让黄小路看得有些呆了。

"你……你为什么会回来？"好半天他才反应过来自己的失态，赶忙发问来掩饰尴尬。

林霁月慢慢走到他身前，凝视着他的脸，然后突然伸手，狠狠捏住了他的鼻子。黄小路不敢躲闪，乖乖地任她蹂躏，疼得眼泪都快下来了。林霁月兀自不肯罢休，又加力捏了几把，这才松开手。

"我的确很想再也不见你，也的确很想拿起刀剁了你，"林霁月幽幽地说，"但我回过头想了很久，其实你……还是很可怜啊。"

"可怜？"黄小路搔了搔头皮。

"我不知道你是从哪儿来的，你也不肯告诉我，但我知道，你一定是来自某些很奇怪的地方，"林霁月说，"你之所以那么执着地想要找龙焚天，是因为只有他是你的同类，只有你们俩才彼此了解对方，所以你一定要找到他，是吗？"

黄小路犹豫了很久，最后艰难地点了点头："对不起，我只能告诉你那么多了。其实我并不想瞒着你，只是……只是……"

"只是你有难以启齿的苦衷，我应该了解这一点的，"林霁月把自己的右手轻轻放在黄小路的手背上，那轻柔的触感让黄小路觉得自己的呼吸都快要停止了，"谁没有自己的秘密呢？谁没有一些只能藏在内心深处、永远不能见人的黑暗角落呢？至少你没有编造其他的谎言来搪塞我，说明你是诚实的。我那样逼你，是我不对。所以我……又回来了。我会陪着你，不离开你。"

"对不起……谢谢你……"除了这六个字之外，黄小路觉得自己已经说不出什么了。这一瞬间他忘记了那些乱七八糟的纷扰，忘记了天驱辰月，忘记了背叛阴谋，甚至忘记了李彬。他只是想到，有一个人愿意这样地信任你，那是多么幸福的一件事，幸福到其他的一切都可以抛开不管了。

倒是林霁月想起了些什么："净扯些没用的，差点把正事儿给忘了！"

"什么正事？"黄小路的脑子还没转过弯来。

林霁月从怀里掏出一颗小小的东西，在黄小路面前晃了晃。黄小路仔细一看："这是一颗……聆贝？"

聆贝是九州世界特有的一种奇特的植物，投入温水当中，就可以记录周围的声音；记录完毕后投入火里，就能把声音播放出来，类似于录音机，不过聆贝是一次性的。黄小路看到这枚聆贝，忽然有点明白林霁月的意思了。

"也只有你才会有那么笨，什么都不准备就去找万斯年摊牌，"林霁月敲敲他的脑门，"不过也正因为你在房里牵制他的注意力，我才有机会在外面用聆贝记录下了你们的对话。隔着窗户，可能不算太清楚，但肯定可以分辨出万斯年的声音来。有了这枚聆贝，我们就有机会洗净你的冤屈了。"

黄小路没有说话，但眼眶已经红了。他想要告诉自己别这样，在女孩子面前流眼泪是一件挺没面子的事，但另一个声音在心里说：不用掩饰了。诚实地面对自己的内心吧。

所以他哭了起来，但不是抽抽搭搭地、像个孩子那样地哭泣，而是仰面抬起头来，高扬起双臂，任由泪水顺着面颊滑落下去，就像是在迎接着一场风暴的到来。他已经不再是过去的那个黄小路，从这一刻起，他的举手投足都有了一些与以往不同的改变，也许可以这样说，他更像一个真正的男人了。

　　林霁月轻轻叹了一口气，没有去打扰他，只是静静地站在一旁。过了一会儿，黄小路擦去泪水，再看向林霁月的时候，目光里就像有火在燃烧。

　　"那一颗聆贝，我们先不要用。"他沉稳地说。

　　"为什么不用？"林霁月很是吃惊，"你不想回到天驱了吗？"

　　"我想要回去，但不是像现在这样回去，"黄小路说，"这样回到天驱，我仍然是一个无足轻重的旗领，就算扳倒了万斯年和谢子华，还会有其他人被辰月诱惑来对付我。这并不是一个最好的选择。"

　　"可是，不回到天驱，你打算做什么呢？"林霁月问。

　　"我一定能做很多事情，因为我是我，"黄小路的语气中充满了一种从来没有过的自信，"天驱和辰月能做到的，我也一样能做到，更何况……"

　　他伸出手，除了那些奔逃打斗中的不得已的拉扯牵绊之外，生平第一次主动握住了一个女孩的手。林霁月似乎也被这个动作惊呆了，身子轻轻地颤抖了一下。

　　"更何况……还有你愿意陪着我，"他接着说，"我们不会输给任何人的！"

　　林霁月低下头去，等到重新抬起头时，眼神清澈如同晨光："我相信你。"

　　她扭过头，看着正在一点点亮起来的遥远的地平线。太阳将从那里升起，把燃烧的力量投射到九州的广袤大地之上。

第四章

神　域

楔　子

　　夕阳从天启城的城头缓缓坠下，大地慢慢被黑暗笼罩。两个男人站在天启城的高处，俯瞰着这座华灯璀璨的万年帝都。借助着晚霞残余的微光，可以看到，这两个人一个穿着白色的长袍，右手的衣袖下半截空空荡荡的，另一个则一身黑服，但他们的脸型却非常相像，确切地说，就像孪生兄弟一样。

　　"已经过了这么长时间了，看到你这张脸，我还是觉得有些奇怪，"白衣男子说，"为什么不换回你自己的脸？"

　　"时间已经过得太久了，我都忘了我自己的脸到底是什么样的了，"黑衣男子叹息一声，"不过也不用担心会混淆，你喜欢穿白色，我就天天着黑，这样的区别够醒目了吧？说真的，我不太喜欢白衣服，太容易脏了。"

　　白衣男子轻笑一声："那就随你了。今天约我出来是为了什么？"

　　黑衣男子没有说话，从怀里取出了一个银色的小瓶递给他，白衣男子接过来看了一眼："这么说，噬腐草已经彻底成熟了？"

　　"喝下去，然后，忍住痛，"黑衣男子说，"我知道，你曾经忍受过心之花、缠龙锁和五毒血的折磨，但你要相信我，这一回的痛楚也许会超越你承受的极限。"

"试试吧。"白衣男子淡淡地说，然后取下瓶塞，把瓶子里的液体一饮而尽。过了片刻，他的身体猛地一抖，双腿也摇晃起来，脸上的肌肉不断扭曲着，额头上出现了黄豆粒大的一颗颗的冷汗。但他一直强忍着，没有哼出一声。

"果然了不起！"黑衣男子称赞道，"面对着这样蚀心腐骨的剧痛，居然连声音都不出，不愧是你！"

他高举起双手，仿佛是在吸引着远在天际的月光，嘴里发出一阵古怪的吟唱声，让人完全听不懂他在说些什么。随着这一阵吟唱，白衣男子的痛苦仿佛加剧了，右臂更是剧烈地震颤着。突然间，一阵若有若无的好似骨骼断裂般的声音响起，他右臂那只空荡荡的衣袖突然被填满了！

一只惨白的、布满黏液的右手，从衣袖里缓缓伸了出来。

"巫术果然是一种不可思议的技艺，"白衣男子活动着这只新长出来的右臂，"完全没有任何不适应的感觉，非常灵活。"

"我答应过的事情，自然要算数。"黑衣男子说。

两个人沉默了一阵子。过了许久，白衣男子忽然开口说："现在那两个人已经陷入绝境了。你还准备做些什么？"

"什么都不做，就这样等着。"黑衣男子微笑着说。

"你还是不愿意告诉我你这样做的用意，"白衣男子摇摇头，"动用那么多资源，把两个无足轻重的小人物逼入绝境，到底是为了什么啊。"

"那正是我所期待的，"黑衣男子说，"我希望他们不会令我失望。"

"期待什么？失望什么？"

"你很快就会看见。"

与此同时，千里之外的宛州，一对青年男女正在山道上气喘吁吁地狂奔着。跑着跑着，年轻的女子向着旁边做了个手势，两人一起小心翼翼地从悬崖边拉着几根藤蔓滑了下去，躲在山崖旁。不久之后，头顶上响起一阵急促的脚步声，大概有七八个人跑了过去。

脚步声消失后，男子舒了口气："总算躲过去了，还是你机灵。"

女子嘻嘻一笑："论逃命的本事，我可是第一流的。不过……我们俩就这么不停地逃下去？"

男子摇摇头："当然不会，事实上，我已经有了一个计划了。"

"什么计划？"

"慢慢告诉你，这只是基于我一个模模糊糊的猜想，还需要先证实，"男子说，"我一直在想，作为一个普普通通的天驱，甚至还不是七宗主之一，为什么我会莫名其妙受到这样的冤屈？那个阴谋可是精心策划的，而且牵动了很多的力量，花费那么大代价来对付我，究竟图的是什么？不弄明白这一点，我们将始终处于被动中。"

"是啊，我也没想明白，他们究竟想干什么？"女子一摊手。

男子抬起头，看着天空中暗淡的残月："可是现在，我有了一点判断了，也开始明白我应该怎么做了。试试吧，这样无休止的逃跑不是办法，我一定要想办法反击的，而且绝对是他们完全意想不到的反击。我绝不会容忍被人当成傻瓜一样的玩弄，我会让他们也尝到傻瓜的滋味……"

"但是在此之前，我们还是得先逃跑，不然命都没了拿什么去反击……"

"你说对了！"男子抱着头哀鸣一声，"这苦日子什么时候才是个头啊！"

一、天驱武士程昭给同伴连昆吾的信（一）

昆吾兄：

当你收到这封信的时候，我大概已经踏上了越州的腹地了。我又有了新的任务，去追捕一个名叫黄小路的天驱叛徒和他的手下林霁月。

我知道你肯定又要责怪我太过大意，天驱的机密不应该随随便便写在信里云云。别那么担心，我早就和你说过了，现在没有谁顾得上抓捕天驱了，皇帝和北陆大君的战争已经不可避免，他不会在这种时候分心的。我想你们也一定会趁着这个时机有所活动。

现在我正坐在北邙山脚下的一座小客栈里。这间客栈狭窄而吵闹，空气里总是飘浮着一股令人作呕的清水煮面条的气息，但却很有可能是未来若干个月我所能住上的最好的一家客栈了。一旦进入越州，尤其是越州南部，环境之恶劣可能会超乎想象，这里多年来被外人称作南蛮之地，并不是没有原因的。更何况，越州的南蛮和河络也在蠢蠢欲动，密切关注着华族和蛮族的这一场大战。这样的大规模战争，已经几百年没有出现在九州大地上了，他们一定会根据时局的变化想办法从中分一杯羹的。

我不喜欢越州，这里的空气总是潮湿得能滴出水来，多山、多雨、多匪患、多刁民，还多各种毒虫猛兽，压根儿就不是一个适合人居住的地方。但身为天驱，我没有选择的余地。黄小路这个叛徒干出了种种骇人听闻、人神共愤的事，能够得到亲手抓捕他的机会，实在是我的荣幸。我一定会竭尽全力地找到他、抓住他，当然如果他反抗激烈，我也被授予了当场诛杀他的权力。事实上，这才是我真正想要做的事情。我会提着叛徒的脑袋向北辰之神祝祷，一切敢于玷污"天驱"这个骄傲的称号的人，都必须要得到惩处。

明天一早就得赶路，先写到这里吧，祝万事顺利。

铁甲依然在。

昭

昆吾兄：

现在我正在一间山间农舍里给你写信。前方突发泥石流，至少半天之内队伍没有办法前进了，我们只能暂时在这座越州小山村里安歇下来。不过正好，我得到了给你写信的机会。

我们进入越州已经十天了，这十天来的种种辛苦一言难尽。我的腿上现在还有几个小小的伤疤，那是吸血的水蛭给我留下的纪念。虽然被泥石流阻挡了行程，使得我们和黄小路与林霁月之间的距离不得不又拉开半天的里程，但我必须很不光彩地承认，我总算是可以稍微松一口气，并且吃上五天以来的第一口热饭了，尽管味道实在不敢恭维。

趁着这半天的时间，我可以给你写一封稍微长点的信，讲一讲我正在追捕的这个黄小路。我想天驱内部多半已经大概知道了一点这个人做过的事情，却不太详细，我正好给你说个明白。

这家伙大概是在两年前加入天驱阵营的，身份来历都无人知晓。刚开始的时候，他的武功并不高，但运气却不错，再加上女搭档林霁月确实很能干，连续完成了不少的任务。有些奇怪的是，随着一次次任务的完成，他的武功进展非常迅速，完成的任务越来越重要，在组织里的地位也不断地提高，终于升到了旗领的位置。

你得知道，这样的上升速度是极不寻常的，过去的时间里，只有龙焚天才完成过那样的成绩，他受到重视也是理所当然的。在很长一段时间里，我也把他当成了我的榜样，希望我能够以他的成就来激励自己。我当然并不是看重什么旗领、宗主之类的地位，而是出于对天驱的信仰，希望能够更多的做出贡献。

但我实在没有想到，这个黄小路其实是一个隐藏很深的奸细，他一步一步地在组织里爬得那么高，其实只是为了更好地窃取天驱的机密情报。今年三月的时候，天驱在宛州青石城召开了一次密会，商议应对辰月教所煽动起来的战争形势的各项计划，黄小路就在那时候露出了他的真面目。他先是利用已经成为他的下属的林霁月暗中偷袭长溟宗宗主万斯年，把万宗主打成重伤，然后抢走了一份至关重要的名册——九州各地天驱支持者的签名名录。那些人一个个要么位高权重，要么富甲一方，都是极有身份的人，如果名录落到了皇帝的手里，后果将不堪设想。

当时林霁月分明已经在现场被抓住了，但名单却已经交给了他们的同伙，而那两名同伙已经迅速逃窜。正因为如此，加上黄小路的花言巧语，几位宗主也一时被迷惑了，听信了黄小路的辩词，反而将他和林霁月也加入了追赶敌人的名单。

而黄小路事先早已做好了精密的布置，他和尸舞者相勾结，在青石城以西的合江镇诛杀了自己的同伴，其中包括了樊引、巫云汐等天驱精英。更加令人发指的是，他们还散布了瘟疫一般的毒药，毒杀了合江镇的全体镇民，试图以操控丧尸的方法来阻截其他后援的天驱。这样骇人听闻的大屠杀，近百年来都是极为罕见的。而万斯年宗主也通过黄小路过去的上司谢子华找到了确凿的证据，证明此人一直在和辰月教暗中勾结。事实上，黄小路就是一个货真价实的辰月教徒。

所以宗主们十分震怒，一定要求抓到黄林二人，如果不能活捉，就地铲除也可以。作为锄奸队伍中的一员，我的心情很复杂，既为接受这样的任务而感到荣耀，也能体会到它的沉重性。但更重要的是，我难以抑制一种愤怒，想要把黄小路活活撕成碎片的愤怒。我不能容忍有这样阴险狡诈的恶徒把天驱玩弄于股掌之间，我一定要替天驱洗雪耻辱，消灭叛徒！

我们花了几个月才找到这两人，然后这十天来，我们追踪着黄小路和林霁月的踪迹，不断深入越州腹地。他们两人十分机警，而且也有着相当丰富的逃亡经验，我想那大概是因为林霁月出身天罗，受过这方面的严格训练的缘故。我们好几次眼看就可以跟上他们了，最后还是被他们甩掉了。不过我们不会气馁的。就算跑遍整个九州，我也一定会抓住他们，我以我的天驱指环立誓。

就写这么多吧。我需要抓紧时间睡一觉，也让我僵硬的双腿稍微放松一下。以后进入越州更深，通信也会很不方便，不过我会尽量找到机会给你写信的。

铁甲依然在

昭

昆吾兄：

抱歉隔了那么久才给你写信。我们在越州的山区里追赶黄小路，几乎半个月的时间里一直在山区里转悠，根本没有邮差可以送信。不过现在，我们终于找到了一座小镇子，虽然它看上去比一座宛州的村庄还要破落，但这里总算有人可以送信。每十天，邮差会来这里一次，所以我会把这封信留给客栈主人，回头让他转交给邮差。我知道你又要唠叨什么安全第一了，放心吧，这种小地方寄出的信，鬼才会去查呢。倒是我需要担心他们会不会把信弄丢，听说那个邮差是个挺粗心的人。

是的，我想你也猜到了，我们追了黄小路半个月，像猴子一样在山里转了半个月，还是让他跑掉了。他比猴子更灵活，比狐狸更狡猾。或者我需要说得更精确一些，林霁月比猴子更灵活，比狐狸更狡猾，两人的逃亡行动基本都是由她指挥的。她总会制造各种样虚假的痕迹，欺骗我们走向岔路，还会利用陷阱进行反击。我曾经差一点被木桩所击中，而陈孜兄比我不幸得多，他在一次下山的途中踏中了林霁月布置的兽夹，脚上的骨头被生生夹碎，不得不退出了这场追逐。

但这件事并不会影响剩下的人们的士气，正相反，我们在愤怒中变得更有斗志。林霁月再好猾毕竟也是人，也一定会有疲累的时候，我们会耐心地等到她失去力气的时候。到那个时候，陈孜的仇、樊引的仇、巫云汐的仇，所有天驱的仇，我们都会一起报的。

马上就要出发了，就写那么多，希望那位十天才来一次的邮差不负所托。

　　颂安。

昭

二、旅行者欧阳澄给朋友颜行复的信（一）

颜先生雅鉴：

　　很高兴能收到你的信。虽然和你仅仅是在淮安城有过一面之缘，但你我一见如故，倾心相交，十分难得。

　　回想起淮安城初遇的情景，仍然让我时不时的心生感慨。我和淮安天一棋馆的伍馆主也算是相识多年，对他的棋艺有着相当的了解，在过去的十余年中，向他挑战的棋手数不胜数，但能够战胜他的实在寥寥无几。尤其是快棋，一向被伍馆主引为生平绝技，自称"快棋九州第二"，如此自信，可见一斑。但颜先生和他的那场对局，让他输得无话可说，也令小弟钦佩不已。

　　我还记得，那一场惊世骇俗的对局之后，伍馆主立即邀请颜先生留下，成为天一棋馆的一员，甚至不惜让出馆主之位，那时候围观人群的惊叹想必颜先生也听得十分清楚了。天一棋馆是淮安城最大的棋馆，出过无数顶尖的棋手，也是全宛州最大的棋馆，论规模、论历史、论实力，大概只有中州的云启棋馆可以与之相提并论。

　　但是颜先生竟然果断拒绝了这个足以令天下棋中人艳羡不已的位置，声言："我所爱者，只是棋道本身，而不是身外的虚名。唯愿走遍天下，遍访九州棋道高手切磋交流，无意于坐镇某个棋馆故步自封。"如此境界胸襟，实在比先生的棋艺更加令我感佩。

　　当然，那一天的棋局的确是精彩之极，我现在一闭上眼睛，颜先生和伍馆主所走出的每一步棋都历历在目，栩栩如生。我生性愚钝，头脑反应不够快，向来只敢下慢棋，对于快棋只有在一旁欣赏

197 ·

旁观的份。而两位的对弈，甚至超出了我对快棋的想象，达到了难以置信的境界。我从来没有想到过，有人能够在那么短的时间里对棋局做出那样精确的判断，简直就像能从时间中脱离出来一样。

请原谅我啰啰唆唆地重复了那么多当天的场景，因为非此不足以表达我的惊讶与敬意。先生在信里说，你还将继续在宛州周游，寻访棋道高手与之对弈。若要祝福你一路取胜，未免显得太俗气，有失棋道的真谛，所以小弟只能祝先生一直享受下棋的快乐。当然，如果能击败那个不可一世的人，我会痛饮三大杯为君庆祝。

盼即赐复。

欧阳澄

行复兄：

回信收到，胸怀大畅。从信中看到，行复兄又在青石、白水等地的棋馆与棋坛人士手谈并取得全胜，真是不胜欣慰，同时也很遗憾，我没能亲眼见到那些精彩的战局。不过你现在的声名已经越来越响了，我想用不了多久，我在天启城里也能看到流传出来的你的棋局棋谱了。

你在信中问，我上次在信里提到过伍馆主自称九州快棋第二，那么第一究竟是谁。其实这个问题，稍微向宛州的棋坛高手们打听一下，就能知道答案，甚至一些普通的棋手也知道那个人。没错，他也是我在上封信的末尾所说的"那个不可一世的人"。不过我和那人略微打过交道，对他的了解可能比一般人更多一些，所能提供的信息也更详细一些，那就由我来解答吧。

我说的这个人，就是宛州南淮城的大贵族百里华音。他的先辈是昔日下唐国国主百里氏，乃是君王的后裔，家业庞大，富可敌国。可想而知，这样衣食无忧的贵族之后，总会有一些特殊的癖好，百里华音所沉迷的就是棋道。据说，他年幼时就经常听长辈讲述祖先的显赫威名，十分羡慕祖上的荣光，但现在的百里氏空有钱财，早已失去兵权，不可能再有上阵建功的机会，所以他只能寄情于弈道，希望能在棋盘上找到纵横山河的感觉。

不得不承认，他的确是一个百年难遇的天才棋手，从七岁开始就已经崭露头角，十三岁击败了南淮著名的南安棋馆的宋馆主，从此名扬天下。但十七岁时，他遭受到了一次重挫。当时他和有棋圣之称的大国手梁正源进行了七番棋的较量，竟然连败四局，一场未胜。他事后总结经验，认为自己输在不够稳健，性情略微急躁了一些，对中盘之后的布局缺乏考量。这一个弱点涉及他天生的性格，一时间很难更改。也就是说，如果遇上沉稳老辣、目光长远的对手，他的胜算就会小很多。

百里华音那时候很是苦恼，却也并不气馁，苦思着解决这一问题的方法，最后他选择了剑走偏锋——那就是专下快棋。谁也没想到，他竟然就此走出了一片自己的天地。快棋最大限度地弥补了他不擅长长远计划的缺陷，或者反过来说，最大限度削弱了敌手在这方面的优势，使他的胜算大大增加。结果从二十岁开始，百里华音的快棋在宛州就几乎找不到对手了。

在那之后，他经常离开宛州出门游历，足迹踏遍了宛州、中州、越州、澜州，到处寻访知名棋手对弈。我想如果羽人也喜欢下棋，夸父也喜欢下棋，他大概还会跑到宁州和殇州去。他用了五年的时间，几乎访遍了九州所有的知名棋手，从来没有败过。也就是说，在快棋这方面，他已经是无可争议的九州第一了。

你必须要知道，高处不胜寒的感觉是寂寞的。现在百里华音已经不再四处游历。他只是待在南淮城华丽的祖宅里，等待着偶尔有不自量力的挑战者上门，无精打采地打发掉他们，然后更加无精打采地对着棋谱发呆。他难以忍受那种无人可以与他抗衡的失落感，于是在三十岁那年发下了一个令人震惊的誓愿：只要有人能在快棋上击败他，他就会把自己全部的家产相赠。是的，全部的家产。

从那之后，他的挑战者反而更少了，人们都知道他能说出这样的话，必然是有十足的把握的。事实也是如此。今年百里华音四十岁，十年过去了，始终没有任何人能够战胜他，赢取那一份人人为之心动的财富。

我知道行复兄不是世俗中人，不会对那些财富产生什么贪念，但还是可以考虑一下，在适当的时机去会一会百里华音。我有一种感觉，以行复兄的棋艺，百里华音也许是唯一一个能和你相抗衡的棋手了，而你也是唯一一个有机会动摇他的统治地位的挑战者。

期待着这场令人热血沸腾的巅峰之战。

谨祝秋祺

兄澄拜上

三、秋叶城客栈老板兰田的生活（一）

战争时期的秋叶城似乎和平日里并没有什么不同。这大概是因为秋叶已经经历过太多的战火，见证过太多的攻打、占领、撤退乃至于摧毁和重建，对战争这种玩意儿早已习以为常了。澜州历来就是人族和羽族对抗最激烈的地方，秋叶城更是不知道易主过多少次了。眼下的这座秋叶城暂时属于人类，不过在看似平静的外表下还是能看出隐藏的危机。比如说，过去还能进城和人类进行商贸交易的羽人都消失了，因为时局紧张，羽皇说不定什么时候就会出兵攻打人类，两族又不得不互相给对方贴上"仇敌"的标签。

秋叶城里有一家老字号客栈，叫作同归客栈，虽然店面不大，但是一向收拾得干净整洁，服务也好，很得南来北往的旅客行商的青睐，向来都是十分热闹。但现在战争即将爆发，客流量大大减少，同归客栈也显得冷清了许多。

不过同归客栈的老板兰田很沉得住气，生意的下滑并没有让他表现出焦急。相反，他有了更多的空闲时间和南来北往的客人们闲聊交谈，了解战争的最新动向。兰田是一个瘦瘦小小的小老头，额头上的皱纹很深，手里总是握着烟袋和烟杆，不过吞云吐雾的时候却很少。

"年纪大了，嗓子不好了，不敢多抽，"他解释说，"所以只能捏在手上过一过干瘾了。"

据兰田说，他其实是一个很喜欢旅行的人，但接掌了同归客栈之后，再也找不到什么时间可以脱身，于是一辈子都被拴在了秋叶城里。九州如此广大，他几乎哪儿也没去过，现在年纪大了，更是有机会也跑不动了，实在是这一生最大的遗憾。因此，他一有空就喜欢和客人们闲谈，打听九州各地的风物人情，在头脑里完成他的旅程。

这一天秋叶城下起了雨，淅淅沥沥的秋雨慢慢带来阵阵的寒意。这样的雨天倒是拖住了不少本来打算远行的人们的脚步，于是同归客栈稍微显得热闹了一些。兰田照旧提着烟斗坐在大堂里，和客人们交谈着。如今时局紧张，话题总是离不开战争。

"我听说，宛州的驻军有三分之二都已经被调到了中州，据说已经在海峡那边集结好了。要打，这一仗铁定要打，跑不了的！"一个来自八松城的小商人说。

"真要打起来，受苦的还不都是咱们老百姓，"另一名从中州泉明港而来的客商说，"不瞒各位说，我就是看出了皇帝要北伐，泉明港肯定不安全，这才举家搬迁到澜州来的。蛮族人可不是好惹的，他们的男人都是在马背上长大的，论舞刀弄枪，华族的军队根本不是对手，不过就是仗着兵器和铠甲更精良罢了。可是光有兵器顶什么用？那是在蛮族的地盘上作战，在人家的家门口！"

"历史上北伐的皇帝也不是没有，有谁最后征服了瀚州、征服了蛮族吗？半个也没有！"一位从九原城来的旅客说，"就算是伟大的风炎皇帝，最后不也不得不退回到东陆吗？风炎皇帝都不行，谁还能行呢！"

"既然这样，为什么皇帝还执意要打这一仗呢？"一直在一边静静旁听的兰田忽然问。

大家你看看我我看看你，似乎都不知道该从何说起，当然也有可能是出于胆怯，毕竟谈谈历史也就罢了，要直接抨击皇帝还是有风险的。过了好一会儿，一个从夏阳城来的客人缓缓地开了口："其实，未必是皇帝想要打这一仗的。也许在背后，还有一些特殊的力量在推动。"

大家都看着他，另一名客人问："老张，你为什么这么说呢？"

老张的脸色犹犹豫豫，显然想说而又不敢说。兰田果断地站了起来，挥了挥手："各位，祸从口出，有些话题可能带来风险，咱们还是别说下去了——隔墙有耳。"

人们虽然还是有些好奇，但想想兰田说得有道理，身处乱世，保住自己才是最重要的，于是纷纷转换了话题，聊起九州各地的风物来。

午饭过后，大家还是无事可做，有的三三两两聚在一起小赌两把打发时间，有的索性回到客房小睡。夏阳城的老张对赌博没什么兴趣，也早早地回到了房里。但还没来得及躺下，门就被敲响了，打开门，客栈老板兰田正站在门口。

"我有话想要问你。"兰田说，手上除了烟袋之外，还拿着一个托盘，上面有一壶酒和一碟小菜。老张的眼睛立刻亮了起来。

两人在桌旁坐下，对酌了几杯，老张说："我没有猜错的话，你是想要问今天被你打断了的那个话题吧？"

兰田点点头："那种事情，不适合在人多的地方说，容易引起麻烦。不过我还是挺有兴趣的，想要听你讲一讲。"

"我也是碰巧遇上的，"老张脸上的肌肉轻轻抽动了一下，似乎是回忆起了一些极不愉快的往事，"你知道，我来自夏阳城，但最早的时候，我并没有像现在这样，风里来雨里去地做一个辛苦的行商。五年前，我还是一个衣食无忧的大户人家的管家。我的主人，是夏阳城赫赫有名的盐商张敬之。"

"这个名字我听说过，"兰田说，"他在夏阳城好像很有名，不但赚的钱多，还一心做慈善，修桥铺路什么的，很得民心。"

"的确是，做善事是张家历来的传统，"老张说，"不只如此，少爷……就是张敬之，还是一个很喜欢结交朋友的豪爽之人。他父亲死得早，接管家业的时候才二十来岁，生性喜欢与人结交，认识了不少三教九流的朋友。五年前的一天，他突然带了一个人回来，说是他的莫逆之交，要在家里小住一段日子。那是一个白衣翩翩的男人，年龄已到中年，脸看上去却很年轻，而且气度非凡，一看就不是寻常人。那个人自称名叫厉忘归，是一个钟情山水的旅行家，常年在九州各地游历，据说和张敬之一见如故，所以就被请到了夏阳城做客。"

"厉忘归……"兰田重复了一遍这个名字，"和我的客栈名字倒是挺相配的。"

"这个厉忘归和少爷好像的确交情很不错，"老张说，"那一段时间里，少爷把生意全部交给手下人处理，家里的事情则扔给我，自己每天都和厉忘归泛舟出海，谈天说地。不过他每次结交新朋的时候，几乎都是那样的，所以我也并不以为意，只是安心替他管家。只是过了一段时间之后，我才发现了一些不大对劲的地方。"

"什么不对劲？"兰田问。老张讲了老半天，也还在说着一些五年前发生在张敬之身上的琐事，听起来和兰田所问的"战争背后的特殊力量"没有太大关系，但他却显得很耐心，似乎已经听出了其中的联系。

"首先，厉忘归待的时间未免太长了一些，"老张说，"他在家里住了一个多月，比其他任何朋友的时间都要长。此外，少爷那段时间的神情显得很奇怪，好像一方面的确和厉忘归相谈甚欢，另一方面，却又在没人的时候时常显露出很苦恼的神色，像是在被什么心事所折磨。"

"既然是'没人的时候'，你是怎么看到的呢？"兰田敏锐地注意到了这个细节。

老张有些不好意思地搔搔头皮："这个嘛……哈哈，我也不瞒你了，老哥。那时候我实在有些害怕，害怕少爷和厉忘归的关系……那个……不太正常……"

兰田恍悟，也跟着笑了起来："这也难怪，大概你也很少见到两个男人那么亲密吧。"

老张老脸一红："我有些担心，所以偷偷地窥视过几次，倒是没发现什么异常。不过也因此看到了少爷一个人独处时的情景，好像确实有什么大事，有什么重大的决定在让他十分为难。所以我又有了新的担心，决定冒险偷听一次他们的谈话。"

"看来你是听到了些什么不一般的东西吧？"兰田问。

老张一仰脖喝下一杯酒，又接连倒了两杯，手微微有点发抖："不一般的东西？那简直是噩梦。那个厉忘归，他竟然一直在劝诱少爷加入一个很奇怪的组织。他对少爷说，那个组织是……是什么'神的仆人'，所做的一切事情都是'奉神的旨意'，又说九州大地上的一切根本就无足轻重，神在弹指间就能让所有的东西灰飞烟灭，人们与其在庸庸碌碌的生活中浪费光阴，还不如听从神的吩咐行事。"

"听起来还有点意思。"兰田若有所思。

"事不关己，你当然可以觉得有点意思，"老张苦笑一声，"我当时可是脸都吓白了，万万没有料到这个看上去如此有气度的厉忘归竟然是这样可怕的角色。更可怕的是，少爷显然被他说动了，一直都在认真考虑着他说的话。厉忘归劝他，把全部家产奉献给那个组织，从此为了神效力，和他一样一起做'神的仆人'。"

"仅仅是为了家产吗？"兰田说，"我感觉，这个厉忘归如果真是那么厉害的一个人，不至于为了一个富商的钱财就在他身上耽搁那么久的时间。"

老张狐疑地看了对方一眼："你好像知道不少的事情。"

"不，我只是喜欢动动脑筋而已，"兰田回答，"要知道，我在秋叶城里憋了那么多年，天天围着这间客栈转悠，再不多动动脑子，会发霉的。"

老张叹了口气，接着说："你说得多，绝不仅仅是家产，最为重要的是一张夏阳张氏和海盗的契约。那是老爷，也就是少爷的父亲过世前和海盗签订的，当时有一个著名的海盗头子被官家抓住了，本来要判死刑。老爷以前不知道因为什么事和那个海盗打过交道，很欣赏他的慷慨豪侠，于是花了不少钱，又动用了自己在天启城的关系，救了他一命。那名海盗头子为了感恩，就和老爷签订了那张契约，三十年之内，只要张家有什么需要，夏阳海域的海盗无不遵从。"

"原来是看上了夏阳海盗的力量……"兰田也干了一杯酒，"眼光独到啊。"

"厉忘归还告诉少爷，神的手指已经在拨动这个世界，整个九州都难免陷于毁灭一切的战火之中，所以他的家产原本也很难得到保全，"老张说，"他还说，即便是天启城中的皇帝，也难免要遵从神的旨意行事。"

"我明白了，难怪不得今天上午你要说出那番话呢，"兰田放下酒杯，"你是在怀疑，这场战争的背后，也是厉忘归和他的组织在推动。"

"我的确是这么怀疑的，"老张说，"因为后来，少爷真的完全按照厉忘归所说的做了，让夏阳张氏五代人的基业毁于一旦，而我……也只好另外想办法讨生活了。"

两人喝光了这壶酒，兰田告辞出去。他站在同归客栈的门口，看着万千银线般不断掉落的雨丝，喃喃地自言自语着："厉忘归……神的旨意……"

四、大学生黄小路的生活（一）

"好了，今天就讲到这里，散会。"被称为"散花天女"的年级辅导员在叽叽歪歪了三个小时之后，终于说出了这句人民群众翘首以盼的结束语，结束了他的天女散花。黄小路夹起书包，逃也似的钻出了教室。他并没有跟随着人流去往学校的宿舍，而是骑上自行车出了校门。经过大约半小时的骑行后，他拐进了一座居民小区，进入了其中的一栋楼。

"小路，我已经说过了，你今晚应该好好休息一晚上的，这些天太累了。"开门的李炜衡一边招呼他进去，一边有点抱怨地说。

"叔叔，您知道的，我没办法休息。"黄小路说着，眼光扫到了正坐在窗边的同学李彬，眼神不由得暗淡了下去。李彬斜靠在落地窗边，双目痴痴地凝望着远方的璀璨灯火，但黄小路知道，他其实什么都没看。

李彬早已精神失常了。

黄小路好不容易在游戏中找到了李彬所建立的角色，但该角色却很快被人劫走，而现实世界的李彬精神状况也并无丝毫好转。而紧接着，黄小路自己也遭受到了沉重的代价，他同女搭档林霁月一道被人陷害，成为他们所属的九州组织"天驱"的头号叛徒，遭到了通缉追捕。

"很惨，简直就是一败涂地，"黄小路在李彬身边坐下，对李彬说，"现在我成了天驱的大叛徒，九州的大杀人魔，人人欲诛之而后快。幸好林霁月是反追踪的专家，我和她一起四处逃命……"

李彬其实未必能听懂黄小路在说什么，但至少，每次只有当黄小路讲述起九州世界中的经历时，他才会做出倾听的姿态——能安静地听人讲话已经是很大的进步了。所以黄小路也养成了这样的习惯，一有机会就会把自己的游戏过程讲给李彬听，哪怕只是看到李彬安安静静地作倾听状，也是很让人安慰的一件事了。

这一年以来，他把大量的时间都花在了李彬家里，除了絮絮叨叨地讲述游戏经历外，就是带着李彬一同进入游戏，寻找医治他的方法。李彬的父亲李炜衡很感激黄小路，但也偶尔会暗示或者明示他：不行就放弃吧。

"实在不行的话，就让他这样吧，"李炜衡说，"其实他这样也很好，我为他担心的反而少一点。但是如果你也因为这个游戏发生什么事，我就没办法原谅自己了。"

黄小路叹了口气，没有回答。对他而言，这已经不光是挽救一名同学的事情了，还关系到游戏高手的尊严。这个九州游戏一次次把他耍弄得够呛，却反而更加激发了他的斗志。作为一个游戏天才，一个从三岁开始就不断击败各种对手的游戏之王，黄小路绝不相信这世上有他征服不了的游戏，更加不能容忍自己被一个游戏玩弄于股掌之间。他要绝地反击，他要争取胜利，他要把这个该死的游戏踩在脚下。

每一次进入游戏，他仍然会带着李彬一起。虽然李彬在游戏里的角色"龙焚天"的躯体到底在哪儿都还不清楚，他仍然不肯放弃希望。好在李彬也从来不抗拒，每一次都乖乖地把头盔扣上，听任黄小路替他登录账号进入游戏。而他在游戏里到底能看到些什么，谁也不知道，问他也从来不说。

黄小路显得很累，很疲倦，比起大一时体重至少少了十五斤。他一方面要把大量的时间花费在这个游戏上，另一方面还有学校里无穷无尽的麻烦要应付。逃课不能太嚣张，否则老师会直接判定期末不及格；辅导员的大会小会必须参加，不然事后会有无穷无尽的麻烦；必要的班级活动也不能缺，他实在不想变成一个离群索居的怪物宅男；必要的体育锻炼不能少，他也不想年纪轻轻就过劳死；临近考期还得上通宵自习，他的家长相对较为开通，默许他在外租房而不住学校宿舍等事实，但只有一个死命令：考试必须全过，只要挂一科，一切都免谈。

所以他不得不拼命，不得不全力以赴，不得不以分钟为单位来安排自己的时间表。有趣的是，九州游戏的风格虽然近似中国古代，但其中计量时间的单位居然也是分钟，这让他也能相对精确地按照比例把握九州世界里的时间。他在真实世界和九州世界里来回穿梭，经常会混淆两个世界的界限：比如在校门口买肉包子的时候，他好几次下意识地想要掏出铜锱——九州世界的通用货币。而他和李彬谈话的时候，也渐渐开始有了一些新的内容。

"你说……如果我们掌握了九州世界的一切，成为这个世界的主宰者，那会是什么样的感觉呢？"他一边揉着眼袋深重的双眼，一边用梦呓般的口气对李彬说，"在这个世界里，我们只是无足轻重的小人物，可是在九州，我们能做到的却多得多。如果真的能把世界都握在手心里，那种感觉……是不是就接近于神了呢？"

李彬没有回答，依然出神地看着远处的灯火，看着这个和九州截然不同的真实世界。

五、私家侦探刘重给委托人黄小路的电子邮件（一）

黄先生你好：

你所委托的事项，我已经做了初步调查，没有想象中那么顺利，不过还是略微有一些收获的。

收到你的委托之后，我就开始着手查找你所描述的这款九州游戏。我想，既然你已经尝试过所有的搜索引擎，都没能找到相关游戏的任何描述，说明这个项目是秘密进行的，公开层面上或许很难找到资料。

当然还是有很多蛛丝马迹可以追寻的，比如说，按照你的叙述，这是一个前所未有的逼真而复杂的游戏，远远超越目前市面上的任何一款虚拟现实游戏。所以我认为，没有足够实力的游戏公司不可能做到这一点，一个虚拟现实游戏的开发费用是惊人的，所需要的技术门槛更是相当高，不可能靠小工作室小作坊攒出来，这可以大大缩小调查的范围。

我通过各种关系，调查了几家大公司最近几年的一些开发内幕。这其中，与国内排名第三的 A 公司有关的一条信息引起了我的注意。大约在两年前，也就是虚拟现实游戏机大规模上市之前，A 公司的一个项目组集体辞职了。

那个项目组一直是 A 公司业绩最好的精英团队，在非虚拟现实时代开发出了多款知名而畅销的游戏。但他们集体辞职了，并没有说明任何原因，更为离奇的是，在虚拟现实游戏进入市场之前的三年里，这个以效率著称的团队竟然没有开发出任何一款游戏，谁也不知道他们在公司里究竟做了些什么。那之后曾经有记者试图采访他们，但无论是公司还是离职的人员，都对此事讳莫如深，半句话也不肯透露。我有一种直觉，这一起集体辞职事件很可能与这款还不知道出处的九州游戏有关。

另外，仍然是根据你的说法，这个游戏在地下一定范围内流传着，否则你们也不可能得到那些光盘。我想，得到光盘的人一定得到了某种严厉的警告，所以没有任何人把玩这个游戏的经历公布到网络上，但那并不意味着没有人在私下进行交流。我将会使用黑客技术进入一些需要认证的私密论坛，看看能不能找到一定的线索。

对近些年精神失常者的排查也在进行中，但这个数字是很惊人的，即便把范围缩小到青少年，仍然是一个很巨大的工作量，而且调查会受到各种各样的阻碍。这方面需要更多的时间，所以你必须耐心地继续等待下去。不过运气不错的是，我恰巧有一位昔日委托人的家属认识这样的一位精神病人，我把他的地址附在后面。

说真的，这项委托真的很有意思，我有一种感觉，我们很可能会从那张光盘的背后挖掘出一些骇人听闻的真相。希望能一切顺利。

刘重

六、天驱武士程昭给同伴连昆吾的信（二）

昆吾兄：

对黄小路的追踪已经进行了一个半月。这真是不堪回首的五十天，作为天驱武士，我觉得自己从来没有那么狼狈过，天天在越州山区的泥水里打滚，在崎岖不平的山道上蹒跚前行，忍受着雨水、蚊虫、泥石流和该死的越州刁民。我发誓，等到这一次任务结束了，我将终身不再踏入越州的土地。

唉，只是一句玩笑话而已啦，身为天驱，总是会被派到任何一个需要我的地方的。只是这一次的任务确实出乎我的意料，林霁月实在是太奸诈了，想要追上她实在不是一件容易的事情。

就在三天之前，我们差一点就能追上他们了。毕竟经过了那么久的逃亡，我们很累，他们更加吃不消，黄小路好像是生了病，影响了两人逃跑的速度，使我们终于得到了追上他们的最好机会。当时我们进入了越州东部的中白山，前方有一段长约十里的路程只有一条山道，没有其他岔路，我们决定一鼓作气在这条山道上捉住他们。

我们几乎用尽了全力在那条崎岖危险的山道上狂奔，甚至有那么两三次差点儿一不小心滑进万丈深渊，但这样的穷追猛打是有价值的。经过一个对时的追赶，我们终于能看到他们的背影了，黄小路的确显得脚步沉重，甚至经常在不好走的地方要靠林霁月的搀扶才能走过去。我们都精神一振，加快了脚步，决意要一举擒获这两个叛徒，终结这场让人难受的追逐。

但是没想到，就在我们之间相差只有半里，眼看很快就可以追上了的时候，意外的情况发生了。黄小路和林霁月突然停住了脚步。我本以为那是他们放弃逃跑束手就擒的标志，结果林霁月从身上摸出一枚古怪的哨子，把它吹响了。那枚哨子发出一声尖利而奇特的声音，刚刚响过，他们的身前就飘来了一股白雾。是的，那是一团突然出现的白色雾气，完全没有任何征兆，并且迅速地把两人包围了起来。等到我们赶上前去之后，雾气慢慢散去，而两人已经不见了！他们就像在雾里溶化了一样，完全消失不见了，地面上也没有他们俩的脚印，而是留下了很多看上去比成年人小得多，就像是孩子一样的足迹。

"那是河络的脚印！"我的同伴和头领钱立鸣蹲下身来，仔仔细细地查看了那些脚印之后，对我们说，"据我所知，黄小路过去曾经来到过越州，并且来到过我们现在所在的中白山，帮助这里的河络族铲除了一名叛徒，为他们和天驱建立了不错的友谊。"

"也就是说，他们刻意跑到这条路上来，就是为了寻求河络的庇护了？"我恍然大悟。

"看起来，我们还是低估了黄小路，"钱立鸣阴沉地说，"我们都以为这两个人众叛亲离，已经成了天驱的众矢之的，不可能得到什么帮助的，但却忘记了，他曾经借助着天驱的身份和外人建立过良好的关系。现在，他的第一个关系已经用上了。"

"我们为什么不找到这个河络的部落，向他们讲明白一切，请他们把黄林二人交给我们呢？"我问。

钱立鸣摇了摇头："不大现实。河络的思维方式和我们人类不一样，有些死板，或者说，相当死板。他们把黄小路当作有恩于他们的朋友，就一定会庇护他的，我们打上门去也许反而会引起他们的不满。更何况……河络的秘术你们刚刚也见识到了，我们就算想要找到他们，也得有这个本事。"

"可是我们应该怎么做？"另一位同伴闵超很焦急地说，"就这样放过他们？"

"他们不会在河络部落躲一辈子的，"钱立鸣思索了一会儿之后说，"他们做出那么大的事情，背叛了天驱，必定还有别的图谋，一定会重新出现的。现在离下山已经不远了，我们只能先到山下休息，然后轮流派人在这里监视，一旦黄小路病养好了重新上路，我们再继续追踪。"

也只能如此了。所以现在，我们已经在山脚的驿站里住了三天了，虽然这里的伙食很糟糕，床褥和被子都带着一万年也去不掉的霉味，却已经是半个月来最好的休息地方了。我也终于找到了大块的时间，可以给你写信。而就在今天，我听到了坏消息：战争终于爆发了。

　　鉴于越州的交通状况，这个消息传到这里的时候，至少已经晚了七八天了。我不知道你那里怎么样，只能全心全意地祝福你平安。战争一旦到来，我们天驱就必须要投入到制止战争的行动中，愿北辰之神保佑你。

　　铁甲依然在

昭

昆吾兄：

　　收到你辗转托人带来的回信，喜不自胜，在这样的乱世中，平安就是最大的福分。

　　天气渐渐进入了冬季，越州变得十分阴冷，夜风已经有了刺骨的凉意，我怀疑住在这里的居民每一个身上都有风湿的病痛。战争也已经进行了一个月了，不过这里毕竟偏远，在北陆的草原上展开的金戈铁马似乎与本地人没有什么关系。他们依然平静得近乎淡漠，过着自己的生活。当然这可能是因为黄小路和林霁月一直在山区里转悠，只是我们不得不紧随他们的原因，据说在越州的城市里，君王们也在秣马厉兵，准备迎战。

　　钱立鸣的判断是正确的，黄小路只在河络部落里躲藏了五天，大概是养好了病，然后又带着林霁月出发了，我们自然是一路追上去。这一次，他们又领着我们兜了几个大圈子，然后突然取道向北，如果不再更换方向的话，很有可能会翻越雷眼山进入澜州地界。

　　澜州虽然还是不能和宛州相比，但相比起越州来，已经好很多了。钱立鸣正在召唤我们出发，这封信就写那么多。不知道下一次我们俩看到彼此的来信会是什么时候了，只能祈求真神保佑。

昭

昆吾兄：

　　这么长时间居无定所，至今也只收到过你一封信，心中颇为惆怅，但也没有办法。我想，只要你能收到我的信，我就已经心满意足了。

　　上一封信里，我告诉你，我们可能会进入澜州，而事实上，现在我们已经在澜州的土地上了。我们原本以为，离开了崎岖多山的越州，我们的追踪会更加便利一些，却没想到，黄小路已经从朋友那里得到了两匹快马，令我们的追踪反而变得更困难了。

　　幸好澜州沿路也有我们天驱的同伴，通过他们的帮助，我们始终没有跟丢。现在我们已经来到了晋北走廊附近，在一座小镇上暂时安歇，我也终于可以再找到机会给你写信了。虽然不知道战争的局势会不会影响到通信，但是不给你写信，我总觉得心里不踏实。

　　这些日子里，我们聚在一起，也忍不住要讨论一下战争的局势。皇帝出兵之前，宣称自己必然会以摧枯拉朽之势击溃蛮族，但现在看来，他的自信有一些没有根据。蛮族人毕竟是在马背上长大的民族，就算兵器不够精良，战士的素质却高出许多。尽管如此，这样的战争还是让人难以预测。

　　这种时候，我难免有一些微微的怅然。其实我更情愿投身到这个以天下为熔炉的宏大战场上，为了九州生民出一份力，而不是像现在这样，疲于奔命地追赶着两个叛徒。我希望能像其他的天驱一样，在瀚州草原上举着刀和蛮族战士们一同抵抗侵略，或者在皇帝的军队中寻找着暗杀的机会。

　　很多时候我实在是不明白，像黄小路和林霁月这样的辰月教徒到底想要做什么，或者说，他们所信仰的"神"到底想要做什么？这是一个多么美好的世界，为什么要把它推向战火，为什么要把它送入毁灭的深渊？难道所谓的神，都是以毁灭为最大乐趣的吗？

　　每到这种时候，我都希望你能在我身边。作为一个女人，无论

213 ·

外表多么坚强，都难免会有软弱的时候。当我软弱时，我就希望得到你的支持。你之前多次向我提出婚约的请求，我都没有明确答复，因为我对婚姻本身还并不了解。但是现在，当我发现世界也许会在朝夕之间就被颠覆的时候，我忽然对个人的渺小产生了极度的恐惧。我想要找到一个依靠，那个依靠就是你。

因此，你所提出的婚姻之约，我同意了。等到这里的事情一了结，我就会回到宛州，和你成亲。无论那时是冰封大地，还是春暖花开。

昭

七、旅行者欧阳澄给朋友颜行复的信（二）

行复兄台鉴：

收到你的回信，得知你决意去挑战百里华音，实在让我难以抑制心中的激动。多少年来，百里华音从来没有遇到过可以挑战他的真正对手，而现在，这样的对手出现了。我衷心地预祝你取得最后的胜利，成为九州第一的快棋手。当然，我也同意你先击败其他的对手，更多地累积经验的做法，面对着九州首屈一指的棋王，多几分小心总是正确的。总之，我会期待着你和百里华音决定下对局之日的时刻，而我也一定会到场为你助阵。

唯一遗憾的是，这样难得的盛事却无法成为万众瞩目的第一焦点，因为当前所有人的注意力也许都放在了发生在北陆瀚州的那场战争上。如果说东陆的皇帝是一头愤怒的雄狮，北陆的大君则像是一只咆哮的豹子，这样一场伟大的战争，真是足以让天下震惊。

我经常在想，某种程度上而言，弈棋和战争其实有共通之处，都是凭借着智慧在运筹帷幄间一决胜负的游戏。对于那些君王和名将而言，手下的兵士就是棋盘上的棋子，握有的资源就是棋盘上的棋子，身后的城市就是棋盘上的棋子，臣服的百姓就是棋盘上的棋子。他们就像是对局的棋手那样，以天地为棋盘，纵横捭阖，决胜千里。在他们的眼中，或许一切的生命都已经不再重要，都化为了棋盘上冰冷冷的棋子，去和对面的旗手进行黑与白的绞杀。

　　可是我们能不能再进一步呢？那些声名赫赫的君主，震撼天下的帝王，他们难道又是完全自由的吗？在他们的身后，会不会还有一些未知的力量在推动，在操纵，在决定着这世间的一切呢？那些了不起的皇帝、大君、羽皇，在以自己的子民为棋子博杀在棋盘上的时候，有没有想到过，也许他们自己本身也就是棋子，被人放置在一张更大的棋盘之上，只是一场伟大对局的傀儡呢？

　　呵呵，突然说起这些，你也许会感到奇怪，但这些就是我穷年累月都在不断思考的谜题。我是一个旅者，从九州的某一处走向另一处，观察着这个充满谜题的天地，思索着常人很难触及的问题。旅行能让人放宽心胸，抛弃掉那些无谓的琐事，而从本质上去探索世界的真相。旅行是一种很奇妙的经历，当你只走过很少的地方时，你往往会自满得意，觉得自己走过了那么多别人没有到过的地方，真是见多识广太了不起了；但当你阅历越来越丰富之后，你却会越来越觉得自己的见识是何等浅薄，而九州之大，让你穷其一生也不可能得窥全貌。你更加会开始沉思，是谁创造了这样一个宏大的世界？他创造这个世界的目的又是为了什么？那为了自己渺小的生命而挣扎奔走的芸芸众生，在他的眼里究竟是什么？

　　也许，我们的世界就是一个硕大无朋的棋盘，而我们，都只是造物者手中的棋子吧。

　　近日心绪不宁，落笔散漫，不知所云，行复兄多多见谅。

　　敬颂冬安。

澄宇

行复兄钧鉴：

最近写的几封信啰啰唆唆，拉拉杂杂，总是在讲述自己的心灵体验，每次将信寄出去后都甚为不安，担心会让行复兄不快，万万没有想到，行复兄竟然与我有同样的感受，同样的困惑，真是令人大感欣慰。人生得一知己足矣，这句话果然是有道理的。

你在上一封信里谈到，你虽然在棋之一道上已经堪称当世前三，对这个世界却还有着很多迷惑。你无法想象，这样一个精美宏大的世界究竟是怎么产生的，是什么样的力量形成了星辰的运行，形成了大地的稳固，形成了海洋和天空，形成了千姿百态的万物。你总是禁不住在想，假如这个世界没有神，那些不可思议的奇迹怎么才会出现呢？

这是一个非常好的问题。当我们仰望星空时，总会发现自己的渺小和微不足道，而对于那些隐藏在世界背后的力量有了更多的尊敬和好奇，有了更多的渴望。那不像是一个棋局，纵然再精致再精彩，也只是在须臾间就由黑白两色的棋子构建而成，那需要的是人力不可企及的智慧和力量。

也许我们可以把这种力量，称之为——神。

是的，我是相信这个世界有神的存在的。他并不在某个具体的位置，却又无所不在。他主宰着星辰万物，决定着九州的最终命运。我信仰这位神，并且愿意为了他奉献出我的一切。

抱歉直到这一封信才告诉你这一切，因为我之前还不能确定是否可以向你分享我的信仰。你我在棋道上相识相知，并不意味着对世界的认知也是相同的。但是通过近几个月来这些信件的往来，我惊喜地发现，你我的思维有很多共通之处。我再三权衡之后，认为你有接受我的信仰的可能性，或者至少不排斥它。

是的，你也许已经猜到了，一直以来，我都隐瞒了我的身份，但现在，我会毫无保留地把一切都告诉你。我有我所信仰的神，长期以来，我都归属于一个教派，教派中的人将自己视作神的子民、神的仆人。我们，被世人称为"辰月教"。

我不知道这三个字会不会让你浑身一颤，因为在某些传说中，辰月教象征着黑暗和邪恶，是为了毁灭这个世界而生存着的邪教。如果你也有这样的印象，我并不会怪你，因为世人的偏见早已形成，不是三言两语就可以消除的。

只是现在，我要告诉你辰月的真相：我们只是奉神的旨意行事的仆人而已。我们所做的一切不是为了毁灭，而是为了毁灭之后的全新创造！那才是神的本意！那才是神对万物众生最大的恩赐！他对一切的生灵没有怜悯，也没有仇恨，只是为了创造新的世界而运用着他无上的力量，我们辰月，就是神在世间微不足道的代言人。

你看，现在我已经告诉了你真相，而我把这个真相告诉你的原因在于，我觉得你也许也能成为我们当中的一员。我不会逼迫你，也并没有在劝诱你，我只是原原本本地告诉你世界的本来面目，将来的一切由你自行判断。

我的朋友，把这一封信寄给你，也意味着我下了决心。如果你不愿意和辰月教有任何瓜葛牵连，从此不再和我联系，我决不会怪你。当你向百里华音发起挑战的时候，我依然会是你最忠实的支持者。但是，如果那一丝可能会成为现实，你愿意向神敞开你的怀抱，那将是我这一生中莫大的荣耀。

期待你的回音。

你的朋友，神的仆人
欧阳澄

八、秋叶城客栈老板兰田的生活（二）

战争终于无法阻止地爆发了。

在多年来精心营造的战船的帮助下，东陆皇帝的大军渡过了天拓峡，东陆军队的铁蹄百年来第一次踏上了北陆瀚州的草原。

但是关于战局的进城，那就说法不一了。尤其当战争的新闻传到澜州，传到秋叶城的时候，更是难保不会走样得歪七八糟，甚至于各种自相矛盾的战报都在同时流传着。有人说，自从渡过天拓峡之后，皇帝的军队一路高歌猛进，在若干次战役中都取得了胜利，已经推进到距离蛮族的都城——北都城不足百里的地方了。

有人则说，华族军队遭到了蛮子们最顽强的阻击，在瀚州草原上步履维艰。虽然凭借着装备的精良和先发制人的优势，他们仍旧占据着上风，但几场血战之后，军队的士气已经低落了不少。反观蛮族人，在面临着这场可能导致灭族的战争的时候，以往一向和大君不和的几个部落也放下内部的矛盾，主动调动军队，听从大君的调遣。在抵达北都城之前，华族和蛮族的军队也许就会进行一场未知鹿死谁手的大决战。

种种流言满天飞的结果是，秋叶城同归客栈的大堂总是显得很热闹。虽然客流量已经少了很多，但那些坐在大堂里的人们，一张嘴总是离不开战争局势。

"我敢赌一个金铢，皇帝输定了，"一个从木兰城来的客人口沫四溅地说，"毕竟和平了那么多年了，华族的军队恐怕早就已经忘记了打仗是怎么回事了。而蛮子就不一样了，他们就算不打仗，也还要打狼呢！想想看，他们天天在马背上过日子，天天拿着刀子切烤羊肉，切顺手了就去砍人……"

所有人都哄笑起来，正在抽旱烟的兰田笑得呛住了，咳嗽连连，好半天才能说出话来："你这小子，从来没去过瀚州吧？净在那儿瞎胡扯。"

"可你至少得承认我的分析是有道理的，"这位客人毫不羞惭地说，"论打仗，蛮子天生就是比华族人强。"

"那也不一定啊，"一名从中州天启城来的客人说，"至今在我们天启城的茶馆里，最受欢迎的评书始终都是风炎皇帝北伐的故事。蛮子们天生会打仗又怎么样？还不是被风炎皇帝和铁驷之车打得一败涂地。"

"一败涂地又怎么样？"木兰城的客人故意模仿对方的语气，"北陆打下来了吗？瀚州从此姓白了吗？没有嘛！风炎皇帝还不是得退兵回去。"

"行啦行啦，别争啦！"兰田挥了挥手里的烟杆，"这样空口争来争去，争到天黑也争不完。还是具体说说战局吧，现在流言满天飞，到底哪条消息才是可信的啊？"

自从战争爆发之后，兰田就对战局十分关切，而且他不止关心某一场战役谁胜谁负，连战斗的细节都要一一问清楚。这是很困难的，毕竟战争时期的通信会加倍困难，传到秋叶城已经迟滞了不少时日，而国家考虑到民众情绪稳定等等因素，即便吃了败仗也可能会掩盖消息，报喜不报忧。

所以这个工程对兰田而言十分困难，好处在于，兰田是个非常有耐心的人，他会把各种情报统统整理在一起，去粗取精，得出自己的判断。渐渐的，一些外地人也听说了，在秋叶城里有一个客栈老板非常喜欢收集战争情报，于是他们到了秋叶城的时候，会特意去同归客栈住店，告诉兰田一些新鲜热辣的新闻，并且理所应当地获取报酬。

"谢谢你，这些事儿真的很有意思，"兰田会拍一拍给他带来消息的住客，"为了表示感谢，我会免掉你一天的住店费用。"

谁也不知道兰田打听这些战争新闻究竟是为了什么，问他他也总是笑而不答，于是终于有一天，麻烦上门了。这一天上午，正当兰田照例在大堂里听着南来北往的旅客们向他讲述各种战争逸闻时，两名捕快突然走了进来，打断了大家的谈话。

"二位官爷，光临小店有什么事吗？"兰田慌忙站起身来，迎了上去。

"你就是同归客栈的店主兰田吗？"一名捕快反问道。

"没错，就是小老儿我。"兰田点头哈腰地说。

"那就没错了，跟我们走一趟吧！"另一名捕快面无表情地说。

于是兰田就这样被拘走了，在秋叶城的衙门里被关了两天。他所受到的待遇可不一般，从都城派出来的负责反间的官员亲自出马审讯他。

"你到底是哪国派来的斥候，快交代！"官员一拍桌子。

"大人哪，天大的冤枉哪！"兰田一脸的苦相，本来就佝偻的老腰弯的好似虾米，"我家世世代代都在秋叶城里经营客栈，您可以去查户部的记录的啊！"

"世世代代？那你为什么对战局那么关心，那是一个小客栈老板该关心的问题吗？"官员从鼻子里哼了一声，"别以为我不知道，从战争爆发开始，你就在利用来来往往的客商搜集各种情报，到底图的是什么？"

"哎哟大人您这可冤枉我了啊！"兰田连连叫屈，"我这纯粹是个人兴趣，个人兴趣啊！借我一百个胆子，我也不可能搞间谍活动的啊！"

兰田花了好大的工夫，才勉强解释清楚他这些特殊爱好的由来。随后的背景调查证实，兰田的确是家世十足清白的秋叶城土著，过去也从来没有什么犯罪记录，这才被放了回去。不过说来也奇怪，这件事并没有影响同归客栈的生意，正相反，更多的人听说了兰田的"个人兴趣"，都挺乐意到这里来蹭点饭什么的。

"兰老板，你不会是想要当一个历史学家什么的吧？"有一次，一名客人这样发问道，"你是打算把这些战争的事迹统统都记录下来吗？"

"历史学家？这个嘛，还真说不准……"兰田诡秘地一笑，"历史这种东西，就像是一面镜子，最后照出来的是我们的真实生活。"

"您这话太有哲理了！"客人们纷纷赞说。

九、大学生黄小路的生活（二）

"你最近到底在干些什么？"班长说，"青面獠牙，双目无神，眼泡浮肿，走一步晃三晃，就像刚从戒毒所放出来的一样！"

"没事儿，就是有一点神经衰弱而已，不要紧。"黄小路疲惫地摆摆手，努力从脸上挤出一个笑容。

"笑得比哭还难看……"班长大摇其头，"你是不是遇上什么不方便说出来的事情了？你可以告诉我们的，我们都能帮你。"

黄小路狐疑地看了班长一眼："你不会觉得我是卷进了什么犯罪事件了吧？"

"有没有卷入你比我们更清楚，"站在班长旁边的团支书这时候也开腔了，"不管什么事，你都可以说出来，要相信组织，不管什么事组织都会帮助你……"

"饶了我吧！"黄小路恨不能双膝跪地仰天大哭，"我比相信地球是方的还相信组织，但我确实没干任何坏事，求组织放过我吧！组织万岁！"

"你已经语无伦次了……"团支书长叹一声，"地球是圆的。"

"你也开始油嘴滑舌了，"班长则有些惊奇，"大一的时候，问你十句话你就能答一句。你不会真是被谁影响了吧？"

黄小路费尽唇舌才打发走了班长和团支书，只觉得自己的脑袋又开始疼起来了，他当然知道这两位也是一番好意，但这世上最折磨人的往往也是好意。

而他这段时间确实有点临近崩溃边缘了。期末快要到了，这学期所学的十多门课都得备考，尤其是让黄小路无限郁闷的英语。一直以来，他所能熟练应用的英语仅限于英文版游戏里的各种术语，那些术语他看一遍就能记得住，不负游戏天才之名。但脱离开游戏世界，书本上的英语则一律面目可憎有如群魔乱舞，今天看似记住了的单词，第二天就变了个模样。偏偏这学期有三门课都和英语有关，有时候他忍不住要握着拳头诅咒，觉得自己就算是到九州世界里去学蛮语、学夸父语、学河络语也比对付这鸟英语强。

"我要发动一场战争，就像东陆皇帝侵犯北陆那样，"他在臆想中挥动着拳头，"我要占领所有说英语的国家，强迫这些蛮子改说中文！"

另一方面，九州世界里的努力挣扎也到了最紧要的时刻了，李炜衡腾出了一个房间，摆上钢丝床，专门供黄小路结束游戏后在那里休息。对这位可怜的父亲而言，黄小路或许是帮助他的儿子复原的唯一希望了。

他甚至还专门把李彬的书桌搬进了那个房间——反正李彬一时半会儿是用不上了——以便黄小路可以在那里复习功课，节省在自习教室和李家之间来回奔忙的时间。

"但是你还是不能太拼命了，"李炜衡不无忧虑地说，"我也许能明白你所说的什么'游戏高手的尊严'，但我更加明白一个儿子出事了的父亲的心情，我不希望你的父母有一天也会有那样的心情。"

"您放心吧，我没问题的，"黄小路说，"我了解自己的身体状况，不会硬撑的。"

但他自己也知道，这句话根本就是在骗自己。他过去爱喝那些甜得腻人的软饮料，现在一律改喝咖啡，而且是不加糖的苦咖啡，就这样还经常走着走着路撞到电线杆上去。一边是关系着未来前途的现实世界的学业，一边是关系着更多因素的九州世界的成败，两个目标沉甸甸地压在心上，让他经常觉得自己快要精神分裂了。

他知道，自己不过是仗着年轻力壮，在透支着体力和健康，距离那些新闻里常见的过劳死的可怜小白领其实一点也不遥远，但他没办法停下来，心里就像有一团火焰在熊熊燃烧，驱使着他向前行。

考完这学期的第一门科目后，他并没有去李彬家，而是回到了自己的出租屋。这些日子以来，他有相当多的时间都消耗在了出租屋里，没有人知道他究竟干了些什么。但那一天晚上，他却差一点出事。

他本来是在用燃气灶烧水，但水还没烧开，自己就因为过度疲倦而靠在床边睡着了，并且连水沸后水壶的拼命尖叫都没有听到。运气不错，由于太困倦，他装水的时候没等装太满就把水壶扔到了炉子上，所以当水沸腾之后，并没有足够多的沸水溢出来把火焰浇灭——这让他逃过了一氧化碳中毒的劫难。

不过火没有熄，自然就会持续不停地烧下去，也不知道用了多长时间把水全部烧干了，然后开始烧空壶。黄小路几乎是被呛醒的，醒来后觉得鼻子里填满了塑料烧焦之后的恶臭味，他拍拍脑袋醒醒盹，猛然反应过来自己还在烧水，赶紧从床上蹦起来，三步并作两步冲进厨房。此时室内已经弥漫着一股灰色的烟雾，水壶上的壶把等塑料部件完全被烧化了，不锈钢的壶身也已经变得焦黑。

黄小路手忙脚乱地关火，打开所有门窗，屋里的焦臭气仍然花了一个多小时才缓慢排尽。他吓得一身冷汗，同时也感到无比的幸运——万一烧开的沸水把炉火浇灭了，他就会在睡梦中一氧化碳中毒，成为一具躺尸，等待着邻居们来发现了。

他一屁股坐在椅子上，看着房间里乱七八糟的一切，忽然觉得自己大概是世上最可怜的人。常人不过是在一个世界里饱受煎熬，他却要经受两个世界的折腾，还得频繁在这两个截然不同的世界里切来换去，直到把自己的脑子切换成一锅糨糊。

"幸好已经快了，"他自言自语地安慰自己说，"再这样来上一个月，我就真的要发疯啦。"

好在结束的日子已经不远了。九州世界，宏大精美的九州世界，扑朔迷离的九州世界，步步杀机的九州世界，我们终于要有一个了断了。

十、私家侦探刘重给委托人黄小路的电子邮件（二）

黄先生你好：

我迫不及待地要告诉你这个好消息：九州游戏的源头被我找到了。正如我上次所说的，它和那家 A 公司有关。你所询问的"九州"，曾经是 A 公司全力打造的一款游戏，但最终项目被放弃，项目组的人正是因此而离开的。他们是愤而辞职的。

这件事情的经过也很复杂，我经过多方打听和整理，勉强得出了这个结果。由于各方面众说纷纭，有些说法甚至于自相矛盾，我不能确定这个结果一定完全符合事实，但我想，至少八成以上是精确的。

首先，这款游戏的名字叫《九州》，是一个 A 公司开发多年的项目——远在虚拟现实游戏进入市场之前，确切地说，距今大约十年前。是的，这个游戏在开发初期并不是虚拟现实游戏，只是一款上一个世代的体感 3D 角色扮演游戏。当时正值 A 公司连续发售了三款市场反应和口碑都不佳的失败之作，市场份额大幅萎缩，不但前方距离领先者越来越远，后面的追赶者也在一步一步逼近，可谓是危机四伏。为了挽回败局，他们在《九州》上投入了前所未有的精力，而且始终都处在秘密研发阶段，甚至连测试版都没有发布过，下定决心要依靠这个游戏来打一个翻身仗。

　　事实上，按照我搜集到的资料，假如虚拟现实游戏没有登上历史舞台，这款游戏很有可能成为划时代的巨作。这个游戏在设定和脚本上的精细程度是前所未有的，其内容的丰富也远远超越了其他任何一款 RPG 游戏——这一点既然你已经进入过游戏，自然会有所体验。可以说，这个游戏原本可能成为上一个世代的扛鼎之作，在游戏史上写下辉煌的一笔，但是就在游戏开发到一半的时候，一个意想不到的变化发生了：虚拟现实游戏的技术获得了突破性的进展，它终于成熟了，成熟到几年内就可以进入产品市场。

　　虚拟现实游戏对游戏业界的冲击力是空前绝后，它完全改变了旧有的游戏生态，改变了人们对电子游戏的体验方式。A 公司在措手不及之下，做出了一个决定：沿袭原有的故事脚本与设定，把游戏改成虚拟现实游戏。

　　这是一个无奈的选择，谁都知道，当虚拟现实游戏流行起来之后，旧有的游戏模式生存都会很困难，所以这个游戏半途进行了更改，改成了虚拟现实游戏。这一个改动，把整个游戏的上市时间又延后了两三年，但总比把它半途废掉好。据说当时公司内部也产生了激烈的争论，但最后还是达成了共识：与其做一个上市就濒临淘汰的东西，还不如努力让它在新世代的机型上独占鳌头。

总而言之，开发班底在那段时间里持续奋战，几乎抛弃了所有的休息日和节假日，不止一个人累到生病住院，终于在四年前——也就是虚拟现实游戏机正式上市前两年——完成了游戏的第一个测试版本。公司找了很多人来体验这款游戏，其中不乏游戏高手。当然了，刚开始的时候，虽然游戏还有很多不完善的地方和一些 bug，这款游戏还是以其前所未有的宏大繁复赢得了测试者们的交口称赞。开发组根据测试者们的反馈，逐步完善游戏的各项细节，调整不合理的设置，清除 bug，一切看上去都很完美。不出意外的话，这款游戏将会跟随着虚拟现实游戏的第一代家用机一起进入市场，从开头就牢牢占据新游戏的头把交椅，把其他粗制滥造的游戏踩在脚下。

　　但是这时候，新的而且是致命的意外发生了：一名参与测试的游戏爱好者在一次测试后突然昏迷，救醒之后，被发现他已经精神失常了。这时候人们才意识到，这样的游戏原来也隐藏着前所未有的风险性。

　　人们开始排查代码，试图找出这危险的因素存在于哪一个部分，但面对着如此庞大的数据量，根本无从查起。在那之后，又出现了第二个、第三个发疯的人，《九州》的危险性已经毋庸置疑了。

　　哪怕无从查起也只能硬着头皮查，但如前所述，仔细排查每一行代码是根本不可能的，更何况这样的问题未必从那堆冰冷的数据上就可以看明白。当第四个测试者也出现了同样的状况后，这个项目被迫叫停了。

　　由于查找不出风险究竟存在于哪里，这个游戏不得不面对着死亡的命运。那四名精神失常的测试者家属都获得了巨额的赔偿和大笔的封口费，使这件事并没有被外泄，但失败的命运不可避免。一款可能伤害玩家的游戏绝不可能被容许上市，一旦出事，结果会是灾难性的，甚至会导致整个公司的倒台。所以没有第二种选择，这个项目被取消了，A 公司空耗那么多人力物力而没能得到回报，度过了一段极其艰难的日子，从国内第二直线下滑到了第六，幸好最近两年的几款新游戏还算相当成功，这才勉强回到了前三。

所以，从上面罗列的那些事实，你可以看出来，这是一个几乎开发完全、却又功败垂成的游戏。至于为什么你的同学以及其他的一些游戏玩家会得到拷贝，暂时还不清楚，需要进一步调查。但可以肯定的是，你的这位朋友绝不是唯一一个因为《九州》而精神失常的玩家，在他之前，也还有过几例，而且都集中发生在几个月里，都发生在本市。我在几个隐秘的游戏论坛里看到了相关的帖子，但由于玩家彼此之间没有沟通，他们都将此事看作孤立的事件。但在我看来，这有可能是一个性质严重的连环犯罪案件，我建议你可以考虑报警，因为我们这些私家侦探是没有刑事案件侦查权的，万一遇到突发事件更加不可能有执法权。

最后，我经过一些特殊手段的努力，找到了几个曾经是该项目组成员的人的信息，见附件。你还需要其他一些信息的话，请告诉我，我会尽力而为。

刘重

十一、以上几个故事的结局

一切流言在真相的面前总会有水落石出的时刻。以这场战争为例，人们曾对于战争的进程有着各种各样的说法和猜测，很多都是彼此自相矛盾的。但现在，战争渐渐走向了尾声，它的全貌也一点一点地展现在了人们的眼前。而这一全貌远比人们所描述过的每一种说法都要复杂，都要出人意料。对于一直全心全意关注着这场战争的同归客栈老板兰田来说，他所得到的这些信息，加在一起简直像一幕精彩曲折的戏剧，足以让人大呼过瘾——假如你冷血到顾不得对战争中的受害者产生同情之心的话。

皇帝取得了大胜。原本从实力上而言，北陆的大君是可以和东陆军队战个平手甚至于稍微占据一点优势的，但北陆九个大部落中的澜马部和朔北部却临阵倒戈，背叛了大君，导致双方的力量对比失衡。内外交困的蛮族军队战败了，伟大的北都城终于第一次被华族的铁蹄攻陷，东陆皇帝如愿以偿地把自己的名字写入了史册。

可惜他的这份荣光并没有能够持续太长时间。他进入了大君的金帐，登上北都城头豪气万丈地眺望了一番，亲自监斩了上千名被俘而又不肯投降的蛮族汉子。然而就在他准备班师回朝，在天启城接受群臣的道贺时，一名信使浑身浴血地从西面打马奔来，还没有跑到北都城，胯下的马匹就活生生累死了。他滚倒在草原上，用尽最后的力气，喊出了那句噩梦一般的警告。

"夸父！夸父！"他大喊道，"西边……夸父……"

然后他就圆睁着双眼断了气。

斥候们很快带来了确凿的消息：夸父出兵了。这个一向都被视为头脑简单四肢发达的巨人的种族，一直冷静地注视着瀚州草原上的动向。在双方战争进行到最胶着的时刻，他们的大军悄无声息地跨过雪山，进入了草原。而等到蛮族战败，华族的军队也陷入胜利后的倦怠与纪律松散的时候，他们才突然现身，以雷霆万钧之势向着北都城袭来。

这是一场不用过多描述的战争。即便是军容齐整、士气高昂的时候，人类军队想要击败夸父也必须要付出极其惨重的代价，更何况他们刚刚经过无数次鏖战，除了兵力减少了一大半之外，士卒们心里除了早日回到东陆和家人团聚的渴望，也并无其他的战意了。此刻骤然面对着恶魔一般的夸父军队，他们握着刀枪的手都禁不住要颤抖。

更何况，一向以战法粗鄙简单著称的夸父大军，这一次却被指挥得井井有条，颇得东陆兵书中所描述的大将风范。拥有战术的夸父几乎是无敌的，砍瓜切菜一般一举击溃了华族军队。幸好在精锐的御林军的拼死护卫下，皇帝勉勉强强逃过了一劫，狼狈不堪地退回到了东陆，之前的意气风发转眼化为了无限的哀伤和愤恨。

而夸父的出兵，只是这场席卷整个九州世界的宏大战争的序曲而已。很快，宁州羽皇也按捺不住寂寞了。他率领着三万雄兵，一举荡平了一向和他不睦的三大宁州城邦，并且马不停蹄地渡过海峡，兵发澜州。他的目的，其一是要扫平澜州北部的羽族城邦，完成统一羽族的伟业，其二就很可能是要继续南侵，趁着华族皇帝无暇他顾的时候，占领整个澜州。

所以秋叶城的空气中都弥漫着紧张的气息，很多有钱人都已经选择了举家搬离。但兰田还是没有任何动静，相熟的邻居忍不住劝他："兰老板哪，你开客栈这么多年，应该也攒了不少钱了吧？该考虑考虑逃命的事儿了。"

"我为什么要逃？"兰田冷不丁地问。

"呃……为什么要逃？"邻居一愣，"不逃的话，等着鸟人们把秋叶城打下来吗？他们可是长着翅膀的，说飞过来就飞过来，到时候想跑都来不及了，两条腿能跑得过翅膀吗？"

"可我们该往哪儿逃呢？"兰田继续不紧不慢地问，"据我所知，越州的河络也已经和人类交恶，战争在所难免；宛州的几个大公国在起初皇帝起兵的时候就并没有响应，仍然保存着实力，现在很有可能会掀起一场叛乱，趁着皇帝元气大伤的时候推翻皇朝。我们往哪儿逃？向北是羽人，向南是河络，向西是东陆的野心家们，哪里会没有战争？也许只能向东出海了，然后等待着被海盗或者是……"

"别说了！求求你别说啦！"邻居苦恼地一抱头，"那你说我们该怎么办？九州那么大，我们这些平民就找到一个可以安身的地方了吗？"

"除非提前阻止战争，"兰田回过身，慢吞吞地走回柜台，"现在已经太晚了，战火已经燃遍了整个九州，再没有一寸土壤是和平安稳的了。"

这之后的一段日子里，秋叶城里的居民仍然跑掉了三分之一，不管怎么样，南方和宛州暂时还没有开打，逃到那里去总算可以苟延残喘一阵子。兰田哪儿也没有去，只是遣走了手下的伙计，关闭了店门。然后他每天坐在空无一人的大堂里，一页一页地翻看着他所整理的那厚厚一摆与这场战争有关的所有资料。与此同时，整个九州大陆完全陷入了战争的泥潭中，如同兰田所说，每一寸土地都不得安宁。

羽人入城的那一天，兰田终于打开了大门。和那些惶恐地躲在家里不敢出门的居民不同，他踱到了空无一人的街上，仰起头，看着羽人洁白的羽翼出现在晴空中，形成的群落挡住了太阳的光辉，把征服的阴影投射到秋叶城的土地上。他轻笑了一声，说出了自己在这个世界上的最后一句话。

"退出。"兰田轻轻念道。

一切让人等到心痒难搔的重大事件都总会有到来的那一天。当冬雪慢慢开始融化的时候，九州棋界最伟大的对决终于展开了。在几个月时间内几乎横扫九州的神秘的棋手颜行复，终于要和他最大的对手——宛州王族之后百里华音进行最后的对决了。

虽然战争的阴影笼罩了整个九州，但人们似乎更能够在这样的时刻苦中作乐，给惶恐不安的生活增添一些亮色。这场对局在百里华音的露天棋台上进行，吸引了宛州、中州、澜州等各地的一流棋手们前来观战。

"在过去，只有武林高手的比武才能吸引那么多看客！"一位自诩见多识广的南淮城老人不住地重复着这句话。

人们汇聚在了南淮城，期待着、议论着、猜测着，南淮各大赌坊给双方开出的赔率相差无几，说明他们也很难确定此役的胜负。在不断涌向南淮城的人流里，夹杂着一个并不起眼的身影，那是一个相貌平凡的中年人，名叫欧阳澄，表面上的身份是一个游历天下的旅行者。

但我们已经知道了，他的真实身份，是一个辰月教徒。

百里华音的露天棋台在百里家庞大祖宅的一处别院里，原本就是百里华音专门修建来与各地知名棋手对弈的。棋台并不高，吸引人注意的是棋台背后的那堵高墙，上面可以用各种颜色的板块复刻棋局上的变化，方便围观者看棋。

棋局采取七战四胜制，第一天的对局在上午进行。这一天天还没亮，就有很多性急的人涌入了别院占位置，唯恐错过了这场最高水准的对决。但欧阳澄并没有性急，他只是赶在棋局开始之前一刻钟才赶到，一个人站在拥挤的人群之外，显得孤单而不合群。

主人百里华音首先出现，然后颜行复才现身，和一身贵胄之气的百里华音相比，颜行复看起来朴素平常并且年纪轻轻，让人几乎不敢相信他是最近几个月九州最炙手可热的新棋王。两人寒暄客套了几句后，棋局终于展开了。从颜行复的第一子落下之后，那些从来没有见过他下棋的人就开始低声地惊呼起来。

"这怎么可能！他怎么可能落子那么快？"

"简直就像是在照着已有的棋谱摆放棋子一样，他难道完全不需要思考吗？"

"我从来没有见到过用这种速度下棋的人！"

是的，光用"落子如风"似乎都很难形容颜行复下棋的速度。他真的就像完全不需要思考一样，不停地把棋子放置在棋盘上，让旁边负责复刻演示的百里华音的家仆都忙不过来。而百里华音的神情却越来越凝重，额头上慢慢有冷汗冒出来。他每落一子，都比颜行复要慢许多，但颜行复闪电般的速度给他造成了越来越大的心理压力。

而围观的人们更是看得分明，颜行复看似随手而落，但每一子都仿佛经过长时间的思虑谋划，每一子放下都显得那么精确合理、意义深远，简直是滴水不漏。人言当局者迷、旁观者清，但即便是这些旁观者，都要花费很大力气才能跟上颜行复若干子之前的思路。

即便是对颜行复的棋力已经有相当了解的欧阳澄，此时此刻也难以掩饰眼神里流露出来的惊讶与不可思议，除此之外，还有一种隐隐的狂热，并不是对颜行复个人的狂热，而是看到了他身后所蕴含的价值。

百里华音毕竟经验丰富，很快从起先的惊慌中摆脱出来，稳住心神，全力应对。对他而言，只需要在规定的时间内落完所有的棋子就可以了，完全没必要一定要和颜行复比拼速度。但颜行复绝不仅仅只是速度快到了不可思议，对棋局的运筹布局也近乎完美无缺，令百里华音找不出丝毫破绽。最终，他被迫延长了自己的思考时间，并且每落一子所费的时间越来越长，脸上的表情也越来越难看。

最后，百里华音无奈地投子认输，人群一片死一般地静寂，甚至于连欢呼声都没有。百里华音的脆败震惊了所有人，他们仿佛从颜行复的棋艺里看到了一片过去从来没有见过的崭新世界。沉默了很久之后，场中才响起了第一声鼓掌。

那是颜行复的好朋友欧阳澄。

人们连忙跟着鼓掌和欢呼，以此冲淡之前怪异的气氛。神色惨淡的百里华音依旧风度不减地向对手表示了祝贺，然后他来到棋台前，高声说："余下的比赛，不需要再进行了。颜先生的棋艺远高于我，我输得心服口服。我将承诺我的赌约，百里氏的一切，都归于颜先生名下了。"

百里华音真的在这一天下午就离开了，除了一些随身的物品，他甚至没有牵走一匹马，反倒是过意不去的颜行复强塞给他一沓银票。入夜之后，白天热闹喧嚣的百里宅终于安静下来，颜行复和欧阳澄对面而坐，喝着百里家储藏室里拿出来的香茶。

"你是一个很善良的人啊，"欧阳澄说，"下午的时候，我看到你去向百里华音赠送银票，本来那些财产全都应该属于你了。"

"那不是善良，只是强者对失败者应有的怜悯。"颜行复的脸上闪过一丝骄傲。

"怜悯……"欧阳澄轻声地笑了，"神的眼里没有怜悯。让世界按照神的意愿运行，就是他所能赐予世人的最大怜悯。"

"看起来，我的确需要更深入地了解一下你们的神了。"颜行复放下茶杯，庄重地说。

欧阳澄也庄重地点了点头："请相信我，我的朋友，你也会拜倒在神的脚下的。我们明天就出发。"

"去哪里？"

"中州，天启城。"

一切漫长的追踪总有终结的时刻，不是追踪者失败，就是被追踪者终于落网。在天驱和黄小路林霁月之间的这场追逐中，现在看起来，胜利者可能会是天驱。

程昭无比地相信这一点。作为一个女性的天驱武士，她在这场令人筋疲力尽的死亡竞赛中付出得比旁人更多，但对信仰的执着和连昆吾爱情的激励鼓舞着她一路坚持了下来。现在，黄小路和林霁月遇到了大麻烦：前方发生了澜州人类军队的哗变，已经被划为军事禁区，两人不可能从千军万马中穿越出去，而只能转而从森林中绕道，那样的话，他们就没办法骑马了。

这对程昭而言是一个好消息，因为林霁月的腿上有伤，确切地说，似乎是在越州的沼泽中被毒蚊子咬伤了。因为没有得到及时的休息调养，伤口始终不能愈合，让她走路有些一瘸一拐的。进入澜州后，黄林二人一直骑马，倒还不碍事。现在被迫钻入森林，用双腿逃命，就必然会影响速度了。

其实程昭从内心深处还是挺佩服林霁月的，面对着众多天驱精英的追捕，她能逃亡数月，还利用陷阱反击让天驱们身上多多少少挂了点彩，着实不易。她有时候也忍不住想，林霁月如此坚韧、如此执着，究竟是为了什么呢？是为了辰月教的信仰吗？还是仅仅是因为，她和黄小路那个该死的叛徒是同伴，所以一定要对他不离不弃呢？

尽管如此，我还是必须要亲手抓住她，抓住黄小路，程昭对自己说。天驱们打足了十二分的精神，进入了澜州的森林中。这一路的追踪都很顺利，林霁月往常最擅长的森林陷阱这一次也布置得很粗糙，几乎没有起到任何作用就被看穿了。可想而知，她和黄小路都已经到了强弩之末。

相比之下，天驱们虽然也疲惫不堪，至少不必像两人那样走到哪儿都要提心吊胆躲躲藏藏，所储蓄的体力总要充足一些。经过了一天一夜的艰难跋涉后，天驱们追上了黄林二人。

看来一场恶战在所难免。程昭并没有挑选同为女性的林霁月作为对手，而是拔剑直扑黄小路，那是她一向的脾气，打架要挑硬手。她知道，黄小路原本武功平平，但却进步神速，到叛变之前已经是天驱内排得上号的高手了，同为使剑的人，她一定要见识一下这个对手。她的同伴知道她的脾气，两名天驱冲上去对付林霁月，其他人则在附近监视，防止两人逃走。

但出乎意料的是，黄小路的武功远不如程昭想象中那么强。由于忌惮黄小路的实力，她一上手就使出了自己最强的剑招，这一招可以在瞬间连刺二十三剑，其中蕴含的攻势虚虚实实，虚实互化，让对手难以捉摸。但这一次，黄小路仅仅是应付之前的两式虚招就显得手忙脚乱，程昭的第三式实招递出后，稳稳地刺中了他的肩膀。她紧跟着一脚把黄小路踢翻在地，用剑尖抵住了他的脖子。随即，一个可怕的念头在脑海里蹦了出来。这个过于好对付的黄小路让她产生了一个令人崩溃的推理。

"你不是真的黄小路！"她脱口而出，"黄小路的武功不可能有那么弱！"

趴在地上的黄小路并没有回答，倒是林霁月替他回答了。由于腿上有伤，加上身体太虚弱，她也很快被击倒。但她的脸上没有丝毫紧张害怕，反而带着胜利者的笑容。

"你说对了，这个黄小路是假的，"她微笑着说，"你们上当了。"

一切坚忍不拔的努力总有见到结果的那一刻，要么成功，要么失败。对于黄小路而言，已经来到了这个成败分界的关键路口。

终于考完了这学期的最后一门试。由于前一天晚上复习的时候睡着了，有半本书都没顾得上背，幸好这位老师相当仁慈，出的题出乎意料地简单，所以黄小路估计自己及格还是没什么问题的，也不必按照之前的计划买条好烟去贿赂老师了。

黄小路收拾好书本文具，跑到食堂稀里呼噜吃了一碗面，又意犹未尽地加了一个肉夹馍。他很困，眼睛都睁不开了，走路像是在扭秧歌，但他还不能休息。半个小时之后，他必须和他所雇用的私家侦探谈一谈，有一些至关重要的细节需要商谈。

黄小路啃完肉夹馍，摇摇晃晃地骑着车来到两人约见的小咖啡馆。那是一间面向学生为主的校园咖啡馆，里面已经坐了不少成双成对的情侣。黄小路一个人坐在桌旁，灌下去一杯黑咖啡，觉得稍微精神点儿了。

有时候他真希望九州世界从来不曾存在，否则不会让他过这一年多狗一样的生活，可有时候，他又很希望自己是在九州世界中，至少那个世界里扮演私家侦探角色的"游侠"什么都敢做，而不像现实生活中，连刑事案件侦查权都没有，调查点事情总像是在做贼，甚至总能让他产生一种"我是不是在雇人犯罪"的错觉。但不管怎么说，这位侦探还算是相当靠谱，替他调查出了很多关键性的信息，对得起这笔他想方设法硬凑出来的委托费。

侦探刘重准时到来，把黄小路最后需要知道的那些消息都告诉了他。黄小路谢过刘重，付清了最后的费用，然后骑车回到了自己的出租屋。

这间屋子已经很久没有打扫过了，当年房东很为此屋的装修而自豪，所以坚决不肯在租金上有丝毫退让。而现在，屋子的大多数角落都布满了灰尘，厨房里扔满了方便面袋子，遍地都是垃圾。

还算干净的地方大概就剩下床和那台虚拟现实游戏机了。黄小路坐在床边，怔怔地看着那台游戏机，眼神里流露出种种复杂的情绪。然后他脱掉鞋子，也不脱衣服，把被子拉过来往身上一盖，一分钟不到就进入了梦乡。

这一觉睡得惊天动地气壮山河，睡醒时已经是第二天的黄昏时分，也就是说，他睡了超过二十四个小时。黄小路摇晃晃脑袋，觉得精神好了很多，除了肚子正在饿得提抗议。于是他很奢侈地打电话叫了外卖，要了几个他最喜欢吃的四川菜，大快朵颐。

吃过了饭，他就像是要去赶赴和漂亮姑娘的重要约会一样，洗了个澡，换了一套干净衣物，仔仔细细地把头发梳得一丝不乱。然后他下楼骑行来到李彬家。

此时已经是万家灯火的时候了，李彬和往常一样，呆坐在落地窗旁，看着远处城市的灯火，一言不发。黄小路走进门后，直截了当地对李炜衡说："叔叔，能不能请你稍微回避一下？我有些话想要对李彬说。"

李炜衡有些疑惑，但还是点了点头："我去取一下干洗的衣服。"

李炜衡出门了。在他关上门的一刹那，李彬转过头来。他的眼睛里不再有那种茫然无神的痴痴呆呆的神情，取而代之的是机敏、锐利、充满侵略性的光芒。

"你都猜到了？"李彬用轻快的语气说，"花了那么久的时间，终于找出了真相了？我实在是等得太心焦了。"

"其实我早就猜到了，"黄小路径直走向那台一年以来一直放在客厅中央没有挪动过的虚拟现实游戏机，"但我光是揭穿它又有什么意义？我们俩都是游戏玩家，游戏玩家用来解决问题的方式，最好的还是在游戏里。"

"游戏里？那个被追得跑遍全九州屁滚尿流的可怜叛徒？"李彬的笑容里充满了讥诮。

"我已经计算好了，九州时间的明天正午，就是我去见你的日子，"黄小路淡淡地说，"因为根据我的算计，到明天正午，那个消息就会抵达天启城，送到你的手里。到那个时候，我就会去求见你，把我们之间的账好好地算个清楚"

李彬的笑容消失了。他沉默了一会儿，来到黄小路身边。两人一起坐了下来，几乎同时戴上了头盔。这是一年多以来，李彬第一次主动戴上这顶头盔。

"天启城见。"李彬说。

"终于要结束了……"黄小路感叹了一句。蓝色的光芒正在填满他的视界。

十二、面对面

中州。天启城。九州大陆的万年帝都。

最近几个月以来,这座宏伟的城市一直都被战争的阴霾所笼罩着。皇帝御驾亲征,亲率大军越过天拓峡,想要效仿历史上的风炎皇帝,去征讨那些北陆的蛮子。而他所想要做到的甚至比风炎皇帝还要更进一步,他不只是想要击败蛮子,他还要彻底地征服他们,把北陆也纳入皇朝的版图。

一直以来,人们都关心着北陆的战局,但又始终无法得到最精确的战报。谁都知道,官方口径是惯例地报喜不报忧,斩杀了一个蛮子也会渲染成一百个,占据了一寸土地也会夸张成一丈。所以人们只能耐心等待,等待确定无疑的最终战果传回来。

而在天启的皇宫里,有两个人比其他人都更心急,也比其他人都能更精确地掌握战报。他们是皇帝的两位国师,在皇帝御驾亲征之后,他们留在天启城运筹帷幄,继续调度,因为他们的目光并不仅仅停留在皇帝和北陆大君这两股势力上,还有更多的事情需要他们去操心。

他们就是辰月教的两位教长:厉忘归和巫王。

这一天的正午时分,几份斥候的传书递到了两人的手上。两人阅览了这几份传书,眉头都慢慢地皱了起来。用一句通俗的形容,他们的脸色变得比死人还难看。

"澜马部和朔北部背叛了他们的诺言,"厉忘归说,"他们只是一直按兵不动,并没有向大君的部队发起攻击。正相反,在北都城的攻城战进行到最紧要关头的时候,这两个部落出兵向东陆军队发起了攻击。皇帝的军队遭到了重创,皇帝本人也受伤了,不得不连退数十里。"

"而夸父族的军队,也并没有按照承诺进入瀚州,"巫王扔下手里的纸页,"现在草原上连夸父的鬼影子都见不到。他们根本就还待在殇州的那些山洞里，烤着兽肉看我们的笑话。"

"河络和羽族也都没有按原定计划出兵，东陆的几位国主同样犹豫不决，"厉忘归叹息一声，"看起来，我们筹划得如此完美的战争，已经不可能和我们设想的一样完美了，甚至于会完全烟消云散。"

巫王没有回答，只是默默地闭上眼睛，陷入了沉思。最后他摆摆手："事已至此，只能再行谋划了。我先回去了，今天中午，我要见一个很重要的人。"

巫王回到自己的驿馆。作为国师，他得到了一个单独的院落供他居住，外面有重兵把守，以防止外人打扰。他走进自己的房间，在书桌的后方摸到一个小小的旋钮，转动了它。一阵机关的响声，他身后的一面墙裂开了，露出了一个隐秘的房间。巫王走进了房间，关上门。

房间很小，里面只摆放了一张床，床上放置着一个人。这是一个年轻英俊的男人，双目紧闭，只有轻微的呼吸，看来像是陷入了昏迷。

巫王站在原地，静静地看着这个年轻人，他长久地一动也不动，仿佛时间都凝滞在了这间小小的暗室中。过了很久，他才发出一声长长的叹息，转身走出门去。恰恰就在这时候，他手下的一名辰月教徒敲响了门。

"欧阳澄求见，还带了一个陌生人，说是希望您见一见。"这名教徒在门外汇报说。

"把他们都带到天台，"巫王说，"我很快会去那里见他们。"

片刻之后，巫王来到了天台。所谓天台，其实是天启城城墙上的一处瞭望台，从那里可以俯瞰整个天启城，将帝都壮丽的景象尽收眼底。欧阳澄已经带着那个陌生人在那里等候着。见到教长出现，欧阳澄走上前，毕恭毕敬地跪拜为礼。

行过礼后，他向巫王介绍了他带来的这个人："这是九州最好的棋手颜行复先生，我希望能接纳他进入我们的宗教。"

"你做得很好，下去吧。我和颜先生谈谈。"巫王并没有多问，直接说。欧阳澄有些惊讶，但还是绝对服从命令，拍了拍颜行复的肩膀，立即离开了。

当欧阳澄的背影消失后，巫王来到颜行复身边。两人仿佛很有默契一般，站立着对视了许久，最后还是巫王先开口："小路啊，我实在没有想到，你居然也会这样使诈，而且一直骗过了我。一年的时间，你整整骗了我一年，可怜我还在努力地装疯卖傻。"

"你也不差，李彬，"颜行复回答说，"我也应该早点想到，你除了自建角色龙焚天之外，还有一个隐藏起来的角色，直接扮演了巫王。龙焚天是李彬，巫王同样也是，你一直在这两个角色之间切换。"

"不只你懂得往进度里安插数据，我也会的，"巫王说，"在技术方面，我比你想象的要厉害得多。"

"好在现在我们终于会面了，"黄小路说，"虽然外形都有些改变，总算是我们在九州第一次真正意义上的面对面。"

两人再次陷入了沉默中，就好像只是在欣赏着脚下天启城的盛景，最后依然是巫王——也就是李彬先说话："你有很多问题，我也有很多问题，我们俩到底谁先说？"

"也许还是我先说吧，"隐藏在颜行复躯壳中的黄小路说，"如果让你先说，也许我会忍不住动手打你，那就没有心情再说下去了。"

"就凭你的实力，想要打倒我也不容易，不过，还是你先说吧，"李彬说，"我真的很好奇，你是怎么变成了一个棋手，而且还击败了全九州最优秀的棋手？那个一直在被追赶的黄小路又是谁？"

"自从上一次被天驱宗主万斯年陷害之后，我就始终在想，到底是谁这么热衷于对付我这个无足轻重的小人物，"黄小路回答说，"我仔细地想过了，对于九州世界来说，我实在是没有什么重要性可言的，除非这个世界里同时还有另外一个外来者。只有同样来自真实世界的人，才可能对我产生特殊的兴趣。而另一方面，我觉得我和林霁月在一起还算挺机警的，也不太明白为什么我们俩的行动总是被敌人摸得那么清楚。那时候我突然想到了，我总把我在九州世界里的一切行踪都告诉一个人——

那就是你。所以我终于开始怀疑你了，但我还需要证实。"

"你证实的方式，就是故意告诉我错误的信息？"李彬问。

"不能错得太离谱，否则你也会马上起疑，"黄小路回答说："我只是故意混淆了一两次地名，而我发现，一旦我告诉你错误的地名，天驱的追捕就松了许多了，于是那时候我就明白了。万斯年其实是听命于你的，你才是幕后的操纵者。"

"所以你那时候就决定要找一个替身了，"李彬说，"你用那个替身假扮成你的模样，自己改扮成了这个颜行复……巫寨！是巫寨的人帮你易容的！"

"没错，就像你当年改扮成厉忘归的样子，以至于现在你们看起来都像孪生兄弟一样，"黄小路耸耸肩，"那是用巫术进行的永久的改变，不是在脸上抹一些乱七八糟可以被擦掉的玩意儿。只有那样，那个假扮成我的巫民才不会在长期的逃亡中失去脸上的伪装，露出破绽。"

"看起来，巫寨里的人对你很好啊。"李彬哼了一声。

黄小路摇摇头："那只不过是他们对我的感谢方式，毕竟我替他们解决了一个陈年的问题……由你造成的问题。不过，游戏时间里的十五年，那可是相当长了，我不明白你怎么有时间消耗在上面的。"

"我当然有办法稍微快进一点点的，"李彬回答，"我说过了，我的技术并不差，何况我还有一个厉害的父亲。"

黄小路的脸上第一次露出了厌恶的神情："真没想到，他竟然也是你的帮凶。"

"这你倒误会他了，我父亲并不知情，所有问题我都是拐弯抹角经过掩饰之后问的，不过这个问题我们可以稍后再讨论，我会给你最详细的交代，以此奖励你能来到这里，"李彬说，"还是先讲清楚你的招数吧。找一个替身吸引我的目光，这一点你做到了，但你为什么要假扮成一个棋手？当然，我记得你提过，你学过围棋。"

"不是假扮，而是我的确就是一个棋手——我曾经是业余五段。"黄小路说。

"业余五段就可以称霸九州了吗？"李彬皱起眉头。

"显然你的心思都扑在了游戏上，对围棋缺乏最基本的了解，"黄小路说，"你肯定不知道围棋这种游戏究竟有多复杂，早在计算机可以击败国际象棋大师的年代，人们就发现，电脑这玩意儿对围棋几乎无能为力。即便是现在，虚拟现实技术都已经成熟了，最好的围棋程序仍然最多能和业余级别的棋手抗衡一下，而游戏机的计算能力更加不可能和巨型计算机相比。对于我而言，围棋就是这个世界里的一个 bug，唯一可以被我利用的一个 bug。"

"这个世界就算做得再真实，也一定会有破绽留下来……"李斌喃喃地说，"你果然是真正的游戏高手。"

"没错，那些所谓的了不起的九州棋手，所能表现出来的水准，充其量也就是业余低段棋手，可我毕竟也很久没有下过棋了，为了求百分之百的稳妥，我选择了快棋，你知道为什么吗？"

"因为你每下一步之前，都可以退出游戏，在真实世界里慢慢地琢磨，与此同时，游戏时间根本就不会流逝，"李彬微微一笑，笑容颇有些苦涩，"这就相当于你拥有无穷的思考时间，而电脑的计算时间却极其有限，所以以你业余五段的水准，已经可以保证必胜了。"

"我选择围棋的另一个原因，就是百里华音的存在，"黄小路说，"以前我在南淮城为天驱执行任务的时候，就注意到了他，因为我们在他家附近发现了监视他的辰月教徒。而百里华音本人只是一个棋痴，并无其他的本事，所以我明白，辰月教大概是很看重百里华音的那个赌约。因此我选择了百里华音作为突破口，只要我表现出围棋方面的过人'天赋'，表现出我有击败百里华音的实力，我坚信一定会有辰月教徒来想办法拉拢我的。而我，就能依靠着这一层关系，直接见到你。这是我能和你面对面的唯一方法了。事实上，我相信我给颜行复的那些回信一定深深地打动了他，让他觉得我是一个天生的辰月教徒。"

"欧阳澄看来是给我帮了倒忙啊，"李彬退后两步，在一张石桌子旁坐下，"他的确是在四处寻找一个足以击败百里华音的棋手，不过我们并不是为了百里氏庞大的家产，而是……"

"类似于夏阳张氏和海盗的契约那样的东西，对吗？"黄小路冷冷地问，也慢慢来到他身边坐下来。桌上已经放好了一壶茶和三个茶杯，黄小路自顾自地倒了一杯茶，一饮而尽。

"渴死了……"他满足地叹了一口气，"感觉过分真实的游戏就是这点不好啊。"

李彬没有搭理他这句话："看起来，你所知道的比我想象中还要多得多。我不记得你说过你也去过夏阳城。"

"夏阳城吗，我去过，在另一个世界里。"黄小路诡秘地一笑。

李彬一愣："另一个世界？"

"是的，另一个世界，"黄小路放下茶杯，"正是凭借着另一个世界里的努力，我才打败了你。"

"打败了我？打败了我什么？"李彬又是一愣。

"你的战争企图，把整个九州大陆化为神的战场的企图，"黄小路说，"我说了，今天中午来找你，因为在这个时候，你应该已经得到了你的失败通知书了。"

李彬霍然站起，但接着又慢慢地坐下来，一直以来绷在脸上的那种优雅高贵一瞬间消失无踪，取而代之的是眼里深沉的凶光。他也给自己倒了一杯茶，慢慢地喝下去。放下茶杯时，似乎情绪已经得到了控制，说话的声音已经毫无波澜了："我的失败……是你造成的？澜马部和朔北部的背叛，夸父的失约，还有羽皇、河络和那些国主……都是你干的？"

"我只是给天驱发信，把你的所有计划都提前告诉了他们而已，"黄小路脸上带着胜利者的微笑，"既然知道了你要干什么，天驱们自然会想方设法去化解，他们和辰月一样执着，一样坚定，一样无所畏惧。只不过他们并不知道，给他们送信的人是他们要缉捕的叛徒。"

"但你是怎么知道我所有的计划的？"李彬沉声说，"难道你在我的身边还安插了奸细？"

"不，我已经告诉你了，"黄小路摇摇头，"和我知道夏阳张氏的契约一样，都是在另一个世界里获知的。"

李彬不说话了。他站起身来，来到城墙的边缘，静静地站立了足足有十分钟，转过头来的时候，脸上的表情似笑非笑，十分古怪："你找到了他们？"

"我只找到了一个，但幸运的是，他的游戏机没有被他悲伤的父母扔掉或者砸碎，因为他们还在期盼着有朝一日能用儿子最喜欢的电子游戏使他恢复神智，"黄小路的语气十分愤怒，"李彬，你这个浑蛋！那些发了疯的游戏者，都是你一手造成的！"

李彬耸耸肩，神色如常："那也是游戏的一部分而已，输家总是要付出代价的。不过我也明白了，你能找到我故意留给你的那根记忆棒，自然也能找到其他那些发了疯的倒霉蛋留下的记忆棒。你切入那些失败者的进度，从头到尾观察了这场战争的全部进程，弄清楚了我的手法。"

"是的，我找了你父亲之外的另一位程序高手切入了那段进度，扮演一个客栈老板，搜集了一切与战争进程有关的资料，"黄小路回答，"我分析了你推动这场战争所用的一切手段，然后回到这段进度中，提前向天驱发出了全部的预警。尽管如此，我还是很佩服你的，能够同时在九州各地点燃那样大规模的战火，也许你是九州历史上最伟大的辰月教徒吧。而站在游戏的角度上，你更是一个胜利者。"

他顿了顿，继续说："现在，关于我的一切，我都告诉你了，轮到你说了。"

"从哪里开始说呢？"李彬眯缝着眼睛，仿佛正午的阳光太过耀眼，"关于这个《九州》游戏开发的历史，你调查清楚了吗？"

"了解得差不多了，"黄小路回答，"我知道了，你的父亲李炜衡过去就是那个开发团队的核心成员，所以你和这游戏之间的渊源很深。不过我不明白那些精神失常的实验者究竟是怎么回事，都是你干的吗？"

"我其实是那个游戏的第一批测试者，"李彬说，"在虚拟现实游戏在市场上正式亮相之前好几年，我就已经在 A 公司的游戏实验室里享受过样机和这款游戏了，那不过是我父亲的一点小小的特权。他开发的任何游戏，我都是尝鲜者。你可以想象，这个游戏立刻让我疯狂地着了迷。是的，从一开始，我就享受到了最好的虚拟现实游戏，足以让其他任何游戏都变得索然无味。"

"我在最短的时间内就摸清楚了这个游戏的基础设定，并且开始尝试着扮演各种各样的角色，征服各种高难的任务，但那种过程不久之后让我觉得不够过瘾。我已经把它完全当成了一个真实的世界去体验，而它也的确在绝大多数的地方都和一个真实世界毫无差别，除了一点……"

"这个世界没有伤害，没有死亡，对吗？"黄小路冷冷地打断了他，"那样一点也不符合你的性格，对吗？据我所知，你的父亲之所以从来不禁止你玩游戏，甚至于主动诱导你玩游戏，就是试图通过游戏来减少你和身边同龄人的交往。按照道理来说，父母都是希望自己的子女多多和同龄人一起玩耍的，你的父亲却是一个例外，只因为你……"

他这句话并没能说完，因为李彬已经忽然挥了挥手，黄小路身前的空气仿佛忽然间拥有了实体，狠狠地把他撞了出去。黄小路摔在地上，挣扎着爬了起来，发现自己的鼻子已经被李彬的这一记秘术撞破了，正在流出鲜血。

"因为我从小就有非常严重的暴力倾向，甚至在九岁那年为了一块橡皮擦差点把自己的同桌打成脑震荡，"李彬阴阴地一笑，"我喜欢把痛苦施加到别人身上，喜欢看别人流血，喜欢把脚踩在别人的脸上。我父亲几乎每天都得处理其他孩子家长的抱怨甚至于索赔，所以当发现电子游戏能够把我拴在屋里不出去惹是生非的时候，他简直是如获至宝。他甚至为我聘请了家教，让我在家里就能上学，不用到学校里去和别的孩子打交道。"

"所以你喜欢九州世界，唯独不喜欢这个世界不能造成实质性的伤害，"黄小路忍痛用汗巾擦着脸上的血迹，"于是你就偷偷在源程序里加了一些东西，对吗？"

"我不过是违反了虚拟现实游戏的最基础准则，把虚拟世界对人脑的反馈加强了一千倍而已，"李彬笑得很欢畅，"我修改的是最底层的数据，还做了许多掩护，所以他们是查不出来的。因而在这个世界里受到重伤或者被杀死就会变得非常致命了。就是要这样，我才能找到一个真实世界的感觉，有风险才能有刺激。"

"但是别人的死活，你就完全不顾了？"黄小路咬紧了牙关，"那些人被弄到精神失常，对你到底有什么好处！"

"看到失败者遭受惩罚，我会很快乐。"李彬再度催动秘术，一道雷电凭空而生，劈向黄小路的头顶。这一次黄小路早有准备，侧身在地上一滚，躲开了这一击，雷电打在地上，将天台的地面劈裂了一大块。

"看来你并没有变疯，"黄小路取下腰带，腰带化为一柄软剑，这是他从女天驱巫云汐手里夺来的，"你只是一直都是个疯子而已。"

十三、神的游戏

天台上强风阵阵，吹得两人衣带飘飘，李彬使用的是巫王的身体和厉忘归的面容，更加显得气度俨然。而黄小路则看起来像是个普通的中年男人，那是他易容后改扮的棋王颜行复。两个昔日的好友在虚拟的世界里虎视眈眈地对峙着，却又都找不到对方的破绽，只能暂缓进攻。经过那么长时间的磨砺，李彬的秘术和黄小路的武功都已经达到了相当高的境界，越是高手相争，越是需要谨慎。

"那么后来呢？"黄小路终于开口问，"你改变了这个游戏，导致项目无法进行下去，整个团队都辞职了。接下来你又干了些什么？"

"《九州》被销毁了，但我保留了拷贝，"李彬回答，"我父亲原本不同意，但他经不过我的苦苦哀求，谁叫我是他唯一的儿子呢？我觉得很高兴，如果一个并不真实的九州世界呈现在玩家们面前，那简直是一种耻辱，与其那样，还不如让我一个人享受好了。那之后，我把几乎所有的空余时间都投入到了九州世界里，原有的任务都被我完成了，我扮演的皇帝统一了九州，我甚至打破了天罗杀人的纪录——我开始觉得怎么玩都不过瘾了。幸好在这个时候，在我百无聊赖地试验巫王这个角色的时候，我遇上了厉忘归。我和他长谈了许久，一点一滴地打听清楚了辰月教的教义，并且发现了辰月教的妙处。"

"毁灭这个世界。"黄小路接口说。

"不只是毁灭这个世界，单说毁灭，当皇帝也能做得到，甚至当河络的夫环都有可能办到，"李彬摇摇手指，"我喜欢的是辰月教躲在一切事物的背面，推动毁灭之轮的那种感觉。真的就像是……世界是一个硕大的棋盘，苍生万物都只是没有生命的棋子，任由神的手指把它们任意摆放排列。"

"神？"黄小路一怔，随即脸色有点发白，"原来这才是你真正享受的。你想要在九州扮演一个神。"

"是的，生杀予夺却又不在众生面前露面的神，"李彬看起来十分的陶醉，"让那些皇帝、那些君王、那些名将都自以为自己能主宰一切，但到了最后，一切其实都在我的支配之中，那种感觉远远胜过自己去冲锋陷阵开疆拓土，那才是真正的神的游戏！"

"辰月教真他妈的是个超级大邪教啊……"黄小路从牙缝里挤出这句话，并且突然发现自己也产生了某种莫名的向往。把一整个世界都掌握在自己的手心，那种感觉，一定很美妙，他不禁又想起了自己在"另一个世界"扮演客栈老板兰田时的最后一幕。那时候他站在空荡荡的秋叶城的街道上，看着羽族洁白的羽翼从空中掠过，想象着偌大一个九州都在李彬的谋划下陷入纷飞的战火，在喊出"退出"之前，他的最后一个念头是：李彬真是了不起啊。

"可是就是这样的游戏，都还不能让你满意，对吗？"黄小路甩甩头，赶紧驱走脑子里不该有的危险念头。

"是的，我囚禁了厉忘归，假扮成他进入辰月，用战争毁灭了世界。之后我又找到了新的玩法，在新进度里创建了龙焚天这个天驱的角色，开始玩左右互搏——用巫王推动辰月的进程，用龙焚天推动天驱的进程去阻止辰月，可是那样依旧不过瘾。无论扮演哪个角色，我都知道对方的意图是什么，有时候还得故意露点破绽，也不能说超越了之前的玩法。幸好后来我想通了一个道理。"

"什么道理？"

"真正的神，应该操纵真正的人，"李彬张开双臂，在风的吹拂下衣袂翩翩，"游戏里的一切角色，毕竟只是虚假的，把他们玩弄于股掌之间也并不是特别值得夸耀的事情。所以到了虚拟现实游戏正式上市，也差不多是我们进大学的时候，我开始寻找真人来陪我玩这个游戏。为此我提前用了半年时间做准备，在我父亲面前装出一副开始转性、不再和人动手斗殴的样子，但事实上，这个时候我真的已经没有什么对他人施加暴力的欲望了。把人打得头破血流这种小儿科有什么意思，把他拖进九州被我戏弄才是最高的成就。"

"于是我变成了一个合群的人，顺利进入大学，也顺利得到父亲的允许，在校外租了房子，理由是随时可以去玩游戏。这样的理由在别的父母眼中是开玩笑，对我父亲却很适用，他毕竟还是担心我离开了游戏会旧病复发，沉迷游戏总比打架打到坐牢强。我自己租了房子，有了足够的空间和时间，可以结识一些爱玩游戏的人，带他们一起玩这个游戏。根据他们的选择，我就跟着选择相应的对手，并不直接向他们挑战，而仍然像辰月操控世界那样，调动游戏里的元素去而他们做对，去尝试伤害他们，甚至于杀死他们。"

"他们显然都不是你的对手，"黄小路面露不忍之色，"所以都发疯了。"

"他们个个都自称游戏高手，但面对这个游戏，都还缺乏足够的能力，"李彬轻蔑地说，"尽管这样，真人的智慧毕竟还是高过电脑一筹，我仍然体会到了前所未有的快乐，这使我更加渴望得到更高层次的挑战。就在这时候，我认识了你。你是一个真正的游戏天才，我用很短的时间就确认了这一点，我相信，只有你才能在这个游戏里对我构成威胁，让我体会到旗鼓相当的对手的乐趣。"

"所以你就故意装疯，想把我骗进这个游戏里来？"黄小路嗤之以鼻，"你可真舍得牺牲自己。"

李彬的回答让黄小路大为震惊："你还大大低估了我牺牲自己的程度。其实我那是真的发疯。"

"真的？"黄小路瞠目结舌，"你故意的？"

李彬轻轻点头："我读取了我之前玩的包含有龙焚天和巫王这两个人物的进度，把它存进了这根记忆棒，然后我故意用龙焚天去激怒女巫民安语，故意让情蛊发作。游戏里的龙焚天失去了神智，真是世界里的我，自然就发疯了。"

"你这是为了……破釜沉舟，逼得我不得不进入《九州》游戏去救你。"黄小路明白了，心里十分震骇，愈发觉得李彬的思维方式完全不能以常理度之。

"我和你认识虽然时间并不长，却已经对你做过心理分析了，"李彬说，"你虽然外表腼腆怯懦，但在内心深处，是那种非常坚忍、非常有毅力的人，而且心肠也很软，见不得别人受苦。我是你在学校里最好的朋友，如果我发疯了，你一定会想办法帮助我的。"

"你还真了解我……"黄小路咕哝了一句，"可是你有没有想到，万一我没能联想到这款游戏上，万一我没意识到那根记忆棒的重要性，或者万一你父亲把它丢弃了，你又该怎么办呢？"

"我父亲是不会丢弃它的，因为他知道这游戏怎么回事，肯定不会轻易扔掉让他儿子复苏的希望。"李彬一笑，"至于你会不会如何如何，那就是个赌局了，我选择了相信你，把我的头脑押上去作为赌注。要赌就赌大点，那样才刺激，要知道，如果不能尽快从游戏里找到新的乐趣，我觉得我自己能把自己憋疯，没有刺激的生活根本就是了无生趣。"

"你就是个变态，"黄小路彻底地无可奈何了，"那么，你是从我们一起进入双人游戏的那一次苏醒过来的？"

"是的，我在去往巫寨之前，就以巫王的身份嘱咐了谢子华，如果你打听龙焚天的下落，就告诉你真实的去向，并且一路跟随你，想办法把龙焚天的躯体夺走。而我看准的，就是你带着我一起进入游戏时的那一丁点时间差。我专门对自己进行过头脑训练，可以保证自己在半分钟之内就接驳成功进入虚拟世界，而你的速度，我估计会在五分钟左右。四分半的时间，足够我找到谢子华，把龙焚天的躯体交给他，然后切换到巫王的角色里。现在龙焚天的身体就躺在我的密室里，不过他似乎已经没有太大作用了。"

"这样的话，我就明白了，"黄小路长长地出了一口气，"从那个时候开始，你就真正清醒过来了，但还是装出发疯的样子来麻痹我。可是我在天驱内部还没有爬到足够高的位置，还并不能对你施加什么威胁，为什么你就急于对我下手了呢？"

"因为你太让我失望了，"李彬摇摇头，"我忍受着失去理智的痛苦，希望在回到九州世界时能发现你已经成了一个了不起的人物，可事实和我的预期差得太远。你的确很努力，很用心，但你太循规蹈矩，等到你慢慢累积功劳成为天驱宗主的时候，大概黄花菜都凉了。你并没有找到在九州里最好的生存模式，而且你的女搭档显然也消磨了你的锐气，让你安于平庸。"

"也许我应该像你那样，直接变身成为辰月的教长？"黄小路苦笑一声，"不过有一点你说错了，当我陷入绝境的时候，正是林霁月让我重新燃起了勇气和斗志，并且想出了这一连串的计谋，让我今天能站在这里，告诉你，我打败了你。有时候，你不能太小看虚拟的人物，也许她在你的眼里就是一串字符，但是对我来说，她是这个世界里最重要的。"

"所以现在我既愤怒又高兴，"李彬咧嘴笑了笑，"我为我的大计被你破坏了而愤怒，我也为得到你这样的对手而高兴。我曾经失望过，但现在我很满意。这样的游戏才叫有意思。"

黄小路简直觉得自己快要无话可说了："你这个……受虐狂！不过，你是怎么做到让万斯年那样的宗主和谢子华那样的旗领都听命于你的呢？"

"因为我是神嘛，"李彬笑得更加开心，"连你都懂得通过另一根记忆棒来揣测我的行为，我自然也会牢牢记住九州在不同时间段的一切变化。想想看，在这个星相学家还只能说一些模糊而模棱两可的狗屁预言的世界，有人能精准地告诉你下一个对时发生的所有事件，你会不会感觉到这个世界的背后，的确隐藏着神的手指？"

黄小路说不出话来。他手里平举着软剑，一时间不知道该做些什么。现在，所有的谜底都揭开了，罪魁祸首就站在他的身前，可他应该拿李彬怎么办？他可以冷漠无情地斩杀一切游戏中虚拟的敌人，就像最初扮演狂血战士依马德的时候那样。可现在，自己面对的不是虚拟的人物，是一个活生生的人，而且还是自己的好朋友，虽然该好朋友欺骗了自己，戏弄了自己，让自己过了一年苦哈哈的日子，但他毕竟还是有血有肉的真人。

"怎么了？下不了手？"李彬嘲弄地说，"你这心软的毛病还是改不了。"

"我只是不知道下手为了什么，"黄小路想了一会儿后，回答说，"你是一个疯子，一个变态，一个恶毒的人，你害了很多人……但是，我并不是正义使者，我无权审判你。我所知道的是，至少你并没有害到我，虽然我过了辛苦的一年，但我熬过来了，而且未必没有收获。所以我没有什么必要和你拼个你死我活。"

他想，也许现在唯一能做的事情就是退出，把所有真相告诉李炜衡，然后把剩余的事情交给这父子俩自己去解决。

"你在想什么？是不是打算退出游戏，然后像打小报告的鼻涕小鬼那样去找我父亲？"李彬看出了他的心思。

"不然还能怎么办？"黄小路放下剑，撇撇嘴，"你是个罪犯，但我没有能力，也不想审判你。现在我要走了，把这个疯狂的世界留给你，你愿意对它做什么都随便你吧。"

"于是你的女人你也可以不管了，是吗？"李彬阴沉地说。

黄小路浑身一震，手里的软剑一下子掉到了地上，幸好李彬并没有借机发起攻击，他连忙伸手抓起了剑。他发现自己的确疏忽了，竟然没有想到这个致命的问题：林霁月该怎么办？

她只是一个游戏中的角色，一个虚拟的存在，却是黄小路在这个九州世界中最宝贵的财富。现在她应该还在带着那个冒牌货黄小路奔走在逃亡之路上，又或者已经被天驱抓住了。如果自己拍拍屁股走人了，她将会承受怎样的命运？她的未来会如何？自己还有可能见到她吗？

一想到以后也许会再也见不到林霁月，他就觉得喉头像是堵上了什么东西，一阵强烈的酸楚从心里涌起。也许已经不仅仅是在虚拟的九州世界里了，他想，林霁月就是对我最重要的人。

李彬对黄小路阴晴不定的表情看来相当满意："喜欢上了一个虚拟世界里的妞，很痛苦吧？如果我回头把这根记忆棒毁掉，你就永远只能在梦里回忆她了。"

"你不能这么做！"黄小路脱口而出。

"那就陪我较量一场吧，"李彬举起右手，一团深绿色火焰在掌心燃起，"你是第一个能够破解我的计划的对手，我非常高兴，也更加渴望和你来一场对决，死亡对决。"

"死亡对决？"黄小路不解。

"也就是说，直到一方把另一方杀死为止，"李彬冷冷地说，"在游戏里被杀死了，也就意味着在现实中从此发疯，很好的结局。"

一股寒意涌上了心头，黄小路知道，眼前的李彬已经不可理喻。他想要不顾一切地强行退出游戏，但转念一想，在真实世界里，自己的强壮程度比李彬差得太远，更何况从小就开始使用暴力的李彬必然有着比自己丰富一百倍的打架经验。如果两人一起退出游戏然后在李家的客厅里展开打斗的话，李彬能够轻易地把自己揍成一团肉泥，而自己更加不可能在那样的格斗中还完好地保护那根记忆棒，那根存储着自己和林霁月全部感情的记忆棒。反倒是在游戏里，自己和李彬的差距也许会小一些，还能有获胜的可能性。

"到了最后还是得靠游戏来解决……"黄小路深深地叹了口气，"这他妈到底是什么世道啊！"

他扬起软剑，迎风一抖剑身，向着李彬刺了过去。

十四、神灭

在九州世界里，武术家和秘术师之间的战斗是非常讲究技巧的。秘术胜在没有实质的形体可以把握，并且可以远程攻击，但秘术的施放需要一定的准备时间，并不是随心所欲就能放出来的。所以一名武士如果想要和实力相近的秘术师过招，"缠斗"二字是十分必要的，要缠住对方，以速度压制对方，尽量让对方难以集中精神施术；相对的，秘术师则必须要通过躲闪腾挪来获取出手的空间。

黄小路很明白这个道理，所以一出手就招招抢攻，软剑化为一团炫目的剑光，不断攻向李彬的全身要害。他之前一直在犹豫着要不要出手，但一旦出手就是真正的以命相搏，他很清楚，自己还能不能再见到林霁月，就看这一战的成败了。而如果输了，自己甚至可能成为无数因为这个游戏而发疯的倒霉蛋中的一员。

李彬却并不慌乱。他花在九州的时间比黄小路更长，而且既扮演过秘术师，也扮演过龙焚天那样的武士，对于武术和秘术都有研究。面对着黄小路的狂攻，李彬脚下踩着稳健的步伐，近乎轻松地躲开了那些犀利的剑招。

"你还可以做得更好，再试试。"他甚至脸上带着笑容，不断地撩拨黄小路。

黄小路当然知道李彬是在试图激得他心浮气躁，但他很难控制住情绪。李彬的身法有如鬼魅，看起来甚至有点慢吞吞的，却总能在千钧一发的凶险时刻及时闪避开。而与此同时，他的手指一直在绘制着秘术印纹，不知道什么时候就会反击。

李彬的秘术一旦施放出来，那就很难招架了，黄小路明白这一点，所以手上剑招舞得更快，出剑更加凶狠。但他却因此忽略了很重要的一点，那就是他的脚步。当他连环三剑刺向李彬的双肩和胸口时，脚步已经几近虚浮，李彬忽然一弯身，脚下已经飞快地扫出一腿，黄小路猝不及防，被扫倒在地。

"别忘了，我有一半的时间都是个武士。"李彬阴笑一声，手上已经放出了第一个秘术。随着他的手指挥出，身前的一团空气骤然间变了颜色，就像是一层稀薄的泥浆一样，竟然在半空中流动起来，迅速化为了一长条。那是一条蛇的形状。

这条半透明的古怪的蛇张开嘴，猛地向黄小路扑来，黄小路赶忙一剑向着蛇头斩下去。但这一剑下去，仅仅是从蛇身上划了过去，就像是用剑砍向一股青烟一样，没有半点作用。而就在此时，蛇嘴已经触碰到了黄小路肩头的衣服。

他立刻觉得左肩像被烙铁烫了一样，令他意识到其中有剧毒。大惊之下，黄小路挥剑向自己的左肩削去，不但削掉了外面的衣物布料，也削去了一大片皮肉。一阵剧痛传来，但肩头流出的血是红色的，说明他下手够快，毒质没能蔓延开就已经被切掉了。

"壮士断腕，够坚决！"李彬狞笑着，"再换换口味吧。"

随着这一句话说出口，那条剧毒的怪蛇倏地从空气中消失了，而李彬的手上燃起了青色的火焰。他略略挥手，几团硕大的火球向着黄小路飞速地撞击而去。火球带着灼热的高温，黄小路虽然勉强躲过，也感觉头发都被烧焦了一大丛。

更糟糕的是，那几个火球竟然能拐弯，掠过他的身体后，很快又变向飞了回来。他不得不狼狈地就地打滚，才能躲过那几团火球。而当他重新站起来时，秘术又发生了变化。

他的头顶出现了一片云，白色的、看起来温柔无害的云朵，就在距离他只有两三丈的高度。黄小路正在奇怪，忽然觉得从头顶到肩膀都灼热无比，像是被火焰灼烧一样，衣服甚至开始冒烟了。他忽然反应过来，那是阳光！这片云似乎是将阳光的效果放大了无数倍，足以把他烧成焦炭。

他只能在天台上不停地高速奔走，努力躲开这片跟随着他移动的云。李彬就像是在看一只挣扎在囚笼中的老鼠，满脸邪恶的快意，整张脸都因为兴奋而扭曲。

"这就是我的游戏！最好的游戏！"他大喊道，"我是这个世界的神！我动一动手指头就能决定你的生死！"

李彬不断变换着各种秘术，仿佛是猫捉到老鼠之后的残忍玩弄。他一方面是辰月教的教长，另一方面还精通巫术，手里放出的秘术夹杂着巫术的邪恶诡秘，并不求一击致命，却不断在黄小路身上制造新的伤口。很快黄小路就已经遍体鳞伤了。

黄小路一面全力躲闪着，一面心头有些后悔。在最初那一阵他发起的抢攻中，其实是故意留了两分力，倒不是手下留情，而是预留了后着——他的怀里还有一个毒针筒，那是林雾月的天罗武器，特地留给他防身的，比之前的迷烟筒威力更大，毒性猛烈。他想要趁李彬不备时放出毒针，偷袭于他。事实上他也曾经抓住过一次这样的机会，但出手时却犹豫了一下，觉得用这么阴毒的暗器对付自己的朋友未免有点不地道。就是这瞬间的犹豫，让他失去了胜机，被李彬当成了练手的沙袋一般地蹂躏。但高手相争，所差的本来就是那一点点稍纵即逝的机会，既然没有抓住，也就不可能再翻盘了。

　　最后，当李彬卷起一股夹带着硕大冰粒的寒冰风暴时，他终于躲不开了，被卷进那团寒冷到极点的气团，在空中翻滚了几下后，重重摔在地上。虽然他马上就摇摇晃晃地爬了起来，但已经到了强弩之末，浑身上下没有一处不疼，关节仿佛被冻住了，除了勉强站立之外，什么也做不了了。

　　"我还期待着你能给我多一些惊喜呢，太没用了，"李彬摇着头，慢慢走了过来，"那我就送你去你该去的地方吧，我的朋友。"

　　黄小路猛然感觉到脚下一软，低头一看，脚底踩着的青砖地面已经变成了水银状的汩汩流动的物质，而自己的双脚陷入其中后，瞬间失去了知觉。

　　——它们仿佛已经溶化在这片水银之中了！

　　"你在九州的肉体将会彻底消失，和这座伟大的城墙融为一体，而在真实的世界里，你也会成为一个精神病人，多么美好的结局！"李彬走到黄小路的身前，俯下身来，凝视着他的双眼，"你是我所遇到过的最好的对手，我会深深地怀念你的。"

　　此时黄小路已经有一小半的身子都在那片水银中消失了，他并不知道如果自己还能击败李彬的话，自己的双腿能不能复原——好在这只是一副虚拟的身体而已。但他还是要做出最后的挣扎。

　　"等一等！"他咕哝着，"我还有话要说！"

　　"临终遗言吗？洗耳恭听，并且保证帮你传达到你想要传达的人那里去。"李彬微笑着说。

　　"不，这句话是对你说的，"黄小路说，"你说过，在我从巫寨救出龙焚天之前，你是真的失去了理智的，完全不知道自己做过什么，对吗？"

　　李彬点点头，黄小路嘿嘿一笑："那么你知道你那段时间说得最多的一句话是什么吗？是'把我的指环还给我'。李彬，如果我没有猜错的话，你在这个游戏里最享受的，其实是你扮演龙焚天这个天驱的时刻。"

"放你娘的屁！"这番话似乎深深刺入了李彬的内心，他骤然间暴怒起来，刚才那闲适得意的笑容一下子消失无踪。

　　黄小路偏要继续刺激他："怎么，生气了？我说对了吧？因为在你的潜意识里，你一直在悔恨自己的暴虐阴毒，你一直在羡慕那些真正正直的存在，你希望自己其实并不是现在这样的大浑蛋，而是一个受人尊敬的天驱——你是一个连自己都无法控制的可怜虫……"

　　"放屁！一派胡言！"李彬铁青着脸，咆哮起来，"你现在就死吧！"

　　他怒冲冲地将右掌变化为一把锋锐的长刀，向着黄小路的脖子砍了下去。

　　就是这个机会了！黄小路猛地伸出手，带着幽蓝光芒的毒针像暴雨一样地打了出去。

　　李彬大吃一惊，但在这样的距离里，他已经不可能用任何常规的方式躲开这些毒针了。生死系于一线的时刻，他猛然间爆发出自己全部的精神力，在一刹那间将自己的身形移到了数丈之外，那些毒针以毫厘之差没能打中他，全都射向了空中。

　　黄小路懊丧地一挥拳头，知道自己除了乖乖等死之外已经无能为力了。不，也许果断退出，让李彬在真实世界里把自己打死比较好。他宁可死，也不愿意变成一个疯子，浑浑噩噩地度过余生，那样生不如死。

　　水银的吞噬已经到了腰际。黄小路叹了口气，正准备开口喊出"退出"，突然之间，他发现远处李彬的身影变成了两个。仔细一看，他呆住了。

　　李彬的背后多了一个人，一个和李彬的脸型一模一样，只是全身上下都穿着一尘不染的白衣、与李彬的一身黑衣形成鲜明对比的人。黄小路立刻猜到了他是谁：这个人就是他在巫寨无意中放走的囚徒，也是李彬一直所冒充的人，辰月教的教长厉忘归。十多年前，李彬所扮演的巫王和厉忘归曾经是好朋友，但李彬为了直接进入辰月的核心阶层，囚禁了厉忘归，而自己用巫术改变容貌冒充了他回到辰月教。

黄小路还牢牢地记得,自己错放了厉忘归之后,厉忘归所说的话:"如果以关押我十五年的代价,换来一位有作为的辰月教长,那对我而言不是苦难,而是荣誉和欢乐。我们辰月的教徒,只为了神的意志而活,是不会有那些无聊的私人恩怨的。只要是为了奉行神的旨意而活,巫王就不会是我的仇人,反而会成为我最好的同伴,如果他甚至地位在我之上,那也没什么关系。"

那时候那样的话语近乎让他绝望,可是现在看来,厉忘归说的多半不是真心话,因为此人的双手正按在李彬的后心,而李彬为了刚刚那一次躲闪已经耗尽了精神力,暂时失去了挣脱的力气。

"你!你怎么敢!"李彬惊怒交集,却无力摆脱厉忘归秘术的笼罩。

厉忘归把嘴唇贴在李彬的耳边,以一种近乎温柔的语调说:"我早说过了,我不会在意个人恩怨的,只是你当年能够背叛我,以后未必不会为了更大的利益而背叛辰月,是一个绝对不可信任的人,所以我没有一天不想着要除去你,只是在等待一个一击致命的机会而已。很遗憾,现在你给了我这个机会。"

"不!退……"李彬惊慌失措,唯一能想到的就是喊出"退出"的口令,回到现实世界中去。然而,他的反应稍微慢了一点,终究只喊出了第一个字。

厉忘归的手心涌出了一道转瞬即逝的黑气,那黑气迅速钻入了李彬的身体。刚刚喊出一个"退"字的李彬立刻哑口难言,面容变得无比扭曲,脸和手上的皮肤开始以惊人的速度变黑、枯萎、剥落、粉碎。几乎只是一眨眼的工夫,他的整个人都像是被放在沙漠中曝晒脱水的死难者一样,变得干枯而萎缩,并且片片断裂,最终化为一团无法辨认的渣滓。

枯竭,如同这一招的名字一样,威力巨大,是九州最具杀伤力的秘术之一。李彬终于没能完整地喊出退出,也没有来得及把意识切换到龙焚天的身上,他在游戏里被杀死了。并不是被真正的"人"杀死的,而是被一个曾经完全被他像棋子一样摆布的虚拟角色。他像神一样地玩弄这个世界，但到了最后，这个世界杀死了它的神。

"看起来，就算是神，也难免会被自己的棋子反咬一口啊。"黄小路喃喃地说。

李彬一死，他所释放的秘术就消失了，身下又变成了坚硬的石板，而黄小路就卡在中间，上不去也下不来，好不尴尬。好在厉忘归远远地挥了挥手，一股大力把他弹了出来，又重重摔在地上。

黄小路揉着屁股，哼哼唧唧地站起来，看着向他走过来的厉忘归，倒吸了一口凉气："不会又要再来一架吧？"

厉忘归一笑："我还记得你，靠了你的帮忙，我才能从巫寨的地牢里逃出来。今天如果不是你，我也找不到那么好的机会杀死巫王。"

黄小路心头一松，但厉忘归紧接着又说："不过我现在不杀你，并不是为了这一点，我说过，个人恩怨是无足轻重的。"

"那你到底是为了什么？"黄小路问。

"可能是一种好奇心，"厉忘归说，"我不知道你的来历，但我猜测，你是来自一个我们都不知道的地方，和巫王的来历是一样的。"

"你说得不错，"黄小路叹了口气，"可惜我没办法告诉你确切的真相。"

"没关系，"厉忘归很是潇洒地摆摆手，"我只是想看看，你到底能给这个世界带来些什么。就把你当作神的特殊礼物吧。希望你不会让我失望。"

厉忘归离开了。黄小路看着他的背影，自言自语地说："我最好还是别和神扯上什么关系了，我已经受够了。"

十五、抉择

退出游戏的时候，黄小路发现李炜衡已经回来了。他看着取下头盔的黄小路，淡淡地问："怎么样？"

"对不起，我已经尽了全力，但我想……李彬也许只能那样了。"黄小路低着头说。

李炜衡沉默了一会儿，过了一阵子，忽然展颜一笑："没关系，这样对他或许更好。"

黄小路心里咯噔一下，抬起头时，觉得李炜衡的眼神里别有深意。他是不是早就知道了儿子的所作所为？黄小路禁不住想。那样的话，他竟然一直听任李彬胡作非为，岂不也算是帮凶了？

一股愤怒的情绪又从心底升起，但李炜衡接下来的动作却令他不禁有些心颤。李炜衡轻柔地替儿子取下了头盔，把痴痴呆呆的儿子扶到一边坐下，然后开始哄他吃饭，仿佛李彬只是个三岁的小孩。在过去的一年里，他天天都重复这样的举动，但那时的李彬只是伪装，而现在，他真正地安静下来，真正地失去了所有那些阴暗而危险的思维模式，变成了一个孩子，必须依赖父亲才能活下去的孩子。

也许李炜衡的确知道儿子在做的一切，但无法制止儿子的疯狂行为，他也一定十分懊恼吧？黄小路猜测着。无论怎样，李彬不能再作恶了，而李炜衡终究只是一个可怜的父亲，将要一个人照顾着他发疯的儿子，直到老去，直到老死。

"请你再给我一个月的时间。"李炜衡忽然说。

黄小路一愣："啊？"

"就把李彬所做的一切都算在我的头上吧，"李炜衡说，"请给我一个月的时间，让我安排好我儿子今后的生活。然后，我会去自首。"

黄小路沉默着，沉默着，耳朵里只听到墙上的时钟在嘀嘀嗒嗒走个不停。他好像想了很多，又好像什么都没有想，但最后他还是说："该怎么做，由你自己决定，但我希望你能想清楚：你赎不了他的罪，而无论你们受到什么样的惩罚，他人所受的痛苦，也永远不可能消除。"

李炜衡没有回答。黄小路从虚拟现实游戏机里拆出记忆棒，转身离开，关门的一刹那，他听到门里传出来的哭泣声。

半个月之后的一个深夜，黄小路坐在自己的出租屋里，脸色阴晴不定地看着身前的虚拟现实游戏机。游戏机已经接通电源，九州近在咫尺。

此前的几天里，他在游戏里做了许多事情，现在九州世界的大规模战争已经不太可能爆发了，各地局势渐渐归于安定，于是他带着那枚录有万斯年罪证的聆贝离开天启城，回到天驱里去，洗清了自己的冤屈，救出了林霁月。

"你们永远不会明白神的伟大！"万斯年被捆绑着押下去的时候已经完全失态，声嘶力竭地吼叫着，谢子华则垂头丧气一言不发。黄小路有些怜悯地看着这两个人，在心里说："你们永远不可能见到你们的神了。"

应付完一大堆询问、致歉、赞美、夸奖之后，晕头转向的黄小路拉起林霁月的手，走出了那间位于青石城的临时总堂。林霁月的脸略有点红，却并没有半点抗拒。

"这么说你干得还不错啊，总算没让我白白辛苦那么久。"林霁月走路还是略微一瘸一拐的，伤势还没有痊愈。

黄小路索性扶着她在路边坐下，把自己这段时间的所作所为大致讲了一遍，当然其中必然得添加很多谎话，否则无法解释清楚兰田的平行世界以及李彬的真实来历等等。尽管如此，林霁月还是听得惊叹不已："你假扮那个棋手居然把所有人都骗到了，连辰月教徒都被你骗了，你居然还真做到了？"

黄小路一摊手："这就叫赶鸭子上架，不行也得行。我发现，人真被逼到了那个份上，潜力是无穷的，我觉得自己可以去竞逐奥斯……没什么。"

他正襟危坐，假装面前就是棋盘，模仿了一下他和别人对弈时的神态，果然是一派江山我有的宏大气派。林霁月开始看得笑嘻嘻的，后来却又有些发愁："可惜的是，你现在这张脸没以前好看。"

"其实你只是看惯了而已，巫民们都说这张脸更帅……大不了我们去巫寨再让他们施一次巫术，变回我之前的脸。"黄小路说。

"那倒并不重要，"林霁月说，"没把心换掉就行。"

黄小路有些奇怪地看了她一眼："你好像不太高兴？一直都是郁郁寡欢的，连万斯年被捆起来的时候也没见你怎么开心。"

林霁月沉默了一会儿，低声问："你是不是该走了？"

黄小路怔住了，不知道该如何作答，林霁月接着说："你和你的朋友，不都是从很遥远很神秘的地方来的吗？在我听说过的那些故事里，你们这样的人，做完了该做的事情之后，都会离开，然后永远永远都不再出现。"

这该怎么解释？黄小路有点哭笑不得。林霁月大概是把他当成了传说中的天赐救世主之类的角色了，他当然不是，但也不可能把真相说出来。这个世界对他的意义早就超越了一个普通游戏的范畴，他不想用另外一种方式毁掉它。

"我不会走的，"他强笑一声，"我们还有那么多好玩的地方没有去过，那么多好吃的东西没有吃过。现在战争结束了，我们正好……"

"以后呢？"林霁月打断了他，"你还能待多久？一个月，半年，一年两年？可是以后呢？你仍然是会离开的，不是吗？"

这一连串的问句粉碎了黄小路脸上的笑容。他被戳到了痛处。这是一个他已经思考了很久很久的问题了，从他发现自己开始喜欢林霁月时起，他就不断地拷问自己，却始终没有答案。之前他还能用"我要救李彬所以我必须玩这个游戏"来搪塞，现在尘埃落定，他再也找不到什么借口了。

"我……我的确想要离开，"他嗫嚅着说，"可我还没想好。"

林霁月的眼神暗淡了下来，有那么一个瞬间黄小路觉得她的眼眶里隐隐有什么东西在闪动，但很快地，她又展颜一笑："那好吧。等你想好的时候，再来告诉我吧，即便你真的要走……真的要走……"

她咬了咬嘴唇："我也要看着你走远，听你说一声'再见'。我不要你在某一个起雾的清晨突然消失，就此杳无音讯，那样我会恨你一辈子。"

"我答应你。"黄小路用蚊子一样的声音说。他觉得之前体会过的那种强烈的酸楚再次从心底蔓延开，流遍全身，让他的呼吸都有些困难。

林霁月深深地凝视了他一眼，忽然扳过黄小路的头，在他的嘴唇上轻轻吻了一下。

"记住，一定要和我说'再见'。"她站起身来，一瘸一拐地慢慢离开，那背影在夜色中显得格外楚楚可怜。黄小路几乎忍不住就要追上去，但最后，他还是强忍住了。

"退出。"他的声音在夜色中充满了落寞和孤寂。

从那天之后，他再也没有进入游戏，但几乎每一天都会坐在游戏机前，像现在这样经受矛盾的煎熬，就好像有两辆火车在自己的脑袋里相撞，一次，两次，千次，万次。他在想着那个已经反反复复思考了无数次的问题：自己是不是应该彻底离开九州了？

九州，这是一个多么宏伟而美丽的世界，却又是一个戕害了多少无辜者的罪恶游戏。他迷恋这个世界，却又唯恐像李彬那样，沉溺其中不能自拔。他一会儿告诉自己说，这只是一个游戏，不会有大碍的，何况我已经在其中留下了那么多的足迹；一会儿又告诉自己说，算了吧，这一年多的艰辛难道还不足够吗，难道真实的世界还不足够让人珍惜吗？

他所知道的是，这个游戏已经在他的生命中留下了深刻的烙印，就算从此不再进入游戏，他也一辈子都不可能忘记。他在那片叫作"九州"的大陆上体会到了太多太多过去从没有体验过的东西，责任、勇气、热血、友情、信仰……他忘不了自己站在巨大的夸父面前，勇敢地劝说他们放弃战争的情景；他忘不了自己挥起长剑，和辰月教徒殊死搏杀的场景；他忘不了天驱们聚在一起，高举着戴有指环的拇指，齐呼"铁甲依然在"的场景。他真的很难说服自己，那不过是一些游戏程序，那些有血有肉的人都只是一些 0 和 1 的组合。

更何况，无论他从哪一方面来解读这个游戏世界，都始终有一张面孔让他无法绕开，那就是林霁月的脸。那个从他进入九州世界起就一直陪伴着他的女子，是他不可能从记忆中抹去的。从最初的殇州雪原，到神秘莫测的巫寨，再到步步危机的合江镇，林霁月一直都在，对他不离不弃。刚开始他还会一再地提醒自己：这不是一个真实存在的人，她只是游戏里的代码而已，但越到后来，他越难以想起这一点。

事实上，即便是在真实的世界里，他也从来没有和哪一个异性亲近过，林霁月是他这一生中和他走得最近的女孩。一想到今后将会永远见不到林霁月，他就会感受到一种撕心裂肺般的痛苦。他甚至不止一次地想到，他宁可抛弃掉真实世界的一切，也要和林霁月在一起。

但这终究是不可能的，在爱情的火焰当中，毕竟还有无法全部融化的理智的坚冰。黄小路不是一个虚拟人，他活在真实的世界里，活在千头万绪的人际关系和亲情友情中，那些是不可能抛弃的。他还将回到学校里，继续做那个普通平凡的大学生（或许比以前更加开朗一些），上课，考试，背地里辱骂辅导员，熬到毕业，找一份工作，讨一个老婆，成家立业生儿育女。他将沿着凡俗的轨迹一路前行，在凡俗的世界里度过凡俗的一生。那些如山的夸父、飞翔的羽人，那些高峻的雪山、宏伟的地下城，那些刀光剑影那些金戈铁马那些儿女情长，终究不过是幻境一场。

"不过是个游戏！"黄小路狠狠地说着，扔下头盔，伸手去按游戏机的电源按钮。但手指在按钮上放了许久之后，他毕竟没有按下去。游戏机依然在运转，那根承载着复杂回忆的记忆棒仍然在机器里等着被读取。那是一扇轻轻一碰就能开启的大门，通往一个让人魂牵梦绕的美丽世界，让人热血沸腾，却又让人无限沉沦。

那道蓝色的光芒在诱惑着他，永远地诱惑着他。

羽　惑

父亲死了。

这个消息是凌晨时分从父亲的病房里传出来的，并且立即传遍了整个扶风城，传遍了整个杜伊霍城邦，传遍了整个宁州，传遍了整个羽族世界。

我的父亲，宁州杜伊霍城邦的领主，大名鼎鼎的云仲·路尔克·杜伊维安，在这一天深夜病逝了。

听到这个消息的时候，我正牵着扶风城贵族羽家的小女儿羽清露的手，和她一起宣誓成婚。在漫天的粉色花瓣中，羽清露的那一头金色长发在阳光下像金子一样耀眼，看得我怦然心动。我一直深深喜欢着漂亮的羽清露，能够娶她为妻，我真是死也无憾了。

可惜我刚刚凑过嘴唇想要吻她雪白的面颊，一阵剧烈的摇晃让天地变得一片黑暗，羽清露瞬间从我的眼前消失。我睁开眼睛，从这个无比幸福的梦境中醒来，对于摇醒我的那个人——我的贴身仆人翼安——充满了怨怼。

"天还没亮呢，把我吵醒干吗！"我愤怒地吼道，"你知不知道我正梦见……"

"我知道，您又和羽家的羽清露结婚了，这已经是这个月第五次了。"翼安打断我的话，毫不迟疑地把我从床上拖起来，开始伺候我穿衣，"您

263 ·

今年才只有七岁，羽清露已经十六岁了，你们俩怎么可能成婚呢？”

“怎么不可能？爱情不分年龄，机会都是人争取出来的……”我噘着嘴，任由翼安摆布着，过了好久才想起他还没回答我的问题，“喂，你还没说呢，到底为什么天不亮就叫我起来？又有什么讨厌的祭祀了吗？”

翼安的脸色一下子变得很沉重，他替我整理好衣领，然后轻声说：“您的父亲去世了。”

“你说什么？谁去世了？”我有点迷糊。

“您的父亲，云仲大人，去世了。”

片刻之后，我已经站在了父亲的病房里，看着父亲永远不可能再起变化的平静的仪容，呜呜哇哇地大哭着。我爱父亲，虽然从他去年病重开始，我就知道迟早会有这么一天，但我还是忍不住要哭泣。

我的两位哥哥并没有哭出声，不过他们的眼眶也已经红了。他们都已经是成年人，懂得怎样控制自己的情绪，所以病房里只有我和女人们哭成一团，吵吵嚷嚷的，很是刺耳。

后来我们都哭累了，当然可能是因为副领主，也就是我的叔叔云竞非大喊了一声“够了”，总之我们终于安静下来了。云竞非开始絮絮叨叨，讲了一大堆葬仪所需要准备的事物，听得我头昏脑涨。说实话，我就怕这个，羽族种种烦冗的礼仪和祭典实实在在是太可怕了，眼下碰上大城邦领主去世这样的大事，指不定会折腾成什么样。我想象着从天不亮就爬起来，身着华服听着那些永远也念叨不完的致辞，一直站到太阳落山的情景，一阵阵地不寒而栗，悲痛感倒是因此减轻了不少。

父亲是病死的，病因是操劳过度。从他从祖父手里接任领主那一天开始，他就没过过一天舒心的日子，九州大地上纷争不断，年年都在传言要爆发大规模的战争，宁州内部也始终处在动荡中。作为宁州第二大城邦的领主，父亲肩负重责，每天起早贪黑地处理着各项事务，小心翼翼地维持着城邦的和平安宁，他实在是累坏了，终于在去年病倒了。人类有句话叫“病来如山倒”，看来这句话对我们羽人同样适用，父亲就被这座大山压垮了。

这些事都是我的仆人翼安告诉我的，不过我对这些实在兴趣不大，只能左耳朵进右耳朵出。现在站在父亲的尸体面前，我却忽然想起了一个问题，并且把这个问题大声说了出来："父亲大人死了，以后的城邦谁来管呢？"

这句话说出来之后，房间里立马安静了下来，那可怕的寂静让我意识到我可能说错了话。我的目光扫过我的两位哥哥。十七岁的大哥云彤脸色有些苍白，右手手指无意识地敲打着大腿，十五岁的二哥云晗面无表情，眼睛看着黑漆漆的窗外，好像在走神。

过了好久，副领主云竞非才咳嗽一声开了口，打破这难堪的寂静："按照传统，丧仪完成之后，将由大王子云彤继任领主之位。现在，大家先回去吧，今后的几天里有的可忙的。"

我们回去了。如云竞非所说，之后的几天里无比忙乱，一位羽族城邦领主的葬礼可不是开玩笑的，为了埋葬这一个人就得动员一千个人来准备。我实在不想在这里絮絮叨叨地去描述那些让人一想起来就眼前发黑的仪式了，你只需要知道，就算是一头殇州的六角牦牛都可能在这样的丧仪中累死。

黄小路和林霁月到来的那一天，葬礼正好结束，父亲的棺木下葬到了历代领主的宗庙里，所有人都松了口气。我脱下沉重的戏服——原谅我用这不敬的词语——十天来第一次拥有了属于自己的空余时间。于是我来到宅院外，想要去森林里透透气，走出没几步，我就看到两个人正向着我家的方向走过来。

从发色、身高和体形判断，那是两个人类。这没什么奇怪的，杜伊霍城邦领主去世，自然有来自不同种族的各色人等前来吊唁，前天的仪式上我还看到一个可怕的夸父呢，我毫不怀疑他用一根手指头就能压死我。但是……像这个年轻女子那么漂亮的可不多，确切地说，一个也没有。

我整理了一下衣着，迎着这两个人走了过去，他们也注意到了我的行动，眼神里充满了好奇。我压根儿不理会那个相貌寻常的青年男子，径直走向那位美女："你好，我是杜伊霍城邦领主云仲的三儿子云森。"

"你好，我叫林霁月，这位是我的朋友黄小路，我们正好是来拜访你们云家的，"美女俯下身来，和蔼可亲地对我说，"能带我们和你们家主事的人谈谈吗？"

"可以，不成问题，"我大大咧咧地一挥手，"不过我有个问题要问你。"

"可以，尽管问。"林霁月点点头。

"你愿意嫁给我吗？"我大声问。

这个问题让两位客人都愣住了。过了一会儿，林霁月好像反应过来了，忽然弯下腰，哈哈哈地捧腹大笑起来。她的同伴黄小路似乎有点尴尬，但很快也跟着她一块儿笑起来。我站在一旁，心里充满了悲凉，就像上一次被羽清露拒绝时那样。

林霁月笑了一会儿，止住笑声，突然伸出手把我抱了起来，在我的脸上亲了一下。这突如其来的幸福让我差点晕过去。

"嫁给你嘛……不是不能考虑，但是你还小呀，至少得再等十年再说，"林霁月冲我眨眨眼，"不过我们可以先做好朋友，对不对？"

我拼命点头，简直快要把头点下来了。林霁月真可爱，比羽清露可爱一百倍，一千倍，一万倍。

虽然我只有七岁，但那并非意味着我没有任何权力，至少我可以关照我的两位朋友，让他们在驿馆里享受最好的房间和最好的伙食。我知道人类爱吃肉，还特意嘱咐厨房尽量多给他们准备肉食。我们很快就混熟了。

"我们不属于哪一个国家，"林霁月对我说，"我们属于某个组织，是想来劝说杜伊霍城邦的领主、也就是你父亲云仲做出某项决定的。只是没想到，我们刚刚走到半道上，他就去世了。现在我们应该和谁谈呢？你的叔叔云竞非吗？"

"那得看你们要谈的事情有多重要，"我极力装出少年老成的样子，"一般性的事务我叔叔可以做决定，但如果是重大的事项，就必须得等到新任领主即位才行了，副领主是没有那个权力的。能先告诉我是什么事吗？"

林霁月明显犹豫了一下，似乎不想把那重要的事告诉我，但一直不怎么说话的黄小路拍了拍她的肩膀："告诉他吧。"

"可以吗？"林霁月有些疑惑。

"相信我的经验，"黄小路说，"在这种情况下，最好对我们的朋友说实话，那样才能得到他的帮助。"

说来也有点奇怪，这两个人一望而知林霁月应该是主心骨，而黄小路似乎就是个跟班，但他开口之后，林霁月却显得很听话，马上采纳了他的意见。这两个人的关系还真奇怪。

"我们其实是为了制止战争而来的，"林霁月对我说，"羽皇近些年的势力飞速膨胀，据我们分析，他很可能有野心要把宁州的其他城邦直接纳入他的统治之下，也就是说，吞并其他的城邦，你明白吗？"

我明白。翼安和我讲过的，羽皇虽然听起来好听，却一向实权都不太大，真正的权力掌握在各大城邦的领主手里，比如我父亲。领主们虽然象征性地以羽皇为尊，对他觐见朝拜进贡什么的，但羽皇无权干涉各城邦的自治，更加不能调动各城邦的军队。而翼安一再向我强调，兵权是一切权力的核心。

"也就是说，现在的羽皇很不甘心，想要我们的军队都听他调动啰？"我说。

"真聪明！"林霁月亲昵地捏了捏我的脸，"如果这种事情发生了，羽皇的兵力就会变得很强大，足够出兵去侵犯其他种族、其他国家，我们一定要阻止这种事情发生。"

"那这和我们杜伊霍城邦又有什么关系呢？"我问。

"杜伊霍城邦是现在宁州第二大的城邦，羽皇暂时没有能力收服，所以他一直想要拉拢你们做他的盟友，"林霁月耐心解释说，"如果你们做了他的盟友，借给他足够的精兵，他就能扫荡其他的城邦。而等到他实力足够强大了，最后就会回过头来对付你们。"

"这可不能发生！我们又不是傻子！"我气愤地挥了挥拳头。

"遗憾的是，在利益面前，人们总会做傻子，"林霁月说，"羽皇一定会给你们开出充满诱惑性的丰厚条件，比如把你们的城邦领地扩大一倍甚至两倍，你们不动心吗？"

"我不会，但他们……可能会动心吧。"我不确定地说。领土对我来说没什么意义，但我知道，对于一位领主来说，领土就意味着一切。我们杜伊霍城邦已经很大了，如果能再扩大一两倍，谁不会怦然心动呢？

"所以我们一定要和新领主好好谈谈，劝说他不要屈服于这样的诱惑，"林霁月说，"新任领主会是谁呢？"

"我的大哥云彤，"我回答说，"长老们选定的吉日在七天之后，七天后他就会在扶风城最高的那棵年木顶端就任领主。到时候会有一个啰唆到烦死人的典礼，我真想装病不去……"

林霁月乐不可支，黄小路却扭过头，长久凝视着那棵直入云霄的高大年木。那是扶风城的象征，树身上的每一处陈旧伤疤都是杜伊霍城邦的骄傲与荣誉所在。千百年来，每当新的领主继任时，都会遵循着古老的传统，站在年木最顶端的高台上，向所有观礼的人民宣布，他继承了维护城邦兴旺的重任，从此将用自己的生命为城邦效忠。

"真是壮观啊！"黄小路赞叹着。

等待的日子里没有什么事可做，我索性带着我的朋友们骑上快马，在城邦境内游玩一番。林霁月并没有表达不喜欢，但看上去也并不是太喜欢，我猜那可能是因为她见多识广的缘故。

"见多识广？勉强算是吧，"林霁月听了我的疑问之后说，"宁州我也不是第一次来了，不过呼吸呼吸森林里的空气总是好的，在宛州之类的地方待久了，总觉得肺里装满了尘土。"

"你为什么能跑那么多地方？你过去是个旅行家吗？"

"不，我是一个杀手，"林霁月很妩媚地一笑，"而我要杀的人分布在九州各处，所以我总是跑来跑去。"

我哈哈大笑。这话肯定是个玩笑，她那么漂亮的一个姑娘，怎么可能是杀手呢？

和淡定的林霁月不同，黄小路对眼前的一切都充满好奇与热情。尤其是羽族引以为傲的用树屋营造而成的森林城市，在他眼里简直就是人间奇迹。

"太了不起了！"他啧啧赞叹着，"这些设计程序的家伙是怎么想到的？"

"什么设计程序？"我问。

"不，我是说，当初设计树屋的……你们羽人的祖先们，他们是怎么想到的？"他连忙改口。

我也不以为意："这就是我们羽人的智慧了，最大限度地利用了森林，同时也避免了只是把森林当成木材的来源地去胡乱砍伐。树屋是搭建在活的树木上的，整座森林都是活的，树屋和森林融为一体，所以树屋也像是有生命一样。"

"人类也应该有这样的环境意识啊，"黄小路说，"被破坏的大自然可是再也回不去的了。"

这话说得好奇怪。我五岁时也曾跟随母亲去过我们在宛州的一个人类的盟国，那里的空气当然不能和宁州比，但也不至于太糟糕。可听着黄小路痛心疾首的语气，就好像他是从一个天空都是黑色的地方钻出来的似的。

这真是个怪人。

日子很快过去，还有一天就是我大哥的加冕仪式了，我也被迫离开了我的朋友，去接受礼仪专家进行的专门培训。有时候我真恨不得他们把我变成一个木头人，那样我就可以既感受不到咕咕叫的肚子，也感受不到酸疼难忍的双腿，在一个可怕的羽族祭典礼上站上一整天。

加冕礼的清晨，我坐在餐桌旁，狼吞虎咽地往肚子里填塞着食物，因为我知道，今天多半又得饿上一天，必须早做准备。这种时候我有些羡慕我的两位人类朋友，黄小路信誓旦旦地告诉我，肉食所含的热量比素食高得多，所以吃肉更加能顶饿。

正当我努力地把最后一片香瓜往嘴里放的时候，一名侍从匆匆走进门，带来了我叔叔的传唤。我跟着他去往议事厅，一路走一路感觉到我肚子的食物在不停地晃荡。来到议事厅后，我发现扶风城几乎所有的重要人物都到齐了，而且个个神情严肃，好像有什么事情发生。

"加冕仪式将暂时延后，"我的叔叔云竞非宣布说，"大祭司失踪了。"

我们羽族信仰森林之神，凡是有什么重大事件发生，一定都要首先祈求森林之神的庇佑，所以历来领主加冕礼都是由扶风城的大祭司来主持的，这是一个神圣的、不容替换的环节。眼下大祭司突然失踪了，加冕礼也不得不改期进行。我无所谓，既然今天不能举行，那我又可以去驿馆见我的朋友了。

"大祭司失踪了？怎么失踪的？"林霁月问。

"听说是今天一大早侍从去敲门叫他起床，门里却没有反应，"我说，"于是侍从撞开了门，破门而入，发现屋里一片凌乱，大祭司已经不在了。人们赶紧去找，但找遍了整座城也没见到他的影子，他们怀疑大祭司可能是被人绑架了。"

"绑架了？"黄小路若有所思，"为什么要绑架大祭司呢？你能不能告诉我，大祭司有什么重要性？"

"重要性？"我愣了愣，"他好像挺重要的，又好像……没什么重要的。反正除了主持各种各样的祭祀典礼，我不知道他还能干什么。至少他是管不了治理城邦的具体事项的，那些都归城主分派。"

"那些祭祀典礼，是不是非他主持不可？"黄小路又问。

"我想是吧，反正从我记事开始，就没见过别人主持。"

"这么说，只是一个精神领袖而已，"黄小路琢磨着，"抓走他并没有什么实际的好处，那就只可能是一种解释了。"

"什么解释？"我忙问。

"绑架他的人不是为了得到什么，而是为了破坏。"

"破坏？破坏什么？"

"破坏你大哥的加冕礼，"黄小路说，"看起来，有人不想让你大哥接任领主的位置——至少不想让他那么快就接任。"

"是我二哥干的！"我脱口而出，"一定是我二哥！"

说完之后我发觉有些不妥，但已经太晚了。我的两位朋友目光灼灼地望着我，我知道我非得自曝家丑不可了。唉，真是丢人。

"我的大哥云彤和二哥云晗一向都不怎么合得来，"我闷闷不乐地说，"大哥是长子，理应接任领主的位置，但大家普遍觉得他有些太过文弱了，倒是我二哥从小就苦练弓术和马术，是扶风城有名的小武士，打架厉害得很。大哥今年十七岁，二哥只有十五岁，个头却已经和大哥一样高了，而且比他还要壮实一些。"

"所以你的二哥就有些瞧不起你大哥？"林霁月似有所悟。

"是有那么一点，不只是二哥，好多人都觉得大哥太软弱了，不太适合这个位置，比如我的贴身仆人翼安，"我承认说，"而我大哥也不大瞧得起二哥，觉得二哥不爱读书，没什么见识，就是一……什么武夫。"

"一介武夫，"黄小路替我说出来，"那你怎么看呢？"

"我？"我愣了一下，"其实我两个都喜欢，他们对我都挺好的，但我也确实不喜欢他们身上的毛病。二哥每次喝多了酒就要撒酒疯，而大哥确实太过文弱了，作为一个贵族纯血统的羽人，他甚至连飞行高度都比大多数羽人低，按照他自己的说法：'翅膀不够力了'。二哥经常拿这一点嘲笑他，说他飞得还不如一只母鸡高。"

黄小路听完我的描述，评价说："这倒真是个烂俗的套路了，争夺王位并且互相看不起的两位王子。"

"什么叫'烂俗的套路'？"我问。

"就是说，在那些胡编乱造的电视……啊不，小说和故事里不断重复使用的情节，"黄小路说，"基本上，一旦一个故事涉及王位，就一定会存在争夺王位的王子、幕后操纵的太后、支持某一方的大臣什么的。那些没水准的作者只会这么瞎编。"

我听过的故事不多，但仔细想想，似乎真是那么回事，但我还是摇摇头："我二哥只是讨厌大哥，经常和他作对而已，不会去抢他的领主之位的。他不会的。他们毕竟还是亲兄弟嘛。"

林霁月不以为然地摇摇头："知人知面不知心，亲兄弟值几个钱，你怎么敢那么肯定？现在事情是明摆着的，大祭司被绑架了，即位典礼不得不推迟，你二哥的嫌疑最大。"

"我也觉得我二哥嫌疑大嘛，我刚才不就说了？"我说，"我只是觉得他不是为了抢什么领主之位才去做这件事的，他就是要给大哥捣乱。"

"孩子气！"林霁月继续摇头。黄小路却并没有说话，等了好一会儿才开口："也许不应该那么着急就怀疑到云晗的头上。做这件事必然要有一个足够合理的动机，不能轻易下结论。"

林霁月耸耸肩："这是你的典型风格，万事谨慎为先，从不轻易论断。你一定会很长寿的。"

"你不如直接说我像乌龟……"黄小路咕哝着。

林霁月觉得黄小路像乌龟，但扶风城里的其他人并不是乌龟。他们也都有点怀疑我二哥，却找不出什么证据来。

"大祭司失踪那天晚上，我在城东的一家酒馆里和朋友喝酒，目击证人没有一百也有五十。"我十五岁的二哥如是说。

事实上，他说有一百个目击证人只怕都是少说了。那一天夜里，我的二哥和一群狐朋狗友在一起喝得烂醉如泥丑态百出，后来差点把别人的酒店给砸了，一直惊动了城务司派人来维护治安。后来他被送回了家，半个宅院的人都能听到他的鼾声。

"但是这只不过能证明不是他亲手干的，"林霁月说，"照你的说法，云晗在杜伊霍城邦交游很广，有无数的朋友，这些朋友当中完全可以挑出几个厉害的去绑架大祭司。反正祭司什么的，多半都是没什么力气的糟老头子，要绑架也很容易。"

"我觉得其他人也都是这么想的，"我点点头，"所以现在二哥很生气，脾气很暴躁，谁都不敢轻易去招惹他。"

"那么，大祭司失踪了，即位典礼应该怎么办呢？"黄小路突然问。

我愣了愣："这可麻烦了。只有大祭司最熟悉领主即位的那一套复杂程序，除了他，只怕谁都玩不转。所以我想，要么叔叔会另外找一个人来主持典礼，要么……他们只可能把一切程序都简化了。"

"这不可能！"黄小路和林霁月异口同声地说。

他们是对的。我们羽族就是这样，一向最重视形式，认为那些能把人活活累死的乱七八糟的典礼祭祀都象征着高贵和尊严。领主即位这种大事，不把瘾过足了是不可能罢休的。

所以我叔叔和城邦长老团进行了商议，很快得出了结论。他们将会邀请临近的多兰斯城邦的大祭司前来主持祭祀典礼。那也是一位身经百战的老祭司，据说经过他主持的典礼即位多兰斯城邦领主的已经有四位了，而那一套仪式是通用的，只需要把"多兰斯"换成"杜伊霍"，就能毫不费力地移植到我们的城邦里，对他而言，简直太容易了。

只是这样一来，即位仪式似乎又得往后拖了，我的大哥云彤显得有点不太高兴。那一天我亲眼看见他和叔叔谈话，向叔叔询问说："多兰斯城邦的大祭司什么时候能到达扶风城？"

叔叔掐指算了算："大祭司年老体弱，既不能飞过来也不能骑快马，只能乘马车慢慢过来，可能又得多耽搁半个月的时间吧。"

"半个月……"大哥咬了咬嘴唇，发出一声长叹。看着他那张忧郁的面庞，我猜想他心里一定恨死那个绑架我们自己的大祭司的人了。

我的贴身仆人翼安却相当地幸灾乐祸："活该，就得让他好好着急一下。"

那一天夜里我陪着我的两位人类朋友共进晚餐。在他们的劝诱下，我生平第一次吃下了一块烤肉，说真的，味儿相当不错，我觉得再吃一块就会上瘾了，于是坚决地不再吃了。

"你们以后倒是拍拍屁股就走人了，我要是馋肉了该怎么办？我们羽人的贵族阶层是禁止吃肉的，"我苦着脸说，"不能养成这种毛病。"

黄小路很是惊讶："你一个七岁的小毛孩，居然就懂得自律啦？你们羽人的孩子都那么早熟吗？"

他粗略向我解释了一下"早熟"是什么意思，我听完之后，细细琢磨了一下："好像有点，又好像不怎么算。这么说吧，这可能是贵族孩子都有的想问题的方式吧，我们从小就被教导着不能做这个不能做那个，稍微犯一点小错误就会被斥责说丢了贵族的身份和面子，所以早就习惯了。"

"看来当贵族还真是不容易啊。"林霁月一脸的同情。

"确切地说，应该是当羽人的贵族不容易吧，"黄小路说，"那么多的繁文缛节。像这次领主即位的典礼，如果换成人类，应该很简单就能完成了吧，你们还非得有一个大祭司不可。"

我不知道该说什么好。作为一个羽人，我似乎应该捍卫我的种族的荣誉，但在内心深处，其实我自己也讨厌那些比讨厌的冬夜还要长的仪式呀。

"要不然你们带我离开吧！"我不知怎么的脱口而出，话一出口我自己都吓了一大跳。他们俩也都愣住了。

"你知道，我们是不大可能把你带走的，虽然我们都非常非常喜欢你，"林霁月抚摸着我的头发，"我们的任务很重，成天都在九州各地东颠西跑的，不可能有时间陪你。再说了，你可是杜伊霍城邦的大贵族，我们从羽人的地盘拐走一个贵族，那不是挑起种族纠纷吗？"

"那可是国际争端啊，搞不好就要打仗了。"黄小路使用了一个很拗口的词，不过我能明白他的意思。我沮丧地摇摇头："我也就是说说而已，不必当真。我当然不可能跟你们走了。"

林霁月看出了我的不高兴，想了想，忽然问我："你们羽人的贵族阶层不会也禁止喝酒吧？"

"当然不会，饮酒也是贵族必备的礼仪之一，"我挺了挺胸脯，"我五岁的时候就会喝酒了！"

"那就陪我们喝上两杯！"林霁月很高兴，给我倒了一杯酒。黄小路连忙拦住她："你怎么能怂恿小孩子喝酒？"

"因为就算是这个小孩子，也比你可爱得多！"林霁月板着面孔回答说。其实她这句话压根儿就不算回答，但是好像女孩子天生就有这种权利撒泼耍横，而男人，比如黄小路，只有一脸郁闷地在一旁受气的份。我不由又想起了羽家的羽清露，心里微微一酸，接过酒杯来一饮而尽。

"好酒量！痛快！"林霁月赞曰，"再来一杯！"

我也记不清那天晚上我到底喝了多少杯酒。其实驿馆里用来待客的都是酒味很淡的水果酒，一般不怎么能醉人，好多酒徒不屑一顾地说这种酒"就和糖水差不多"。但我的年纪毕竟还小，即便是糖水，也足够把我灌得晕头转向了。

不过我的体质还真不错，虽然大醉，意识却始终没有迷糊。我还记得我和林霁月一起引吭高歌，把驿馆外面的野猫都吓跑了；我还记得我握着林霁月白皙柔软的小手，向她发誓我只要度过了自己的成人礼就会马上娶她；我还记得黄小路不断劝林霁月"别再让他喝了"，结果被林霁月狠狠揪住耳朵，疼得眼泪都快出来了。最后我终于成了一摊烂泥，被林霁月横抱着送回到家里，然后被翼安絮絮叨叨地送上了床。

"成天和这些人类混在一起，迟早变成疯子！"翼安替我盖上被子，摇着头走出门去。

但我根本睡不着，酒精在我的体内跟随着血液窜来窜去，让我全身都处于某种兴奋状态。我需要发泄。就在这时候，我注意到，室内很亮堂，那是因为有明亮的月光从窗外照射进来。

今天是满月日，也是明月月力最强的时刻。

而我，已经满七岁了，并且顺利地在自己的第一个起飞日里飞了起来。云氏纯血统的高贵血液让我天生就拥有卓越的飞行能力，那一夜，我是所有成功起飞的七岁（也包括八岁和九岁，因为不是每个羽人都一定能在七岁那年就首飞成功的）孩子中飞得最高的，为此得到了领主、也就是我父亲特别赏赐的一枚鹰翔胸针。那枚胸针后来我送给了羽清露，可惜并没有换来她的一个笑脸。

今夜，我飞得比起飞日还要高。在酒精的刺激下，我几乎是无所顾忌地展翅飞翔在扶风城的上空，只觉得身下的一切都那么渺小，那么微不足道。但当我飞过树立于城市中央的年木时，我的目光无意中扫过了位于年木最高处的祭台——那上面有一个人影！

这么晚了，谁会爬到年木的顶端去玩呢？我正在疑惑，那个人影好像也看到我了，一转身消失了。

我的酒意醒了一点儿，好奇心却开始泛滥。于是我迅速降落到地面上，藏身在一棵高大的樟树后面，悄悄窥视着。由于年木承担了很重要的祭祀作用，所以外面专门搭建了旋梯，直通向最高处的祭台。那个人影也应当从旋梯下来。

等了一会儿，终于有人下来了，借助着清亮的月光，我很容易就认出了那个人的脸——那是我的大哥云彤！他穿着只有在各种典礼上才穿的厚重的华丽长袍，手里还握着一根象征领主地位的权杖——当然这只是假的，是用木头削成的——脸上的表情充满了愤恨。

我想了好一会儿，再联想起之前大哥向叔叔询问祭司到达的时间，终于明白过来这是怎么回事。可怜的大哥！他看来是迫不及待地想要当这个领主了，居然趁着夜深人静的时候，自己跑到年木顶上去演习，幻想自己已经接任了领主，正在对着年木下的万千民众致意呢。

我目送着大哥的背影渐渐远去，心里一阵不忍心，真是没想到，大哥平时从来没有表露过半点对领主之位的渴望，但其实内心深处却那么的在乎，那么的急切。不过是多等半个月而已，他就已经着急到……

等等！我突然产生了一个可怕的联想。如果大哥真是对领主之位那么渴求的话，会不会父亲的死……

我哆哆嗦嗦地慢慢走回领主府，觉得全身的每一根汗毛都在散发出寒意。

"照这么说来，这种可能性还真的不能排除。"林霁月听完我的猜想，面色凝重地说。

我很苦恼："如果我父亲真的是被我的大哥害死的，我应该怎么办？和他翻脸吗？还是为了家族的荣誉和城邦的荣誉，假装不知道这件事？"

"如果你大哥真的能对你父亲下手，就说明他是一个内心歹毒的人，"林霁月正色说道，"他日后继任领主之位，也肯定是个坏领主，不会给城邦的人民带来幸福的。更何况，他能下手加害你的父亲，那他心里也一定担忧有人会加害他，说不定他会提前向你和你的二哥……"

林霁月的这一番展望听得我浑身发毛，但这时候黄小路打断了她："喂，别老吓唬孩子了，还没有任何证据证明领主是被云彤害死的，你居然就连未来都勾勒出来了。"

林霁月噘起了嘴，不过并没有反驳，黄小路转向我："你别太紧张了，我觉得事态没有你想的那么糟糕。现在不过是你的哥哥跑到年木上模拟了一下即位典礼而已，不必自己吓唬自己。"

他话锋一转："不过嘛，你的这两位哥哥的确都有可疑之处，你是个孩子，不大容易被人注意，有空的话，多多留心他们的一举一动，发现了什么就来告诉我们。"

我连忙点头，感到自己终于找到了主心骨。而我也更加确定了这一点，这个表面看起来沉闷木讷、甚至有点懦弱的黄小路，却是两人当中真正拿主意的那个。

按照黄小路吩咐的，我开始很留意两位哥哥的举动。我的二哥云晗倒是没什么异样的，似乎也对即将到来的即位典礼丝毫也不伤心，还是照旧白天勤奋练习弓马，夜里就和他的朋友们鬼混，搅得扶风城里的大小酒馆不得安生。幸好这些酒馆基本都是人类开设的，人类就是喜欢热闹，倒也问题不大。

而大哥也表面如常，每天还要挤出更多的时间跟随叔叔进行学习，为未来的领主生涯做好准备。但我已经知道了他的秘密，他对年木顶端的祭台有一种近乎迷恋的情怀，几乎每隔一两天就会拿着那根木头削成的权杖爬到祭台上去，俯瞰着他假象中的万千子民。我把这一情况告诉了黄小路，黄小路给出了一个更加古怪的名词："变态。"

他给我解释了什么叫作变态，我仔细想想，觉得大哥还真符合这一定义。也就是说，他要么是个杀害父亲的大坏蛋，要么是个精神不正常的家伙，看起来不管怎么样，扶风城日后的日子都不会好过了。我们云氏杜伊维安家族，守护杜伊霍城邦已经有千年历史，从来没有出现过一个昏君，所谓"杜伊维安"，意思就是杜伊霍的灵魂。难道这伟大的灵魂会从我的大哥开始终结吗？

这种想法让我有些郁郁寡欢。虽然我只有七岁，但任何一个羽族的贵族孩子，都会在他刚刚懂事的时候起就不断被灌输荣誉的概念，我不希望我的家族荣誉蒙羞。可我无能为力，因为我只有七岁。

所以我越来越喜欢待在驿馆里，和我的两位人类朋友在一起，少去想那些烦心事。我和林霁月很谈得来，她也很乐意把她过去做杀手的经历讲给我听，就好像是我在陪着她作那些回忆。在此之前，我一直以为天罗不过是传说中捏造出来的组织，没想到它竟然是真实存在的，而我居然有机会去认识一个活生生的天罗。那些暗杀的故事的确扣人心弦，每次当林霁月讲到她屈身于小小的屋檐角落里，从缝隙里看到暗杀对象从长街的另一头慢慢走过来时，我就比她还紧张。

而黄小路则从来不愿意谈起他过去的经历，每次我要他讲点儿故事，他就只会讲他和林霁月一起去殇州，他和林霁月一起去越州，可事实上他们俩在一起搭档也不过一年时间。

"以前呢？你加入天驱之前呢？那时候你做些什么？"我不依不饶地追问。

"没做什么，"黄小路把头侧开，"我的生活很无聊的，就是读读书，玩玩游……练练武，活了十八岁几乎都没出过远门，比雾月差远了。你还是听她的故事吧。"

"你骗我，"我大声说，"说谎的人都是这样，说话时不敢看别人的眼睛。"

林雾月哼了一声，似乎对此相当不屑。听起来，她大概也从来没有在黄小路那里听到过他过去的故事。我有点生气了，对他说："我走啦！"

我走出门去，黄小路也跟着追了过来。我装作没看到他，大踏步地向前走，但我的腿太短，无论如何不可能甩掉他，最后我叹了一口气，停了下来。

黄小路来到我身前，蹲了下来，看着我的眼睛："好吧，我告诉一点我的事儿，但你要发誓，你不能告诉雾月。"

"我以云家的荣誉发誓！"我又高兴起来。

我们在森林里找到一棵大树，靠着树干坐了下来。黄小路皱着眉头，好像是在盘算着应当怎样措辞，最后他开口对我说："其实我不是属于九州世界的人。"

我没听明白："不属于九州世界？那你是从哪儿来的，海外吗？"

"也不是海外，比海外还要远得多……"黄小路搔着头皮，"该怎么解释呢？"

他左看右看，从地上捡起了两片树叶："你看，我们如果把整个九州世界，包括三块大陆和大陆之外的浩瀚海洋比作一片树叶的话，我不属于这片树叶中的任何一个地方，而是来自……另外一片树叶。"

这话还是不大好懂，但我已经勉强可以摸到一点方向了："是不是就好像传说中神仙的领地，和我们的大地永远不会相交。"

黄小路想了想："你大概可以这样理解吧。"

"那你快讲讲，你的世界是什么样的！"我兴奋起来，"你不会是个天神吧？没准我每年还祭拜过你呢。"

"抱歉，这个可不行，"黄小路摇了摇头，"我不能跟你讲那个世界的任何细节。而且我也不是什么天神。"

"真没劲。"我嘟哝着。

看着我失望的表情，他犹豫了一下："好吧，我可以稍微告诉你一点，一点点。"

"那你倒是说啊！"我斜眼看着他。

"我来到这个九州世界，是为了某种体验，或者说某种挑战，"黄小路抬头望着深邃的天空，仿佛他真是从天上来的一样，"我要在这个世界完成某些事，来证明我自己，现在我加入天驱，就是为了这件事。"

我依旧似懂非懂，但说到体验、挑战什么的，倒是大同小异："是不是就好比……你和别人打了赌，一定要绕着扶风城飞一圈，飞不到一圈就算你输？"

"是的，那是一个赌约，一个挺可怕的赌约，"黄小路长叹一声，"我必须要完成它，不然的话，我最好的朋友就会……"

他没有再说下去，但我已经明白他的意思了。他虽然来自另外一个世界，身上肩负的却似乎比林霁月所担负的更加沉重。作为他的朋友，我没法在其他方面帮助他，只能希望他这一次来到扶风城能够顺利地完成任务，劝服我的大哥。当然，这得在他正式即位之后。现在整个扶风城都在等待，等待着那位来自多兰斯城邦的大祭司大驾光临。

一个下着小雨的清晨，多兰斯城邦大祭司的马车慢慢碾过泥泞的道路，进入了扶风城。这一路上的道路都不太好走，为了照顾他老迈的身体，马车的速度不得不放得更慢，于是他花了足足二十五天才到达目的地，比预期的晚了十天。

叔叔云竟非带着我们兄弟三人到城外迎接。这位名叫经千里的大祭司比我想象中身子骨要硬朗一些，虽然这一段长途的旅程让他显得有些委顿。

"请祭司先休息三天，三天后再举行典礼如何？"我的大哥建议说。在这种时刻，看来他也不好表现得太急切了，不过下一句话就充分体现出了他的担心："我想请祭司直接住在我家里，以免再出现上次的意外。领主府的防卫肯定比驿馆好多了。"

叔叔表示赞同："我也有此意。这一次，可不能再出什么岔子了。"

于是经千里住进了我家。叔叔特地从城防多抽掉了五十名卫兵来加强领主府的防卫。而这三天里，我也不被允许外出了，只能每天无聊地坐在花园里，想念着我的朋友。从小到大，我身边围绕着的同龄人都是一帮贵族小孩，个个脸上带着虚伪的礼貌和冰冷的笑容，让我从来都体会不到真正的友情。只有当认识了黄小路和林霁月之后，我才发现，原来和朋友在一起是那么的快乐。

我有时候甚至想，幸好我只是老三，幸好我不必去当那个该死的领主。看看父亲累成什么样，看看大哥癫狂成什么样，这个领主之位真是个害人的东西。而二哥也不是很高兴，为了准备仪式，他也被叔叔强令禁止出去寻欢作乐，尤其在这三天里不许喝酒。对于无酒不欢的二哥来说，这可真是要了他的命了。

"不能喝酒，人生还有什么乐趣？"他吹胡子瞪眼地抱怨说，"不如现在就把我一刀宰了算了。"

"一刀宰了？那倒是容易得很，"叔叔冷冰冰地说，"但在此之前，还是要先把即位典礼参加完，完毕之后随便你想怎么死，我不拦着你。"

我的叔叔云竞非是杜伊霍城邦的第一武士，有人说他甚至可能是宁州最好的武士，二哥虽然武勇，也不可能打得过他。所以二哥只是狠狠瞪着他，直到自己眼睛发酸，才悻悻地离开。

"你长大之后可千万不能这样啊。"叔叔摸了摸我的头顶，轻叹一声。

这可真难说，虽然我倒是不好酒，我在心里默默地回答着，开始想象自己成年后身边天天美女围绕的颓废模样。

三天时间很难熬，但毕竟还是熬过去了。即位典礼的前一夜，我早早就上了床，以免第二天犯困，但没想到睡得太早也不好，两个对时之后我醒了，并且再也睡不着了。

我爬起身来，吃了一个梨，决定到屋外走走。夜空中繁星满天，火红的郁非、莹白的亘白、纯蓝的印池、淡绿的密罗……天空星辰放射着七彩的光芒，令人沉醉。我禁不住要想，黄小路说他来自于另外一个世界，在他的世界里，夜空会是什么样呢？也像九州的星空那样绚烂多姿吗？

正在胡思乱想着，突然之间，一声惨叫从远处传来，打碎了夜的寂静。声音像是从多兰斯城邦的祭司经千里的客房那里传来的，而这个声音听起来……很像我的大哥云彤！

我赶忙跑了过去，这一声惨叫已经惊动了府里的卫士们，他们也迅速地赶了过去。在客房门口，我见到了大哥，他倒在地上，一动也不动，后脑上正在冒出鲜血，身边的地上则扔着一根粗长的木棍。

我心里一紧，不知道该怎么办好，幸好叔叔也赶到了。他很镇静地俯下身，先探了探大哥的鼻息，再检查了他后脑的伤势，长出了一口气："没有大碍，只是皮肉伤。"

我也跟着松了口气，但接下来的事情就不大妙了。昏迷不醒的不只是大哥，还有躺在客房床上的经千里。他的身上并没有任何明显的外伤，但就是怎么也唤不醒，我的叔叔仔细查找，最后在他的小腿上找到了一个细小的针孔。叔叔挤出伤处的血液，仔细闻了闻，脸上的表情很是气恼。

"千日醉，"他宣布说，"他中了千日醉。"

千日醉。我听说过这种毒药，或者说确切些，迷药。它不会对人体产生什么大的损伤，却能让人长期陷入昏迷的状态。当然了，所谓"千日"大概是有些夸张，但是剂量足够的情况下，让人昏迷个一两个月却还是不成问题的。

看上去，这个想要阻挠大哥即位的人，还真是执着啊，我想。叔叔显然也和我有着同样的心思，他的脸色很阴沉，目光中却有着掩饰不住的怒火。

我们默默等待着医生赶来——虽然这其实是徒劳的，千日醉并没有适用的解药——另一件意外发生了。几名卫兵扭着一个五花大绑的蒙面人，把他押到了叔叔面前，领头的卫兵向叔叔汇报说："我们在附近巡逻，发现这个人鬼鬼祟祟的，就把他押过来了。这家伙武艺相当不错，打伤了我们两个人。"

叔叔走上前，一把扯掉了蒙面人蒙在脸上的面巾，二哥云晗的脸就这样暴露在火光之下。他嗫嚅着说："我可以解释……我不知道这儿发生了什么，我只是想去厨房偷点酒。"

"偷酒？"叔叔的眉毛微微一竖，"你的大哥被人偷袭打昏了，我们千里迢迢请来的祭司被千日醉弄到一个月内都不可能醒过来，而你碰巧蒙着脸出现在附近，只是为了偷酒？"

"这里本来就离厨房不远嘛！"二哥抗辩说，"这不是我干的！我真的只是去偷酒！"

多么拙劣的谎言啊，我在心里不住地叹气，换成我也能找出点更动听的理由吧。

不久之后，大哥终于苏醒了。他说，想到第二天就是即位典礼了，他有些紧张，始终睡不着觉，索性到院子里闲逛一下。这时候他发现了一个躲躲闪闪的人影，动作飞快地向着客房跑去，几乎没有发出什么脚步声。他立刻警觉起来，追了过去。

"我看到那个人影来到客房外就消失了，于是赶上去查看，没想到被他偷袭了，后脑勺被重重打了一下，所以昏了过去。"大哥一边说着，一边轻轻抚摸着被打肿的后脑勺，一边倒吸着凉气，可见疼得十分厉害。不过总算运气不错，看来他的头脑还算清醒，我可是经常听说头部受重击后变成傻子的传说。

二哥先被押回了他自己的房间里，叔叔派了十名卫兵，把他严密看管起来。他搜了二哥的全身，又搜了二哥的房间，没有发现任何和千日醉有关的线索，而经千里的房间里也没有找到二哥的脚印。

找不到证据，自然没办法定罪，但叔叔还是恶狠狠地下了命令，把二哥软禁起来。在大哥即位之前，不许他出门半步。

可是大哥的即位典礼又一次不得不推迟了，因为唯一能主持仪式的老头至少要睡上一个月才能醒。无论怎样，至少这一天的典礼取消了，我又可以跑到驿馆去找我的朋友们，向他们报告这条大新闻了。

"这证明了上一次大祭司的失踪并不是巧合，"林霁月说，"的确有人想要阻止你大哥的即位典礼，否则绝不可能那么凑巧，两次都是在典礼前夕，两次都是大祭司遭殃。"

"那你觉得，会是我二哥干的吗？"我问。

"至少他的嫌疑最大，"林霁月分析说，"首先他有动机，他看不起你的大哥，不希望由他来继任领主之位，也许就是想要自己来取而代之；其次他恰好在犯罪时间出现在犯罪现场附近，这一点很难洗清。"

我也觉得林霁月说得有道理。论捣乱，论不识大体，我二哥都是数一数二的人才，干出这些事儿来不足为奇。但黄小路一直在一旁不说话，眉头紧锁着，好像有他自己的思考。

"你又想到什么了？"林霁月问。

"我觉得这件事没有那么简单，"黄小路说，"我恰恰倾向于认为这件事不是云晗干的。"

"为什么？"我有些不解。

"因为你二哥如果真的这样做的话，那他就实在是太笨了，"黄小路说，"如果他真的想要抢夺这个领主之位，你们不觉得他做的这两起案子并没有什么实际的意义吗？"

"实际的意义？"我有些不太懂，但林霁月却似乎抓住了黄小路的思维，她陷入沉思的时候总是不断扑闪着那双好看的大眼睛，让我越看越是心动。

"你说得的确有道理，"林霁月说，"就好像我们天罗出手，要的都是取人性命，把一个人弄昏迷过去，有什么用？具体到这次的事件，就算杀死一百个大祭司，又能有什么用？"

我立即明白过来了。林霁月说得没错，如果二哥真的想要夺取领主之位，他应该对大哥下手才是。只有杀死了大哥，他才真正具备了继任领主的资格，否则的话，光是阻挠仪式，只能是拖延时间而已。

"你们也发现了吧，还是我之前所说的，需要找到合理的动机，"黄小路说，"如果是你二哥想要夺取领主之位，他就得干掉你大哥才行，对着两个老祭司下手能有什么用？而且更有意思的是，即便是这两个老头，也都并没有被杀死。你们城邦自己的大祭司只是被绑架了，到现在都还没找到尸体；多兰斯城邦的大祭司被千日醉弄昏了，也没有生命危险。那个潜藏的罪犯到底想要干什么？"

"是啊，这么听起来，根本不像是争权夺利了，反倒像是小孩子的恶作剧……"林霁月说了半截，忽然住口不说，直直地看着我。我吓了一大跳。

"喂，你可不能胡乱怀疑我啊，"我喊了起来，"我只有七岁，七岁而已，有那么大本事绑架大祭司或者用毒针伤人？"

"正如我们之前怀疑你二哥时所说的，你不亲自动手，完全可以指使他人嘛，"林霁月毫不松口，"我见过你的仆人翼安，一看就是好身手的人。而且，第二起案件发生的时候，你不也是最早出现在现场的人吗？"

见鬼，翼安竟然也成了我的污点，真是让人百口莫辩。翼安的确有功夫，事实上他曾经是一个很有名气的大盗，后来被我父亲抓住了。我父亲看重他的一身武功，决定放他一条生路，翼安感激之下，选择了在领主府里做家仆，后来成为我的贴身仆人。没想到，现在他反倒成为我的罪证了。

"你这么说真是太伤感情了……"我急得要哭，却想不出该如何辩解，幸好黄小路坚决地摆了摆手。

"放心好了，不是我们的小朋友干的，"黄小路说，"这件事并不是什么恶作剧，背后隐藏着一些深意。"

"什么样的深意？"我和林霁月异口同声地问。

"现在我还只是有那么一点模模糊糊的猜测，没法具体说出来。"黄小路说，"再等等看吧，如果我没有预计错的话，接下来还会有新的事件发生。"

"乌鸦嘴！"林霁月虽然嘴上这么说，但她的表情显然已经相信了。

不只是黄小路，我叔叔和其他的城邦贵族们也都认为还会有事发生。他们很紧张，关在一起足足商议了一整天，连晚餐都是直接送进议事厅吃的。到了天黑之后，他们终于商量出了结果，我的叔叔走出议事厅，宣布了如下的决定。

"即位典礼将在五天之后举行，由本城第二祭司主持，一切仪式一律从简，"他一边说着，一边提高了音量，似乎是为了让二哥也听到，"如果在他身上再出什么事，就取消掉所有的仪式，由我亲自主持加冕！无论如何，五天之后，云彤必须即位！"

这个决定想必是十分艰难的。"仪式从简"这四个字从羽人的嘴里说出来，就好比人类说他们从来不贪财好色，好比夸父说他们脑筋灵活性情和善，好比河络说他们从此不再信奉真神，总之带有点天崩地坼的效果。但是我叔叔真的那么说了，而且是斩钉截铁毫无任何回旋余地。假如二祭司再出点什么事，他就会亲自上阵，略去一切的繁文缛节，把我大哥扶上领主的大位。

"我的叔叔可是城邦的第一武士，有谁想要用小动作对付他几乎是不可能的。"我对我的朋友们说，"这次他真的气坏了，宁可坏了规矩，也绝对不再让暗中使坏的那个人得逞了。我大哥也终于不必一次次地站在空荡荡的高处过干瘾啦。"

"但愿能早点解决吧，"林霁月轻描淡写地说，"我们实在有点等不及了，而我们的敌人，也同样等不及了。"

我这才注意到，林霁月的衣袖被撕开了一个口子，而黄小路的左手手背包扎起来了，看来是受了伤。

"这是怎么了？"我问，"有谁找你们的麻烦了吗？"

黄小路没有回答，而是示意我看床下。我趴了下去，赫然发现床底下躺着一具僵硬的躯体，那是一个相貌很平凡的羽人，但我碰巧认识他。他是驿馆里的一个杂役，好像是新招不久的，一向对我十分恭谨。不过他以后再也没法对我恭谨了，因为他的喉头多了一道细而深的伤口，我没有猜错的话，那应该是林霁月经常提到的"天罗刀丝"干的。她虽然加入了天驱，但当年天罗的武功可是半点也没丢下。

"这个人怎么会被你给杀了？"我强作镇定地问，尽管这是我第一次面对非正常死亡的尸体，那道咽喉上的伤口真是让我想吐。

"因为他先想要杀我们，"黄小路解释说，"这个人不是一般的杂役，他很可能来自我们天驱的死敌——辰月教。我们希望杜伊霍城邦能够和羽皇对峙，以便让羽皇不能形成强大的势力，辰月却正好相反，希望羽皇的兵力得以扩充，以便燃起战火。"

他又简单地给我解释了一下辰月挑起战争的意义，我觉得那简直就是疯子的游戏。也许我是太小了，不能理会那种以天下为战场的疯狂信仰。

"他偷袭我们，试图除掉我们，肯定是不希望我们成功劝说新任领主，不过运气不错，最后他死在了我们手里。"林霁月依旧平淡地说。但这一次，我不再感到新奇，也不再为她杀人的事迹欢欣鼓舞了，面对真正的死人是不一样的，那具冰冷的尸体让我感到杀戮是那样的可怕，那样的残忍。那曾经是一个活生生的人啊，曾经那样诚惶诚恐地对着我这个七岁的小屁孩鞠躬，然后突然之间，他成了邪恶的化身，被割开了喉咙。这样的变故简直太不真实了。

"其实我一直都不愿意相信你是个杀手，一直希望你只是编故事哄我开心，"我喃喃地说，"现在我终于相信了，你真的是一个很厉害的杀手，可我一点也不开心。"

黄小路拍拍我的肩膀："对不起，我想这具尸体吓到你了，但我们还是需要你帮个忙。"

"我知道，你们得把这具尸体藏起来，"我说，"把他带到森林里去吧，挖个坑埋掉，不会有人发现的。"

我把他们带到了一个僻静的角落，黄小路吭哧吭哧地挖出一个深坑，掩埋了那具尸体。当他填下最后一铲土之后，我终于忍不住了，扶着一棵树哇哇地呕吐起来。林霁月走过来，轻轻拍着我的背，要是在过去，我会很喜欢这样的亲昵举动，但现在，一想到她柔若无骨的手指上曾经牵动着冰冷的金属蛛丝，把人的身体切开，我就觉得浑身一颤。

"请让我一个人待一会儿，"我说，"我想……去走走。"

"你一个人不会有什么危险吧？"林霁月不放心。

"放心吧，杀了我也阻止不了即位典礼啊。"我努力开着玩笑，几乎是逃也似的窜进了森林深处。我没有什么目的，只要离那具已经被埋起来的尸体越远越好。

到了这时候我才发现，我终究只是一个小孩子啊。不管我尝试着装得多么老成，不管我对着多少漂亮姑娘厚颜无耻地说出"你愿意嫁给我吗"，我仍然是个七岁的孩子，害怕黑暗，害怕死亡，害怕涌动的暗流和潜在的阴谋。

我走啊走啊，反正在这片熟悉的森林里也不用担心迷路，渐渐走出去很远。当我回过神时，我发现自己又走到了森林的中央，走到了那棵高大的年木附近。最近这些日子的风波都是因为将在年木上进行的即位典礼而引起的，我想我的脑子一定引导着无意识的脚步，还是执着地把我带到了这里。

可我来到这里又能有什么用呢？我什么也不懂，什么也不会，除了添麻烦之外什么也做不了。我狠狠地一跺脚，正想要回家去躺下，忽然耳边传来一阵隐隐的争吵声，声音是从年木下传来的。

我蹑手蹑脚地悄悄靠近，发现在年木下面站着两个人，竟然是我的两位哥哥。两人手舞足蹈，正在吵得十分激烈。他们一定没想到，这是一个属于三兄弟的聚会，虽然三弟很可耻地躲着不愿意现身。

可惜他们吵得虽然厉害，声音却始终刻意压低，我怎么也听不清他们到底说了些什么，只有一些只言片语漏过来，什么"领主""阴谋""典礼"之类的，听得我心痒难耐。

我决定冒着险再靠近一点，但趴在地上向前爬出去两丈之后，他们的争吵也结束了，我刚好听到我二哥终于压抑不住而高声爆发出的最后一番话："别做梦了！我才不管什么狗屁家族荣誉，我爱做什么就做什么，那是我的自由！我绝对不会让你如愿的！"

然后两兄弟怒冲冲地分开，各自挑了一个方向走远了。二哥的步伐矫健有力，大哥却显得疲软无力、心事重重。

等到他们都走远了，我才费力地从地上爬起来，琢磨着刚才二哥所说的最后一句话。这是在干什么？听上去，好像大哥已经发现了二哥在背后所做的事情，试图劝阻他，但二哥却执意不听，还说什么"我绝对不会让你如愿的"。

难道黄小路的判断错了，真的是二哥干的？我又迷糊了。

我连忙回到驿馆，敲醒了黄小路和林霁月。我们坐在黄小路的房间里，我把刚刚听到的对话告诉了他们。林霁月立即摩拳擦掌："看来果然是云晗在背地里捣鬼，我们这就去把他抓起来。"

"这不大妥当吧，"我赶忙说，"他再怎么也是云家的子弟，要处罚他也是我叔叔的事。"

林霁月耸耸肩："我就是说说而已。我不过是很喜欢看热闹罢了。你打算去告诉你的叔叔吗？"

"我不想，但我不得不那么做，"我苦恼地揪揪自己的鼻子，"事关家族荣誉，无论如何也得上报，然后让我叔叔去头疼吧。"

"其实也未必一定有多么头疼。"黄小路忽然说。

"你又想到了什么乱七八糟的？"林霁月扭头看他，虽然嘴里说"乱七八糟"，目光里却颇有些期待。看起来，黄小路经常给出一些很管用的乱七八糟的意见。

"我上次不是跟你们说，我对这件事有了一些模糊的个人判断吗？"黄小路说，"知道你大哥和二哥发生争吵之后，我突然发现，这个模糊的判断越来越清晰了。"

我和林霁月面面相觑，她犹犹豫豫地问："真的吗？难道你已经……找到了真相？"

"基本上算是吧，"黄小路说，"这世上有很多东西是你耳熟能详但我却完全不知道的，但反过来，也有那么一些玩意儿，你并不熟悉，我却碰巧有所了解。那就是解释这些谜团的关键。"

他一边说，一边冲着我挤了挤眼睛，我一下子明白过来他这话的含义。黄小路是想告诉我，要解决这件事，需要运用到一些"他的世界"里的经验和智慧。那会是什么呢？

"总而言之，明天先带我们去见见那位第二祭司吧，"黄小路对我说，"这事儿还没完，幕后的罪犯肯定还会垂死挣扎。但这一次，他即便是绑架第二祭司也没什么用了，我们需要弄明白这个典礼的一切细节，然后猜一猜还有什么救命稻草是他可以捞的。"

我回到家里，一晚上都没有睡好觉，翻来覆去地猜想着黄小路所发现的事实真相究竟是怎么样的。天亮之后，我迫不及待地吃完早饭，带着黄林二人去拜访了第二祭司，然后，我把他们领到了我叔叔的面前。

我的叔叔是城邦的副领主，对于天驱有着比我深得多的了解，所以一听到两人自报家门，他的嘴角轻轻抽动了一下。

"我就知道，这场麻烦终究躲不过去，"他摇摇头，"你们天驱真是一个执着的组织。"

"您放心，我们至少不会使诈或者强迫您做出任何决定，"林霁月微微一笑，"何况我们这次求见并不是谈那些军国大事，而是来替你解决麻烦的。"

"麻烦？什么麻烦？"我叔叔一怔。

"他们能帮我们找到破坏典礼的凶手。"我告诉他。

叔叔的两条眉毛绞在了一起，过了一会儿，又舒展开了。

我们早早地吃过晚饭，等到夜幕降临之后，叔叔找个借口支走了一部分守卫，我们一起瞄瞄守在了家族荣誉室的外面，那里面存放着云氏杜伊维安家族千年来的各种赏赐物与贵重礼品。所谓我们，是指我叔叔、黄小路、林霁月，还有我。叔叔本来不愿意带着我，我也本来没有胆子在他面前软磨硬泡撒泼打滚，但黄小路替我说话了。

"带着他吧，能解开这个谜，全靠他发现的关键信息，"黄小路说，"而且我保证，这个夜晚或许会有意外，但绝对不会有危险。"

于是我也堂而皇之地成了他们中的一员，尽管要是发生了什么事我绝对啥都做不了。而且我实在没有三位成年人那样的耐心，在花丛里趴久了觉得全身上下哪儿都在发痒。但看着身边三个人的专注模样，我也实在不好意思懈怠——何况本来就是我主动要求跟来的。

我只能忍着，觉得四肢在一点一点变僵硬，就好像中了传说中的石化咒。这时候我真希望有人能对着我施加一个昏迷咒，或者像经千里那样中一点千日醉，让我彻底昏过去，就不必经受这样的折磨了。

不知道到了什么时候，忽然天空中乌云密布，遮蔽了星月，紧接着电闪雷鸣，没等我反应过来，大雨就倾盆而下。我在心里叫了一万声苦，但那三个人还是没有任何撤退的意思，除了陪着他们淋成落汤鸡，我实在别无选择。

就在我觉得身上越来越凉，并且鼻子痒痒到快打喷嚏的时候，一道电光闪过，我猛然发现一个人影正在向着家族荣誉室靠近！吃惊之下，我一下子控制不住，响亮地打了个喷嚏。

糟糕！我正在这么想着，耳中却响起了一片震耳欲聋的雷鸣声。感谢伟大的天神，竟然在我打喷嚏的一瞬间让雷鸣声炸响，完美地掩盖了我的声音。人类的神话传说中，雷公的动作总是比电母慢一拍，所以他们俩老是吵架，看来是真的啊。

这么一走神，那个人影已经迅速破坏了门锁，溜进了房里。三个大人都绷紧了全身，等待着那个人出来。他们没有等多久，最多三分钟，那个人就找到了想要找的，钻了出来。我叔叔一跃而起，黄林二人紧随他身后，三人一起扑上去，围住了那条黑影。

这时候我才慢吞吞地爬起来，龇牙咧嘴地活动着僵硬的手脚，跟了上去。黑影试图反抗，但我叔叔可是城邦第一高手，黄小路和林霁月也不弱，令他没有丝毫反抗的余地。所以我可以大模大样地走上前，像一个幕后指挥一样，抬起头去看他的脸。然后我就喊了起来。

"真是活见鬼！"我大叫道，"翼安，怎么会是你！"

是的，这个被我们一举擒获的可恶的罪犯，竟然是我的贴身仆人翼安。那一刹那我想到了：翼安住在我的隔壁屋，出事的那两天晚上我并不知道他的行踪；翼安一向看不顺眼我大哥，觉得他的形象有损云氏家族的光辉。他完全有可能做出阻延我大哥即位的事情来。

他手里拿着的东西更加证实了这一点。他偷出来的是权杖，在即位典礼上不能缺少的权杖，就算把其他的一切程序统统省略掉，新领主总需要手执权杖吧？如果没有了这玩意儿，恐怕这个典礼又得被废掉了。

"翼安，看来你需要好好地解释一下。"我叔叔冷森森地说。

翼安阴沉着脸，嘴唇动了一下，似乎想说什么，却又最终没有开口。黄小路摇了摇头："翼安，我知道这不是你的主意，你也不必代人受过了。让那个幕后主使者站出来吧，这件事再怎么藏也藏不住了。"

翼安依旧没有说话，脸上的表情很犹豫，就在这时候，我们的身后响起了一个人声："别为难他了，是我请他帮忙的。"

我们一起回过头，滂沱大雨中，一个浑身上下淋得湿漉漉的人朝我们走了过来。那是我的大哥，即将即位的新任领主，云彤。

我张大了嘴，不知道该说什么。林霁月和我叔叔也显得相当意外。只有黄小路的神情很平静，看来这一切都在他的意料之中，他早就猜到了真相。

"请先派人把二王子也请到这里来，"黄小路对我叔叔说，"他的到来会有用的。"

虽然不明白黄小路的用意，但看来成功破案后，叔叔对他的智慧很服气，立即派人去叫来了我二哥。我们换过干衣，人也都到齐了，大哥终于要吐露实情了。

"是我干的，一切都是我指使翼安干的，我的武艺不够高明，如果没有人协助的话可能会露馅，"我的大哥云彤说，"大祭司好好的，只是被绑走了而已，没有受到伤害，现在正待在城里的某一处民居里，那里曾经是翼安做强盗时的巢穴。"

"用毒针伤害经千里祭司的也是翼安吗？"叔叔问。

"不是，那是我亲自下的手，"大哥回答，"在领主府里，我的行动是绝对自由的，翼安反而没有我方便。不过沿路毕竟还是有卫兵看到我，为了避免解释不清，下针之后，我自己给了自己一下，然后装晕过去。"

"难怪那一下伤得不重，毕竟是自己打自己，下不了狠手啊。"黄小路说，"我虽然没有亲眼见到你的伤势，但听小森形容了之后，就觉得不大对。如果真是什么罪犯的话，恐怕会打得很重。"

"然后你发现再用绑架或者伤害祭司的手段已经不够用了，索性再派翼安来偷权杖，这一次你没有亲自动手，是因为在黑暗里寻找东西是翼安的老本行。"叔叔哼了一声，"事情的前因后果你已经讲清楚了，好在没有造成什么实质性的危害。但你必须要讲清楚，为什么？这一切到底是为了什么？你为什么要一而再，再而三地拖延自己即位的日期，难道你害怕这个领主之位？"

"还有你，你怎么会和他搅到一起去的？"叔叔又转向翼安，"你不是一向都并不喜欢云彤吗，为什么会去帮助他？"

大哥低下头去，并没有回答，身体在轻轻地发抖；翼安则翻着白眼，脸上颇多不屑之色，这神色说明他虽然帮助了大哥，却仍然并不喜欢他；二哥则用手捂住嘴，身体抖得比大哥还要厉害——他在用尽全力忍住笑。

"这么说你也知道了？"叔叔瞪着二哥，"那你怎么会一直瞒着不告诉我？"

这是多么乱七八糟的一家人啊！我站在一旁，有点绝望地想。黄小路咳嗽一声，开始说话了："还是我来说吧，副领主。前后的情由，我都已经猜到了。"

"一开始我也觉得这是有人想要阻挠大王子即位，但越到后来，我越觉得不对劲，"黄小路说，"我不知道你们羽人世界里的争权夺位是什么样的，但在人类世界里，王位之争就是最血腥的战场。假如这是有人要争领主之位的，我看到的是一个过分温和的争夺者。他一直都只是在拖延即位时间上做文章，甚至不愿意伤害人命。杜伊霍城邦的大祭司是被绑架走的，多兰斯城邦的大祭司则只是中了长期的昏迷药，包括今天夜里，翼安前来偷盗权杖。这些都不大像是一个真正的野心家的作为。"

"尤其是大王子被打昏在地上，让我格外的怀疑，不仅仅是因为伤势不够重，"黄小路说，"如果我是想要夺位的人，面对着这样的好机会，我绝对会毫不犹豫地杀死他，而不是那样不轻不重地在后脑勺上敲一下。总而言之，如果要从'阻挠即位'这个方向去分析，实在是问题多多，难以成立。"

"你说得有道理，我们大概是当局者迷，想当然地觉得这是涉及夺位的阴谋了。"叔叔点点头。

"于是我换了一个思路，也许并不是有人不想大王子即位，而仅仅是想要把这个时间延后一点，以方便某些事情呢？"黄小路继续说，"为了想清楚这个'某些事情'，我算是绞尽脑汁了，直到后来我无意中又一次抬头看到了那棵年木，回想起了一个之前没有注意到的细节，那就是小森曾经告诉我的，大王子在夜里登上了年木，穿着典礼用的华服，似乎是在模拟着他即位的样子。"

哥哥的脸上一阵青一阵红，眼神里却愈发地悲伤，黄小路叹了口气："小森觉得，那是大王子迫不及待想要即位，我却突然冒出了这样的念头：会不会是大王子非常担心某些将要在即位典礼上发生的事情，所以才需要一遍一遍地去练习呢？"

"担心？练习？"林霁月很是吃惊，"不就是就任领主嘛，又不是什么武术考验，哪儿需要练习啊？"

"是啊，乍一听的确不可思议，但如果顺着这个思路走下去，却会发现所有的不合理之处都能得到解释了，"黄小路说，"正因为需要练习时间，所以他才会一次又一次地想办法拖延自己的即位典礼。他经常向副领主问起典礼的具体时间，并不是登基心切，而是害怕，他希望即位的时间到来得越晚越好。所以不是别人，正是我们未来的领主在想方设法延后他参加典礼的时间，因为那典礼令他恐惧。"

"恐惧什么？"林霁月、叔叔和我不约而同地发问。大哥到底在恐惧什么，正是整起事件的起因，也是发生这一切错乱的罪魁祸首。

可恶的黄小路偏偏还要卖关子："我也在苦苦思索，到底即位典礼上有什么东西会让大王子那么害怕。于是我又开始回忆小森告诉我的种种关于他哥哥的细节，最后我突然想到了一件事，那就是大王子的飞行能力。小森说，因为飞得不够高，大王子被很多人嘲笑，而他给出来的理由是凝聚出的双翼力量不足，这一点让我觉得很纳闷。据我所知，羽族飞行能力的强弱主要是由血统决定的，而不是体质，一个手无缚鸡之力的羽人也完全有可能飞得很高很久。而大王子，是羽族十姓中云姓家族的一员，是纯正血统的贵族之后，飞行能力不强的可能性微乎其微。所以我只能做出另外一个，也是唯一合理的解释，针对着年木与飞行的疑团能够自圆其说的解释……"

他伸出手来，指向依然暴雨如注的漆黑夜空："大王子只害怕一样东西，那就是——高度。"

高度？大哥害怕高度？

"这世上有一种人，身上带有一种奇特的怪病，"黄小路说，"平时他们都是正常的，可一旦来到高处，他们就会感到极度恐惧，感到呼吸急促、身体失去平衡，严重的还会晕厥过去。大王子就有这种病。所以他才飞不高啊，并不是羽翼无力，而是他害怕飞高，害怕处在一个足够的高度上。"

就像闪电劈开大脑，我觉得眼前一亮，那些怪异的表象都有了合理的答案。大哥害怕的并不是即位本身，而是害怕那个要命的典礼，因为他必须站在高高的年木顶端来完成所有仪式！他担心自己支撑不下去，担心自己会在高处晕厥。所以他才拼命想法子拖延典礼的时间，并且不断地趁着夜间到年木上去练习，但遗憾的是，这种病看来并不能通过简单的练习来克服。

这就是一切谜团的最终解释：高度。正是为了这该死的高度，大哥才做出了那么多的荒唐事，而我也不禁更加佩服黄小路了，他不但善于分析，还很博学。我就从来没听说过这种害怕高度的病症，也许在他的世界里很常见吧。

"我没有办法在年木上支撑超过五分钟，"大哥低声说，"我试了一次又一次，怎么都不行，一旦超过五分钟，我一定会晕过去。可我不能在城邦的子民面前昏倒，那不是我个人的面子问题，那是杜伊维安家族的荣誉。一个新任的领主，尤其是高翔于天空中的羽人的领主，竟然会害怕高度，这怎么能让民众信服并支持他呢？"

"所以他找到了我，希望我帮助他拖延一些时日，"翼安开口说，"我虽然不喜欢他，但我更看重云家的荣誉，如果他真的在年木上吓昏过去了，丢的不是他自己的脸，而是整个云家的脸面。所以我不得不帮他。"

"那他后来和你的争吵又是为了什么呢，二哥？"我问我的二哥云晗。

二哥搔了搔头皮："他来求我，说他实在没法当这个领主了，说要让位于我。开什么玩笑？我现在过得自由自在逍遥快活，凭什么要去做领主，一辈子束手束脚什么都不敢干？所以我们吵了起来。"

我想起了当时偷听到的那句话："别做梦了！我才不管什么狗屁家族荣誉，我爱做什么就做什么，那是我的自由！我绝对不会让你如愿的！"天晓得这句话的含义竟然是这样的。唉，二哥也真是不分轻重啊，但自由这种东西，又有多少人愿意轻易舍弃呢？

不管怎么说，至少一切都水落石出了。如同黄小路所说，这起事件并没有想象中那么严重，也并没有造成不可收拾的后果。叔叔或许很生气，或许即便大哥真成了新任领主，他也会以家长的身份对大哥和翼安严加惩罚。可当前最紧迫的问题是：明天的仪式该怎么办？

我们都犯难了，不知道应该如何对付这该死的典礼。黄小路和林霁月却走到一旁，交头接耳地说了一堆悄悄话，然后林霁月一脸笑容地走了回来。

"有一个办法，正好也可以让向往自由的二王子好歹为家族做一点贡献。"林霁月说。

二哥的脸一下子白了："我说过，我不做什么领主，打死我也不做！"

"没让你做领主，只是要你代替你哥哥参加一下典礼，"林霁月说，"你的身材正好和你哥哥差不多，我们在雷州的巫民那里学过一点易容术，虽然不太精通，但站在那么高的年木顶端，下面的民众是压根儿看不清楚脸的。只是让你为家族服务一天，在年木上站一天，这个要求不过分吧？"

"这个我可以答应！别让我当领主就行！"二哥大大松了口气。

"至于你，就躲在年木的扶梯下面，在典礼结束后，马上替换掉你的弟弟，成为真正的领主，"林霁月又对大哥说，"做一个好的领主，重要的是要有责任心，而不是拍着翅膀飞多高。你那么害怕玷污家族荣誉，那么害怕让民众失望，可见你是一个有责任心的人，你应该能做一个好领主。"

大哥眼里含着泪，重重地点着头。看起来，一切都解决了，只有我的叔叔似乎不大高兴，在嘴里嘀咕着："这样的话，典礼岂不成了儿戏？"

但不久他又高兴起来："把典礼变成儿戏，总比把领主之位变成笑话要强。就这么决定吧！"

"你们羽族就是这样被繁文缛节拖累的……"林霁月摇着头作智者状。

儿戏的典礼进行得很顺利。说真的，林霁月的化装术真是让人不敢恭维，我二哥本来还长得挺像大哥的，这么一化反而像是个从深山老林里钻出来的悍匪。但好在年木足够高，仰起头来根本看不清脸，所以总算是蒙混过关了。

即位后的大哥虽然很感激黄林二人，但并没有给他们绝对不与羽皇结盟的承诺，他只是答应了两人，他一定会从城邦的安宁和九州的大局着想，不会轻易让人民卷入战火。我对此有些不高兴，叔叔却夸赞大哥做得对："他现在是一个领主了，领主判断问题不能被个人感情所左右，他会做出明智的选择的。"

"你的哥哥，会是一个很好的领主。"叔叔就像是喝了三斤酒一样，满脸通红。

既然完成了和领主的会谈，他们也得回东陆去复命了。我把他们送出扶风城，一直牵着林霁月的手，心里很舍不得。我想再见到林霁月，我还有很多问题想要问来自异世界的黄小路，可惜的是，没有时间了。

"你们答应过的，一定还会回来看我！"我大声说。

林霁月把我抱在怀里，很认真地说："一定会的，我不是还答应了你，十年后过来嫁给你嘛！"

"说不定那时候我已经是城邦的大将军了，"我挺着胸，"那你就是将军夫人了！"

我们一起哈哈大笑起来，惊动了林霁月的坐骑。这匹胆小如鼠的马儿嘶鸣一声，撒蹄跑远了，林霁月连忙把我放下，大呼小叫着追了过去。我没有跟上去，却把目光投向了黄小路："十年之后，她大概已经是黄夫人了吧。你可得好好对她，不然我饶不了你。"

这番话是我从戏文里学来的陈词滥调，说得磕磕巴巴，再衬上我矮小的身材，一点也没有故事里的英雄豪气。但黄小路听了我的话，脸色却一下子变得很难看。

"快回去吧！"他摸了摸我的头顶，快步追向林霁月。就在擦身而过的一刹那，我看见他那双总带着笑意的眼睛里有浓重的阴影。

往回走的路上，我突然明白了那是为什么。一阵难过的情绪袭来，为了那个不可能嫁给我的女子，豆大的眼泪如珠落下。